# 风月十五不归人

——赵群中篇小说集

赵群 著

九州出版社
JIUZHOUPRESS

**图书在版编目（CIP）数据**

风月十五不归人 / 赵群著. -- 北京 : 九州出版社,
2014.9

ISBN 978-7-5108-3256-7

Ⅰ. ①风… Ⅱ. ①赵… Ⅲ. ①中篇小说—小说集—中
国—当代 Ⅳ. ①I247.5

中国版本图书馆CIP数据核字(2014)第218539号

## 风月十五不归人

作　　者　赵 群　著
出版发行　九州出版社
出 版 人　黄宪华
地　　址　北京市西城区阜外大街甲35号（100037）
发行电话　（010）68992190/3/5/6
网　　址　www.jiuzhoupress.com
电子信箱　jiuzhou@jiuzhoupress.com
印　　刷　北京华忠兴业印刷有限公司
开　　本　787毫米×1092毫米　16开
印　　张　15.75
字　　数　280千字
版　　次　2014年12月第1版
印　　次　2014年12月第1次印刷
书　　号　ISBN 978-7-5108-3256-7
定　　价　30.00元

# 内容简介

本书系作者近年来创作的小说、非虚拟文学类作品，由五个中篇组成。

**《山狸子娃》**讲述的是知青年代“一日情”的故事。作者结合自己的插队生涯，将两名男知青与一名乡村女娃之间的邂逅、三角周旋，乃至于周旋过程中产生的“第六感”，都借助于“山狸子”的形象而幻化，将那个时代青年人的情感寄托，在梦想与梦幻的碰撞中，披上一层逃避主义外衣——而探究其底蕴，我们发见的乃是超越现实主义的能量。

**《下水线里的螃蟹》**讲述的是一对父子间心灵对抗的离奇故事，富有“悬疑”色彩。一个是被戴上“绿帽子”，欲将妻子置于死地的父亲；一个是失去了母爱，因而憎恶父亲的儿子，二人为了爱与恨的心灵求索，身上的“人性”被亵渎，“兽性”被放大，进而对涉入他们生命线上的女人，使出了“杀手锏”……

**《忆王山，我心中的跑酷少年》**系作者为悼念著名学者、作家王山的英年早逝，而饱蘸激情撰写的“回忆录”。作者将一对少年郎，渴望探索大千世界真谛的志向，比喻成两只小猴子与一棵社会大树的关系——于是“小猴子上蹿下跳”的行为，被贴上了价值观的标签。然而对于少年郎来说，他们追求的始终是人性的回归……

**《风月十五不归人》**讲述的是20世纪60年代一家贫苦农民的命运。蓝本是作者的舅舅——一名海军上尉当年参加农村“四清运动”的亲身经历。对贫苦农民纯朴的爱情、侠义的友情乃至“淫欲的乱伦”，均以人性为本的新视角，给予了剖析。

**《鸡冠岭的孩子》**讲述的是山里孩子们的成长历程。旨在通过大人与孩子之间的思维冲突，寻觅变革时代对传统生活方式的启迪，进而鼓励祖祖辈辈生活在山村里的农耕人，应该积极认识到，改变自己命运的钥匙，其实就握在自己手中。

作者在以上五篇小说中，用厚重的笔触、炽热的情感，别致的视角，充分地表达了对丰富多彩的人生认识与热爱。

# 目录 CONTENTS

# 山狸子娃

## —1—

那年，我们一同插队的知青，陆续都作鸟兽散了。只剩下我和闫东，你说是点儿背也好、“后门”不硬也好，总之吧命运不济，还糗在一个小山村里冒傻气。闫东春耕时不小心，被铧犁啃去了根脚趾头，那阵子整天冤嗖嗖、气吭吭的，眵抹糊个兔眼睛要咬人；我呢，也由于兼着“赤脚医生”的差事，给个女娃扎针灸，呵呵，没想到扎出了“绯闻”……如此一来，两个跌了“范儿”的小老爷们，耳边响着的是《北京颂歌》，眼前望着的却是黄土高坡，每晚都辗转难眠。

一天，二遍鸡刚哏儿哏儿完，我就背个黄军挎，去了四十多里外的县城办事。嘿，又是点儿背，我风风火火地赶到知青办，听说姜主任刚走，是被他老婆揪着耳朵走的……唉，没辙，遇到这种情况，你不用想都知道他一时回不来。我只好悻悻地走出县委大院，欲先对付了肚子里的馋虫，然后再决定下一步的行动。

那时县城里冷清得很，不到逢五、逢十的集日不热闹。我转到街口一看，还好，左手这边有家包子铺，右手那边有家小面铺，于是乎顺着口水而流，就直奔包子铺而去。

嘿，本来我大步流星，我小眼放光，正“包子、包子”地念叨着呢，忽然，一个比包子还诱人的声音砸进了我的耳鼓。

“大娘啊，俺问问呗，去溧水那边边儿咋走哩？”

哦，有人在问路。都说“十里不同风，百里不同俗”嘛——如果问路人操着的不是颇有“吴侬软语”之嫌的晋南口音；如果听上去不是一位比我小，但又小不了几岁的大女娃，或许我也就作罢了，就不会踯躅脚步了。

“溧水啊，起着城西的路哩，直溜溜地扎下去。等上喽盘山道，出喽烽火台就近便哩，就能看到个水塘子哩。起那哈再往南哈一拐就是哩……”

随后，便听到路旁有位卖鸡蛋的大娘，侉声土语地把我来的路线倒背了一遍。

“噢，谢谢哩。俺还想问问呗，到了那边边儿，离圩东大队就不远哩吧？”女娃煞有礼貌地接着又问。

哇，她问的就是咱插队的点啊！我一机灵，便扭头瞧了她一眼：嘿，粉嘟嘟的瓜子脸，青黧黧的丹凤眼；上身蓝外罩，下身黄军裤，肩上还背个绣有“红宝书”仨字的黄军挎。那年头除了我们知青外，乡里人还真少见这等打扮的，站在那儿戏里人似的，一挺一撅的甚是撩人。

“不远哩。起着水塘子南边边往西去是公社，往东去就是圩东哩。”

这回没等那位大娘开口，我就赤脚医生扎针灸——见缝插了它一针。

“俺就是圩东大队的。”

说完意犹未尽，我还凿补了这么一句。

然而那位女娃呢，只是用眉梢挑了我半眼，便匆匆与卖鸡蛋的大娘道了别，扭头迈上了包子铺的台阶。

咳，白夸你“晋侬软语”啦，白夸你“懂礼貌”啦，真是热脸贴上了冷屁股，冷得我直嘬牙花子。我只好学着电影里的无厘头动作，一咧嘴一摊手的，再极不情愿地一转身，朝对个的小面铺走去。

诶，不对啊！待我迈出了两步后，悄然间一激灵，就把腿收住了：她又不是山下的老虎，我又不是下山来的小和尚，咱干么要躲着她啊！我这么一想，两眼重新放出光芒。我用脚跟原地悠了个半径，就又走回了原定目标的包子铺。

那家铺子的门面很小，窗户也是老式的，在格棂上贴窗纸的那种。因而屋里很仄暗。大晌午冷不丁地一迈进去，嘿，两眼还直犯晕。只见饭桌上的小包子，眼敲着就像白菊花似地飘起来，并且还飘啊飘、飞啊飞的飞到我眼前直起腻。我张开大嘴，真想够上去吞它几个。不过恨吃的眼晕转瞬即逝，待我适应了屋里的光线一搭眼，瞭上的乃是墙上的一幅宣传画儿。

哇，是那幅《毛主席去安源》，那可是咱大哥刘春华画的哎！谁都不知道吧，远亲不如近邻，他是咱邻家的大哥！别误会，这个邻居可不是在这儿的圩东村，而是在“和平里”，就是被称为“小莫斯科”的北京和平里。他住咱家楼下，咱家住他家楼上…… 不过就在这个当儿，我正陶醉于“画外情”的当儿，刚才那个女娃噶冷一下子从对面角落里站起来，如“惊鸿”般地蹿出了包子铺。

呵，青愣愣的柿子你还挺个涩（色），你当我是“拍婆子”的？！我愀然不悦。不过马上想起了江湖上的一句古训：好男不跟女斗，也就压下“火”，不跟她制气了。

不制气了，我也就没事儿人似地朝对面走去。走过去了干脆，还一屁股坐在了她刚才坐过的板凳上。哇——怎么，这小板凳还麻酥酥、热辣辣地“烫屁股”呢？

像扎了梅花针似的……这回，冷屁股总算是贴上了热板凳！

走着赶腿儿，坐着赶嘴儿。一贴上板凳了，肚子里的馋虫也就闹得更凶了。我急慌慌地喊来服务员，点了八两包子加两碗啤酒，就望眼欲穿地等起来。

不大一会儿，服务员端来两大碗啤酒，也端上了包子。包子是一两俩的十六个，码在大盘子里小山似的。

又是不大一会儿，大碗空了，大盘子也净了，我肚子里的馋虫变成了懒虫，我也就想起了“神仙烟儿”。我从兜里掏出盒“飞马”的，同时心里边还暗暗地合计上了：明天逢集，干脆今儿个就不急着回村了。一会儿先逛逛文庙，再去电影院看看电影，管他啥片子的一竿子看到底，权当“刷夜”了。等明天一早早早地去堵姜主任办事……对，就这么办。完后赶个集，给“九头鸟”采办点好吃的再回去。自从闫东没了根脚趾头，我就戏称他为“九头鸟”了。

那天，亏了我没跟这位小“惊鸿”制气，否则的话就不会坐在她刚刚捂热的板凳上了；那天，更亏了我满脑子的想心事，掏火柴时不小心，将火柴撒落一地，否则的话我也不会弯腰去拾火柴了。我弯下腰，嘿，居然看见桌底下躺着个黄军挎，上面还绣有“红宝书”仨字！噢，我立马反应过来，这一定是那位“小惊鸿”的，是她慌不择路时落下的！嘿嘿，真是“多嘴桥下秋波起，惊鸿踏去照影来”啊！哎，不对，该比陆游有所创新嘛，是“惊鸿踏去影迷离”——我当即诗兴了一把。

那时我们知青的军挎中，大多藏有防身“利器”。不是塞着藏刀、蒙古刀，就是弹弓子、弹簧锁之类的。因而接下来的我，也就不客气地捡起来，看了里面的东西……好嘛，这一看不要紧，看得我是意马心猿，看得我是浮想联翩！我连服务员找的二分零镚儿都没拿，就决定改变计划了：她既然去圩东，咱又不会去圩西，那就背上两个军挎追呗！——哎嗨吆，哎嘿吆，哎嗨哎嗨诶嘿吆，沿着社会主义大道，奔向前哪诶嘿吆……

黄军裤、蓝外罩，看你还往哪儿逃！

## —2—

午后的斜阳，像只乍着金毛的秋老虎。我追心似箭，跨步如夸父。

我一个急行军，就追到了老烽火台地界。那儿全是蛇形小道，而且还是偏西南的走向，这一来可害惨了我的眼睛。由于那只“秋老虎”就趴在我额头前，它浑身乍起的金毛，如金箭般刺来，刺得我是满眼冒金花，浑身冒汗花的。

唉，这也没办法，谁让我一直圆瞪着双眼，搜寻着前方的目标呢？谁让我一直担着心，生怕路旁蹿出个野猪啊、狼啊什么的“横刀夺爱”，再吓着我的“小惊鸿”呢？在这怪石嶙峋的荒山野岭，在这十里、八里都碰不到个人毛的地界，我心里能不长草、长叶、开花冒汗的吗？

还好，我的企盼没落空。待我拐过几道弯，迈过几道坎，总算是看到前方路边有个人形在歇脚。一回生，二回熟嘛，那身黄军裤，蓝外罩，大老远地就撩得我热血沸腾，心绪激动。

“诶——你的书包！”

我从肩上卸下她的军挎，擎在手上摇着，书包带儿也跟着晃悠，像摇着放牧人的套马杆。

听到我的喊声，她又如“惊鸿”般地一扬头，朝我这边望来。尽管还很远呢看不清她的表情，不过我猜她看到书包，就像看到了“雷锋”一样吧……然而就在我们的距离越来越近，只剩下二三十米时，她又是噶冷一下跳上小路，挓挲着手臂跑了。

嘿，连“雷锋叔叔”都不认啊！她的举动让我困惑，我立马就在后面喊叫起来：“喂，你不要啦？这不是你的书包吗？喂——喂——”

但是不管我怎么喊怎么叫的，她依旧头也不回地踏影如飞，连脚下的山路，都被她踏起了一头雾水。

诶，这是怎么回事？我望着她的背影哭笑不得。难道这军挎不是她的，是我搞错了？不过待我稍一思量，眼前的雾水也就散去。你想啊这不明摆着吗？只要是有点“地下党”常识的人，丢了有可能暴露身份的书包，那谁还会去认啊？——要知道，那里面可藏着两本手抄本的书哩，那可是“违禁品”，能带来“杀身之祸”哪！

对，没有理解就没有默契。于是我们之间，就像有条牛皮筋抻着似地，开始了马拉松式的拉锯战。她一会儿快、一会儿慢地抻着我，就像一会儿紧、一会儿松地抽着陀螺，我也就一会儿紧、一会儿松地跟着转起来，把心思都转迷糊了。

嗨，女娃的心，天上的云，总是让人琢磨不透的。谁敢说她的这些举动，不是对付“牤蛋子娃”的一种智慧呢？

我们当地人喜欢用“娃”的词儿说事，就像现在的人说“囧”拉风。除了常能听到的“好娃”、“赖娃”、“蔫娃”、“怂娃”等等的说法外，还有更形象的呢，叫“媳妇家娃”和“牤蛋子娃”。那是针对生活中本分些的女娃，以及年少轻狂、好惹是生非的男娃的称谓，显然一褒一贬的成分多。我揣摩了一下她的心态，也就不死乞白赖地追了，干脆当个“蔫娃”吧，默默地跟在了后面。

嘿，跟在后面才爽眼，“娇娃”在眼前！

由于脚下的路呈上坡，她焖着劲儿地悠起大步来，就手臂飘忽着，柳腰起伏着，把黄军裤绷得圆圆的，绷出了“环肥”的弧线。

由于她上身褪了色的蓝，和下身亏了色的黄，重叠在中间区域，再加上我急红了的眼，也就三原色互补了，在我的意念中补出了一坨子的白。

于是那一坨子的白，白花花的横空出世一般，让我立马想起村支书说过的一句话：你们这些犊蛋子娃啊，见了大白猪的屁股都想“吹臊子”哩！

说实话，什么是“吹臊子”，进村以后我才明白。“吹”，自然是动词了，而且是描绘那事儿时最拉风的动词。至于“臊子”呢，显然是由形容动词演变来的名词——哈哈，还是贫下中农有创意，他们用半荤半素的说法，既涵指了雌性动物臀尖里的那块肉，又隐喻了“那事儿”！可不是嘛，要是犊蛋子们都不想“那事儿”了，不“吹臊子”了，那六千五百万年以后的狗蛋子、猪蛋子什么的不就“智商”最高了吗？它们要是智商最高了，不就进大学的研究所、国家的科学院，不就像我们现在研究恐龙一样地研究我们人类了吗？看来，这犊蛋子“吹臊子”的事儿，才是生活中最朴实的真理。

把那事儿和这事儿一联系，“白兰白兰朵朵香，青春青春处处藏。那有那花香无人爱，那有那青春日久长……”我还真的用口哨吹起了《白兰香》。

我就这么盯着前面的“白兰香”，越盯越白，越盯越香……我吹完了《白兰香》，接着又《红河谷》、《长征组歌》、《含苞欲放的花》的一通大串烧地吹，仿佛吹出了当年南泥湾女战士的风姿，正低袖婆娑地走在我前面的路上……

## —3—

与她踩着相同的节拍，走出七八里地，来到两座小山的坳口前。此刻那只乍着金毛的秋老虎，摇身一变变成了个金蛋蛋。金蛋蛋像个受气包，倒霉蛋，刚好卡在两座山崖中间。从那颗看似卡着不动的蛋蛋底下穿过去，就直通水塘子那边了。

一踏上横穿山崖的那段小路，周围显得很荒凉，绿草和低矮的荆棘都很少长，像村里贫协主席周老汉的秃顶。于是前面的柳腰起伏和手臂飘忽，也就更乍眼了；更乍眼了，我的口哨吹得也就更响了，还惊起了前方的一对野兔子。

“喂，你可要小心，这里可常有狼出没哦，嘶——嗷、嗷……”

我一看惊起了一对野兔子，自然想到了“狼”的概念。我借着由子先吹了一声“嘶——”的匪哨，接着就“嗷、嗷、嗷”地学了几声“狼”叫。待我叫完了才霍然意识到，这回我终于打破了我们之间的“冷战”。

当她看到有兔子跳起来时，还挓挲着手臂，向前追了几步。而后一听到“狼”的叫声，就像被我扎了“针灸”、点了“穴位”一样，骤然而停地停住不动了。看来，她对“狼”的叫声下意识地敏感。

我也同样地敏感。我知道属于我的时机现在才到来。我像匹小马驹，呱嗒嗒地紧跑几步追上她，然后操着平抑的语调对她说：

“这么着吧，你的书包呢，不管你要不要了，我还替你背着；我的书包呢，里面有把藏刀，你就拿着防身用吧。万一，真的出了什么‘狼’呢？”

说完我摘下我的军挎，冲她一悠劲儿抛了过去，就像抛去了橄榄枝，抛去了我的光明与磊落。而她呢，本来还木讷着，直到我的军挎砸到身上，才愣愣地一接捂在怀里。完后，我迈起武二郎般的大步从她身前走过。待我走出了十几步，才听到身后唛唛唛地响起了紧追的脚步声。

这条山坳小路，足有两里多长，鸡肠子似的。走着走着的，两旁就嶙石错立，阴森幽暗起来。借着只有女娃才害怕的这般氛围，这回我只是佯装怒气地骂了她一句，“蔫娃子，你离那么远干么，狼把你叼走了都不知道！”，就把她“骂”得瞀然失措，赶忙跟上几步，与我前后脚地一起走了。

呵呵，没想到，这一路上浑身冒火地追来，又浑身冒风地吹着口哨，直到我吹完了所有熟悉的老歌和外国民歌，才好不容易追上她，才好不容易与她结伴同行。接下来，我当然要珍惜这难得的机会喽。

“诶，我说小妹妹啊，你别怕，我是北京来的知青，不是南霸天、黄世仁那类的，”终于，在走到一处有石坎的地方，我侧身等她，借机就用纯正的京腔问起了话，“一路上看咱俩这搭伙搭伴的，我也想问问呗，你是去圩东大队呢？还是去溧水公社啊？”

我想此刻的她，已然背上了我的军挎，已经随我“走西口”地走了这么长的路，该跟我说句话了吧。

“俺……”

可是，她只是欲言又止地吐出了一个字。

“我就在圩东插队。咱村里周家、范家、高家的千把口子人，我都认识。还有咱溧水公社的，像社里的林书记啦、李公安助理啦，还有卫生院的医生、护士谁啦，我都很熟哪……” 我自恃反应快，又浑身是嘴地抢白着说。

“那、那、那……你就是、是那个——‘赤脚医生’哩吧。”

她“那”了三声后终于开口了，就像扭捏着开了坛“女儿红”的酒。

听了她开口的第一句话，我当然很诧异。我急忙串回了当地的口音继续问：

“诶，你咋知道俺哩？俺脸上长鼻子长眼可莫长字哦。”

“俺、俺猜地嘛。”

她怯赧赧地答道。于是我们俩的对话，也就从酒里飞了出来。

“猜的？哇，你咋那会猜哩？不猜洪常青，不猜大春儿的，咋就猜俺是‘赤脚医生’哩？”

“俺听你又吹哩，又唱哩，都是风刮过来的嘛，就猜到哩呗。”

“喔噻，都是风刮过来的——从风里就猜出了俺身份！俺这回算是遇见高人啦，你是何仙姑投胎呢，还是哪吒转世呢？呼——呼——呼，又起大风了，‘大风起兮云飞扬，威加海内兮归故乡’，那你再猜猜呗，俺是‘好娃’哩，还是‘赖娃’哩？”

我紧攥着她军挎的书包带，还学了学刮大风的声音又说。

“你、你，是个好娃呗，北京来的嘛。”

她也紧攥着我军挎的书包带说。

“那俺就要问你了，你既然知道俺是‘好娃’，那刚才干么还躲着俺哩？好像俺是大老虎似的——”我佯装嗔怒地又问。

“俺那会儿，还知不道哩嘛，还没听见你又吹、又唱、又叫的，知不道你是真的嘛。俺以为你在转街哩，俺可不跟、不跟转街的娃打磨磨。”她也大喘气似地又说。

“哦，转街的都是‘牤蛋子娃’，你以为俺也是哩？”

“是哩——啊，不是哩，不是哩。”

“听到俺又吹、又唱、又叫的，都是风婆婆告诉你的，才知道俺不是哩？”

“不是哩、不是哩——啊，是哩……”

这回说完“是哩”后，她的眼角和嘴角，都抿出了羞赧的笑。

“反正俺哩，听说过你的事。你会拉手风琴，会唱好多歌，还会学、学好多动物叫哩……还有啊，人家说你是好医生，会扎针灸，给个娃儿扎好了病，结果哩，那娃就黍子面馍馍——黏上你哩，想招你上门哩，嘻嘻……”

她半口半口地说着，就像半口半口地抿着“女儿红”。

嚯，她不仅知道咱那件“绯闻”，还知道人家要咱“倒插门”！看来她肯定有点啥“来头”，肯定跟我们村或是哪位知青有着“地下党”般的联系。要不然她怎么知道那么多呢？呵呵，我得想个辙，把她当根“葱”，把她身上的“葱皮”扒干净。

我马上想到了她的军挎。我决定从这里入手。我将背着的她的军挎挪到身前，拍了拍上面的“红宝书”仨字，然后才慢悠悠地说道：

“俺刚才哩，不该看你书包里的秘密。可是俺好奇，就没心没肺地看了一眼，请你原谅哦。俺发誓，你的‘秘密’到此为止，这事俺决不跟任何人说，向毛主席保证！俺只想快点追上你，把书包还给你。现在你既然知道了俺，俺也知道了你，那你能不能告诉俺，你从哪里来，去俺那边边找谁哩？”

听了我的表白，她脸上立时泛起一片桃红。而后隔了好半天，才抬起头来答道：

“俺是从、从洪洞那边边来的。俺是去圩东找闫东的，也是去溧水看俺姐的。”

咳，原来是从洪洞县来的啊——对了，这就对了，像对上了接头暗号！经她这么一提示，我也就八九不离十地猜到了她的底细。

“那你从风里猜到俺，俺就从‘红宝书’里也猜猜你吧，”说到这里，我干脆把她的书包举到耳旁，做个煞有介事的姿态，“嘿嘿，你听，它可说话哩，它说你叫——刘月花，对不？”

我试探着问。问完了我一看她没反驳，就继续说下去：

“你叫刘月花，那你就有个姐姐叫刘丽花，是咱公社李公安助理的媳妇，在咱卫生院当护士，对吧？还有你书包里的那点‘秘密’啊，呵呵就不用说了，一定是田军留给你的，怎么样，‘红宝书’没说谎吧？”

“是哩。田军哥说，书包里的东西啊，可千万别让人发现喽。如果被人发现喽就说是捡的，打死喽也不能说是哪来的……要不然、要不然是要蹲大狱的！”

这回她学完“田军哥”的话，眼中射出两道决绝的光，就像小刀会甩出的两把飞刀。并且还将脖子梗了梗，像刘胡兰一样。

“呵呵，你真是我党的好党员。噗……唉……”

“噗”的一声，我差点喷出笑来。不知是为了她的天真，还是为了她军挎里的那点“秘密”。不过最终我噗出来的，还是一口“唉”的叹气。不就是两本手抄本的书吗？其实在我们知青之间，根本算不上什么大不了的“秘密”，更不该有“蹲大狱”般的精神压力！

很明确了，就像韭菜花拌豆腐，她，就是我们的一个哥们——田军甩了的女朋友！

田军何许人也？原来也是我们一块插队的知青。一年前洪洞那边招工，给了我们点两个名额，田军抓阄抓到一个就去煤矿当了采购。后来听说他常去附近的村里买菜、收鸡蛋什么的，一来二去的就结识了农家女娃刘月花。再以后，每当田军回村跟我们叙旧时，就常提起这个小月花了。不过几天前，田军已经办妥了“返城接班”的手续，恐怕黄鹤一去难复返了……

## —4—

待我们拐出山口的高坡时，已经到了下半晌。此时头顶上的那颗金蛋蛋，又像一枚切开了的咸鸭蛋，黏糊糊地贴在我们眼前的山坡坡上。

随后，我也像切开了的咸鸭蛋，黏糊糊地跟刘月花贴得近近的，黏糊糊地跟她聊得亲亲的，很快，也就把她了解了个底儿掉。

她说田军临走时，给闫东写了封信，嘱托她一定将信亲手交给闫东；她说她喜欢听田军唱歌，喜欢听他讲故事，除了有关天安门、香山以及香山脚下煤场街的故事，就是田军学电影演员的腔调，朗诵《列宁在 1918》里的台词了……说到这里的时候，她脸上还露出了“面包，会有的；牛奶，也会有的……”瓦西里女人那般的神色。接着她又说，她从田军那里早就知道了，如今圩东村的知青，只剩下一个“赤脚医生”和一个“九头鸟”了。

讲了一会儿她自己，本来挺抒情的，可是不知为什么，她突然情绪一转，还给我讲了个耐人寻味的故事：她说不久前，她的一位闺友悲剧的很，家里包办婚姻的“亲家”和自己恋爱的人之间，发生了一场“抢亲”的“械斗”，她闺友在乱战中还被砍了一刀——嘿，还真寸，砍在屁股上……她闺友出于羞辱与难堪，一时想不开竟卧轨自杀了！唉，真可惜。她说她闺友还是个“才女”呢，会刺绣，会作画，在洪洞的刊物上还发表过“作品”哩……她讲故事时，两只眼眸噶冷一下子就浸成了两朵水晶花。

这个田军，他葫芦里卖的是什么药？还有这个小月花，怎么一个人上百里路的来送信？我一边琢磨着其中的端倪，一边看着刘月花那泛着潮红的小脸，心中生出了悲天悯人般的滋味。

就这样，我们边走边聊着，不知不觉地就来到了水塘子前。从那哈向东边边儿一搭眼，不远前方的山坡上，已然映出了圩东村的轮廓。

尽管我们走在石子路上，离着水塘子的边脚还挺远呢，不过潮润的小风，还是吹来了一阵纷杂的嬉笑声。哦，我一下子想了起来，明天逢集嘛，这会儿一定有不少人来水塘子洗澡，为赶集而梳理准备呢。

我们村，早就相约习俗了一项“规定”。即水塘子东边的浅水区，是女人和娃儿们戏水的天地；水塘子西边顶头，包括深水区，是汉子们的“娱乐区”。你听东边那片蒿草的后身，响起的不都是“娘子军”的分贝吗？叽叽喳喳的、嫣声笑语的，不说有个连也够个加强排了。

“哎，我说月花，趁着天还没黑哪，咱们也去洗洗呗，看这满身土猴似的。”

我先把村里的“规定”讲给她听，随后大大方方地向她做出了提议。

“那片蒿草的后面就是浅水区，连两岁的娃娃都敢下去扑腾呢。”我鼓励着她说。

“嗯……”

月花像是不太情愿，还颇有些犹豫着。

“去吧，听话。不洗洗干净喽跟流浪汉似的，怎么好去见闫东、见你姐啊？”

我鼓励之后，还加上了点“强迫”。

接着我还告诉她，田军当初是我们知青队的队长，他常带着我们去水塘子最深的地段玩。我们一玩起来就疯，一疯起来就疯成光屁股猴，一猴起来就一个托着一个地爬上岸边的石崖，再一个接一个地跳下去……

“嗯——俺怕……”

然而月花还是磨叽着，似乎有些抵触。

“怕什么？就在浅水区跟娃儿们一起洗，别往深处去。洗完了，回到这里等我好啦。再说你去了，我也好去深水那边扑腾会儿啊。”

一开始，我还以为她不会游泳怕水呢。后来才知道她“怕”什么了——她怕的顾虑和理由，还真的给我们带来了“可怕”的后果。

“那好吧。”

经过我的再三劝诱，月花才噶冷一下子挓挲起手臂飘忽，扭动起柳腰起伏，跑向那片蒿草丛。我呢也一扭头，撒丫子朝西头深水区跑去。

待歇了个地头晌的功夫，我在深水区那边扑腾了会儿，就急忙赶了回来。这时月花已经洗完了，连头发都抹持得顺顺溜溜的在那里等我了。这回我们重新上路时，已经是肩并肩地一起走了。我们漫无边际地聊着村里的“美景”，迈着轻松怡然的步伐，朝前方的圩东村走去。

## —5—

我们村，坐落在一处小山坡上。我们信步来到村口前，正好与赶着一群羊的老羊倌撞个正着。老羊倌和他的羊儿一起咩咩着“信天游”。他见我带着个俊俏的女娃回来，立马就不“咩咩”了，可是嘴巴却还张着，且张着张着的，就涨得山洞般大，吓得月花直往我身后藏。

别说女娃家家的月花了，就连我们刚进村时，都被他的“尊容”吓着过。

他大名叫范宝崽，其实人并不老，还不到四十呢。只不过因为放羊的年头长，再加之左脸上长满了牛皮癣，右脸上有块柿饼大的烧伤疤，面部显得很“沧桑”，才被村里人称为“老羊倌”的。

月花向我身后藏，那我就做“泰山石敢当”。我跨上一步，向老羊倌打起了招呼：

“我说范大哥啊，您今儿个怎么收工晚了？”

“唉，莫想在路上哩，赶上地质队的放炮哩，只好绕路后山，从鸡爪岭那边回来哩。”范宝崽答道。

答话终归是答话，他那双贼狐狐的目光，还是一直聚焦在月花身上。

男人终归是男人，我的犀利利的眼神，也洞察了他的内心。我急忙做起了解释：

“她是咱家的客人，从洪洞那边来，她姐就是咱卫生院的刘丽花。”

范宝崽听后，这才合上了他的大嘴，才抹去了嘴边的口水，才瓮声瓮气地说：“俺说哩，咋瞅着眼熟哩，原来是李助理家的小姨子啊！”

平时一见到范宝崽，我这个当“医生”的，还会立马惦记起他家的媳妇来。别看他满脸老树皮似的，可是娶的媳妇呢，还曾是溧水一带最俊的“媳妇家娃”哪。只不过近年来，他媳妇染上了妇科病，动不动的就闹“血崩”，已经瘦成了一支秫秸杆，于是范嫂的病，也成了我心头上的一块病。

“我说范大哥，咱家嫂子的病好些了吗？您可得接着给她抓药哦。”

跟他说话的同时，我的眼前，又浮现出上个月给范嫂看病时的情境。那回好险啊，范嫂血流不止，下身像有口泉眼似的，汩汩漓漓地往外冒，当即吓得我直哆嗦，有好几针都扎偏了……

“哦，好哩，好哩，中哩，中哩。”

经我这么一问，范宝崽的目光才酸不丢丢地从月花身上移开。

我知道他不想说实话的意思，就是请你别再问下去的意思。

“好哩就好。那我们先走了，有事回头再唠。”

说完，我知趣地撇下范宝崽，带着月花朝山坡上走去。

其实你不知道，这个话题要是说深了，怕范宝崽他自己就尴尬了。为什么呢？原来范嫂的病，还是他肇的事哪！他是队里的羊倌嘛，放羊、宰羊的事由他包办，因此就常割下羊的眼皮来，弄成“羊眼罩”戴上玩，跟现在玩“成人玩具”似的，而且还不大讲卫生……

待我们走进村，天边挂着那几块火烧云，才灰凉凉地暗下去。

进了村，也就到了我们的家。我的脑海里闪现着北京的万家灯火，感慨着与这里的巨大落差，既充满期待又灌满伤郁地对月花说：

“咱大队高支书说了，等秋粮交了后，才能买电线，才能给咱村拉上电灯哪！”

月花听后，则一脸羡慕地对我说：

“呵，那多好啊，瞧你们村多进步啊。可是俺们、俺们那边边还抢亲哩。”

听了月花如此作答，我也只好顺情说好话：

“抢亲？都啥年头了还抢亲！太愚昧了，太落后了。那你啊，不如让你姐夫跟咱支书说说，来咱村‘插队’算了，这个后门好走。”

我知道我的这句话，一定会给我们都带来好多好多的遐想——贴饼子，会有的；面糊糊，也会有的……

借着头上月光的指引，我领着她不一会儿，就来到了专属于我们知青的窑洞前。

## —6—

我和闫东，目前不仅是村里人，还可谓是村里一号的“大地主”哪，我们拥有一座大宅院和九间窑洞哪！那是三年前，我们十七名知青还“全家福”时，县里拨专款给我们建的。宅院的大小，是按照篮球场般的大小圈的；贴着后山坡盖起的那排窑洞呢，则是两人一间。田军当时是我们队长嘛，偶数成双剩个“奇”，唯有他“特殊”些一人住一间。

如今，“全家福”散了，走了十五个了，于是那空出来的八间窑洞和空荡荡的大院，还有那副篮球架子，就都归我和闫东所有了。然而睹物思人，有时看着杆儿郎似地戳在风里、雨里的球架子，看着大家曾经进进出出、躺着坐着、哭过笑过的那排窑洞，常常愣神儿……

闫东似乎不在屋里，但是我又不敢肯定。

自从他变成了“九头鸟”，有时的行为也变得诡异起来，连我都摸不透他的心事了。不起床、不上工、不吃饭、不点灯的事时有发生。不过有一点，我还是蛮佩服他的，那就是他笨手笨脚地学起了编筐、编篮子，想多落个手艺自救。

“鸟，哥们儿回来了。哥们儿本想明天回来，好赶县里的集，可是啊……”

我还常把“九头鸟”的昵称，依据说话时的氛围不是简化为“鸟”，就是“傻鸟”了。我以为他没点灯，又是一个人闷在屋里“发癔症”，一迈进大院就打起了招呼。

我边说边走到我们俩的窑洞前，与之同时，还顺手掏出了身上的火柴。

那时，我们每天都要划上大半盒火柴。要抽烟，要点火做饭，晚上还要点煤油灯嘛，所以每嗞啦一声划着火柴，就等于烧着了一份苦恼和无奈，就会感到一分小小的惬意和乐哉。有时，还会想起安徒生式的童话：全世界三分之二的小姑娘都在卖火柴哪，我们“战斗”在农村的广阔天地里，不是很幸福了吗？听党的话，听毛主席的话，听贫下中农的话没错，只要听话，嗞啦一声就能划出美好的明天！况且今天晌午的火柴，不就嗞啦出一个爱听我吹口哨的刘月花吗？

我们的那排窑洞，可能是气场的原因、在暮岚中黑呼呼、静悄悄的，没有灯光，也没有人声。没有人声，就死物般的沉寂。这种格调的生活，我们早就习以为常了。

“这个傻鸟，又到哪儿撩闲去了，也不知道回家做饭！”

因为带着月花回来，我很想确认一下他的在与不在。我推开屋门，嘟囔着、抱怨着的同时，随手嗞啦着火柴。

“孙子撩闲去了。”

随着火柴光的亮起，屋子的角落里映出了个人形，同时也传来一句嗔怒的骂声。

“哦，你在家呢。”

“多新鲜啊。”

他有一次曾对我说，他一个人先到家时，往往有种怕别人笑话的凄凉感。于是在不想编筐、编篮子的时候，反而愿意在黑灯瞎火的角落里，就那么卑微地糗着、糗着、糗着的，死物般地糗着，下了“大狱”般地糗着……我知道这个傻鸟倔得很，他是想让心底生出一大堆万劫不复的凄凉来，从而以毒攻毒，去毒死凄凉。

我掐着手中的火柴头屁股，用烧了手指尖的代价点着油灯。可能是出于错怪了人的负疚吧，我以为赶忙招呼着月花进屋，赶忙介绍给闫东，会有所补救。

“月花，进来吧。闫东，你看谁来啦——刘月花！哦，田军让她给你带来封信！”

说完，我一看屋里的亮度不够，又怕闫东吓着月花，又怕月花看不清闫东而吓着，还调高了小油灯的捻子。

平时，我们已经学会了要省油、省灯，我们已经变成了省油的“灯”，调捻子只往小了调。

一路如走过了春秋。我基本上了解了月花的性情。我本来想，月花一定会大大方方地走进屋来，也应该大大方方地走进来。而我们作为“负情郎”田军的哥们一方，就算是友情出场吧，“替人戴过”吧，也该热情地去招待招待人家才是，何况，人家还扮演着信使的角色呢？

可是让我没想到的是，闫东从墙角里站起来，竟然一出口，便甩出了几句“糙话”：

“那厮憋的是什么屁？给我写什么信？别他妈跟大爷逗闷子了！”

“嘿，你这人……”

要说他噎我个大窝脖倒也无所谓，然而人家月花可是个女娃，是位客人啊，怎么能用这样的“糙话”来迎客呢？

“谁不知道他呀，没撅腚就知道他拉几个羊屎蛋……”闫东继续不管不顾地说。

“人家田军可是美意啊，河鱼天雁托音书嘛……”

我一看气氛不对，急忙打起了圆场。

可是闫东非但不领情，还把我也捎上了：

“踐、踐，你他妈的也鸭子似地跟着踐。老子不吃踐，也不吃人家啃过的馍！”

果然不假，闫东这后句话让月花一愣，脸蛋立时耷拉下来，且发作了。她忿忿地从兜里掏出个信封，狠狠地朝屋里一扔，就一个急转身，跑向已然落下了帷帐的月夜中。

“你——你丫吃呛药啦？”我真想上去给闫东一拳。

“你他妈才吃了哪——迷魂药！”

“你他妈的……”

“你他妈的！”

“你、你这人真是不可理喻！要是出了什么事，看我不拿你是问！”

我用手指尖戳着他的鼻头说。说完，我也一个急转身，追出了窑洞。

## —7—

外面已经月光如水了，泻在大地上银盘子一样。月花跑得飞快，每声脚步都像是往盘子里摔豆，噼哩啪啦的让我好不心揪。

看来闫东还真“记仇”。

也是。一年前，洪洞那边的煤矿，只给了我们点两个招工名额。男名额让田军抓阄抓去了，女名额呢，则让一位叫高海燕的女生抓去了。于是跟闫东已经有了点那个意思的“海燕”，也就不在“暴风雨中翱翔”了，变作“小麻雀”而一去不复返了。你说，闫东能不窝囊吗？

在月光的沐浴下，跑在前面的月花背影，显得愈加白花花的亮了。

无疑，现在月花只能越过前面的那条水渠，去公社投奔她姐了。看来眼前的水渠，就是我们之间的“楚河汉界”哩：她姐夫毕竟是公社的公安助理啊，也算个“泗水亭长”了，她过了“楚河”，我们的处境能不雪上加霜吗？

我又想起了吹口哨。事实证明，那是我和月花沟通的成功媒介，我相信我的口哨足以胜过说教。我急忙将嘴巴嘬成吃奶型，又旋出了“十五的月亮升上了天空哦/为什么旁边没有云彩”这前两句。不过接下来，连我自己都没想到，我遽然之间不想“吃奶”了，我来了狼性想吃肉了，我恨不得将月花当羊羔羔叼了，我张开大嘴狠歹歹地唱起来：我等待着美丽的姑娘哦/你为什么还不到来哦——我竟然将歌词也当成羔羔羊咬了……

瞧你又吹又唱的，真是声情并茂，我要是女的也得被感动——这是闫东事后酸不唧唧跟我说的。

而我当时呢，也认为月花站住了，站在了横渡水渠的过桥前，肯定是因为我的歌声起的作用。你想啊，那首歌的歌词被我咬得那么肉麻麻的深情，她能不泪花花地感动吗？殊不知此时，“九头鸟”已经抄小道追上我们，像大侠李铁拐似地定在了水渠的过桥前。

前有围堵，后有追兵，月花不得不赌气地侧过身去，把目光投向了夜空。我猜，这时她肯定恨不得变成飞天的嫦娥。

“我给人家赔不是的时候，宁可挨几个耳光了事。谁让咱腿脚不利落，站又站不直，跪又跪不正呢。”

这是闫东当时又臭又硬的赔罪话。

“你看我们的家，还像个家样吗？我们盖了好几年的被子都滚包了，一直没拆、没洗过；我们过年过节的从未剪过窗花，贴过福字……你既然来了，起码待上几天呗，帮我们拾掇拾掇再走啊。”

这是我当时说出的话，也是赖不叽叽眼泪啪嚓的。

不知是被闫东，还是被我，还兴许是被窑洞里的蜘蛛网粘住了。月花仰头望着月宫，叹出一口长气。

我和闫东都从那口叹气中，听出了她的茫然与无奈。

“喏，月花，我给你揣了个贴饼子来，你一定饿了，给个面子先吃了再说。”闫东赔完不是，还掏出个纸包，硬塞进月花手里。完后他一转身，竟冲着我数叨起来，“我说‘托洛’啊，你丫好不容易去了趟县城，怎么空着手就回来啦？也不给咱哥们捎回点好吃的。”

这时的闫东，居然还跟我玩起了呖哏叻，还蛮不吝地喊出了我的一个外号“托洛”，这委实地让我下不来台。

我有两个外号，一个叫“赤脚大仙儿”，听着还算入耳，算是褒奖我这个“赤脚医生”的吧。另一个叫“托洛斯基”，就是“苏联修正主义头子”的名字，简称“托洛”，纯属是奚落我的。这后一个外号，还是田军那厮给我起的，我最怕他们在女娃面前叫了，因为其中还有个“典故”哪。

那是我们知青大院没建成之前的事。我们男生一直挤在老乡家里睡大炕。有一次，我们糗在被窝里逗贫嘴，逗着逗着就升级了，就又掀被窝、又扒裤衩地闹将起来，还打上赌，赌赌看谁褥子上的“脱落”物多。不知听谁说的，说“媳妇家娃”的，都是两道弯儿的，而“犴蛋子娃”的呢，则是三道弯儿的。结果呢，我“力压群雄”，以两位数的高分拔得头筹——“脱落”掉的都是三道弯儿的嘛！于是“脱落”与“托洛”谐音，这帮哥们就穷开心地叫起来……你说，这个“典故”要是让女娃家家的知道了，我的脸还不成了猴屁股？

“呵呵，你这只鸟，你臭来劲是吧！”

“你才来劲呢。”

“我可没‘空手’回来，月花不就是我带回来的吗？”

“你别打岔，我说吃的。哥们上回去县城，就给你带回‘闻喜煮饼’了。”

“吃吃，你就知道个吃，也不检点检点你这张臭嘴！”

“你嘴香？光知道吃‘独食’，噎死你！”

“嘿嘿，就是香，还是大葱猪肉馅的，十六个，馋死你！”

“噗嗤”一声，月花笑了，看着我们俩“打”得不可开交的窘态。不过，只是笑了一声，接着一低头，先是嘤嘤啜泣，随后就稀里哗啦地哭将起来。

我和闫东，也就藉此不闹了。我们俩愣愣地站着，愣呆呆地、呆愣愣地，一时还找不到规劝的语言来。

这时，我又想到了故伎重演。我就对泪花花的月花说，你要是回头——转，齐步——走，我就再给你唱首歌，唱电影《生命的火花》中的插曲。没等抽噎着的月花表态，我就讲起了电影的梗概：一个去边疆垦荒的女娃，在生活中、劳动中与天斗、与地斗、与人斗、与伤病斗的故事。我一口气讲完了故事，接着就唱了起来：宝贵的生命属于人们，让生命的火花放射光芒，昂首前进，意志如钢……我用心地唱着，刚唱完第一段，泪花花的月花就回头——转，齐步——走地当上了我们的排头兵，走在前面了。于是我居中，闫东殿后，我们三人肯定是合着歌声的拍子，齐刷刷地走回的圩东村……

## —8—

又踏进了我们的“家”。

我急忙翻出家里的“存货”—— 平时舍不得吃的挂面和腊肠，对月花说，这可是好东西，北京带来的，在你姐家是吃不到的。说完就烧上锅，做起饭，手脚麻利得像表演。

而闫东呢，也没闲着。他说我们今晚啊，应该给月花腾地方，让她睡在我们现在的这间窑洞里，这间多少还有点家的模样。我们呢，则搬到田军住过的，现在挂满了灰尘和蜘蛛网的那间去。我当然没意见喽，说对，还是你心细，你就安排吧。于是他屁颠儿屁颠儿地踮着脚，把他家给他置的紫红色被卧，和我妈给我做的绿花格被卧，都抱走了。完后翻出一套女知青留下的被褥，一会儿用手揉搓着，一会儿用脸贴搓着，乐呵呵地给月花铺好了炕。我的心里啊，已经是想笑不敢笑，不笑又憋得慌了。我的情绪也肯定溢于言表了，惹得闫东反过头来又笑我，说我的驴脾气变成驾辕的骡子了，说我现在像个笑面佛。看来月花的到来，一石激起千层浪。

吃完饭，时候当然不早了，也就不好意思再糗着人家女娃了。我们赶忙给月花找出脸盆、毛巾、牙刷和肥皂，让人家准备休息。我和闫东这边呢，也毛毛糙糙地收拾一下，转移到田军住过的那间窑洞。

那间窑洞已经被闫东收拾妥当。灭了近一年的小油灯，重新被点燃起来。我乍一恍惚着看去，好像油灯的光圈里还闪出个人影。那个人影一亮相，便亮出了田军恶作剧时的狡黠神态，肉麻得让人浑身不自在。好在那个人影转瞬即逝，屋里留下的，只有我妈给我做的绿花格被卧，和他家给他置的紫红色被卧，让我们从冷清中，又奢想到一丝温暖。

待我回身掩好屋门，闫东就憋不住了，就挑起了田军那封信的话茬。

“我说托洛，那厮写的信我看了，你也看看吧。这个王八蛋，这不是在跟咱玩呖哏叻吗？他把人家甩了，人家才十八岁啊，能不找上门来吗？”

闫东说着的同时，从兜里掏出一封信来，显然是月花一怒而扔下的那封。

其实不用看，我就猜到信的内容了。就连县知青办的姜主任，都熟谙了我们的套路。他常说，你们这些北京娃啊，文笔真好，把死人娃都能写成活人娃，把一屁股的粪粑粑都能写成甜面酱喽！每个人都把自己走后门“当兵”、“病退”、“接班”回北京的理由，写得是又合理、又合情、又凄美、又感人的。走了，反正没正式结婚呢，有的破罐破摔的男娃甩了当地痴心妄想的女娃和女娃肚子里的小娃一走了之的也就算了呗，可是有的破罐破摔的女娃跟了当地的男娃还有了他们无辜无罪的小娃也敢一跺脚地断了情缘走人，拿你们的话说这叫“撒丫子颠儿了”，“拜拜了您哪”，把平时说不出口的话，都惨兮兮地留在信上了，写的都像章回小说似的，还等着“第二次握手”呢……

“明摆着，田军这厮是在玩花活，把擦屁股的事甩给了我。”

闫东将手里掂量着的那封信，忿忿地递到我眼前。这样一来，我也就不能不接那封信了。

果然，前面写的又是老一套。田军先是写了月花怎么怎么的义无反顾，他又怎么怎么的割舍不下。接着话锋一转又写道，谁料到他还不到五十岁的老爸，用提前退休的代价，给他办了返城接班的手续呢？谁又料到他苦命的老妈，又抹脖子又上吊又吃耗子药地威胁他，让他一定把根留在北京呢？不仅不同意他和月花处下去，还给他说了个北京工作的黄花大闺女呢！

说他“缺德”，是个薄情郎吧，这让我们又于心不忍。因为信中所谈的，又让我们恍恍惚惚地看到了一个或许是喜剧式的未来——闫东，你不是说，你向来看不上北京的疯妞，北京的疯妞也看上你这个“九头鸟”吗？月花可是个纯朴的好女孩儿，你不妨跟她处处，我看你和她对脾气……以前我侃的那些“黄段子”啊，其实都是自我陶醉的“牛逼”。你想啊，她是反抗家里“包办”逃出来的，她把毛主席身边来的人当成了大救星，把我当成大哥哥看待，我敢让她陷得太深吗？

我敢开她的“苞”吗？哥们儿冲着中南海向你起誓，哥们儿就是寂寞时跟她聊聊天而已，连一粒奶葡萄都没敢嘬……

喔噻，这个吹牛不上税的家伙，还真敢“开牙”。要说他不敢“开苞”，我多少能信，要说他“老实”得只是打立正，那就有点“掩耳盗铃”了。我们男生谁不知道他底儿“潮”，冲着大队养的“杨贵妃”——就是一头白花花的老母猪，还打过隔山炮哪！

## —9—

“事到如今，别的就甭提了，只说眼下，你打算怎么办？”

信，毕竟是写给闫东的。我囫囵吞枣地看完信，就向闫东发起了问。

“兵来将挡呗。明儿个问清了月花的想法再说。”闫东答道。

“问什么，问人家女娃的想法？你蔫不蔫啊你个大傻鸟！人家上百里地赶来，你以为就是来送个信的？”我跟他急着白脸起来。

“那也得搞清背景啊。”

“背景？啥背景？你是中组部审干哪！一个刚十八岁的村妞，不外乎心气儿高点，眼皮往上翻点，没看上家里包办的，想找个知青呗！痛快点说，你想不想跟人家对对眼？想，明天我就帮你说！”我摆出一副盛气凌人的架势又说。

“对眼？还是你去对吧。我可是个缺零件的，跟你们这些全须全尾的起啥哄啊……”

“比比麦贤德，你那点小伤算个屁！再说了，你缺的又不是太监的那根，心虚什么？”我又帮他打气地说。

“别拿我开涮了，你以为我看不出来啊？”闫东似乎受了刺激，瞪着眼珠子嚷起来：“田军这是装孙子，连他都没敢上的小马驹儿，我这个瘸子敢上吗？他这使的是连环套，怕伤了咱俩和气，是想让我知难而退！”

嘿，此刻的闫东，不知是猴急了，豹变了，还是憋死牛了，又要起了小性。

“你想哪儿去了？”

我嘴上这么说，可是心里还是蛮佩服田军的。还用挑明吗？他和闫东毕竟是发小，他要是把信直接写给我，那还不找抽啊！

“看得出来，你对月花颇有好感，比我‘强烈’得多，不如你把他接喽，以后带回北京去，这多踏实啊，总比梦巧强多了吧。”

闫东继续没好气儿地说，还以守代攻地将了我一军。

我知道，闫东的心态一直很惆怅。他并无恶意提到的梦巧，正是我扎针灸扎出“绯闻”的那个“对象”——村里贫协主席周老汉家的小女儿。那是两个多月前的事了。梦巧抽了“羊角风”，她爹来找我，你说我能不去给她扎针灸吗？扎“羊角风”的最佳穴位，根据古书《十四经发挥》上的提示，就是扎“乳中”了，也就是从乳头中间扎下去……结果呢，刚扎了小半个疗程，事情就闹得不好收场了。先是有人说我“扎”了人家黄花大姑娘的“穴”，以后人家咋嫁啊？后来就有了周家想让我“倒插门”的话茬，乃至于梦巧本人呢，最后也不依不饶起来，说我霸王开过弓，闹腾着非要我给个说法不可……

“你丫甭转移大方向，现在说你呢，你怎么就不解风情呢？——月花可是在田军的苦心规劝下，才来找你的！”

说完，我把那封信一甩，就犹如把月花和我的心烦，都一起甩给了闫东。

“我不解风情？呵呵，我的命我自个儿知道，用不着你跟我逗闷子。”

闫东则更干脆，一挥手，就把我扔过去的信打落在地。而后隔着老远呢，对着小油灯就唏唏嘘嘘地吹将起来，直到把小油灯吹灭为止。

他吹灭了油灯，赖不叽叽地爬上炕沿，就顺势一倒，四爪啪嚓地躺下了。于是我也跟着他蹿上炕头，倒在他身旁。接下来，两个根本就没有睡意的“犊蛋子”，望着窗外长夜抱在怀里的那轮明月，心底乱如麻。

然而心底越乱，越看窗外白花花的月亮，就越像队里的那头白花花的老母猪——“杨贵妃”的大屁股。于是看着看着的，看得大脑缺氧，小脑充血，就不得不找个话题转移视线了。

“哎，我说鸟啊，听说‘二号’要挺‘七号’出山了。只有他重出江湖，咱们才有念想。”

我侧过身来，有一搭没一搭地对闫东说。

“那顶屁用，不还得看‘一号’的阴阳脸儿？”田东没好气儿地答道。

“嘿嘿怎么说话呢？犯忌啊……”

这话不投机，一句就打住。

“哎，听说‘病退回京’的新政策要出台了。只要咱这边县级以上的医院，北京那边区级以上的医院，开出同样‘有病’的诊断证明，就有戏，就能办手续回京了。”

我又说。说完了我才意识到，我这句话更不中听，更惹他心烦了。

其实，自从他没了根脚趾头后，他的“身份”就远比“病退”的还牛逼了，因为那时关于“病退”还没下“红头文件”呢，而“残退”已经有“红头文件”了，要办“残退”回京，那可没人敢阻拦。但是问题还是出在他北京的家里了——他总是沮丧地想，他爸跟他后妈和后妈带来的两个小妹妹，住在一间只有十平米的小房里，会接受他“残退”回京吗？

“有戏、有戏，你们他妈的都有戏，都给我滚！托洛，你丫也带着月花给我滚！你们爱去哪去哪，反正别在我眼前晃悠！唉——”

闫东说完，就伏在炕上抽泣起来。

“嘿嘿，你个鸟人冲我撒什么气？走就走，明儿个我就喝碗煤油，去医院开个心脏病证明办‘病退’，把这儿的窑洞和月花都给你留下，我才不要村妞呢！”我也拱着火地对他说。

“呵呵，你不要？你不要你把她哄得那么乐呵干么？你当我眼瞎！”

闫东更是不甘示弱，大声嚷起来。

“你这、这哪跟哪啊，怎么一转眼就尥起蹶子了？人家点名来找你，我能不给你撑面子吗？你怎么连好赖四五六都不懂！”

“我用不着你撑面子！你们明明知道我这副德行，还拿我开涮，我不需要你们怜悯！”

闫东这回嚷完，一拱身子便把后背留给了我。紧接着，一声震耳欲聋的屁响，直冲着我呼啸而来，大有崩塌窑顶之势。

“嘿，你这鸟人，不会悠着点啊！”

我知道在憋死牛的人面前，说多了没用，索性，也就不往下说了。我也顺势一翻身，将身子砸进炕头的另一角。

肯定是心火加焦虑、重力加速度的扭力，这时只听我屁股底下“嘎嘣”一声，我意识到我身下的火炕塌了，塌下去一个坑。

无奈，我只好下炕点燃油灯端过来，掀开炕席查看一番。

不想这一看，还真让我看出了名堂：

“嘿，闫东你看啊，这火炕下怎么、怎么好像有地道啊！”

闫东先是讪不唧唧地扭头看了一眼，接着一抖机灵也跳下了炕。

看到挪开了碎砖的炕下有个大洞，看到洞的延伸走向，俨然是从地下穿墙而过，出了这间窑洞的，我们俩显然是秉持着共同的直觉和感应，都想到了一块。

“嗯，毛主席说‘深挖洞广积粮，备战备荒为人民’嘛，这一定是田军那厮改造的。”闫东说。

“对。这屋就他一人住，要是我住这儿也会挖的。”我也跟着说。

说完，我还“地道战，嘿，地道战，埋伏下神兵千百万……”地，哼出了两句电影里的主题歌。

“出口一定在东墙外。”闫东又说。

我们家院子的东墙外，乃是一片杂草丛生的荒地。荒地沟沟壑壑的，一直连到后山的鸡爪岭呢！

“对。诶！鸟，你听你听……”

世上的事情就是这样，一波未平一波又起。这时，真的说不好是我的直觉，还是这个炕洞带来的启示，我仿佛听到外面有什么动静传过来。

## —10—

“……你听你听，院子里是不是有啥动静？你把院门插好了吗？”

我竖着耳朵，紧绷着神经对闫东说。平时，像关院门啊，吹灭小油灯啊，把备用火柴、手电放在固定的地方啊，这些事总是细心的闫东抢着做。

“插——了。”

“真的？”

“那有什么假。”闫东不耐烦地答道。

“那，放火柴、手电的地方也告诉月花了吗？”

我一向喜欢跟他逗闷子玩。不过这次与往常不同，显然，我是带着双重的关心和试探，才这么问的。

“嘿，就你明白似的——忘了、忘了……”

闫东同样，这回恐怕也是出于赌气的心态，故意逆袭着我这么答的。

“忘了？那万一人家夜里上茅呢？”我步步紧逼地说。

“人家上茅的事你也管啊，干脆你去当手电，亮在茅子里算了！”闫东气吭吭地反击着我说。

“我可是跟你说真格的——你听，呀！好像……像有人在哭！”

说完，我撇下闫东，冲到门前拔下门插就夺门而出。

篮球场般大的院子里，满地都是滑亮亮的月光。我踏出屋门，就像踏进了什刹海的溜冰场。只不过眼前空荡荡的，像散了场般的清凉。

在南边院墙的墙跟下，我们还挖有一个存储食物的菜窖。我们原有十七口之多嘛，菜窖挖得比一般人家的大。我刚才冥冥中感知到的“动静”，就好像是从那边传来的。不过，那边还堆着柴垛和一些废旧的农机具呢，所以我一时还很迷茫，搞不清发生了什么事。我顺手抄起一把扬场用的木掀，就直冲菜窖那边走去。

“呜、呜、呜——”

待我来到菜窖前，疑是刚才的“哭声”又出现了。这次由于听得真真切切，也就坚定了我的判断：一定有个什么东西——不是东西也是东西的“东西”，不是钻进了我家菜窖，就是躲在了南墙跟的某个角落里，而且它显然不是普通的家畜！那，这个“东西”会是何物呢？会伤人吗？

“我说‘大仙儿’，小心哦。”

这时，刚才还跟我较着劲的闫东，也尾追而来，手里还攥着根碗口粗的木棍。我是“赤脚医生”嘛，闫东也常常阴不阴、阳不阳的这样称呼我。

“你干么来啊——你不是说我‘成心’吗？”

我继续观察着前面的动静，连头也没回地对他说。

“呜、呜——”

那个响动又出现了。立马我那颗怦怦跳的心，顶到嗓子眼上。

就在我和闫东寻视着前方，向前咄咄逼进的时候，我们的身后又传来窸窣的脚步声，并闪出手电的光亮。我们侧身一看，呵呵，是月花！看来她也被“惊扰”了，也来加入了我们的行列。

月花的出现，让月光显得越加清凌。清凌凌的月光也仿佛只笼罩在我们俩的身上。而且随后，她提醒我们说的话，也加深了我的预感。

“刚才俺出来放茅，就听到墙边边有动静哩，俺还想去叫醒你们哩。”

月花边说着，边凑到我们身旁。

“那你看到什么没？”闫东急忙问。

“俺莫看清，只看到个黑影一闪……”

“没看清？你再想想看，像四条腿出溜溜跑的那种，还是两条腿鬼头鬼脑的那种？”闫东继续问道。

“莫等看清哩，一闪就莫哩嘛。”

“呀！会不会是——”

没等月花说完，闫东自己就若有所思地嘀咕上了。

“是什么？”我急忙催问。

“会不会是周老汉家‘闹寿’那次，打死的那只的另一只啊！”

“啊……”

经闫东这么一提醒，我的心里也敲锣似地闹腾开来。要是那次的“那只的另一只”的话，那咱家，可就真的“闹鬼”了……

## —11—

我们家西墙外，有个沟坎分明的土包。土包西边，就是贫协主席周老汉家了。

那还是刚打春的一天。闫东当时还没变成“九头鸟”，我也没惹出“绯闻”呢。一大早的，我们俩就抱着个胶皮篮球，又三步跨，又远投地在院子里开始了晨练。

突然，墙外土包那边喧嚣声乍起，吓了我们一跳。紧接着我们先是看到一只，后来又跟上来一只，只见两只土豹子般大的“大猫”，嗖嗖带风地从墙头上飞跃过来，一落到我们这边地面，便一瘸一拐着围着墙跟跑起了圈儿。看来它们受了伤，跑起来很吃力了。

随后我们家的院门，便被周老汉和他儿子长生、女儿梦巧等一帮子人给拱开了。他们手里拿着“战天斗地”的那套家活什，就是镰刀、锄头、耙子什么的，像“秋收暴动”似地一拥而进，冲着那两只“大猫”就追杀起来。他们喊声大作，他们气势如虹，他们横扫三军如卷席，不一会儿就将其中一只逼进了我家菜窖，而后又围攻起另一只。

接下来的场面激烈极了。身强力壮的长生“俺日你个球”地吼骂着，挥起手中的镰刀，一刀就砍进了那只“大猫”的后臀，把镰刀头都嵌进肉里了，血溅一地。紧跟着这伙人围拢上去，几把锄头、耙子的同时挥下，眼看着就要砸到它头上——

不过就在那最险峻的关头，是生、是死的绝唱关头，那只“大猫”并没有坐以待毙，而是绝地反击了！它瞪起牛眼，乍出“虎牙”，它肯定是忍着剧痛一跃而起，冲着周老汉就撞了过去……哇，真是不可思议。它这拼死一撞，愣是把周老汉撞了个趔趄，继之就见它嗖嗖嗖地利用周老汉的身体做跳板，来个三级跳，蹿上墙头便落荒而逃……

躲进我们家菜窖的那只，就没那么幸运了。它身陷囹圄，没几个回合就被长生拍死了，后来还被剥了皮，炖了吃了肉。

事后我们才知道，那是从鸡爪岭上下来的两只“山狸子”。听说后山里的山狸子和周家之间，还曾有过什么“前仇”哪，那天夜里下山来，纯属是来“报复”的。它们目标明确，就像加里森敢死队似的，径直闯了周家的“寿堂”。它们偷吃了“寿供”，打翻了“寿蜡”，“寿蜡”还将刚刚抬进家的“寿材”烧黑了，险些酿成火灾！这下周老汉可就发飙了，他咬牙切齿地说，它不让俺“好死”，俺也不让它“好活”，俺跟它“不共戴天”哩！发誓非要剥它皮，吃它肉，补寿不可……

然而有关周家和山狸子之间，究竟发生过什么“前仇”，我们当时就不知情了。直到前些日子，我去鸡爪岭给个老猎人看病，才从老猎人嘴里打探到虚实。

据老猎人说，有一年闹饥馑，周老汉家到鸡爪岭下夹子，把一面坡的山鼠都一网打尽了，还从鼠洞里挖出好些麦子和大豆来！打那以后，山鼠偷粮食、山狸子吃山鼠的生物链被掐断了嘛，鸡爪岭上的山狸子也就跟周家结下了“梁子”。

再有一说，就属于那类鸡毛拌韭菜——乱七八糟的事了。听说以前常发生在娶不上媳妇的穷人家里。用今天的话说，就是长生兄妹自摆乌龙，在鸡爪岭那儿正“光腚推磨”的当儿，被山狸子撞见了……按山里人的说法，被山狸子撞见了，就等于被“山鬼”诅咒上了，本着不杀生不“解咒”的陋习，周家人一见到山狸子，也就分外眼红了。

那，我们现在该怎么办？我和闫东唰地回放了一遍周家和山狸子之间的那场“大战”，我身上的寒毛立马挓挲起来。

由于月花挤在我和闫东中间，我们隔着她相觑了一眼，便无声代有声地决定了：千万可别惹火烧身哦！如果——如果真是上次那只山狸子的话，看在它“怀恋同胞，想念旧友”的情分上，索性把院门打开，然后菜窖那哈、柴垛那哈，总之满院子的轰呗、赶呗，把它赶跑了算，跑得越远越好，只要我们别跟着“沾包”，别让周家人撞上喽就行！

我们急忙将月花，劝回了我们现在住的这间窑洞里。这边离南墙根近，犹如坐正面看戏，我和闫东都有表演欲。完后我和闫东又回到了菜窖前。

安排完毕。我想此刻站在窗前的月花，一定为我们俩担着惊、受着怕。

这次，我没打贲儿地上前就掀开了菜窖上的盖板。闫东也不示弱，紧跟着就将手电照了进去，然后上上下下、前后左右地照将起来。当闫东的手电扫了两遍，扫到最旮旯的角落时，呵呵果真，我们看到个“大家伙”躲在那里！它硕大健壮，它正矜着鼻子、呲着虎牙、挑着豹子眼地瞪着我们，似乎要与我们大战一场！

“阿弥陀佛，求求你了，快上来跑吧，别再给我们家惹祸了……”

闫东一见此状，干脆单掌一立，还向山狸子求拜起来。

“我们可没招你哦，要是被周家人发现了，再发生‘人狸子大战’，那、那我们家不成‘凶宅’了？”

我也一样。一想起上回的血腥场面，一想起周家的娃子挑着张血淋淋的狸子皮满村地炫耀，我是肝儿也颤，脑袋也大，浑身透心凉的不自在，几天都吃不下去饭。

但是随后，任凭我和闫东怎么轰，怎么赶的，甚至我们还操起木揪、木棒去打，那只山狸子就是不上来，比犛牛蛋子还倔，和我们窖里窖外地斗上了“法”。

如此这般地斗了十几回合，我和闫东已然是冷汗热汗一起冒、冷言恶语一起上了。

“你丫不怕死，也别连累我们啊！”

“还不上来啊，还等着让人大卸八块哪！”

“人死都如灯灭呢，何况死你个狸猫狗子算个球！”

待我们发了一通牢骚，沮丧的我，才恍然想到了问题的症结。我急忙对闫东说：

“咱们在上边占着有利地形呢，它哪敢上来啊？它恐怕还记着那些锄头、耙子哪，不如……”

“不如什么？”闫东追问道。

“不如拿根腊肠把它逗上来。”

“腊肠？人都个把月吃不上一口呢。”闫东撇着嘴说。

“舍不得孩子套不着狼嘛。再说了，咱们也不能老这么耗着啊，夜长梦多嘛！”我又说。

“嗯，也好，也只能这么办了。”

接下来，尽管有些不舍，闫东还是返回屋里，拿出根北京带来的腊肠，还晃悠着在鼻子前闻了闻，才掰成三段。我当然明白他的意思喽，我接过一段，就去了院门口。我把大门打开，我还故意弄出点响动，才将那段腊肠，放在大门外的台阶上。闫东呢，则将一段投给了菜窖里的那个家伙，又将另一段放在了菜窖的盖口上。我们如此这般地布置一番，才一起躲回了月花在的窑洞里。

窗外明月高挂，窗里人心高悬。我们三人，还是月花在中间的顺序，身子挨着身子、头挤着头的，倚在窗前朝外望着。我情不自禁地还矜起鼻子，噘起牙花子，踩起脚丫子，好像我就是那只山狸子，心急火燎地要跳出“火坑”，要赶快逃离这个鬼地方……

## — 12 —

经我们这么一折腾，菜窖那边反而哑炮了，陷入了沉寂无声。又过了片刻，相反是大门口那边生出了动静，而且还是月花先发现的。

“诶，看哩，你们快看！”

月花用她的小肩膀，拱了拱我后才大声说。

那轻轻的一拱，绝对暗示着对我的倚重。我扭头会意了一下她的眼神，便急忙转向她提示的方向。

那是大门口方向，那里背光，“黑洞”一样。我一眼就看到了黑洞一样的大门外黑中泛白，有个灰不塌塌的人影在晃动。那个影子起先像是匍匐在地，而后晃了两晃，便晃悠着站起来，然后晃着秧歌步似地晃进了我家院子，嘿，还一顺手，把我敞开的院门给掩上了！

这家伙是谁？手真欠！

待来人掩好门，一转身，再晃悠着朝我们这排窑洞走来，我才看清了来人的面孔——哦，原来又是老羊倌范宝崽。

既然是他，我以为我十有八九地猜到了他来的缘由。

上次范嫂闹血崩，也是在这“上应太阴，下应海潮”的月满之夜。范宝崽也是这么跌跌撞撞地跑来找的我，还跑掉一只鞋，跑丢一杆烟袋枪。他人还没进院呢，喊声就飞了过来——小赵哩小赵，俺屋里出事哩！

那天我和闫东，也像刚才似地躺在炕上，正聊着谁家“娃”的前边大，后边翘，身上白，小蛮腰呢。一听到范宝崽扯着嗓子喊我，我急忙跳下炕，拎上急救箱就朝他家跑去。

到了他家，几个婆娘姨娘家的已经到了，正在屋里忙活着哪。我推开屋门一看，好嘛，满地上扔着的除了碎银子一般的月光，就是女人夹在裤裆里的那类烂棉花了，一团团、一簇簇的，又像挂在夜空中的云彩，又像老牛拉在地上的草粪。女人用棉花堵“月漏”，这谁都知道，可是一看用了这么多，我这个当“医生”的也傻了眼，这拾掇拾掇有一麻袋了，岂不赶上王母娘娘的“天漏”啦！我急忙挤到炕前，才见范嫂只盖着条红被单，死人似地躺在炕上没动静。我一看情况十万火急，不由分说掀开被单，就给她扎了“断红”、“中极”、“神厥”等穴位。果然，我捻针、停针了不一会儿，就听上头“娘哩”的一声，下头“噗嗤”的一声，一股污血从范嫂身下喷出来，里面还夹杂着一节大毛毛虫样的东西！

“瞅瞅、瞅瞅哩，都是你干的好事！”

“真是个混球、混球！你咋不戴着它钻地缝哩！”

“干脆戴个牛鞭梢的，勒死你算了……”

紧接着，若不是那几个婆娘姨娘家的炸了窝，掐得范宝崽身上青一块、紫一块的，我怎么也联想不到那个“大毛毛虫”样的东西，就是汉子们津津乐道的“羊眼罩”……

那现在，范宝崽又是大半夜的来了，莫不是又干了什么“好事”？

“大仙儿你看，又是宝崽。”

这时闫东脑子里反映出的，恐怕也是老羊倌家的故事。

“嗯，知道了。你们在屋里别出声，待我出去看看。”说完，我便推开了屋门。不过就在我迈出腿，骑在门槛上的当儿，绝对是一种下意识的行为，我死盯着闫东的那对眼神——已然闪烁着月花守护神一般的眼神，又找补了一句，“月花的安全，可就拜托你了。”然后才转身迎着范宝崽走去。我当时肯定不知道，我们的这一眼，这句话，竟是永别……

## — 13 —

从我们家院子里无须抬眼皮，就能看到对面的山梁黑如木炭，炭色上方的夜空蓝如海潮。此刻，“杨贵妃”肥臀般的那顶皓月，像盏聚光灯似地挂在空中，把我和范宝崽罩在“舞台”中央。

“哦，是您啊，范大哥，都这么晚了，不是有啥事吧？”

我一登场，便直愣愣地问将过去。

“莫、莫啥大事、莫啥大事……”

范宝崽先是一怔，随后左右顾盼了一下才答。

“呵呵，莫啥大事——莫啥大事，那就还是有事呗。咱家范嫂还好吗？”

“她莫事哩，她半角馍馍都莫少吃哩……”

“莫少吃就对哩嘛，能吃才养身子骨，咱可别舍不得。”

“是哩，是哩……”

我俩这么一问一答的，便走了个对面。不过比他早到一步的，乃是他一身辣膻膻的酒气。看来，他刚才多喝了几盅。

“俺屋里那口子啊，莫事是莫事，可是这、这回哩，比有事还闹腾哩。”

走到我面前的范宝崽，四下里张望了一下又说。

这话怎讲，我没听明白。不过有他戴“羊眼罩”的形象在我眼前晃悠，我还真的想象不出来，最近病病怏怏的范嫂会怎么个“闹腾”法。

“瞧您说的，就您——还嫌咱嫂子闹腾哪？”

“可不是哩，按理说婆娘家家的，能闹、闹出啥名堂来？可是你知不道哩吧，俺屋里的刚才……”

范宝崽边说着，边胸前身后地摸将起来。

我知道他是在摸身上的烟袋枪。我急忙掏出“飞马”的，磕给他一支，自己也叼上一支。

待烟一点着，他顺势一蹲，便像碾子似地砸在地上。

这可是个信号，“有话” 要细唠的信号。村里不管是老少爷们，还是大小娘们，都喜欢蹲着说话。一蹲下去唠上了，要说大屁股娘们儿能把地面墩出个坑来，那大鸟爷们儿就能钻出口井来。于是我跟着他也蹲了下去。

他这才嘬口烟，吐了个烟泡后接着说：

“俺屋里的刚才啊，就、就急慌慌地寻你来哩。一看你们莫在，可是院门、屋门的，咋的都大敞着哩？她就、就更慌慌哩……”

“范嫂慌什么啊，我们又没走远。”

哦，他说范嫂来的那会儿，兴许正是我和闫东“月下追月花”的那会儿。

“你还知不道哩吧，夜、夜个（昨个）晚晌啊，梦巧叫俺屋里的陪她，去了趟公社哩，找、找李助理去哩！俺屋里的一回来，就慌慌着要给你报信哩……”

公社离我们村，也就十里地冒头。有急事了，常有人摸着黑打个来回。

一听说梦巧去找了李助理，我马上联想到的，还是那件让我有八张嘴也说不清楚的“绯闻事件”。我跟梦巧刚出事那会儿，闫东就说过，梦巧家一看“招亲”的敬酒你不吃，折了面子，过后能不让你吃罚酒吗？开始时我哪儿信啊，不就是扎“乳中”时冲动了一回，又没到谈婚论嫁的份儿上，哪儿来那么大的“仇”啊？直到前些日子范嫂提醒我，说梦巧又去她那儿嚼舌头了，嚼来嚼去的就是一个目的：想让范嫂也“证明”我看病时不检点，有吃女人豆腐之嫌。我这才警觉到，梦巧一直就没断过报复我的念想。

“呵呵，又找李助理去了？还绿豆蝇——死盯上啦！难道还想编个‘证据’出来，告我‘强奸’不成？”

我心头一沉，眼前立马映出一条张着血口的大蟒蛇，跟梦巧立着的脸子一样。上次就是，梦巧先是横着笑脸求我，后来又立着长脸骂我，最后无计可施了，就去公社找了李助理，说我“耍流氓”！

“呵，你可别小、小看了梦巧那娃，只要有缝，她准能下出蛆来。难道你们就、就啥风声莫听到？”

“风声？什么风声？我昨晚回来，就在村口跟您唠过两句啊……”我怔怔地说。

“怪不得哩，你们还啥都知不道哩——梦巧从公社一回来，就闹腾着说要绑、绑人哩！”

“什么？要‘绑人’？绑谁，绑我吗？”

我一听这话，顿时脖子以上发热，肚脐儿以下发凉。

“咳，不是哩，不是要绑你。他们说的是你、你带回来的那个女娃。”

嘿，看他这大喘气的！不过这样一来，我反而更加恼怒了——这不是在跟我玩声东击西吗？不是在我身后捅刀子吗？我气不打一处来，我从地上一跃而起，我双手叉腰站在老羊倌面前，我用泰山压顶之势嚷道：

“他们凭什么要绑人家啊！人家招她了惹她了？有什么事冲我来啊！”

我的气场一冲过去，差点把范宝崽掀个后滚翻。

范宝崽肯定没料到我的反应会如此强烈。他一见我发怒了，酒也完全醒了。他急忙撑腿爬起来，还没站稳当呢就急忙说：

“诶，你、你别急嘛，按理说哩，咱村里人可都是为你好，为你着想啊！”

“为我着想？为我着想还绑我的‘客人’，这是什么逻辑？狗屁！”我抢白道。

“俺说小赵啊，你想啊，咱这穷山恶水的地界，说闹鬼就闹鬼、闹猫就闹猫的地界，冷不丁地冒出个生娃子来，还那么俊，跟画上走下来似的，能不遭人猜疑吗？”

说着这话的范宝崽，眼中还闪出一道神秘兮兮的光泽来。

“哦，一看人家是个生娃子、俊娃子，就往‘闹鬼’上靠啊，哪有这么搞的？这不明摆着是在欺负人吗！”我越加忿忿不平了。

“咳，咱就莫提梦巧那娃啥心思了，听俺说句公道话中不中？俺屋里的也在场嘛，知道事情的经过嘛——其实俺们寻你来，想告诉你的，就是你啊还真得感谢人家梦巧才是哩……”

“什么？我还要感谢她？呵呵。”

我嗤哼出两声“呵呵”来，差点把鼻子都嗤歪了。

“可不是哩？你听俺说说是不是这理儿，”范宝崽把手里的烟屁往地上一扔，捻上一脚后继续说，“要不是梦巧拉着俺屋里的一起去找李助理，去问你那娃的事，咋能知道李助理啥态度呢，咋能知道事情的真相呢？”

“真相？什么真相……”

“嘿，人心隔肚皮啊，你还知不道哩吧，李助理一听就蹿哩，就拍桌子瞪眼哩，说俺家小姨子已经死球哩，咋又蹦出个哩？”

“啊……”

“那李助理说话还有错？还敢撒谎哩？再说了俺屋里的也在场啊，也亲耳听见哩嘛。俺屋里的就是怕梦巧一人去不着调，才跟着去地！”

我听后心头一惊，意识到其中有蹊跷了。我顿时就像一脚踩空了掉进冰窟窿里，被淹了个透心凉。

紧接着范宝崽下面的一席话，犹如电闪雷鸣，犹如暴雨浇头，并且还让我在暴雨浇头的电闪雷鸣中，仿佛还看到了“鬼魂魅影”——

你还知不道哩吧，俺屋里的和梦巧夜个下半晌哩，也去水塘子洗澡哩，在那哈就遇见这个生娃子哩，就套过话哩。她说她是刘丽花家的妹子，可是话里话外的不仅让梦巧生出疑虑，就连俺屋里的都听出破绽哩，咋听咋都听不出她和丽花是一家人……

你还知不道哩吧，梦巧看那娃脸蛋俊俊的，身子白白的，唯有腚沟沟那哈嘿，咋花里胡哨的，还有条弯弯月似的伤疤哩？就起疑心了，说莫不是遇上“山狸子娃”了——就是老人们传说的狸子精……莫管她是个啥吧，先找李助理去问个明白再说，就拉上俺屋里的去了公社……

你还知不道哩吧，梦巧从公社一回来，就满村张扬哩，说李助理都说哩，他家的小姨子刚死，他媳妇还回家帮着打理后事哩，呀呵现在，咋又“诈尸”哩！再说他家小姨子腚上，可没那些花里胡哨的东西……

你还知不道哩吧，李助理叫梦巧回村后，就叫她哥长生把那娃绑喽，然后审审她的身份，再押到公社去。她哥是民兵连长嘛……

我这才明白祸起萧墙了。这平日里百无聊赖的村民们，又找到个噱头闹起“鬼”来，并且陡然间就闹得人鬼难分，真假难辨，闹到了颇难收场的地步。

## —14—

送走了范宝崽，我站在黑洞洞的大门口，心里也黑洞洞的没了底。说实话，我并不怕因此而惹上什么“横祸”，我们毕竟是知青嘛，“光脚”的还怕他“穿鞋”的？我只是不由自主地，也从另个侧面揣摩起月花的身份来。我不知道这是不是在“亵渎”我自己，我脑子里已经搅和成一锅粥。我这时唯一能想到的，就是“解铃还须系铃人”，就是唐突地去问问“月花”究竟是怎么一回事。我有些落魄而失神，我随手掩上院门，抱着多么不情愿与她“唐突”的心情，向窑洞那边走去……

天底下的事情似乎向来如此，福无双至、祸不单行。就在我踯躅着脚步，刚刚走到院子中央的时候，大门外先是传来一阵急促的脚步声，紧接着我虚掩上的大门，就被人推开了。

“俺说小赵啊，你还莫睡哩？”

真是说曹操曹操就跟我打起了招呼！我应声回头一看，正是梦巧她哥长生，身后还跟着“一帮人马”，呼啦啦地就挤进了我家大院。他们手里不仅攥着镐把子、镰刀、砍刀什么的，还拎着一团黑乎乎的“牛血绳”。我知道那是绑“鬼”用的，梆子戏里不都唱了吗？——九界神怪呀哈那个钟侠来，血绳拿鬼呀哈那个定尘埃……

这时我眼前不知为什么，即刻现出一幅淫暴的画面：长生这帮人闯进来，不由分说就将月花按在地上要绑。梦巧更是甚之，还动手扒起了月花的黄军裤，骂她不是个“山狸子娃”，就是个“贼娃子”，非要她交代腚上的“疤痕”是咋回事，是不是来他家“闹寿”那回被她哥砍的……

唉，这可如何是好！

你想啊，万一这个“月花”真是个“冒牌”的，是洪洞县来的吃百家馍的——苏三就是洪洞县的窑姐嘛！那我和闫东在他们眼里，不就比“坏人”还坏，比“流氓”还流氓了吗？

不过我的直觉依然很固执。我怎么会相信“月花”是个捕风捉影的人物呢？怎么会相信“聊斋”那类的“鬼话”呢？我坚信有些事情纯属巧合，纯属牵强附会。巧合与牵强附会往往会在一些人的心中作祟，而梦巧他们不过是“贼心不死”，是杀鸡警猴，是成心想让我出丑罢了！

那年我毕竟才二十出头嘛，我的确有些“懵”了，不知道如何应对了。我的眼前一会儿黑、一会儿白地开始发眩。紧接着噼里啪啦地，眼前就出现了一阵“眩闪”，就像电影放着放着的胶片断裂了一般。不过就在一阵“眩闪”再次出现之际，我仿佛瞥见了南墙根那边有动静。我甩头望去，便心头一亮。因为我刚好看见了一幅不可思议的画面：一只比跳进我家菜窖里的那只还大，大得足有花豹般大的“山狸子”，居然出现在我家菜窖的盖板上！我甚至于一瞥一亮当中，还看到它敏捷地做了个小动作，比蟒蛇吐信子还快地将个什么东西舔进了嘴里。我猜，那恐怕就是闫东扔下的那段腊肠。

尽管只是应景的一瞥一亮，我还是从那只山狸子的目光中，看到了它气度上的坚毅，看到了它与“敌人”战斗到底的信念与决心。我立马联想到它此刻出现的“使命感”。我仿佛觉得它，也像是被一种战无不胜的思想武装起来了似地，陡然间就变成了一只“真老虎”，变成了一个绝对不可欺、不可辱的“斗士”。我马上就仰赖上它了。我相信，我百分之百、甚至于百分之二百、三百地相信，它一定有足够的能力与智慧去跟长生他们周旋，从而给我窑洞里的“哥们”，留出逃脱时间。

“诶，我说长生啊，你们要来拿的，不是鸡爪岭上的那只‘山狸子’吗？喏，你看那边！”

这绝不是我的急中生智，而是我当时没了选择的选择。

可想而知，长生当即就红了眼，就暴怒了、发狂了。他们簇挤着一哄而上，就好像他们真的是“天兵天将”，真的发现了人间有“妖孽”一样，抡起手中的家伙什，就朝我家菜窖那边杀将过去。

同样可想而知，你红了眼，你暴怒了、发狂了，人家还会等着任你宰割吗？这时站在我家菜窖上的那只“山狸子”，由于我企盼它是来力挽狂澜的，是来“救”月花的，因此我太欣赏它了，就像现在欣赏皇马的C罗一样——只见它一蹿而起，嗖嗖嗖地踩了几个“单车”，就把迎头扑来的那伙人都晃到了身后，然后与我来个“会意”的擦身而过，箭一般地奔出了我家大院……我在惊诧之中，似乎还看到它跑出我家院门的一刹那，又做出了个极其敏捷的动作：比蟒蛇吐信子还快地将个什么东西舔进了嘴里。我想，那肯定是我扔在大门外的那段腊肠！

“嘿，它还三十六计走为上计啦！”

紧接着我一语双关地大喊道，并不是冲着扬长而去的山狸子方向，而是冲着院子里、冲着我家窑洞方向。我知道闫东和月花，一直站在窗前洞察着“事态”的发展，我知道他们刚才一定听到了我和范宝崽的对话，他们一定也意识到了问题的严重性——如果长生那伙人抓了月花，再绑了再逼供，再闹腾出更离奇的“聊斋”来，那不就等于把我们逼上梁山，接下去还不发生“知青”与“贫下中农”的大战？我知道我的这声大喊，就是给九头鸟的一个信号：跑，快钻地道跑，带上月花远走高飞！千万别让暴怒了的周家人抓住喽！

长生没抓住“山狸子”，也没能找到“月花”，当然也就没理由再闹腾了，过后无趣，只好讪讪地离去。

后半夜的残更，只剩下我一人留在空荡荡的院子里。我一屁股落在闫东编的粪筐上，像一摊被剔了骨头的五花肉。我本想闭上眼皮缓一缓神，可是一闭上就弹开，一闭上就弹开，好像闭上就会死，就再也睁不开了一样的恐怖。有了恐怖的阴影存在，我相反有了战胜一切恐怖的勇气。我下意识地瞪开双眼，一抬头，正好看到落在柿子树树尖上的月亮——它已经超低空地降落了，再降下一寸，就会被树尖尖捅屁股了。它似乎像是在玩“变脸”，它一会儿噶冷一下变为“杨贵妃”，一会儿又噶冷一下变为“月花”，再会儿又噶冷一下变成了“山狸子娃”，她似乎在腼腆地变幻着她在人间的角色……在它噶冷噶冷的过程中，我呆鸡一般。我就这么呆鸡一般地望着她，望着、望着、望着的，好像这么望着，即是我的劫数，即是我的归宿……说实话，我既不想抱怨长生兄妹什么，也不想抱怨这个“身份神秘”的月花，更不想总是一味地抱怨自己的命运——如果我跟闫东换个个儿呢？如果这时是我带着月花远走高飞呢？我不知道是哀婉，还是悲凉地哭了起来，哭得委屈之极，哭得伤心之至，哭得比当初离开北京城时还凄泣……

人哭累了，多半都会晕晕菜菜地入梦。就在天边抹出一道鱼肚白，我正要入梦之际，我的眼前，又出现了一幕“幻觉”般的景象：从我家菜窖里噶冷一下子跳出来一只“大猫”！那只“大猫”逡巡着扫了周围一眼，就渡着T台步朝我走来。它走到离我几米远的地方，便站住了，便一弓前腿，一拱后臀地伸起了懒腰。接着我看见它弓着弓着，拱着拱着的，就像电影特技似地越弓越长，越拱越高……待我吃惊地瞪大眼睛一看，我看到的，竟然是有着粉嘟嘟的瓜子脸儿，黑黧黧的丹凤眼的“月花”……

天一亮，我就匆匆去公社找了李助理。果然像范宝崽说的那样，李助理跺着脚地骂道：“球个怂娃子的，她吃了豹子胆哩，敢拿俺家妹子涮人！”李助理说他家小姨子刚死，死在火车轮子下了，是扒火车“出走”时生的祸。

又过了几个月，我回北京省亲，才打探到闫东他们“逃走”后的消息——闫东怕李助理继续“追查”他们，曾带着“月花”天南海北的在外面流浪了很长一段时间。以后，大家因为命运的沉浮吧，就一直没再见过面。只听说他们一直磕磕绊绊的，风雨飘摇的，不知道最终会不会走到一起……

## — 15 —

我是恢复高考那年考上的外语专业。后来一毕业即去了海外工作。等到又过了若干年，我在一家跨国公司熬到“部长”级职位，有机会回北京开拓市场时，已经是 20 世纪的九十年代了。

那是个冬萧萧的早上。我在办公室里刚泡上茶，就接到个“陌生”的来电。

“喂，您是赵群、赵叔叔吗？”

对方显然是个不大的大女孩，操着一口地道的京腔儿。

“是啊，你是……”

我甚是诧异来电者是谁，因为听来，像是我社交圈里的空白。

“我爸爸是闫东，我叫闫玉儿，我上大三了。”女孩很是爽直地答道。

“呀，是闫东的女儿啊，都这么大啦！你爸爸现在怎么样？在做什么？身体好吗？快跟叔叔说说。”

我当然吃惊不小，接着就一连串地发问了。

“我千方百计找到您，就是想告诉您——我爸爸，已经去世了，因、因淋巴癌……”

“啊！？”

“是去年年底的事。再过几天的二十号，就是、就是他周年的祭日……”对面的闫玉儿，说着说着的就控制不住情绪了，抽抽噎噎起来。

太震惊的噩耗，太突然的打击，让我无法接受，让我顿时茫然无措。

逝者如斯夫，不舍昼夜；生者长叹息，不舍彼此。对于闫东的想念，顿时变成无尽的哀思与缅怀，变成了对他家人的同情与惦念。之后我们擎着电话，就长时间的沉默无语了，仿佛时空都被闫东带走了一样。

“赵叔叔，我给您打电话，还有一层意思，是替我妈妈想对您说的。妈妈总是说，她一直没机会向赵叔叔道歉呢，她说她亏欠您很多，让您替她背黑锅了……”

沉寂了些许之后，对面的闫玉儿才又开了口。

“你妈妈是……”

“我妈妈说，要是赵叔叔想不起来了，就说她是‘山狸子娃’，就能想起来。”

“啊，原来是‘月花’呀！”

“我妈的真名叫姚玉华，她跟您说的月花阿姨曾是一个村的，是闺友。听妈妈说，就是月花阿姨临死前，劝她去知青点找你们的。”

“咳，怪不得呢……”

就这样，在时隔二十多年后，我才从闫东女儿的嘴里，知道了当年“月花”的本来面目，才砉然悟出她曾讲给我的那个故事的寓意：原来她说的那位“屁股上被砍了一刀，羞辱难当而卧轨自杀的闺友”，其实隐喻着的就是她自己的身世，她为了躲避乡里的“抢亲”，才不得不去投奔我们的！

如此说来，当年“山狸子娃”风波的始作俑者，岂不不是别人正是我吗？不是我从“红宝书”里猜出她叫“刘月花”的吗？不是我“封”她为李助理家的“小姨子”的吗？依照她当年的心境，她宛若“惊鸿”，宛如一只落魄的“小兔子”，走在一条前不着村、后不着店的荒路上，她能不按照“既定路线”走下去吗？以至于在水塘子洗澡时遇到梦巧，只好“摸着石头过河”，继续扮演“刘月花”的角色了。

“那你妈妈现在呢？她身体还好吗？”我迫不及待地又问。

“这也是我想告诉您的。妈妈现在挺好的，挺阳光的，”对面的闫玉儿随之情绪一转，似乎也欣然阳光起来，说，“我们在香山买卖街那儿开了个小店，专卖妈妈画的年画儿啊，绣的小动物啊什么的工艺品，嘿，没想到天天顾客盈门的，卖得可火啦！现在妈妈成了‘晋南刺绣’的传人，每晚都忙到半夜呢……赵叔叔哪天有空喽，可要来我家小店玩玩、看看哦！”

“那太好了，我一定去，一定去！”

与闫玉儿通完话，我沉重的心绪陡然淡泊了很多。我宽慰地想，谁说我们的那段插队生涯一无建树啊，尽管委屈了哥们“九头鸟”——咳，谁也躲不过生老病死嘛，但是另一方面，不是也“拯救”了一个“山狸子娃”吗？

## 下水线里的螃蟹

### —1—

都说人生如棋。像博弈一样，洪阳知道自己下的这手棋，才是手筋，才点了父亲的“死穴”。当过多年外科医师的他，也是单亲家庭中独子的他，用绝对符合医道与人道上的理由，把自己的生身父亲逐出家门，送进了老年公寓。

要说这盘棋，早在少年时代就算开局了。开局就是开战，开战就要有怨怼，有前嫌，而前嫌发生在“文革动乱”期间。那时父亲就是个老公安了，干狱警的。用姥姥临死前的话说，就是“车船店脚衙，不死也该杀”里的“衙”了，在当地某劳改农场任管教。一个疾风暴雨的夜里，父亲与母亲再次吵架了，吵得比雷公还激扬，比电母还疯狂，父亲竟然连踢带打，连吼带骂，比惩治“犯人”还无情地把母亲逐出了家门……父亲“衙吏”般的暴戾恣睢，视母亲为私物与玩偶。而母亲，作为当地小有名气的歌唱演员，随着组织上的重点培养，革命觉悟上的陡然提升，则新女性般的反抗力十足，视父亲为败絮与粪土。从此，消失在瓢泼大雨中的母亲，就再也没有归来；从此，打跑了老婆的“衙吏”，生活上也就愈加不检点，愈加玩世不恭起来……

打那以后，有关母亲的讯息，就全部是听说的。听说的，当然非亲眼所见，显然没有证伪、证实之过程，没有旁证、佐证之根源。

听父亲说，也就是听洪警官、洪干事说，有时的语气无奈且平淡，有时的语气还是那么忿忿不平，怨气冲天。

你妈真不凑巧，死在生日的前夜里了。是参加抗洪一线的慰问演出，夜里被崩了坝的洪水卷走的，就算是天灾吧，唉……

你妈就是不长眼，专找忌日过不去！妈个巴子的，瘸腿吧唧的，自己都泥菩萨过河哪，还充啥大尾巴狼，还去抗啥洪抢啥险呢？这不是小鬼抠阎王的屁眼——找屎（死）嘛……

而听大舅之言，则迥然。

就说你妈不长眼，不该去抗“洪”抢险吧，可是话也不能反着说啊，“洪家”的媳妇怎么会被“洪水”卷走呢？这不是狗咬吕洞宾，蜂蜇花仙子吗？就说你妈“瘸腿吧唧”的，有点踮脚吧，可是那大洪水为啥没卷走老的，卷走小的，偏偏卷走了你妈和他们团长两个呢？而团里其他的像跳舞的、合唱的、伴奏的，乃至没胳膊没腿的锣鼓啦、手风琴啦、二胡啦什么的，怎么都囫囵个的没少根汗毛呢？依我看啊，话还得正着说回来——你妈要是不被你爸打怕喽，打伤了心，她干哈不在家里守着你啊，干哈还去外头瞎抖瑟啊！

大舅说的不无道理。

母亲出事那天，正是农历的七月初七。有人在天上闹腾，一个桥东一个桥西；也有人在地上闹腾，一个家外一个家里。大舅曾提搂着酒瓶，找父亲对饮过。他记得他俩刚喝起来时，还五魁首啊，六六六啊，八匹马的。后来扯到正题上，就都激了眼，从坐着摔筷子，到站起来踹板凳，最后还到了大舅砸了酒盅，父亲摔了酒瓶——你妹儿那叫啥上进啊？啥靠拢组织啊？再这样靠下去，就靠到美国去了……我妹儿咋的啦？她走的可是革命路线！你嫌弃她啦？你嫉妒她啦？干哈跟个娘们过不去，干哈动不动的就撸胳膊挽袖子！有种儿的，你动动我试试……

他只能任他们吵，任他们闹。他把头蒙进被窝里，哭得抽成了一只小虾米。

那年的头年，海城那边地震了。不管是牛、马、骡子般的大牲口，还是鸡、鸭、猫狗类的小动物；不管是无产阶级革命派，还是资产阶级反革命派；不管是趋炎附势的小人，还是洁身自傲的君子，都震死了砸死了不少。大地因而嘟嘟噜噜地肥，咚咚锵锵地闹鬼，连河里的螃蟹都吃乍了壳，成了精，没完没了地叠罗汉。结果你看啊，害得第二年的河沟里，池塘里，连灌溉稻田用的小水线里，都乌泱乌泱的，爬满了横行乱窜的螃蟹球儿。防洪大堤很可能就是被螃蟹们撕烂的、咬碎的，拱漏的。都说嘛——千里江堤，毁于蝼蚁，然而螃蟹们的那双大螯钳，可比蝼蚁的牙嗲犀利多哩！

不过，正像大舅所强调的那样，螃蟹归螃蟹，堤坝归堤坝，那是客观原因。别人怎么都能在堤破坝崩之前，在鸡鸣狗吠的三更天，在纷乱、嘈杂和人们的肾上腺素被刺激得格外高涨的情况下，一拔腿溜烟儿地逃生呢？

难道真的就是因为母亲“瘸腿吧唧”的，手脚不利落，有问题？

母亲的腿脚确实不利落，有问题。平足，而且左脚上还缺了根大拇脚趾头。咳，别提了，可惨了，黄鼠狼专咬病鸭子——那是母亲有一次下乡支农，在砸草时不小心，被砸草机啃下去的！姥姥常说，丫头小脚像佛手，生金生银吃不愁，是会给女人带来福气的，男人最疼佛手脚了。或许就是因为这个缘故吧，母亲自从没了根大拇脚趾头，岫岩玉似的“佛手脚”破了相，母亲就好像丢了福气似的，没人疼、没人爱了——大拇脚趾就像是“佛手脚”里的玉观音啊！母亲当然是心碎得苦不堪言，从此人前矮一头，人后愁白了头。

听姥姥说，打那以后，母亲走路成了脚后跟蹭地的踮脚，不死也该杀的“衙吏”就开始嫌弃她了，就总是骂她瘸腿吧唧的了。人家都说，光脚的不怕穿鞋的，光腚的不怕光头的，可是母亲呢，却因为再也穿不上合脚的鞋子，再也没有岫岩玉似的佛手脚了，是又怕光脚，又怕穿鞋了。

不过，怕归怕，一长毕竟遮百丑。母亲是唱歌的，嗓子好，声音高亢洪亮，像当年的邓玉华——可是，可是在那天夜里，在堤破坝崩之前，在鸡鸣狗吠的三更天，在纷乱、嘈杂和人们的肾上腺素被刺激得格外高涨的情况下，怎么就没个人看到母亲的踪影，听过母亲的声音呢？虫之将死，其鸣也哀嘛！何况一个小有名气的“歌星”呢？何况一个歌星在那最悲壮的时刻里，在那最贴近天籁与人间，不是化作不死的天堂鸟，就是地狱里的冤死鬼的决绝大舞台上，她，我的母亲，怎么就没能为她和她唯一的儿子，留下一曲绝唱呢？

没能留下一曲高亢的绝唱，也就留下了一曲阴鸷的旋律。打那以后，冥冥中的旋律就像一首大魔咒，桎梏了他的青春期，有时怂恿着他颓丧不振，有时诱引着他顽冥不羁，在“原罪”的深潭边缘踯躅、徘徊，恨不得像只捞月的猴子，纵身一跃而跳进去。

那年，他十三岁。正是那股怪力乱神的蛊惑，有一天，成就了他纵身一跃的惬意。他，邂逅了一位叫欧阳火龙的“大哥哥”。他们，一个是政府管教干警的儿子，而另一个，则是被他父亲管教过的一名“犯人”的儿子。他们成了彼此独一无二的挚友，只要一碰头，就会对外界的一切产生排他性，就会像唐吉诃德与桑托斯一样地去挑战风车，就会像篱笆跟影子一样重叠起来。于是乎，他也就愈加相信大哥哥与他大舅相通的判断了，他的母亲，肯定是被谁害死的！

……那天，我也上坝去了。大坝从透了水到崩了架，足足挺了两个时辰哪！所以你妈啊，如果真的是被洪水卷走的，那一定不是在崩了坝的现场，而是在老河套下游的某段地方。因为洪水破了坝后，先是顺着一条老河套排泄而去的。其实上游段的人，上了坝的人，一个都没死，大家都有机会从容地逃生。火龙哥说。

……既然是洪家的媳妇，洪家庙里的人，怎么会被洪水卷走呢？你有什么证据证明是被洪水卷走的呢？光凭着后来找到的一只破胶鞋吗？谁敢认定那只破胶鞋就是没了根大拇脚趾的人穿过的呢？大舅也总是拍桌子瞪眼地这么说。

那么，母亲究竟是被谁害死的？谁是嫌疑犯呢？母亲被害的理由又是什么呢？父亲在那天夜里，跟大舅吵闹完后，的确是一个人又“偷偷摸摸”地上坝去了，这件事，只有他一个人知道——难道真的是父亲心胸险恶，变成大洪水，变成比洪水猛兽还可怕的“洪魔”去加害了母亲吗？从此，缅怀的悲怆超过了想念的劲痛，感性的困惑超过了理性的疑虑，为道义而鸣的信念，超过了对父亲应有的尊重。

再后来，有一年放暑假期间，他走访了母亲当年的几位同事。听他们说，那天晚上大家连着几轮的演出后，都累屁了，都顾不得明月几时有，青春几时无了，都东倒西歪地偎进散散落落、稀稀拉拉的草垛里，睡得死猪一般。直到三更天时狗吠了，鸡鸣了，大洪水透顶了！一片大混乱、大嘈杂过后，世界遽然之间又像窒息了般地大音希声了，大家这才醒过味儿来。就算是仓惶逃蹿吧，不过，那也是一步步跨下坝来的啊，他们的腿脚又没啥不利落的，又没让砸草机啃了脚趾头的，抬屁股就跑呗！可是——可是大家后来都说，即便是母亲的腿脚不利落，若是逃的及时，逃的方向正确，从时间差的角度来看也是绰绰有余的！就像期末考试一样，人家考个满分吧，母亲也能考个六十及格啊……然而不可思议的是，他们团的团长怎么也没能逃出来呢？他比母亲还小两岁呢，他精力充沛，体格健壮，从来没灾没病的，他没能逃出来才是个谜呢。也不知道这个谜，和母亲死的那个谜底，是否有什么联系。

于是乎，在这些煎熬了他多年的，三天两头就会冒出来，就会穿心而过的潜意识作用下，他常常须臾之间，就被母亲屈辱的形象、世俗的风言，以及父亲随着官职的升迁而愈发放荡不羁的行为所灼痛。这种灼痛，每每让他心仪母亲、心仪大众女性而萌发的躁动戛然而止，让他无力自拔的伤怀四处躲藏，总想找个地缝就钻进去，钻进去后就不想再出来……

那时的父亲，正达不惑之年。不久即爬上了中队管教的位置，俨然一副独步千秋的大公鸡模样。因此，别说二十多年前的当年，也别说十年前、五年前，甚至三年前的他了，他还茫茫然——也可以说用“茫茫然”一词，肯定表达不清他这么多年来的沉郁心情。他惶惶然、忡忡然地，还真的不是父亲的对手，他根本就没能力去探查母亲的死因。

是当年的阴差阳错，还是后来的阳差阴错？总之，从中间论的角度来说，父亲即便不是杀人罪魁，也是他失去了母亲的因缘祸首。

是当年的父亲过于强大了，还是直到三年前的他过于弱小了？总之，从结果论的角度来说，前嫌的真相至今还困扰着他，至今还掩埋在父亲的狡黠与谎言之下。

无疑，与父亲之间的怨怼与前嫌，酿成了他的心魔之嫌，他辗转在无法驱除掉心魔的痛苦中。

然而转机恰恰出现在三年前。

他终于和美国的外公联系上了。外公是新中国成立前，孑身一人随着“国军”去的台湾。后来退了役，做起大生意，又移居了美国。他乘美西北航空的班机飞到迈阿密，没出机场大厅，就被前来迎接他的表妹引领着，转到 VIP（贵宾）通道口，随后登上了外公的私人飞机。他们沿着佛罗里达半岛北上，像个凤凰鸟一样地傲视起美利坚。在飞往外公庄园的途中，尽管他几近听不懂表妹那笨口拙腮的唐人语，可是，他还是从表妹鹰派的自信中，蓦地意识到，要是大陆上没有与 FBI、克格勃相匹敌的机构，外公的人早就鼹鼠行动了，早就让父亲成为烈士了！于是乎他陡然间英雄气长，像战神阿瑞斯藐视罗马人一样藐视起父亲来……

打那天起，他借助于外公的力量，摆出了一副要和父亲较量一番的架势。他要洗尽铅华剥出历史真相，要从地狱里把屈辱的母亲拯救出来，要让应该下地狱的人下七十二阶地狱！

直到不久前，他承建的“美食大世界”、“龙翔老年公寓”相继竣工，他藉此跻身为当地的房地产大亨，于是为了达到取悦外公，鞭笞父亲的双重目的，他才毅然决然地下出了这手棋，把父亲逐出家门，像覆水一样泼进了龙翔老年公寓——他在那里为父亲设立了一条通道，可以说笔直地通往地狱……

## —2—

都说人生如梦。那天晚上发生的事情就像是魇梦。二十三岁的小兰梦魇之后，真的不知道梦是方的、圆的、长的、扁的，还是苦的、咸的、辣的了，不知道梦魇是否也像覆水一样，泼出去后就再也收不回来了。

如果那场梦魇没有发生，洪哥还会把她小兰泼出去吗？洪哥还会把他自己的生身父亲也泼出去吗？即便祸根源于那场魇梦，那么究竟是她小兰连累了洪哥的父亲呢？还是洪哥的父亲连累了她小兰呢？洪哥为什么非要赶场似的，把他自己的生身父亲和她小兰一起泼出去呢？

洪哥就是洪哥。洪哥清癯的面孔上，长着一副油黑锃亮的双眼眸，洪哥双眼眸的后面是不藏奸的。洪哥做事一向是有韬有略，一箭双雕乃至一石三鸟的，洪哥是不吃窝边草的——错了，是不在窝边吃草的——哦，还是不对，是不到该吃草的时候，决不吃的！那场梦魇过后，小兰才找到了她疑惑有五年之久的答案——洪哥吃不吃窝边草的答案！如此说来，那么这场梦魇的答案呢？是否也要等到五年后才能解破呢？

先别想五年后的事了，先说说梦魇的那天吧，应该是七月初四的晚上。洪哥到北京办事去了，有过了三天后的七巧节做参照物嘛，有她这个当秘书的笔记作记录嘛，想忘都忘不了。那天晚上，月朗朗星灿灿的，风轻云静。于是山中无老虎，猴子称大王了，没有任何前兆。

洪哥的父亲洪大雷，不愧是个老狱警，老公安，更不愧是个“年轻人”。按照世界卫生组织的新排定，六十岁以下的，都算是中老年人当中的“年轻人”了，他才五十八刚出头嘛，他身体素质好，一向养尊处优的，还属于《海蒂性学报告》中说的那种“猛男”嘛！

正是这个老猴子，老“猛男”，他究竟是夜里何时，用什么诡谲的手段，像007邦德那样钻进她小兰房间的呢？临睡前，她房间里的窗户、门，都是她特别留意并锁好的啊，之后，才心无余悸地睡下的。

可是，他就是幽灵般地进来了，没费吹灰弹毛之力！只例行了一道手续，就将她小兰的双手用手铐扣在床头上。于是乎她在被惊醒之后，也就只好乖乖贴贴地任其摆布了——她毕竟是个70后的大学生嘛，毕竟从弗洛伊德那里知道了，任何形式的“爱”，都是大自然赋予的本能嘛！再说了，对方毕竟还是她救命恩人的亲爹，也算是她的“干爹”了嘛！后来，她小兰终于怨气尽消，鬼火上扬，索性也就假戏真做了，一个心思地去幻影幻形了。她把詹姆斯·邦德的、老猴子的、老“猛男”的，都想象成洪哥的了……总之，不管她小兰哼哼唧唧地装糊涂也好，还是唧唧哼哼地装明白也罢，反正她是算过账了：如果当时她不去迎合老猴子的癖好，不去完美地表现她的魅力和价值所在，老猴子是决不会放过她的，绝对会像日本三级片那样，把她“铐养”起来的……

后来，老猴子总算是心满意足了，总算是偃旗息鼓了。洪哥的那副油黑锃亮的双眼眸，也就幽灵般地消失了。然而那天的后半夜，她怎么还能睡得着呢？她像只被剥了壳的大龙虾，只剩下了白白红红的肉，从床上滚落到地毯上，就那么梦焉非焉地躺着、蜷曲着、猥琐着……

其实梦焉非焉的过程，就像她从床上滚落到地毯上的过程，看似自甘堕落，然而那可是牛顿定律的必然，谁也怪不得。

其实，她自己都说不清道不明，究竟是一种什么样的怪力，在一直乱着她的神，让她自甘堕落。

其实，她清醒的时候很明白，然而明白过后就再也没有清醒过。纯清如水、纯白如雪、纯粹如经典般的红色浪漫，俨然是不存在了——但是她对洪哥的那份单相思式的绮绻，新潮粉丝式的仰慕，却像口高产的油井一样，一直在源源不断地井喷，从未干涸过……

话，还要翻回五年前说起。

按理说，打小父母双亡，只好跟着奶奶相依为命的她，人生给她上的第一课，恐怕就是不要轻易相信人了。

不过，那只是第一课。

是五年前还穿着白大褂的洪医生，在她高考的前一天，在她肚脐眼偏下再偏下的地方，又羞又痒快到大腿根的地方，白里透红、红里透白的最贴近生孩子的地方，开了个跟她小嘴一般大的小口子，为她及时做了阑尾炎手术。她这才没有贻误高考，才金榜题名的。在那之前，她的确是不会轻易相信人的，尤其是长胡子的男人。还没有一个长胡子的，摸过、碰过那块禁地呢。

后来，还是这个脱了白大褂，下海搞起房地产的洪总，打她上大二起，就赈济她所有的学杂费了。包括女人美滋滋地戴着的“婷美”，以及来那个时用的“舒而爽”，因此她才没有辍学，没有丧失继续留在校园里的勇气。在那之前，还没有一个长胡子的对她如此关心，如此到位，三点一点不缺，还到了那儿呢。

打那以后，她对这个长着一副油黑铿亮的双眼眸，越看越像张国荣的男人，就再也心无芥蒂而笃信有余了。

再后来，就是大学毕了业的她，从既是大学堂，又是大观园，又是大染缸里熏陶出来的她，被洪哥收为了帐前麾下。尽管是作为“小姐”收进来的，先是售楼小姐，后是公关小姐，不久即名正言顺地进了“洪办”，做起了洪总的秘书小姐。因而也可以这样说，在她以往灰姑娘的生涯中，还没有一个男人能够像洪阳——红太阳一样，高高亮亮地罩在她头顶上，为她放射出如此温暖、体贴的光芒哪！

如此说来，她怎能不把她心目中的洪医生——洪总——洪哥，看作是集救命恩人——兄长——白马王子于一身的偶像呢？怎能不把她二十三年来一直做着的梦，刚开始时肯定是卖火柴的小姑娘的梦，后来一定是丑小鸭、灰姑娘的梦，总之是她小兰亦庄亦谐、亦真亦幻的梦，继续梦下去呢？

然而，她心目中行侠仗义的洪哥，尽管像太阳一样对她具有足够的引潮作用，牵引得她潮涨潮落、潮涌潮泄的，可是展现给她的风度，却一直是个不屑于女色的怪谲人物。说得贴切些，应该是对她这个知恩图报，甚至于不屑于投怀送抱的女色，居然“视而不见”的反常人物。这让她一直不得其解，因此也就一直耿耿于怀。

像洪哥这个档次的，事业与年龄都如日中天的，在当地打个喷嚏连美国的迈阿密都有人跟着打摆子的大老板，如今有几个不乱色，不藏娇养蜜的？

何况洪哥既没皈依佛门，也没患上什么审女疲劳、阳刚不举的综合症！对于这些秘书应该掌握的信息和常识，她比了解自己的“大姨妈”还精确。

如果非要勉勉强强、懵懵懂懂地去试着求解的话，她只能认为，洪哥不过是兔子不吃窝边草罢了。洪哥不是经常天南地北满世界飞吗？不是动不动的就去迈阿密的百老汇、巴黎的红磨坊、东京的歌舞伎町、北京的三里屯一条街吗？洪哥不是作为当地摄影家协会的名誉会长，还养过一个什么梦啊、娇的模特队，出过好几本女模特的写真集吗？洪哥或许是君子严守风尘之道吧，或许像唐寅似的，在家是个才气八斗的唐公子，在外面，在社会上就是个风流倜傥的唐伯虎了吧，洪哥外面的世界大千着哪！

洪哥在家的确像个唐公子，没藏蜜也没养娇的，不过却养着两只藏獒。一头公的，一头母的，都是狮头铁包金的，洪哥视獒如命。特别是对那头公獒，再闹腾也舍不得劁。半年前，洪哥的太太和女儿移居了美国；两个月前，洪家的小阿姨又为完婚而返了乡，她小兰且顺理成章地“临危授命”，以照料藏獒为由住进了洪府。打那以来，她小兰在那所带花园的洋房里，可以说除了那头母獒，就再没见过其他的雌性动物进来过。

当然，除了洪哥和洪哥刚刚离岗下来的父亲，还有那只公獒，她也没见过其他的雄性动物进来过。

就算自己美不过张曼玉，艳不过巩俐，或者是裸体写真集里的那些大美人吧，可是女人妙龄也好看啊，挺乳翘臀的姿态也万千啊！就算自己浪不过外国妞，或者是三级片里的嗲嗲妹吧，可是真人秀真热乎，为洪哥扑扑火、救救急的还是绰绰有余啊！就算自己不好意思说出来，或者是说出来了洪哥也没听明白，可是她绝对有把握、有招数、有能力，用身体语言、用意念语言，用她没洗前的小内裤和晾洗后的花乳罩，给洪哥提供一份内参，报告一下她的健康状况和生理指数啊……

这些当然都是多巴胺信息指数喽——可是洪哥就是不吃窝边草！

在那段与洪哥同在一个屋檐下，朝夕相处、肘节相错的日子里，她的那份单相思式的绮绻柔情，新潮粉丝式的仰慕眷恋，要远比几年来的“默守”跃进得多。那时，她哪里有充足的理由，合适的机会，恰当的场合，用她那份特有的情愫，也就是女秘书兼女管家，即准女主人公的情愫，有心无意地了解到洪哥的一些隐私呢？隐私不就是一段刻骨铭心的梦吗？

洪哥的隐私，与洪家的过去往蹇来连，也可以说是洪家的隐私。她绝没有想到，洪家的隐私何其多，里面不仅穿插着洪母当年死因的扑朔迷离，而且还穿插着与她小兰有关的风风雨雨——洪太太从洪哥赈济她学杂费的那天起，就杯弓蛇影地疑神疑鬼了，就说洪哥的闲言碎语了，就说洪哥玩火了！因而，当她小兰一坐上总办秘书的座椅后，洪太太就决定移居美国了……

一切，当然都源于她的没想到。

而当她知道了这些，想到了这些的时候，洪家的隐私也就变成了她小兰的“隐私”，变成她小兰的梦魇了。

不是没想到洪府里除了有一头公獒，还有一个哺乳类雄性特征的动物——洪哥的老鳏夫父亲，而是没想到那老鳏夫哪里有什么君子操守，绅士风度，哪里会像洪哥似的，不在窝边吃草！没想到老鳏夫居然比老邦德还邦德、比老猛男还猛男、比老猴子还猴子，专门选在洪哥出差时称大王，还把他们“两厢情愿”的那段录下来，攒在手里，作为他不是强奸犯的救命稻草！

没想到啊没想到，还是没想到，正是那份被偷录下来的“证据”，居然又被洪哥发现了。洪哥当然发了暴脾气！它证伪了她对洪哥的一片痴情，证实了她的“淫荡与视利”，她是傻妞吃辣椒——有泪咋咋地飞；哑巴吃黄连——有苦不能言啊！

不过，洪哥还是网开一面了。

与其那么说，不如这么说，洪哥向来是很会因势利导的，继之一箭双雕的。

把自己的老爷子送进“老年公寓”，标榜一下那里的设施和服务都是一流的，都是人性化的不次于洪府的，不正是对龙翔老年公寓的最好宣传吗？

把她小兰也送过去，兼做那边售楼部的副总监，标榜一下洪哥对部下的关爱与庇护，不正是民营企业家的大度风范吗？

把大事化小，小事化了，给情感一个通道，无须用传统的礼教去禁锢人性，不正是洪哥的高明之处，既买了人心，又顺了人意吗？

洪哥在处理这件家私丑闻上，简直就像丰都鬼城里的判官。

洪哥就是洪哥。正是洪哥在当地这么一打喷嚏，连他迈阿密的外公都跟着打起了摆子。不久，美国人来了，日本人来了，北京人来了，温州人来了，协助洪哥加入了国际假日公寓联盟，龙翔公寓成了知名品牌，洪哥的身价也随之攀升，像他的狮头铁包金藏獒似的，再怎么折腾也没人敢惻了。

洪哥就是洪哥。洪哥双眼眸的背后是不藏奸的。洪哥即便对她小兰发了暴脾气，还是给了她东山再起的暗喻——灰姑娘要想得到幸福，就一定要有个金蝉脱壳，蜕下死皮求重生的过程。紧接着，把她泼出去后的不久，就带她飞去了日本，去考察工作，去体验民风民俗，去慰问旅游。他们不仅去了新宿的歌舞伎町，轻井泽的失乐园，还去了箱根的温泉。洪哥终于在日本的榻榻米上，吃了她这棵葱葱郁郁的薰衣草……

洪哥就是洪哥。洪哥双眼眸的后面不仅不藏奸，而且还是深谋远虑的。洪哥吃草之后，挤出的是奶。从东京一回来，洪哥就把龙翔公寓里的一套房子，与洪父为邻，并且后花园和阳台都相通的那套，过到了她小兰的名下。洪哥将新房子钥匙交给她的时候，也同时将“邦女郎”才能完成的任务交给了她。洪哥说出了他对母亲不明不白的死因的怀疑。洪哥说他只想知道事情的过程，事情的真相。洪哥希望她能够知大恩，行大义，忍辱负重——不管父亲是不是当年的“凶手”，父亲的事情还请她“多担待，多留意，多帮忙”……

亚里士多德曾说过，人是有理性的动物。她小兰当然听得出来，其实亚先生想要表达的无非是，人是理性和兽性的复合体，理性加兽性就是人性。人性源于兽性。而梦，正是人性和兽性在杂糅，在互渗时的最好验证。

于是，她从人生如梦和梦如人生的杂糅上，从理论和伦理的互渗上，都理解了和接受了洪哥的请求。

谁让女人身上到处都是梦呢？谁让她知道了洪家那么多的隐私，包括洪太太正在闹离婚呢？

## —3—

都说人生如戏。对于大半生都在监狱里的犯人面前，扮演着公安干警角色的洪大雷来说，人生如戏的感觉，也就是戴着一副“假面具”的感觉，远比那些唱歌的、跳舞的、说书的、演戏的艺人们来得直观，来得泰然。起码他自己是这么陶醉的，这么演绎着过来的。即便退休了，头上的光环散去了，好戏连台的时代一去不复返了，他也不甘心轻易地退出舞台，轻易地摘去头上的那副假面具。

那副面具可以说是他的命根子。其实和向女人炫耀的那根没什么两样。有时的表相很低调，像藏在洞里的蛇；有时的表相又很张扬，像穷兵黩武在白垩纪里的恐龙。他像他身边的很多人一样，一踏上这个大舞台，就再也不想把那副面具摘下来了，恐怕想摘也摘不下来了，好像那类面具都是用胶质细胞做的，一戴上去，就和脸皮融在一起。

他，是个典型的东北汉子。刚愎的性情中，蛰伏着暴戾与坚韧的双重影子。如果说暴戾的部分，是他的祖先在世代弱肉强食的生存环境中所历练、所营造出来的，那么坚韧的部分呢，则是他从十八岁起就当兵入伍，而后二十二岁复员，又当上了管教犯人的狱警，从劳改队的小队干事一直做到中队干事、指导员、大队干事乃至总队干事，直至副政委的逐级升迁中所形成的。很像块断面清晰的树轮，一圈又一圈地扩展着他亢奋期的高潮，又一圈又一圈地闭锁着他不应期的低迷。

不过，不久前的不应期，可以说真是低迷得让他焦头烂额，让他损失惨重。那就是半年前，他终因学历低，生活作风欠检点，又赶上单位效益不景气等等的原因，被排斥在新领导班子之外。继之招徕的，亦是被迫无奈地离岗“内退”，解甲归田。这对于耳不聋、眼不花、情未尽、心未老的洪大雷来说，绝对如四面楚歌般的打击。如果说当年项羽兵败垓下，演绎的是一场“霸王别姬”的话，那么伴随着他在官场上的失利，乃至一败涂地，演绎的就是一场“姬别霸王”了。曾经臣服于他权杖下的几位情人，虽说都曾那么的上善若水，那么的绿水围着他青山转，但是到头来，还是水性杨花般地弃他而去。

官没了行，女人没了可不行！

官没了，胳膊拧不过大腿，婆婆斗不过媳妇，那是领导班子年轻化的大势所趋，不行能怎样？对组织上还能撸胳膊挽袖子地动粗吗？而女人没了可不行的缘由，却是他洪大雷用“生命”代价换来的。

当年，谁让他那个该死的，没了根大拇脚趾头的骚婆娘，居然先于他之前红杏出墙，给他戴绿帽子了呢？呜呼，哀哉，妈个巴子的，当他亲手捉了奸的那一刻，他真是气爆了头，气炸了肺！纵然他有千错万错，千痒万痒的，可是可是可是……可是也容不得她潘金莲转世，阎婆惜闹鬼，骑在他洪大雷头上拉屎撒尿、作威作福啊！

天报应！他洪大雷可没杀惜！

那天，当他听说他踮脚的骚婆娘，也要上坝去慰问演出，也要去“抗洪抢险”，他的第六感就坚定不移地提示了他，他也要上坝去捉奸！于是在与孩子他大舅喝高了，骂够了，打翻了后，就像夜袭队似地行动了。果然不出所料，果真就在主坝下游的地方，一条老水渠的闸门旁，把那个骚婆娘逮了个正着——呵呵，她正跟他们团团长“榫卯”在一起哪！接下来，就算是酒后失态吧，就算是戴绿帽子后的嫉恶如仇吧，就算是屈辱之余的疯狂吧，总之他盛怒了，像夜幕下的一头猫头鹰似地出手了。他趁着那对狗男女狗苟蝇营之机，趁着他们心虚、眼虚、胆虚、力虚之际，他又踢裆，又封喉，又勾软肋地把他们揍了个晕头转向，最后还解下他们的鞋带，抽出他们的腰带，将他们双手反绑起来……

看我不削扁了你！看我不休了你，废了你、你、你这个混账东西！我再也不稀罕你这个歪瓜劣枣烂菜花了，再也不稀罕你这个旧衣破袜脏手套了，我要让你们这对奸夫淫妇付出双倍代价！

天，轰然塌下来一般；地，也仿佛陷下去一样。

揍了这对狗男女一顿，当然无可非议，“杖黥奸人”嘛，乃历朝历代之法典。将他们双手反绑起来，这其实也无可厚非，谁让他们在“抗洪抢险”的紧要关头，还搞“破鞋”，还扰乱“军心”，还动摇我军警人员的革命意志呢？谁知道他们狗苟蝇营的背后，还有没有其他的什么阴谋诡计？所以，作为一名警惕性极高的公安干警，怎可以掉以轻心！把他们反绑起来，绝对符合警务人员的“操作规范”，绝对符合捉拿“嫌疑犯”时的程序！

其实，后来那天的天，真的就是惊厥了！那天的地，也真的就是癫痫了！就在他痛快淋漓地施展拳脚，履行“程序”的时候，先是愀然之间，满天星斗化作流星雨，飞沙走石般地旋舞起来；接着漫地的大蚂蚁、喇喇姑，还有田里的、河沟里的泥鳅、青蛙和癞蛤蟆，也都来了个总动员，像“文革”一样造起反来！原来那些小生灵们判知到大自然要盛怒了，善与恶要搏斗了，罪与惩要厮杀了，主坝那边的洪水要透顶了，紧跟着，一股破竹之势的洪流，沿着那条老河套喷泻而来！

接下来的事情，都发生在惊悚与惶然之中。可以说他们三人，都不同程度地懵了，不知所向了。不过他，毕竟还占据着心理上及行动上的优势！而那两个衣履不整，被反绑着双手的狗男女，就只能潸然兴叹了！因为主坝那边汹涌泻来的大洪水，先是轰隆隆地雷鸣着，后来竟然大音希声了！因为大洪水到来之前，从那条老水渠的闸门下，还倏然间爬上来一只大老鼠，宛如一匹老鼠精，老鼠王！紧接着尾随老鼠王之后，又蜂拥上来一拨堪比一个师团的日本兵还要多得多的老鼠兵！不仅如此哪，在嘶叫着，翻滚着，衔咬着登闸而上的老鼠师团之后，又赫然间冲上来一只大螃蟹，宛如螃蟹精，螃蟹王，足有铜锣般大！而且也是紧随其后，像希特勒的装甲部队似的，爬上来一群足比一个军团还要多得多的螃蟹兵！

老鼠王带着老鼠兵们上来了，那是因为大音希声的大洪水，波长变波短，袭破了老鼠们的耳膜，它们“抱头鼠窜”了！不过，螃蟹王为什么也会带着它的军团冲过来呢？他一时就想不明白了。他只记得当地有个传说，说明朝的万历年间，罕王努尔哈赤造反，与明军于萨尔浒大战，他们杀了个天昏地暗！之后，双方都留下了无数的尸骸。而后恰逢那几天春阳如火，大地暴暖，尸臭熏得努尔哈赤头疼不已，于是只好施展萨满术，请来螃蟹王，唤来螃蟹大军，须臾之间就把死尸吃了个净光……那么现在呢，现在螃蟹军团的到来又意味着什么呢？他就想不明白了。总之也来不及想明白了，快、快逃吧，快点逃离这危机重重的现场吧！

他，当然掌握着命运的主动权。他凭借着心理上和行动上的优势，三步并做两步地逃了出去。而老鼠师团则瞬间，扫荡般地把那个狗团长劫走了；螃蟹军团也眨眼之间，闪电战似地把那个骚女人挟持去了……啊，不对，那已经是二十多年前的事情了，后来由于大洪水退后，找到了他们的遗物，认定了他们的死亡，所以每每想起那不可思议的一幕时，他显然可以任意地去驰骋想象，并且也无数次地想象驰骋过了：活该那个骚女人倒霉！应该是老鼠师团把她劫持去，后来上上下下、前前后后、里里外外、冲冲撞撞地同时进攻，把她比强奸，比猥亵还龌龊地吃掉了；活该那个狗团长倒霉！应该是螃蟹军团把他挟持去，后来上下两头的组合夹击、前后左右的轮番围攻、连拉带拽的双管齐下，把他比凌迟，比车裂还蛮野地撕烂了，钳碎了！总之，是老鼠咬掉了狗团长的头解气呢？还是螃蟹钳碎了女人的骚肉开心呢？他翻来覆去地比较过很多次，最后覆来翻去的，就连他自己都搞糊涂了，都记不清怎么去描绘好了……

糊涂了，记不清了，这是多么好的推辞啊！索性，他将后来发生的一切，都难得糊涂地一推六二五了。

那么突袭而来的大洪水，是作为他们之间恩仇怨恨的仲裁者来的，还是终结者来的呢？这就是他们三人之外永远的谜了。如果从人道主义出发，按理说在大洪水到来之前，他是有能力“优待俘虏”的。但是最终，他没有那样做，而是选择了以不变应万变的态度，也就是任凭他们自生自灭，自己去获得彻底解放的态度。

不过从此以后，他的这个“态度”，也就笃定了他今后的人生态度——那就是“以其人之道，还治其人之身”的态度，用这个态度去搞女人，赖以惩治那个既给他带来羞辱，又给他带来放荡启迪的骚女人，去把他曾经戴过的“绿帽子”，也分发给其他的男人戴，像玩丢手绢游戏那样……

这里需要特别书上一笔的是，那年他已经被提升为中队指导员了。他不仅像个“护法金刚”一样地管教着几百名在押犯人，而且他的光环，还像“天罡星”

一样笼罩在犯人家属头上。那些由于自己的父母、丈夫、兄弟是“犯人”，而在人格上“低人一等”的女人们；那些认为“绿帽子”总比“罪犯”的帽子好看得多的女人们；与其活守寡，求心死，不如把脸和屁股掉过来求心活的女人们，自然成了他寻求刺激的对象。他着实地在她们屁股后边，疯狂地丢了一地的手绢……

顺便还要书上一笔的是，事隔不久，一直对母亲的死怀有深深的疑虑，也一直与他貌合神离、南辕北辙的儿子，竟然雪上加霜，也给他闯下一场大祸。儿子和他那个形影不离的火龙哥，偷开出农场的拖拉机撒欢儿，不想“撞塌”一座老砖窑，砸死一名“犯人”，还引出了一桩“闹鬼事件”！

然而虎毒毕竟不食子，儿子毕竟是他的真血脉！在他来不及权衡再三，拿不出勇气去大义灭亲的情况下，只能再一次铤而走险了。他硬是编造了个死无对证的故事，摆平了儿子的“偷车肇事案”……

儿子的事情尽管摆平了，不过鉴于摆平的过程中又闹心、又“闹鬼”的，他一直恐惧着一种后怕：将来若是东窗事发了可就惨了，儿子很可能被绳之于法，那么洪家就可能“断子绝孙”了！于是乎，他开始有节制地收敛了些，将没了女人可不行，只有一个还不够的报复性理念，进行了调整，开始以寻找“恋人”为乐了……谁说不是呢？生活理念也要革命化嘛，要“深挖洞，广积粮，不称霸”才对嘛！

然而，就像那个骚女人将他肚子里有几根蛔虫、几根花花肠子，都冥冥中豆漏给了儿子似的，一直到他下岗前，与其说是未能从几个“红颜知己”中选出个能为他“献身”的来，毋宁说是儿子步步与他为敌，处处与他作对，再也没有给他续弦的机会。后来，几次貌似好合的良缘，甚至还有一次让情人“怀上了”的绯闻，都让他当医生的儿子给搅黄了，“做”掉了。儿子就像是那个女人的阴魂，就像是一道黄敕符咒，贴在他家的门框上！直到儿子脱去白大褂，下海搞起房地产，而后事业越做越大，越来越无暇顾忌他了，他才再一次发掘出机会，再一次用他老公安的慧眼捉住小兰的一次破绽，潜进了小兰的房间……

他也俨然算计好了似的，现在无官一身轻了，也无牵无挂、无后顾之忧了，如果因这次“丑闻”而和儿子的矛盾升了级，他就要跟儿子算总账了——他要把历史真相告诉儿子：那个骚女人，才是真正的“肇事犯”，才是摧毁了他们洪家幸福的祸首因缘！

## —4—

小兰不得不请两天假，回何家湾的乡下去看奶奶了。听说奶奶“身体欠佳”，她放心不下。

自从接受了洪哥的“委托”后，不知为什么，她总是无厘头地生出很多疑惑。仿佛那些疑惑的背后，总有一个人影在栖栖而动：亦庄亦谐，亦真亦幻的；且恍来惚去，若隐若现的，搅弄得她心烦意乱。当年，洪哥真的完全是出于善心与怜悯，才赈济她学杂费的吗？还有，洪太太为什么会那般决绝地就移居美国了呢？难道就没有什么其他的因素吗？她怎么想，怎么觉得目前的后果与前因不搭嘎，不对称……她想回家去看奶奶，想无论如何也要从奶奶嘴里打探出虚实来，宜早不宜迟。

何家湾地区多苇塘。抛开那些开春没拔青就烂了根，入夏没扬花就枯绒了的烂苇子坑不说，秋天时，苇塘里一片浓郁。长袖般的苇叶拥簇着枝干，绒絮般的花头飘逸在枝尖，真像千军万马戎装甲胄的战士。而一到了冬季，绒头和苇叶枯落，苇杆也会在潇潇朔风中挺不起腰来，最后成排冻倒在冰面上，歪歪斜斜的又像残兵败将。

奶奶说过，其实很多人的命运像苇子。

奶奶还说过，她小兰是“梦生”的，也是“绝生”的，以后一定命大福大。

奶奶说过的话，尽管让她理解起来总是闪闪烁烁的，像夜空中的星星，不过奶奶可是她的守护神啊！奶奶的那些“谶语”，那些“神谕”，总会在某个关键时刻从她记忆中的一隅飞出来，给她带来意想不到的启迪，会一扫她初潮般的迷惘。

一直到上大学前，她小兰的大部分时间，都是和奶奶在一起，在老家的农田里和苇塘里泡大的。尽管农活儿苦哈哈的，又脏又累，又乏情趣，平白直叙给她的，大多是粗俗与烦恼、卑微与贫穷的感同身受。不过，一望无际浩浩荡荡的苇塘，苇塘里的世界，苇塘里的故事，苇塘里的生机，却给小兰留下了美好的回忆。她甚至在梦里徜徉着的时候，都不会忘记剪辑上一些花絮：像荡漾着旧轮胎扎成的水筏子，到塘心去拾鸟蛋啊；像尾随着对对柔情的鸳鸯、结友携伴的天鹅戏水游波啊；像靠近白鹭群——它们当中，时不时地还会亭立出几只丹顶鹤，去观赏它们街舞般的“斗炫”啊，以及割来苇子，然后编筐、编花篮、编席子、编织春天里的童话，童话里的春天啊等等的情节……正是如此繁多的天真浪漫的故事，造就了小兰浪漫天真的性情，即便大学毕了业，迈入物欲横流的社会，她也依然保存有那份真性情：酷爱追求，青睐好奇，勇于助人，乐于陶醉，求情心与同情心异曲同工……

“奶，这次说什么，咱也不要这两间破瓦房，不养那窝烦心的鸭子，不编那些硬邦邦的苇链子、苇席子了。跟我走吧，咱在城里有大房子了……”

她扑进奶奶的怀里，用长大成人后的辛酸与感触，和奶奶抱头哭在一起。

“兰儿啊，奶已经不中用了。前儿个去房后捡鸭蛋，头一迷糊，连人带蛋地就栽沟了，是头也摔了，蛋也碎了啊，没法没法的现眼了……咳，人老了，就像断了捻儿、熬干了油的灯，说灭就灭啊。奶都糟践到这份上了，干啥还去累赘你啊！”

“奶，你这是说啥啊。我不就是想让你老人家过上几天舒坦日子，才一个心气儿地考大学，一个心气儿地想进城里上班，一个心气儿地……拼搏着，想着有朝一日能把奶奶接过去吗？”

“奶心领了。奶见你出息喽，比吃了蜜还甜呢。奶往后啊，就盼你顺顺溜溜的，找个好婆家了……奶身边，还有你何家大姑呢，她隔三差五地就来帮我搭搭手，奶不用你惦记着。”

听说临屯的那位何家大姑，是父亲家的一位堂姐，早年一直守寡。不久前总算把公公婆婆都伺候走了，以后就常抽空来，照看一下奶奶了。

与去年年关时回家相比，小兰顿感家中的一切，当然直接指向的是那两间小瓦房，显得破旧、陈腐、俗气多了。而且奶奶，也显得苍老、羸弱、疲惫、沉郁多了。这些直接、间接反馈给她的气息和氛围，启示着她，在家中的某个空间某个角落里，一定还藏有她不知道的、没有挖掘过的，恐怕若是忽略过去，就将永远无法复原了的生命情节的存在……或许是父亲的？或许是母亲的？总之，一定有些什么东西，甚至是另一个世界的、神界的、灵界的、鬼界的，才可以认定的一种东西，一种形式的存在，在这两间小瓦房里一直呢喃着，低吟着，在等待着与她对话。

第一天回乡的晚上，她跟奶奶唠到了东方启明。

她先把城里人的新生活，新风尚，城里人的与时俱进、趋时趋新，特别是城里人的开放和个性，其实就是他们新时代大学生的开放和个性，都像诗朗诵一样地唱给了奶奶听。奶奶当然也好奇，尽管其中的部分观念，像女孩子的贞操观、择偶观、事业观，显然与老一代人截然不同了，不过奶奶还是出于爱怜孙儿的大度，理解着小兰，担待着小兰，包容着小兰，一直喜忧参半地竖耳倾听。

后来，当小兰陶醉于其中，索性把她自己的故事也编织进去，索性将自己勾勒成一个既不想早嫁，也不想屈嫁，正在待价而沽中的“玉女”；将洪哥勾勒成既有少年人的反叛，青年人的嫉恶如仇，还有成功人士的烦恼的“金童”时，奶奶才听明白了，这颗少女的心，已然淌过血了。而心底之处一旦淌血，止不住，流下去，少女也就流俗成命苦的女人了。奶奶知道，命苦的女人，是要苦命地把自己全身的血液，都要当作乳汁奉献出去的……奶奶怕了。

第二天一早，奶奶是用翻箱子、倒柜子的形式，把她从梦中吵醒的。奶奶吵醒她的形式，仿佛在验证着她的第六感——尽管在她编织的故事中，并没有把洪哥的名字暗喻出来，奶奶还是猜到了一大半；尽管她还没来得及把这次回家的“画外音”说出来，奶奶也是猜到了一大半。

“兰儿啊，奶早就掂量着，要把这事告诉你了。”

奶奶从炕头的一只樟木箱子底下，抽出件包袱皮包着的小包，然后费劲巴拉地解开，捧到小兰枕头前。小兰麻溜翻身坐了起来。她下意识地告诉自己，一直搅弄得她心烦意乱的那个人，或许马上就要出现了。

有关自己身世，她早就从奶奶嘴里，以及亲戚朋友们的闲谈碎语中，知晓了大致的版本。她因此也早就圈定了一个原则，那就是想知道些什么，没必要知道些什么的原则。因为，既然她是“梦生”，那么父亲肯定是在她出生之前，就去世了。听奶奶，听姑姑、大爷们说，总之亲戚们、屯里的、邻里的人都那么说，父亲当年是个复员兵，被分配到海城那边的一个公社当了公安助理。有一年父亲奉命上梅岭山，去抓一个发信号弹的“美蒋潜伏特务”，不想一失足，从山上跌进了山涧……她，还是“绝生”。那么母亲也肯定是在刚生下她，就谢世而走的。当然了，也是听奶奶、姑姑、大爷们说的，母亲在小姨的陪同下，曾疯了一样地挺着大肚子，也进了梅岭去寻父亲……后来有一天，小姨只把她一个人抱了回来。她刚生下来才十几个小时。听说母亲耗尽了所有的生命血气，才把她早产下来，她还没来得及喝上母亲的一口奶……听说小姨怕野狼撕烂了母亲的尸体，把母亲和一堆骨骸——从碎烂的衣服上判断，那恐怕正是她母亲死也要见尸的人的尸骨，一起就地掩埋起来……因此，她一直天真地认为，父亲、母亲生前发生过的一切，都应该与她这个“梦生”也是“绝生”的人，早已不相干了。而且她一想起父亲、母亲的死，就毛骨悚然……

“其实，你爸并不是摔死的。你爸的死，冤枉啊。喏，你先看看这个，然后容奶慢慢儿跟你说。奶为了你的前程，才不得不一直瞒着你啊……”

奶奶一边说着，一边哆哆嗦嗦地腾开了包里的一套小红线毛衣。小兰眼尖，锥子似地扎了下去——只见那下面躺着一件牛皮纸信封！信封的中栏里，清晰地写着她母亲的名字，而下面发信栏处，则是一行印刷体的，已经陈旧得泛了白边的大红字。她急忙抄起来一看，啊，竟是从“某某地区劳改总队”寄来的！

什么，父亲的死，里面有冤情？小兰急火火地用一只手挤开信封口，另一只手伸进去一掏，掏出了两张折叠着的纸片。一张是粗糙的黄草纸，背面已经洇透了油墨；另一张则是被撕成了半截的信纸，上面涂着歪歪扭扭的几行铅笔字。她的两只手，也像七十多岁的奶奶一样，立时不听使唤地抖动起来。

她先打开了那张洇透了油迹的一看，是张“通知书”，上面写着：通知。罪犯何云山家属：罪犯何云山系“强奸”犯罪，被我公安机关判处有期徒刑六年。该犯自入监改造以来，经常不遵守监规监纪，于一九七五年四月XX日擅自下水塘洗澡，不慎溺水身亡。望家属接到通知后，速来我劳改总队办理相关后事，特此通知送达……

啊！父亲竟然不是一名“因公牺牲”的“公安助理”，而是名“罪犯”、一个“劳改犯”啊！警察与小偷的故事，也就是好人与坏人的故事，居然在自己的头上上演了，而且还是个悲剧！这、这太牛头马面了，太、太悲哀了，太颠倒乾坤了！

接着，她又哆哆嗦嗦地打开了那半截信纸，只见上面没抬头也没署名地写着：“何云山不是溺水身亡的，他冤枉，是舍身救人，被倒塌的砖窑砸死的，他原本有机会逃出来……”

与当年被打了一针麻药，接受阑尾切除时同样的不知所措。小兰看完了这两页纸条后，更加木讷、茫然起来。她欲哭无泪地听着奶奶的陈诉：那封通知书，是当年劳改队寄来的；那张字条则是后来有一天，一个“要饭花子”模样的人摸到咱屯儿，塞在咱家门插手上的……在奶奶绝望的眼神和不断干咳着的血痰后面，她看到了奶奶麻木的祈盼——早已失去了对人世间任何期待的祈盼……

“那我小姨呢？她现在在哪儿呢？”

“你小姨嘛，有一年捎过信来说，想把你接走，我没同意。后来，也就再没联系了。那且啊，听说在医学院里当老师。”

父亲毕竟不是一匹牲口，一只鸡、鸭、羊啊什么的，说死就死，说怎么死就怎么死了啊！何况“不遵守监规监纪，不慎溺水身亡”之说，与“他冤枉，是舍身救人，被倒塌的砖窑砸死的”之说，可有天壤之别啊！前说乃是对后说的天大耻辱，是对一个人“政治生命”莫大的亵渎和鄙视啊！

小兰的心情，无疑被后说所导向——如果后说成立的话，那么父亲他救了谁？为什么被救的人不出来说句公道话？还有，恐怕正是因为有了“冤枉”之情，父亲才要“逃出来”，才要去“申冤”嘛，那么父亲的这些“冤枉”究竟冤在哪里，枉在何处哪？这个“案”还有可能再翻吗？

第二天一早，小兰就匆匆离开何家湾，赶去了小姨的医学院。

## —5—

有人在春风中得意，洪大雷显然在秋风中也在得意。小兰搬到他隔壁住没几天，一种崭新的、绝对是与时俱进的生活方式，就降临到他头上。从表面上看，似乎周围的人都知道了，小兰或许是他儿媳妇的“候补”了，因为带着孙女去了美国的那位儿媳妇，除了曾经有过闹离婚的动静外，至今，就再也没有任何“儿媳妇”样的动静了。不管这种没了动静的背后，隐藏着什么，在当前的一段时间内，恐怕谁都不会料到吧，小兰居然“长”了一辈儿，成了他的“媳妇”，而不是什么他儿媳妇的“候补”了！儿子要“候补”，那就再找一个吧！他和他的小兰，不管是从楼道的正门进来，还是从房后衔接着的阳台进来，总之不管是从哪个通道进来，在那比邻的二百多平米的私有空间内，两人就“封闭”在一起了。

“别忘了吃药。一会儿你要是起晚了，就把稀饭和包子热热再吃。我上班去了。”

这几乎是小兰每天上班前，都要对他洪大雷例行的叮咛。

龙翔老年公寓的售楼部，距他们家不过二百来米远。对于小兰这个身份特殊的“副总监”来说，即便是在上班的八小时内，回家照应几次，也恐怕无人敢问津。反之，若是她这个“总监”级的，上班时间不这儿走走，那儿逛逛的，不时常回家去照看照看“洪老爷子”的，就有人嗔怪了。

现在，既然生米已经被他洪大雷煮成了熟饭，不管外界怪与不怪，他都铁了心思地朝前走了。他一心一意地要保养好身子骨，一心一意地算计着，无论如何也要“血拼”到底，也要把他的小兰“种上”！他担心，如果不“抢种抢收”，小兰怎会把心思拴在他这只老蚂蚱身上？那他精心设计过来的预案，就仍然存在着崩盘的危险！

不过，又是一个多月过去了，“兰兰”依然没有被“种上”的迹象。这让他很是焦虑，也想得很多——明明是不亚于下半晌毒辣辣的太阳那样，在非常时期，非常不一般地放出光芒了嘛，难道……难道是“小虫儿”的活力下降了，蔫死不拉活了，游不到“心尖尖”那儿了？他时常忖想不已，且忧心忡忡。

看来，还是要与时俱进地讲究科学，注重保健，需要大补的时候还要大补啊！古往今来，不是常有耄耋老翁添贵子的佳话吗？何况自己才“破五奔六”嘛！于是，他又很自然地想起了当地的那个传说——那个传说的后半部分说，在萨尔浒大战中，罕王努尔哈赤伤得也很重。后来，多亏他又用萨满术唤出了螃蟹王求救。螃蟹王“英雄相惜”，毅然决然地将自己的大妃“巴巴亥”，一只足有铜锣般大小的大母蟹，献给了罕王吃。罕王这才注入了元气，才起死回生……由此，他也幽情附意地想象开来：他虽然不懂萨满术，呼唤不出螃蟹王来，不过儿子有钱，是棵大树了，他多少能沾沾光、乘乘凉了吧！那就凭借儿子的力量，弄只“巴巴亥”来补补呗……他早就知道了，儿子还是“火龙大酒楼”的大老板哪，那里的“全席螃蟹宴”远近闻名，采购进来的螃蟹啊，个顶个的都是“盘锦大闸蟹”！打那以后，他就不客气地以“洪老爷子”的身份自居了，三天两头的就会去酒楼“开斋”一顿。

而洪阳呢，的确也是一棵大树了。树大招风。洪阳这棵大树，不时地就会招来一股股的冷风、热风、狂风，甚至龙卷风。

就在秋霜红叶灿如锦的一天。临下班前，随时都做好了招财进宝，也可能是招灾惹祸的洪阳，怎么也没想到，居然招来了他梦中常思常念的一个人。

“哎——你这个人，怎么敢闯人家办公室啊？洪总、洪总，这个人不说明身份就往里闯……”

新秘书小玲，显然很委屈。只见一位剃着板寸，戴着墨镜，披着件黑风衣的“骇客”，愣是不理会她的询问与堵截，像只大螃蟹似地就往里闯。该人一闯进洪阳的办公室，则站在门前玩起了酷，摆出一副黑老大的Pose（造型）不动了。把正在打着国际长途的洪阳，搞得莫名其妙，心里直发毛。

不过洪总可不是孬种，可不是没见过大场面的“小玩闹”。洪总怎么说也是拥有上百名部下的老总。洪阳索性让那位“黑老大”就那么站着、“Pose”着、臭着他的足足有十分钟。直到洪阳有说没说的、有侃没侃的讲完了手中的电话，才不愠不恼、不紧不慢地冲着对方说：“这位朋友，找我有什么事吗？”

“嘿嘿，好一个洪总啊，哈哈哈！”

对方砉然大笑，随即潇洒地一把摘下了墨镜。这时二人对视了不到两秒钟，就几乎同时“哈哈哈”地大笑起来。接着，一个张开了黑鹰展翅般的长臂，嘘着口哨、踩着步点向洪阳靠拢而来；另一个则从座椅上弹起，像颗炮弹一样朝对方冲去。二人立时笑出了眼泪，抱作一团。

来人正是欧阳火龙！

“火龙哥，想死我了，你当年不辞而别，害得我差点退学，想步你后尘而去哪！”

洪阳考上医学院那年，欧阳火龙则去了深圳那边闯荡。不想，欧阳火龙当年从深圳发来的第一封信，就让洪父给“贪污”了。此后二人之间，也就杳无音信，进而一别快二十年！

“咳，当年我这不是、不是也是无奈之举嘛。我这个劳改犯的儿子，怎么能跟你这个警官的公子相比呢？”

“又来了，又来了不是？还敲上兄弟的锣边啦！”

“哪里、哪里，还是上大学是正路哦。找不到路的人，才闯荡江湖哪，而且江湖险恶，一闯就是满身疮痍啊。”

“争鸣立世的，哪个不满身疮痍啊！还是伯父说的好，‘做人要学扒根柳，插到地里就能活’——这可是当年你父亲的口头禅哪！”

“呵呵，你还记得哪！我这次来，他可是千叮咛万嘱咐地让我问你好，问洪叔好！还让我告诉你，他正在写当年的农场生涯回忆录哪，已经写了一半了。他希望咱们这代人，能够接受上一代人的真诚‘忏悔’，能理解他们的无奈与辛酸……”

“唉，伯父可是个有知识、有涵养、有韬晦的人啊。噢，他身体还好吗？别让他累着——不过对于他的回忆录，我可是翘首以盼哦。”

欧阳火龙的父亲欧阳诚，当年是被打成“右派”而入狱的。洪阳没出生前，就在洪大雷的手下接受劳动改造了。后来，欧阳诚虽说减刑出了狱，可是“劳改释放犯”、“二等公民”的帽子，还是压得他直不起腰来，不敢在瓜田李下坚持自己的主张，不敢在千遍谎言面前说一句真话。直到一九七八年，欧阳诚彻底获得平反，摘去“右派”帽子，才辗转着去了香港，才敢拿起笔来回忆过去的时光。

“还好，还好。因为父亲前几年多病，一直住着院，我也就脱不开身。最近父亲转到老年福利院去了，我的负担也就减轻了许多。”

欧阳火龙低沉着嗓音说。

“难为你了，也难为伯父了……噢，走，弟弟给你接风，去我的‘火龙大酒楼’。弟弟借着你的名字一直讨着吉利呢，我们在那儿好好聊聊！”

“哈哈，你的龙翔老年公寓，你的美食大世界，还有你的‘全席螃蟹宴’，我在香港就听说了。”

欧阳火龙正是公私兼顾，为着洪阳的“全席螃蟹宴”，同时也是肩负着父亲的嘱托，才北上赶来的。这些年，他和父亲总算是搭上了小平同志“改革开放的快车”，完成了深圳弄潮、香港创业、台湾发展三部曲，在“两岸三地”之间开了好几家“酒店管理公司”。最近他和他的投资合伙人，又酝酿出一个新的开发计划，那就是开发大陆的“绿色食品”，于是就想到了脍炙人口的盘锦大螃蟹！他们通过市场调研，认为利用他们管理酒店的平台作为飞机场，一定能将洪阳的“全席螃蟹宴”宣传出去，让“盘锦大闸蟹”也像歼—10一样飞上蓝天，名扬天下……

另外，他也忘不了当年游荡在农场里的岁月，忘不了在洪警官和“洪公子”的关照下，度过的那段既屈辱、辛酸，又充满着渴望和希冀的日子。那些年里，夏秋，他只要和洪阳鳔到一起，俩人就会水塘里、河沟里、水线里，到处的戏水游玩，摸螃蟹抓鱼；冬春，还会在寒凝大地的北国大雪中，在小河一曲叮咚而融化了黑土的平原上，到处去追春华、追梦……

“还记得那年吗？我们在老窑地那边的下水线里，摸到一只特大特大的大螃蟹？我们后来给它取名叫‘铜锣蟹’！”

“怎么不记得？那边的水线里有灵气，咱们摸到的，可是一只罕见的大母蟹——螃蟹后啊！”

“怎么又是母的啦？不是辨认了半天，说脐儿既不圆，又不方的，多半是公的嘛！”

“什么多半啊——那是你的推论，说秋后的母蟹没黄，有黄就是公的。”

“但是也没你那样的啊，借着嘴馋的由头，愣说吃了会变‘灵哥’，还没来得及好好显摆一番呢，就把它煮了吃了……”

“嘿，那还不是为你着想？你那时的身子骨弱不禁风的，不补能行吗？”

两个人又像少年时代那样一边逗着贫，一边搭着肩、勾着背地走出了办公室……

## —6—

小兰再清楚不过了，她这个“邦女郎”的身份，简直就是在玩火。既然万事开头难的“玩”，已经玩起来了，现在还没到收场的时候，那就只能继续“玩”下去了。反正她早就不在乎了——就是烧了身，又能怎样呢？烧成白骨精那样的妖艳之身，还能大战孙悟空呢！有什么不好啊？

她不仅从老邦德的嘴中，探听到洪母“死因”的一些虚实，还打探出当年洪哥他们曾闯下过大祸：他和他的火龙哥，偷开出农场的拖拉机撒野欢儿，不想撞塌了一座老砖窑，还砸死了个“犯人”，惹出一桩离奇的“老砖窑闹鬼事件”！

听到这则消息的时候，她就像被人一拳“KO”了一般，大脑中只荡漾着一个弱弱的声音：“何云山不是溺死的，是被砸死的……不是溺死的，是被砸死的……”

事到如今，促使她毅然决然“玩”下去的动力，已经不完全是洪哥曾经给过她的承诺了。洪哥说，他接到妻子那边律师来的照会，对妻子申请美国绿卡，要求与他离婚的决定，已然无可奈何了。他希望小兰帮他完成“夙愿”后，就一起生活。

而小兰现在想“玩的火”，反过来等于又烧到了洪哥身上——当年，到底是洪哥还是他的什么狗屁火龙哥，是他们俩谁肇的事？谁是主谋，谁开的车？她多么想知道的同时，又多么怕知道啊！如果洪哥是主谋，这件“案子”还能翻吗？还怎么翻啊？

在锦州的一所医学院里，她找到了她小姨。她这才得知她的父亲，当年任着公社公安助理的父亲，仅仅因为打了“女知青”两个耳光，就被当作“强奸犯”而判了刑。而父亲之所以打人，则是因为那位女知青“革命警惕性极高”，竟然高到了恶作剧的程度，竟然编造出梅岭后山有美蒋特务在活动，在发信号弹的谎言！后来，那位女知青上了大学，成了她小姨的学生。当那位女知青毕业了，临离开学校那天，才给她小姨跪下了，哭得瓢泼大雨似的，人都背过气儿去。她坦白了她的心路。她说，在“插队”的那些日子里，在孤寂无助的漫漫长夜中，她曾单相思过何大哥；她曾经“美人计”过且一计不成又生二计，把何大哥骗上了山，才挨了何大哥两记耳光的。而她，也就藉此而恼羞成怒，反咬了何大哥一口“强奸”，让这两个“耳光”的代价一个就是三年，把何云山送进了大狱。这在当年宁左勿右，宁可相信美蒋特务反攻大陆贼心不死；宁可相信“女知青”是受害者，那么何云山就必定是加害者的思维模式下，非常符合阶级斗争的逻辑。可以说，判他何云山没商量！不仅没商量，反之他还应该感谢政府的手下留情哪，感谢“坦白从宽、抗拒从严”，也就是“屈打也要成招”的伟大政策呢！你想啊，若是判他个“反革命”罪，那岂止是六年的牢狱问题啊！

然而，谁又想到他何云山入了狱，竟又“不遵守监规监纪……擅自下水塘洗澡，不慎溺水身亡”了呢？这究竟是人算还是天算呢？但是，父亲若是不入狱的话，那场不管是天算还是人算的死亡灾难，又怎么会那么蹊跷地就降临到父亲头上呢！

不管是人算还是天算，她小兰似乎已经开了窍：天人不是可以合一吗？那么露不出马脚的，看不出破绽的，谁又敢说那不是“天算”的呢？

为了搞清父亲的“冤枉”，她决定了，决定拿她的青春筹码下赌了，这其实也是水到渠成的决定！是“破罐”也要摔个响炮的决定！是变被动为主动，先傍上大款坐上保时捷的决定！

她目前还不敢肯定，她究竟能不能赌赢，能不能算计成功，但是，要为父亲讨回公道的意志，硬是支撑着她开始了精打细算的策划。

既然老猴子想“种上”想得都昏了头，于是有一天，她就佯装漫不经心地，将她的“危险期”卖个破绽传递了过去。而后老猴子掰着手指头一算，就嘿嘿嘿地眉开眼笑了，一晚上竟然糗着“心肝宝贝儿”大战了数个回合，拼尽了血精，拼尽了贪婪……而这时的她，才露出潸然一笑。笑她过了第一关，笑她面前这个贼精猴怪的“老猴子”的可笑……

尽管洪哥目前也只是在翻翻地，拔拔草，不想马上就开“种”，然而不管怎么说，也不会总“荒”着她的。接着过了些日子，她也是用相同的手法，传递给洪哥“安全期”的信号，她也糗着他大战了数个回合，并且将“战利品”缴获得一滴不剩，全都封进了“心尖尖”深处的旮旯里……

她心里照妖镜似地知道，只要她把“邦女郎”的角色扮演好，如此这般地近交远攻，利用老猴子作掩护，肯定可以好好地跟洪哥过几招。

她脑子里望远镜似地知道，在与洪哥“过招”的过程中，洪哥怎能不反思他少年时代的荒唐，怎能不把她小兰当倾诉对象，怎能不抖落出更多的心里话呢？

有人说，女人的心，天上的云。小兰的心头，又怎能不汩汩升腾起这一迭迭，一浪浪的变幻多端的云雾呢？

两关闯过去了，那第三关也就横在面前了。她跑去医学院，找了她小姨。当她将完美的策划，完美的牺牲，完美的心酸，都通通说给了小姨听后，小姨也被她“完美”地感动了，哭得泪人似地答应配合她……

## —7—

本来，秋风秋雨愁煞人。然而在秋寒之后，洪大雷却一扫了所有的阴霾——他得知自己终于将小兰“种上”了，医院都出“证明”了时，激动得热泪盈眶，抱着小兰就扭起了秧歌！看来，在他甲子又一春到来之际，他迎来了一个开门红！

他像上辈子欠了小兰天大的恩惠似的，索性来个角色互换，开始伺候起“兰美人”来。

他早上会早起，给他的兰兰煮牛奶、烤面包、摊鸡蛋；他晨练后，还会买回新鲜的食品，麻溜儿回家给他的宝贝儿收拾猪蹄、杀鸡、洗鱼煲高汤。他晚上更是殷勤得很，不仅雷打不动地给兰兰烧海参、炖小鸡蘑菇；临睡前，还会温热适中地兑好洗澡水，帮她量体重、量腰围……可以说，他比当“妈”的还仔细，盼着抱孙儿的婆婆也没他这般积极。

与此同时，在与他的“兰兰”绵言细语聊天之中，也自然把他“辉煌”的历史，历史中的大事记，大事记中还无人知晓的一些“隐情”，大有撰写回忆录般地和盘托了出来。

而这边呢，处处打围，着着妙手，显然也正准备收口，把父亲这条“大龙”装进口袋里的洪阳，却遇上了一个大麻烦。一天，小兰给他送来一份医院的“体检报告”。那份报告上的措辞，对于他这个曾经从事了十几年医学的人来说，简直太熟悉不过了——父亲一身诸多的退行性病变中，特别是胃肠壁上有“蛋白酶”量变的提示，显然已经不容乐观了。

那就是肿瘤的提示啊！

听小兰说，父亲对体检的结果不屑一顾。他表示，他将以“不变应万变”的姿态去保守治疗，去积极保健。

小兰还说，父亲自从进了老年公寓，迎来了又一春的期待和喜悦，对当年的大洪水之夜，已经有了些许“忏悔”之意。已经不像过去那样固执了，不再咬牙切齿地骂那两个“淫鬼”死有余辜了。

这么说来，他曾经对“暴戾的父亲”，以及“新女性的母亲”的认识，难道是由于青少年时期的叛逆与偏激，是由于受到舅舅家的影响而被误导了吗？不是没有这种可能！在人类认识自身的性情，包括认识医学，认识大自然，认识纷繁复杂的社会现象过程中，他有过刻骨铭心的教训！

由于想念母亲，他从恋母的失意中转向，而恋上了他的火龙哥。一次，在阳光灿烂了心底的躁动之际，他们俩躺在一堆松软的稻垛上，终于懵懵懂懂地滑进了“耳鬓厮磨”的梦呓……

于是那一次的放纵，以及对父亲频频猎艳的另一方——“贱女人”的厌恶，竟然改变了他的性取向。乃至于后来不得已结了婚，也未能及时改变他小宇宙转动的方向，也未能矫枉他对女人身体索然无趣的忤逆。直到小兰的出现，直到他发现小兰竟是被他们冥顽不羁而害死的“犯人”的女儿，出于忏悔，出于自我救赎，他才接受了她，从而逐步接受了她的身体语言、意念语言，接受了她没洗前的花乳罩和晾洗后的小裤衩……

## —8—

腊月的阳气，也鼓翕着小兰肚子里的元气汩汩升腾。

陪着洪哥，飞到东京参加公寓联盟峰会的小兰，知道决定她今生命运的时刻到了；知道横在她面前的，既是由洪哥的“隐私”，以及洪家的“隐私”，还有她自己的“隐私”而筑就的“第三关”，或许也就是最后一关了。她不知道她这次是否能够闯关成功。更不知道即便闯了过去，她迎来的，会不会还像上次似的，又是一场新的魇梦。

“洪哥，我们在公园里转转，透透气好吗？”

从日比谷公园的会场里一走出来，沐浴着东八区的午后斜阳，感受着东京湾吹拂过来的清风爽爽，小兰怀揣着的忐忑之心，也就决绝地蹦了出来。

“好啊，我们也该好好聊聊了，他（她），两个多月了吧……”

“哪里啊，还不到两个月呢。”

“嗯？还不到……”

“是啊，难道，难道，你真的不知道吗？”

小兰淡定地说。同时抬头向洪哥投去了一串凝视的目光。

“我，知道的，好像总是四不像的。四不像的，又总是把我搞得糊里巴涂、心烦意乱的。”

“你——唉，真可怜……那我就告诉你吧。Baby（孩子）是你的；我，也是你的！”

可不是吗？究竟是生活，还是命运，究竟是人性，还是兽性惹的祸呢？洪哥可怜，难道自己不更可怜吗？

“我、我的？——别开玩笑啦……”

“这么大的事谁敢跟你开玩笑！不是你的，当场就打掉！日本医疗技术高，检验 DNA 只需两天，而且还有最好的 B 超，还有胎儿成长探测仪，你不是想好了这些才带我来的吗？”

“嗯……不过我的确没有搞明白，孙院长不是给你上环了吗？还有那回，你不是、不是刚来嘛？”

“想骗你还不容易，上了就不能摘了？那点血，哪儿弄不来！骗你们家老猴子就更容易了，每天‘认认真真’地量体温，填个假表，再漏个破绽给他看，就搞定！”

洪阳听后，简直呆若一尊泥佛。过了足有南柯一梦的时间，洪阳才挤出一句话来：“唉，你，你竟然冒这么大的风险。”

“为你，我什么风险都敢冒。只要你心中的世界里，能给我们母子俩一块栖身之地，就一小块，一小小块足已。”

说完，横过身来的小兰，一头扑进洪阳怀里……

东京夜晚的氛围，深不可测如海底。

那天晚上，他们为了海底深处某一隅的梦境，为了寻觅梦境中的自我，而停宿在阳光大厦八十层的酒店里。下面，整个城市都像是海底的宫殿，到处都游荡着追梦的鱼。先是小兰，虽说是个异国他乡之人，也仿佛在这里找到了一种莫名的感触。她从睡着了的洪哥的肩膀下，像条海蛇似地抽出身来，滑落到地毯上。不过这次，她一滚身就站了起来，像是要反抗牛顿定律——反正不怕，屋里暗仄着，外边才是灯火阑珊的。她就那么赤裸裸地走到落地窗前，就好像在飞机上，在月亮上，在梦焉非焉的世界里，俯览起窗外的夜景。

洪哥上次就带她“考察”过了。生活在这座城市中的女人，不管是职业女、还是家庭女；不管是淑女、还是风尘女，不是都始终生活在不是天堂，就是地狱般的“梦”里吗？“梦”里的女人怎么会怕孽情、怕孽债呢？她们的生存哲学极其鲜明，幸福理念极其时尚，判断事物的逻辑也极其简约，与女人的天性相得益彰——那就是没有闲暇去顾及别人，只是一心一意地去追求自己美梦的实现。听说这座城市的市长，还有点歪才，还说过一句“名言”，大意是说：在当今这个多维时代，女人若是向神父忏悔“罪恶”，那就变成没有头颅，没有手臂的维纳斯了……不管他说的对与不对，但是他却道出了梦与现实的对立与统一，道出了女人的真善美与道德底线的对立与统一，可以说，梦里的女人从来不需要对立，只寻求最后的统一！

还好，昨晚入梦前的一幕真是好险！若是自己莽撞过头，就有可能酿成不可宽恕的大错！

由于事先，她只想到了人性自私的一面。认为深谙“厚黑学”的洪哥，在等同于坦白自己是否“杀了人”的问题上，肯定是不会轻易就范的。于是“量小非君子，无毒不丈夫”，她甚至想当然地燃起了一股冲动——只要洪哥敢搪塞她，敢哄骗她，她就敢掏出锋利的水果刀，去比划着扎进自己的肚皮！

“……洪哥，请你一定告诉我，当年开车撞了砖窑、砸死人那件事，究竟是谁干的？开车的是你呢，还是你的那个什么火龙哥？”

她的问话一出口，满脑子里就剩下了一片空白，就差点要向“神父”去忏悔自己的“罪恶”，差点与洪哥对立起来。

“你是指‘偷车肇事’那件‘案子’吧。首先我要澄清一点，那座废旧的老砖窑，当时并不是撞塌的，而是‘震塌’的！那时我们还小，还不懂这一字之差在法律上的分量。再说了已经惹祸了，也就有口难辨了！至于说到主谋嘛，那肯定是我喽，是我生拉硬拽的让火龙哥陪着我去‘练车’的。不过，在经过老窑地那段地界的时候，的确是火龙哥开的车。但是，这一点就无需强调了——你想啊，当年火龙哥右派的父亲，正处在平反落实期，社会阻力很大，要是强调这一点那还了得？那还不把他们都一起抓起来，再上纲上线的，再墙倒众人推的，再判重刑？他们的命运本来就不济，就脆弱得不堪一击嘛，在这种背景下，我不出头谁出头，我不揽下谁揽下？”

“可是你、你有没有想过，你们的行为对于冤死的人，还有他的家属，是多么的不公平啊！”

小兰显然控制不住爱与恨的纠结了，与其说是搂抱着，不如说是紧勒着——上吊扣儿似地勒紧了洪哥的脖子。

“兰兰，兰兰你听我说，我们一直也很无奈，很矛盾，很踌躇呢。那是一座早就废弃了的老砖窑，我们一见震塌了，就吓得赶紧跑了，谁知道、谁知道里面还藏着人哪！再说了，听火龙哥的父亲说，死者是个服刑改造期的‘犯人’，当时已经脱下囚衣且‘男扮女装’了——你想想看，他这不是在‘越狱潜逃’吗？”

“你胡……不是你们在胡编吧！”

“对，后来发生的一切，都是我们‘胡编’的。当时正值劳改总队评先进，要政绩，他的潜逃属于重大恶性事件，大队领导生怕暴露出去给总队领导添堵，就暗示我父亲，一定要将此案压下来，要低调处理，牵扯的人、面，越窄越好。”

“这么说来，还是你们拯救了他哪——死后无需立案追究喽；也等于拯救了他的家人——不用戴上‘越狱潜逃犯家属’的帽子喽，同时也等于拯救了命运本来就不济、就脆弱、就不堪一击的火龙哥和他的右派父亲，对吗？”

“从大局出发，当时只能如此处理了……虽然我们对不起他，不过他的死，绝对是个意外！我们开着的拖拉机，毕竟没有直接撞到砖窑上，而且还有另外一种说法呢，说当时不凑巧，还赶上地震了呢——来自大地的震动，肯定比我们拖拉机的能量大多了……噢、噢，我出不来气儿啦，干脆你、你再使点劲，掐死我算了……”

说到这里的时候，洪哥索性攥紧小兰的两只手臂，帮她勒深了加在自己脖子上的力量。

“我掐死你！我就要掐死你嘛！掐死你、掐死你——我掐死你，又有什么用呢？干脆，还是你来掐死我好啦，别让‘他’也像我似的，又是个‘梦生’！”

小兰虽然嘴里依旧“诅咒”着他的洪哥，不过，当她又宛如粉丝般地凝视着洪哥那清癯的面孔，那双“从不藏奸”的黑眼眸时，其实心底世界已经暗流滚滚了，苦心筑就的防线顿时就被冲垮了……她无可奈何地认同了洪哥他们的“胡编”，两只小手也随之松软下来，开始温柔地划向了洪哥的胸膛……洪哥的胸膛火炉般的烫。就这样，他们二人又一次被相互征服了，接下来，也就只好黔驴技穷，用那唯一的大恨与大爱对榫的方式，相互用力地勒着、抱着、滚着，把灵魂榫到梦里去而结束……

乾与坤，天与地，当初不也是这么相互用力地掐着、勒着、抱着、滚着、混沌着、暴涨着，才生出灵魂来，生出世界来的吗？

三更时分，洪阳也“梦魇”了——别，别想不开啊，我求你、求你了，别跳、别跳啊……只见小兰红红白白的身影映现在落地窗前，回头冲他莞尔一笑，随即转身跳起来，就撞碎了阳光酒店的玻璃窗，要从容而去……

他乍醒了。他刚要起身，才发现了那是梦境中的虚幻。而真实的小兰，亦服服帖帖地横躺在他身旁，还像只被剥了壳的大龙虾一样。

他恍惚着摇了一阵头，摇掉了恍惚后，才轻手轻脚地挪开小兰的身子，从床头柜上抓起盒烟，抽出支来点着。然后，也像大卫·科波菲尔一样，展露着男人的强壮，迈下床来，走到地毯尽头的落地窗前。

张扬着大灯的车群，仍在地面的公路上，高架桥上疾驰而行。张扬着个性的东京人，仍在这座亚洲最大的城市中如梦、如戏般地演绎着人生。

五年前，他为小兰做阑尾切除术的时候，就猜到她是何云山“梦生”的女儿了，就意识到自己前方的路，还会与何家牵上“瓜葛”的。关于小兰父亲的死因，其实他并不想隐瞒真相。他心中早就做好了情绪的储备，想找到一个适当的时机，一五一十地讲给她听。并且那个“适当的时机”，最好是在查明了母亲的死因之后，查明了父亲究竟是不是比洪水猛兽还要狡诈、阴险的“洪魔”之后。因为父亲是人、是鬼的立场不昭然于世，任何有价值的信息都会打折扣的。所以，他心中一直有个冥冥中的夙愿，那就是想用他们本来同是天涯沦落人的心境，在那最“适当的时机”，为两颗心的碰撞，找到相互感应的磁场，也就是相互抚慰的殿堂！否则的话，何必去自摆乌龙，去自投罗网呢？

而今，母亲的死因基本上勾出了线条。听兰兰说，父亲手中还掌握着一封“陈情信”，是当年“狗团长”夫人写的。信中列举了母亲“主动投身、巴结团长，想进省歌舞团”的诸多证据。这样一来，他也多少理解了父亲当年的心境。原本一直偏激着的感情秤砣，也多少挪近了与父亲的距离……至于小兰嘛，他今后也就不想再用纸去包火了——虽说今天“适当时机”的表白，完全是被小兰的那颗痛楚且裂变的心震荡出来的，多少有些早产的嫌疑，可是，只要是纸，是无论如何也包不住火的啊，是早晚都要烧起来的啊……

## —9—

“盘锦大地啊鱼米乡，黑色的金子地下藏……盘锦大地啊稻谷仓，采油的竖井一幢幢……”

欧阳火龙十四岁那年，由于母亲病逝身边没了亲人，只好从鞍山郊区的老家，来到盘锦劳改农场投靠父亲。这时父亲已在当地的“农场”就了业。他找到减刑释放后的父亲欧阳诚，与父亲相依为命地生活起来。

还好，像欧阳诚这类的“老就”，除了在政治地位上不招人待见外，每个月毕竟还能挣到工资——二十八块大毛，爷儿俩的生活开销算是凑合了。加之在农场里呢，还能见到一块瓦蓝瓦蓝的天；还能在一湾湾、一塘塘的芦苇淀里捡鸟蛋；还能在一条条的河沟，和灌溉稻田用的水线里摸螃蟹抓鱼。因而小火龙并没有像大人那样，每天都会闻到政治运动的火药味，每天都会感受到人格的低下与压力，活得还算是“知足者长乐”。

这样的生活直到五年后，等来了父亲的彻底平反和恢复名誉，他和父亲才敢于规划起新生活，才从另一个角度知道了世界上还有一套真理——那就是“不知足者更长乐”，他们才去了深圳、香港闯荡，一去就是十几年。

此刻的他，再一次从香港飞来，降落在沈阳桃园机场。随后搭上一辆“的士”，一路骏马腾骧，奔向盘锦大地。

他再次返乡，按理说绝对不该像上次似的，想给洪阳来个惊喜而不宣自来——已经和洪阳接上头了嘛。这次来，绝对应该事先告知一声才对。然而，他再次选择了“骇客”般的特立独行。因为这次来，他实在是另有一番情缘与心境。他好想在奔赴农场的一路上，一个人随着情绪的波动而“轻松”一些、“自在”一些，乃至于想哭就哭、想笑就笑、想喊就喊、想叫就叫；好想随心所欲地绕到当年淘过气的地方，去触触景、生生情，去“忆往昔，峥嵘岁月稠”地感慨一番。

不管是触什么景，生什么情，他都忘不了和洪阳“耳鬓厮谋”的那段情，也忘不了父亲蹉跎的一生中，在劳改农场被扭曲了的古怪“性情”。

他知道命途多舛的父亲，早就幻灭了自己的理想，也认了命。他甚至隐约地感受到，父亲已然无法摆脱那些扭曲的精神枷锁了。他记得，父亲曾多次跟他讲过一些匪夷所思的小“故事”，里面既有禁欲主义者的自虐，也有变态主义者的苦闷。而他呢，每次对父亲的意犹未尽，都采取了回避态度。因为他既没有勇气去跟父亲探讨什么有关女人乃至人性的话题，也不敢像父亲一样无情地“鞭挞”自己，甚至是“虐待”自己。他毕竟还没有认命，他毕竟在与洪阳的“情与爱”中，倾注的不过是少年郎的那点懵懵懂懂……

自从上次见到洪阳，两个人把十多年来没能说的，还有当年没说够的，都加倍地唠了个底儿朝上。俩人都意识到，他们下一步除了在经济合作上，有着广阔的前景；在彰往考来上，也有着心照不宣且亟待揭示的迷津。不过，就在他们正准备步步深入探讨的当儿，香港来电说，欧阳诚病危了，进了ICU室！这样一来，他又不得不急忙赶回香港。

然而遗憾得很，当他返回香港赶到医院的时候，父亲因脑溢血的再次复发，已经不能清晰地表达意志了。父亲给他留下写了一半的回忆录，以及含糊不清的“忏悔”、前言不搭后语的“遗言”，便进入了植物人状态……他通过阅读文字和分析父亲的这些只言片语，他实在不敢相信，也是决然没有料到：一向唯唯诺诺、低调谨慎、胆小怕事的父亲，竟然还是当年“老砖窑闹鬼事件”的始作俑者……

二十几天后，父亲走了。父亲临终前的这些“遗言”，也许是一种表白，会让父亲在“自我鞭挞”的祈祷中获得释然；也许还是一种抢白，会让留恋人间真情的父亲，在“自我虐待”的忏悔中，获得彻底解放的心声。当然了，也许还有一种想当然的也许——不排除父亲把他“幻觉”过千遍的“故事”，当成了真实的记忆。

眼下，清明已过，草木碧晖。盘锦油田上那一幢幢的抽油井架，从他车窗旁纷沓而过，像“变形金刚”似的凸立在公路两旁。杳然间，抽油井架上的那一个个动力锤，上上下下、日日夜夜舞动着的动力锤，钩沉起他的幽想——它们，多像螃蟹的那双大螯钳啊！

……

“阳阳，你从这头起，我从那头起，咱俩卯个劲儿，看从这条水线里能摸出多少战利品，怎么样？”

那年的那天，乃是一个秋高马肥、气爽天蓝的一天。欧阳火龙说完，即沿着水线坑洼不平的坝面，朝两里地远的南头跑去。

在水线里摸螃蟹抓鱼，他们俩都是里手。螃蟹又好吃，又好摸；摸螃蟹是又好玩，又刺激。在阴历七上八下的季节，也就是七月份在上水线，八月份在下水线，他们通常在一条水线里就能摸到二三十只。有时运气好，手壮，还能碰到几条鲶鱼啊、黑鱼棒子什么的，顺手抠住它们的嘴或鳃，然后一悠劲儿就能将它们从水里甩出来，扔到岸上去。那一刻的感觉棒极了，他们仅从猎物的反抗和响动上就会陶醉不已——那常常会是条上斤两重的大鱼哪！

午后袅袅的斜阳，如淡忘了的妈妈的手，如好人般的微笑。农场里的万亩稻海，与田野、天空的无垠伸展，汇成了一道人工与天工媲美的风景线。他们瞄准的，就是风景线里的一条下水线——为了每块稻田及时排水而挖的排水线。下水线里往往水浊沟深，杂草丛生。一些春季育苗时、夏季施肥时散落的尼龙布头、短荆条、草绳子、碎麻袋片子等等的废弃物，都可能淤沉在沟底。而汇总了这片稻田所有下水线的那条排水渠，更是污秽不堪，不仅担负着生活区的下水道职责，还是农家丢弃死猪、死鸡、死狗类的殉葬地……

或许正是因为如此，顺着那些下水线灌流而上的，靠腐食、杂食为生的螃蟹们，才会长得又圆又大。

或许就是不确定，不确定的因素往往比确定的更耐人寻味。这对于当年的一对少年郎来说，他们当然不会意识到，其耐人寻味的味道，直到多年后才被品鉴出来。因为靠近这条下水线的顶头，也就是那条排水渠对面的坝塄上，有座废弃的老砖窑——那儿正是他们一年前，偷开出农场的拖拉机撒欢儿，最后“撞塌”了老砖窑，还稀里糊涂地砸死了人的“肇事”之地……

本来平时，他和洪阳就喜欢躲人耳目。现在融入了少有闲人打扰的稻海与旷野中，就更想释放一下情绪了。他一跑到水线的南头，就扒去身上的背心和裤衩，赤条条地跳进了齐腰深的河沟里。

他腰间只系着一条尼龙绳。绳的另一端绑着一个面口袋，那是装“猎物”用的，被拖在他身后的水面上。他迎着下半晌懒懒的骄阳，迎着下水线的顶头，涌动着少年郎挑战未来的希望，在水中向前蹚去。

他在水中蹚了几步，来到下水线的顶头。于是从现在开始，他准备逆流北上了。这样，他就会与洪阳在水线的某处中段会师了。恐怕这条水线里的“猎物”，都会被赶到那里。那里会成为“希特勒的柏林地堡”，他们在那儿一定会美美地打个歼灭战！他们多么期待这次能够打破以往的记录，能摸到足够多的大鱼、大螃蟹啊！

不过，眼下终归来到了“晦气”之地，也就是距离他们“肇事伤人”的老砖窑不过百米之地，或者说是被蛇咬过的“怕井绳”之地。他的心底多少毛毛然、惶惶然的有些不自在。

而这种心底的不自在，正是敏感、多疑的催生物。他刚一蹚进下水线的入口，就在脚下的水底踩上了一团滑溜溜的大物件！他一踩上去就感觉到了，那好像是春季育苗时常用的一种厚厚的、结结实实的“尼龙布”，做不透水的雨衣正好，做不透气的阳光大棚最妙。

随后，敏感、多疑的催生物必然催生出好奇。他沉进水中，双手抱成圆弧，也就是合围之势，刚想摸过去——没想到就在那刹那之间，他意识到自己反而被“合围”了。他的双腿周围，竟然遭到了“不明水中物”的攻击！

根据攻击力度的判断，他的第一反应则是，那恐怕是几条黑鱼棒子在没头没脑地乱撞。于是乎他的第二个反应，也就迅速地出了台。他索性将整个身子都压进水中，双手大把抓、大把捂地来了个“反击”，转瞬之间就将一条大黑鱼棒子按在淤泥里……他麻利地将手指抠进黑鱼的大嘴，把它提搂出水面，塞进身后的面口袋中……而后他继续向前摸去。不一会儿，他又按住了几只大螃蟹，也一顺手同样，送进了面口袋中。

哇，这里竟然是它们集会的地方！他为今天的“出师大捷”而心花怒放！

随后，他马上对脚底下的物件开始了“侦察”。他发现，他踩着的物件足有麻袋般大小。他还摸索到，物件顶头的一端，像是被螃蟹或是黑鱼棒子什么的扯碎了，叨破了，因而扎扎煞煞、硌硌棱棱的。他顺着扎煞的顶头随手一抓，就撕下来一块什么东西。他急忙拿出水面一看，呵，竟是一块厚厚的毛料布头！

这样一来，他倏地冒出个可怕的念头：那里面包着的，会不会是……他不敢想下去了，也不敢生拉硬拽了。他有些慌乱，甚至心头还掠过一股生冷的窒息感……他急忙屏住呼吸。他马上要做的，就是从齐腰深的水线里抬起身来，然后赶快爬上岸去。他需要去冷静冷静，去思酿思酿再说。他说什么也不敢盲动了。

啊，那不是父亲吗！就在小火龙扒住水线的坝面，一抬眼环视周围的时候，他看见了父亲欧阳诚，正从不远的地方朝这边走来。

“爸爸……”

他怯赧赧地朝父亲喊去。他喊声的大小强弱，刚好抵达到父亲的耳根。

父亲已经当上了农场的看水员，那是技术工种。就是在水稻生长期有时打开上水线的水口浇灌稻田，有时扒开下水线的豁口去晒田的工作。看水员的责任重大，农场水稻的收成好坏全靠他。

“怎么又跑这玩啦？这沟里扔进去的死鸡、死狗多着哪，都是瘟疫病毒啊……”

欧阳诚听到儿子的喊声，大声回应着的同时，也急溜溜地朝这边走来。他肩上扛着把长枪式的捅锹，手里还攥着只烟斗。他那把钢锹的锹头，已经被磨砺得锋利如刀，如鲁智深的镔铁禅杖一般，在阳光下辣辣地蛰着小火龙的眼睛。

“爸，爸，你快来，快来啊！”

“你先给我上来，水里多埋汰啊！哦，什么事？”

“我没在沟里玩，我是从这头下水线开始往北摸，跟阳阳比赛摸螃蟹哪！可是刚才我摸到这里，这里怪怪地让我直发毛，好像有什么东西埋在水下了……”

看到父亲的出现，看到父亲手中的那把“禅器”，惶惶然的小火龙才算是冷静下来。他急忙将他刚才的疑惑，三言两语地说给了父亲听。

“……嗯——这样吧，你不要管了，交给爸爸处理好啦。你，你不是在跟洪阳比赛吗？那你就向前摸吧，前面的螃蟹一定少不了。”

小火龙一向听父亲的话。他马上放弃了刚才的疑惑和好奇心。他撇下父亲，重新跳进水中，头也不抬地朝前面摸去。

……

那座老砖窑，那条脏兮兮的排水渠，那条稻田的下水线，或者说是当年的那些“遗址”，应该就在这儿附近吧！坐在“的士”里的欧阳火龙，一直不敢眨眼地盯着车窗外看。虽说盘锦油田的建设，已经将当年的风景线“破坏”得面目全非，可是大致的方位，大致的感觉，还在他心底的罗盘里定着位。

“师傅啊，咱们下国道，走辅路好吗？我想到右手井架那边儿看看。”他对的士司机说。

从前边的苇沟出口，下了辅路越过一片苇塘，再穿过一条小长城般的水坝，水坝的西侧就该是了吧——是他们当年常去摸鱼、摸螃蟹的那片农场了。欧阳火龙想。

“好，没问题。”

车已经被客人包了嘛，司机师傅当然言听计从。

“你看井架边上的那条小道，咱们车能通过去吗？”

“我看行。石油的人要去井架，也得开着车去嘛。”

的士师傅答道。

“那我们就绕过去……”

远看，是一条生疏的、蜿蜒的小道。但是驶近一看，就既不生疏也不蜿蜒了。因为傍着那条小道的南面，流淌着一条深深的渠沟。沟底水面浅浅的，杂草和漂浮之物随处可见，还有些零星散落的石头块，也凸现在其间。

他记得那年来农场和父亲团聚时，父亲兴奋得很，带着他围着农场转了好大好大的一个大圈……他记得父亲一见面就对他说，他们家人的生辰八字里啊，多火缺木。被打成“右派”后，冥冥的上天告诉他，应该多种些树木相冲才对。父亲很是相信五行的宿命说，因而也就养成了好种树的习惯。父亲不管走到哪块地界上，都会用锋利如刀的钢锹头，劈下几根荆条的树根，或是铲下几节小树的枝杈，随手插进潮润润的泥土中……

那时，他每每看着父亲种完树后虔诚的祈祷，看着从父亲的烟袋锅里升腾开来的汩汩氤氲——充满着希冀与梦想的氤氲，就会忘却感伤。而现在，他却将感伤带了回来，因为父亲俨然早他一步回到了这里，回到这里变成了黑土地的守护神！于是他恍惚之间，又宛如看到了父亲的身影……他看到父亲手中握着一支大大的烟袋锅，正吞吐着往事的烟霭，像一阵风似地飘到他面前，然后爱怜地吹拂起他湿润的眼帘……

对，没错，就是这里！由西北走向东南的那条渠沟，还是当年的那条脏兮兮的老河沟；沟畔北边的那条下水线，应该还是当年的那条下水线！那年的那天晚上他回家，举着一只足有斧头般大小的螃蟹大螯钳，炫耀给父亲看的同时，他并没有忘记问父亲：“爸，水线顶头沉着的那袋东西，是什么啊？”

他记得父亲蹙了蹙眉头说：“咳，是啊……亏了你没去动它，是头死猪。我把它提搂出来，埋在树下当肥料了……”

农场里的死猫、死狗、死猪什么的，扔进河沟里的事情常见。因为大家忌讳“死物”嘛，想顺水冲走了干净。

他记得父亲说完这句话，马上就将话茬岔开了，说：“嘿，你说这都啥时节了？入夏了，不宜种树了吧，可是这两天我随手折了几枝柳树杈，把根扒成十字花，然后埋进地里撒泡尿，喃，居然都活了！”——就是这句话的延伸，打那以后，几乎成了父亲讲述他种树故事的口头禅：“谁曾想啊，我在小土包那儿种下的三棵柳树都活了！‘做人要学扒根柳，插到地里就能活’啊……”

肯定是旧地重游的启迪。欧阳火龙的第六感，立时顺着历史上的线索而升腾。他倏地意识到，他现在除了要找到当年的那条下水线，回忆回忆那次摸到铜锣般大的母螃蟹的喜悦外，更应该寻觅的，则是父亲在“小土包”那儿种下的“三棵柳树”，还有父亲埋在树下的“肥”了。他索性撇开小道，三步并作两步地跳过老河沟，沿着坑坑洼洼的田埂，朝前方跑去……

## — 10 —

洪大雷直到伺候起小兰“坐月子”，才从小兰的点滴豆漏中，察觉到儿子正在与他“博弈”；才意识到与儿子长年隔阂的背后，原来还藏有另一番“玄机”——那就是自己从未蒙过面的老岳父，一直还在坚守着做父亲的痴心等待，等待着自己的女儿、阳阳妈的“回归”，等待着女婿他洪大雷的“忏悔”！

等待就是在狩猎时机，这一点洪大雷非常清晰。不过等待的背后，是否还掩盖着可怕的阴谋，是否还孕育着命运中的劫难与复仇，那他就不得而知了。只是出于一种莫名的恐惧感，激发出体内的战斗荷尔蒙，让他时常神经兮兮地疑神疑鬼；时常白天、黑夜地感到不自在；时常脑子里杂乱无序，像过黑白电影胶片似地，涌现出当年那些“不堪回首”的一幕幕……

然而，正是这些神经兮兮的、疑神疑鬼的、杂乱无序的“恐怖信号”，让他敏感地从小兰那里，获取到一份极有价值的“情报”。

一天中午，小兰赶回家里吃饭。她一进门，就从提包中抽出份“红头批件”，冲着洪大雷摇着喊：“喂，你看你看啊，市里终于批下来了，咱国道边上那块地界啊，马上就可以动工了，可以建座大型‘娱乐城’了！我跑了一百二十个政府的大章，才把项目拿下来。”

小兰兴致勃勃的脸蛋上，已是春光无限。

然而此时，正从厨房里走出来的洪大雷，却差点将端着的一锅高汤打翻，烫得他直咂嘴、直叫唤。

小兰所张扬着的那块地界，正是他近些日子以来，在疑神疑鬼的睡梦中不堪回顾、不敢正视的梦呓之地！

吃过午饭，他前脚送走了上班的小兰，后脚就朝着儿子要建‘娱乐城’的那块地界赶去。他浑身在颤颤颠颠地敲锣，心底在扑通通地打鼓，腿上更是凉飕飕地生风。

天与地与人之间，自然还是十方万灵的那三界。然而谁会想到，世世代代都是农田的那块地，在今天的三界万灵之间，居然要发生翻天覆地的变化了，儿子要在那块地界上破土动工建“娱乐城”了，要“惊天地，泣鬼神”了！真不知道儿子意识到没有——但是，他这个“老警官”却意识到了，那是从心底的某一隅生出来的“启示”，告诫他这块地界啊，其实就是他们父子二人“博弈”的大棋盘，而现今要迎来的，正是他们之间的“收官战”！

山雨欲来风满楼。出于战略上的通盘考虑，像作战参谋阅读沙盘一样，这种心境又把他生拉强拽回二十多年前……

那年，由于冲毁堤坝的洪水退后，找到了阳阳妈的遗物，洪大雷和农场的领导也就顺了天意，统一了认识，一拍即合地处理了后事。可是，谁也没有料到随后发生的儿子的那件“偷车肇事案”，竟然差一点推翻了他们的盖棺论定，闹出天大的丑闻来。

一天中午，已在农场就业的欧阳诚，气喘吁吁地跑来找他，扒着他的耳根告诉他孩子们“惹祸”了，砸死了何云山……嘿！这两个小兔崽子，这、这不是屋漏偏逢连天雨，乱上又添乱嘛！

还好，后来有惊无险。孩子们的“偷车肇事案”，总算是被他洪大雷给摆平了，于是“越狱潜逃”的何云山，也就侥幸地逃过了政府的“追加惩罚”，按照“不慎溺水身亡”的事故处理了。

可是，就在洪大雷参加完“庆功会”，喝得醉醺醺的晚上一到家，受他委托处理后事的欧阳诚又赶了来。这回，欧阳诚的情绪慌乱得很，竟然还有些魂不守舍，像是受到了“天惩”般的刺激。

“洪干事啊，可把我吓坏了，老窑地那边闹鬼啦！这回砖头瓦砾底下躺着的，居然、居然不是男扮女装的何云山，而是……而是一副真的女尸了！还光溜溜的，这这这，真是无法解释啊……”

“什么？你这是——嘿嘿，是‘闹鬼’啊，还是在‘搞鬼’啊？现场情况我们不是都——都一一勘查过了吗？”

“是啊，所以才说‘闹鬼’了嘛……”

“‘闹鬼’？你说闹就闹了？你可真能整。我刚刚上报了总场领导，说按违反监纪，擅自下水洗澡，不慎溺水身亡处理，而你这里又、又蹦出来个‘闹鬼’的故事，你这不是、不是想让那两个小兔崽子蹲班房吗？”

“洪干事啊，你先别急、别那么早下结论嘛——啊，不是不是，我该别急，我该别急，我该冷静冷静才对——别是我老眼昏花看错喽？可是、可是问题还不止如此呢，我看那具女尸啊，怎么瞧，怎么像……”

“像什么？说啊，别娘们家家的！”

“你别逼我嘛。要不，咱们还是过去一趟一起认认看？这等怪事啊，我也是第一次遇见。我这身份啊，哪敢一个人断言啊！”

“看你婆婆妈妈的，连个报告都说不利落，这让我怎么下判断？”

“咳，干脆就说了吧。我看呀，这回躺在那里的像、像阳阳他妈！”

“什么？你你你，你也喝多了吧，真是胡说带八道！”

怎么可能是阳阳妈呢？怎么可能是自己的那个骚婆娘呢？她不是活生生地在我眼前消失的吗？被螃蟹军掠走后，崩了坝的洪水翻江倒海，有一泻千里之势，她，还有她那个狗团长，不是瞬间就被摧枯拉朽了，就被拍作碎泥碾做尘了吗？不可能，不可能！怎么还有可能生还呢？这简直是天大的笑话，无稽之谈的笑话！除非我走了后，那个狗团长拼了老命，把她从水渠底下顶上岸来……

咳，别在这里瞎吵吵了。不管怎么说，还是再去辨认一下吧。走！他的酒劲儿醒了一半。他向手枪里压上一梭子弹，就和欧阳诚拔腿朝老砖窑跑去……

一路上，他的耳朵里灌满了秋凉的风渣子，这让他的大脑又清醒了好多。可是，也灌满了欧阳诚讲的那些种种可能性的猜测，这又让他糊涂了好多。大洪水已经过去好几个月了，她，怎么可能还活着呢？

可是这回欧阳诚却坚持说，就是认错了何云山，他也不会认错阳阳妈的！要知道“犯人”可都六根不净啊，看女人的眼力毒着哪。若是对某个女人印象深了——何况还是“上级领导”的太太、“歌星”级的漂亮女人呢？那么那个女人的相貌、风采，那个女人的一切，乃至一切不是特征的所有的一切，包括走路时颤悠悠踮脚的姿态，都会像步步摇“金莲”一样，深刻在心中而磨灭不去的……

不知道是欧阳诚一路上讲的“故事”，让他洪大雷堕入五里雾中，还是他似醒非醒的酒力，让他懵懵懂懂。当他们深一脚浅一脚地，钻进废墟般的老砖窑，打开手电一照，两个人又都惊愕不已！因为在欧阳诚所描绘过的位置上，砖头瓦砾下面躺着的，还是男扮女装的何云山！

“这、这背后，恐怕真的是有鬼啦！还跟我恶做戏上了……这鬼究竟怀着什么心态，它想报复谁呢？明明刚才躺在那里的是、是个女的嘛，我再老糊涂，也不至于……”

冲着自己无法自圆其说的现场，欧阳诚居然还是不甘心，还是煞有介事地渲染着他的狐疑。

“又在说疯话、说痴话。我看你怎么解释，这不是打你自己的耳光嘛！女尸、女尸，还光溜溜呢？说啊，在哪儿呢？你说啊！是不是你想女人想疯了，出了幻觉？你总是喜欢妖言惑众，怪不得当年打了你个大右派！”

洪大雷自然是气不打一处来，真想狠甙甙地挖苦欧阳诚几句。借着夜空飘洒下来的一缕狡黠的月光，他幽然间就像瞥见了欧阳诚的心底世界，立马想起一件往事——那就是当年的欧阳诚，作为“犯人”在他手底下改造时，曾经向人民政府写过的一篇“思想汇报”。

那是一篇洋洋万言的“忏悔录”式的表白。欧阳诚将圣经里涉及的那些“十戒”、“原罪”，都当作产生“右派思想”的温床去加以描绘了，并且还将监狱里的禁欲压抑，变态压抑，都针针见血地剖析出来。最后，欧阳诚居然还“认同”了自己的“肮脏心理”，说在他的内心世界最旮旯最旮旯的角落处，时不时地就会冒出这类企图再“犯罪”的心态。

眼下的欧阳诚，可以说幡然之间，就在洪大雷的心目中，又变回了一个精神妄想狂——这是他当初给欧阳诚下的结论。而今天，这个欧阳诚肯定又“犯病”了，肯定是犯到了尸奸、幻奸那般极端变态的地步！

“阳阳妈会不会没死，躲过大洪水的劫难后，一直在外流浪着？出于对阳阳的思念，才偷偷地跑了回来？……”

“阳阳妈白天不敢露面，就只好躲进老砖窑里，碰巧遇上了准备越狱潜逃的何云山。由于两个人都‘心怀鬼胎’，都心虚胆虚而不敢声张，最后在砖窑倒塌和人性挣扎的双重压抑下，就闹了鬼呢？……”

在他们离开老砖窑的一路上，欧阳诚还在继续展开着他的想象，还在不依不饶地“妄想”不已。

没过几天，上级领导就批复了他的报告，“何云山不慎溺水身亡”的事件也就不可逆转了。可是欧阳诚呢，却依然不知趣，还在向他报告着一些有关“鬼的行踪”。他再也不想听，也听不进去了，当然，也就更不想光顾“老砖窑”那块地界了，那儿毕竟“鬼影重重”啊！

……

然而如今，他却不请自来了。当他终于从人生的磨砺中，知了“天命”而欲“耳顺”之时，他，这才幡然醒悟。当年的欧阳诚并非是什么妄想狂，也并非是什么发神经！他记得欧阳诚在离开农场时，曾情深意切地对他洪大雷说：谢谢你救了我们家的独苗火龙。作为回报，总之做对了也罢，做错了也罢，为了保住一方平安，为了上下左右的都好交代，我也就擅自处理了，把那段历史掩埋了，然后种下了三棵柳树……

就是这句话，惊醒了他当年的愚钝！这次儿子到手的“娱乐城”项目，要占去上千亩的稻田，其中不是就包括那座废弃的老砖窑，还有“做人要学扒根柳，插到地里就能活”的那片小土包吗？一想到这些，他当然是迫不及待了，想一步赶到现场去，去寻找当年遗漏的那些蛛丝马迹，从而拨开迷雾，将一个完整的“史实”挖掘出来呈现给儿子，完成与儿子博弈的“收官战”……

## —11—

“娱乐城”的项目一批下来，洪阳就着手筹备起开工典礼。

这些天来，说来也怪，尽管忙得他晕头转向的，还中午、晚上的“应酬”个没完，可是一旦稍有余暇，不管是坐下来还是躺下来，他的肚子里总会唼唼唼地发出一股隐痛，很是莫名其妙。而后那股隐痛，又好像愀然一变就变成了一种冥冥中的声音——那是在他的感觉中，与当年吃下的那只大螃蟹变成的“灵歌”的声音如出一辙的声音，一直在他的腹腔中不停地呼唤着他，时而凝重低沉，时而佻巧轻浪，让他揪心挂肠地回避不得。

这天午宴结束后，洪阳已经搞不清了，究竟是肚子里的“酒鬼”在闹腾着他，还是“灵歌”在召唤着他。总之，他晃晃悠悠地走出餐厅，叫上司机小孟，就直接去了工地。而后，他支支吾吾地打发走小孟，一个人顺着小时候经常走的路线，朝着他经常嬉戏游玩的那一隅田园，步履蹒跚着走去。

按照笛卡尔的说法，天与地之间，如果没有人类的“第六感”存在，那么通过光粒子折射而显现出来的世界，就是万劫不复的黑暗世界了。就像我们地球人的肉眼永远看不透、也看不到有其他冥灵存在的世界一样了。

然而现在，他却好像看到那一簇簇的光粒子，在他眼前幻影幻形，并且还呈现出一幅有其他冥灵存在的画面。他好像还听到他肚子里的“灵歌”，在哀婉忧伤地唱着一首咏叹调，而后韵律起伏着飘荡开来，氤氲成他头上的一片淡淡的云。

他循着那首韵律的引导，走过翠绿青青的田埂，迈过羊肠悠悠的小道，穿过漫漫荆条的小树丛。而那些一簇簇的光粒子团，亦在他眼前不断地幻化，不断地组合，不断地相互链接，冥冥恍恍，恍恍冥冥的，不一会儿就链接出好多好多他曾经熟悉的背景画面。并且，越离他抓到那只大螃蟹的下水线近，那些画面也就越发清晰起来，越发立体可见。

对，没错，就是这条下水线！当洪阳被召唤着，走到那条下水线北头的坝面上，向南，顺着一条笔直的沟壑朝远处望去的时候，他仿佛又听到了当年火龙哥向他“挑战”的声音：“阳阳，你从这头起，我从那头起，咱俩卯个劲儿，看从这条水线里能摸出多少战利品，怎么样？”。随后，他好像又看到了当年火龙哥的背影，像匹小马驹似地朝南头跑去。那年，他们俩在水线中段“大会师”的情景，又历历浮现在眼前……

“哎——你摸到多少啦？”

洪阳记得，就在他们俩从南北两头，顺着两米来宽的水线摸过来，距离“会师”之地只剩下二十来米远时，他从水中抬起身，清了清嗓子问火龙哥。

“十一只，你呢？”

“我啊……九只！”

其实当时的洪阳，已经摸到了十二只螃蟹。由于是“比赛”嘛，他就留了个心眼。他不想在最后“决战”之前，因炫耀自己而刺激对方。因为在这最后二十来米的水线内，肯定还会摸到“干货”的。只要是被堵在这条水线里的，不管是鱼啊，螃蟹啊什么的，都会被哄赶过来，藏身于此。

“有鱼吗？”

“有，摸了一条鲇鱼呢。”

洪阳尽量平静地说。谁都知道，鲇鱼浑身上下像涂满了机油似的。那层黏黏糊糊的“油”，就是它们身上的鱼鳞，能在水里抓住它们的“油鳞”，那可不容易。

“嘿嘿，你真行。不过我也摸了一条，还是大黑鱼棒子哪，足有三斤重哩！”

黑鱼棒子就更不好摸了，它们是河沟里的“霸王鱼”嘛，什么都吃，长得快，力气大，若是不下拉网，几乎很难逮住它们。

“真的？那么大啊！让我看看好吗？”

洪阳这回可被惊呆了。因为他只听说过，但是还从来没见过有人摸到三斤重的大黑鱼呢！

“看就看，别吓着你！”

欧阳火龙说完，将托在身后的那只面口袋拽到身边，抻开袋口，就想伸手去抓大黑鱼。不过，就在他的手刚伸进面口袋，还没抓出大黑鱼的当儿，突然他又大叫起来：“哇，我的腿肚子上碰了个大家伙哎！跑了，跑了，从我两腿之间跑了，向你那边去了，特大个的，特大哎！”

这一连串的大喊，更是吓着了洪阳，还惊飞了坝旁草丛中的一对野鸭子！

紧接着，欧阳火龙顾不得显摆他的大黑鱼了。他急忙趔趄着向前赶了两步，扑进齐腰深的水中。而后又见他一机灵，马上爬起来，抹饰了一把脸上的水珠更加激动地叫道：“哇，又让它跑了——盖子有铜锣般大哪，肯定是个螃蟹王！”

被“吓着了”的洪阳，也把心拉到嗓子眼上。之后二人几乎同时意识到什么似的，立刻静谧下来，立刻一声不响地俯下身子沉入水中，最大限度地展开身体，像两道闸门合拢一样行动起来。

然而他们毕竟不是渔网。再说了，他们比的只是摸、用手摸的技巧而已。他们接下来，在那段不到二十来米长的狭窄水线内，反反复复地摸了两个回合，虽然各自又摸到两条小鲇鱼，七、八只螃蟹，可是很遗憾，谁也没能碰到欧阳火龙刚才喊叫的那只“大螃蟹”。

其实这天的“比赛”成果，已经完全可以接受了。他们以往在一条水线里，最多摸过三十几只螃蟹，而这次鱼和螃蟹加起来，都突破四十大关了，打破纪录了嘛！只不过闹心的是，既然火龙哥说了，已经碰到那只“铜锣般大的大螃蟹”了，而且还从他两腿之间逃走了，怎么二人联手又过了两回“筛”子咋都没摸到呢？此处的遗憾，也就平添了小哥俩的沮丧。他们累得够呛了，索性上岸翻身一滚，就躺倒在小坝面上。

农场头上的天，海蓝蓝的又高又远。农场脚下的地，黑幽幽的沃土藏金。

其实直接躺在“藏金”的土地上，并不浪漫。不一会儿，几只大蚂蚁就不客气地骚扰过来。

“讨厌！——啊，火龙哥你看、快看呀！”

这恐怕正是老天爷安排的邂逅。就在一只大蚂蚁爬到洪阳的脖子上，痒痒得他一甩手抽向自己脖颈的同时，即被眼前的景象愣住了：在他们俩斜躺着的坝坡对面，也就四、五米远的地方，一只足有铜锣般大小的大螃蟹，像个穿着古代甲胄的武士，昂立在坝埂的顶部，正虎视眈眈地盯着他们俩看！

“嚯！真大啊，就是它，就是它呀！”

欧阳火龙也陡然间，被眼前的这只大螃蟹给吓住了。两个人都忡忡怔怔地僵在那里不知所措……

事后，当欧阳火龙问到洪阳，你当时怎么敢那么大胆地去抓它啊，它怎么就不跑呢？而我上前抓它时，它怎么就扛着大夹子拼命地抵抗呢？

洪阳还记得他是如此作答的：“它嘴里不是一直在吐着泡泡吗，似乎在说，吃我梦娘！吃我梦娘！因为我太想娘了，就不顾一切地上了手，没料到它竟然视死如归，就是不逃。”

……

自从那天，他们迫不及待地将那只罕见的大螃蟹煮了、吃了后，果不其然，那天晚上，洪阳还真的梦见了母亲：母亲像个比他们大也大不了多少的小姑娘，母亲伸出手来要摸摸他，他反而有了害臊般的感觉。那个感觉一强烈，母亲的手就变成了螃蟹的大夹子；母亲的手变成了螃蟹的大夹子，母亲流着泪的面孔也就变成了吐着泡泡的大螃蟹脸。母亲这么一变，就让洪阳爱也不是、恨也不是了，但是他却无法拒绝母亲在梦中的存在，他觉得那只大螃蟹在他心中开始了永驻，成了母亲的“代言人”。可以说，他这么多年来的所有灵感，包括居然找到了他从未见过面的姥爷，包括他借助于姥爷有形、无形的资产，简直气儿吹似地就发展成当地赫赫有名的房地产商，全亏了与这个“代言人”的对话，全亏了“代言人”开示给他的各种启迪……每到此刻，洪阳的全身心，都会沐浴在一种玄妙的感受中。

就像两块绿毯样的稻田，被脚下笔直的水线切开了一样，洪阳的思绪，也一会儿今天，一会儿昨天地被来回切换。

他在下水线的中段，也就是抓住过那只大螃蟹的地方坐下来，沉思了一会儿，随后怅然起身拍了拍屁股上的泥土，又沿着水线的坝埂，朝南头走去。

前方视野极佳，好像能穿越时空而去。

啊，对面走来的人，那不是……根本就没有模模糊糊的感觉，洪阳也是，欧阳火龙也是。虽然至少在三百米开外。他们相互一眼就认出了对方，尽管倍感蹊跷，但都自信绝对不会认错！他们俩几乎同时冲动起来，同时拔腿朝对方跑去。

“你怎么回来了，又不通知我……”

“还需要通知吗？不是在这里又‘会师’了吗？”

两个人为“会师”而拥抱在一起。用相互有力的捶打，表示了由衷的喜悦。

现在的他们，已经不像少年时代那样腼腆了，更不像上代人那样以信奉“自我忏悔”、“自我虐待”为高尚的情操了。他们俩的灵犀在刹那间，无须一点就通了，似乎都明白了“会师”的含义。

“还记得我爸说的那句话吗？——我在小土包那儿，种下的三棵柳树都活了，‘做人要学扒根柳，插到地里就能活’啊……”

“当然记得！”

“他、他一个星期前去世了……他在去世前，显然极想表达一份虔诚的‘忏悔’，然而当我赶到他身边的时候，他，已然不能清晰地说话了。不过我还是从他写了一半的回忆录中，从他的只言片语中，知道了些许他想表达的意思——可以千真万确地告诉你，洪阿姨并没有在大洪水之夜遇难，尽管身负重伤了，还是被他们团长拼死拼活地救了出来！后来，我爸在老砖窑的附近，发现了身心交瘁的洪阿姨……我爸曾千方百计地想救助她，可是她，她几天后还是谢世了……我爸为了堵住风声，更确切地说，是为了‘救我、救你、救你父亲’，才不得已炮制了‘老砖窑闹鬼事件’，才不得已用自己珍爱的中山装，临时装殓了洪阿姨……”

无疑，欧阳火龙是在再三思忖过的基础上，才毫不隐讳地开门见山，才把他所了解到的、支离破碎的信息都一五一十地告诉了洪阳。洪阳的大脑“嗡——”地一下子，像挨了一记狠狠的电棍，顿时头昏脑胀得目瞪口呆……

## —12—

对于走向不惑之年的男子汉来说，行动、行动加行动，恐怕才是医治心灵创伤的灵丹妙药。

半小时后，擦干了眼泪的洪阳和欧阳火龙，以下水线的顶头和老砖窑的遗迹为轴心，以“小土包后面的三棵柳树”为目标，沿着附近的半径寻找起来。他们绕过河沟对面的坝塄，穿过一片小苇塘，转悠了几个回合后，终于在一丘不大的土包后身，看到了并肩挺立着的三棵柳树。它们都有抱圆粗了，高矮齐刷刷的，风姿绰约约的，让人一见很是开怀醒目！说来也怪，在这块农场的地界内，几乎看不到人工栽培的柳树。尽管参参差差的野生柳点点可见，可是像这样三棵以上等距离并排在一起的，高矮胖瘦一样的，实属罕见。

接着，比罕见还让他们惊诧的一幕出现了。

就在他们刚一转过小土包，看到那三棵柳树全貌的同时，也一眼看到了中间那棵树下有个人，正拿把铁锹在挖着什么。尽管该人背对着他们，并且腰弓得很紧，背驼得很深，然而那副造型还是不打折扣地告诉了洪阳——那个人正是迄今为止让他愈恨有加，欲爱不得的父亲洪大雷！

啊，他居然也找到了这里！

立时，父亲在挖什么的疑问，与欧阳诚在这里曾经掩埋过什么的悬念，在洪阳的眼前重叠，一幅既让人痛楚、辛酸、遗憾，又让人紧张、迷惑、期待的画面跳了出来……

无须犹豫了。洪阳一个箭步冲上去一看，只见父亲挖出的深坑中，已经暴露出一片黑漆漆、硬邦邦的片状物，有的层次像反光的云母，有的部分像肮脏的油布。他立刻意识到，这些片状物正是当年育种用的大棚布，属于尼龙性质，没变质前是透明的，变质后就硬邦邦的脆了，像埋在地下的云母了。

他顾不得与父亲打招呼了，尽管心底已然开始涌动，并生出了想打招呼的意愿。再明确不过了，如果真的像欧阳诚在“回忆录”中所描述的那样，母亲当初并未在大洪水中丧生，而是后来躲在老砖窑中不期碰上何云山，不期经历了“窑塌”、“闹鬼”之后，才“身负重伤、心力交瘁”而死的，那么父亲就不是什么“恶魔”了，顶多是个心胸狭隘的“自私鬼”而已啊！

他小心翼翼地踩着坑边的疏土，下到坑底二话不说，就用他当过外科医生的手，清理起周围的渗土和那些破碎的残片。

当覆盖在上层的片状物被剥离开来，清理干净，显现出的，乃是一层不宜腐烂的毡毛毯。接下来，洪阳将毛毯的一个边角轻轻一揭，刚好露出了一个小角、一个裂口时，欧阳火龙就沉不住气了，大声喊道：“呀，下面的那层，像我爸的那身中山装哎！”

如果没错的话，看来这下面掩盖着的，正是被欧阳诚装殓后而“葬”在这里的尸体！

这时三个人的大脑中，几乎同时掀起忆往昔的波澜，对困扰过他们各自多年的疑虑，欲尝试着解释起种种答案。

洪大雷首先想到的是：基于他对欧阳诚品性的了解，基于欧阳诚当年“二等公民”的社会背景，欧阳诚当时只能借“闹鬼”的方式来“拯救”大家了，这正是男人的大局观！就算阳阳妈命大吧，被那个狗团长救了出来，她若是想回农场见阳阳一面，恐怕也只能白天躲在老砖窑里，晚上才能伺机而动。其实当他洪大雷第一眼看到“男扮女装”的何云山尸体时，脑海中就曾掠过一丝疑惑——诶，他身上的衣服怎么那么眼熟呢？怎么像是那个骚婆娘穿过的呢？现在回想起来，不管欧阳诚当年是怎么利用尸体做道具，怎么闹的“鬼”，而最后“鬼”的消失，毕竟保护了活人的安危……

欧阳火龙也是思绪万千：看来正像父亲说的那样，父亲第二次去清理现场，看到浑身是血，已经“气绝”倒地的洪阿姨时，父亲的反应当然是“吓坏了”、“事关重大，必须向洪干事报告”喽！而后父亲与洪叔叔再次来到砖窑时，洪阿姨由于气息尚在，她怎能甘心于束手就擒，去面对“欲置自己于死地的洪大雷”呢？她只能拼出余力仓促逃走了，倒塌的砖窑里也就只剩下了何云山的尸体……再后来数日以后，父亲才在一片苇塘子的空地处，好不容易找到了奄奄一息的洪阿姨，洪阿姨最终还是死在了父亲的怀里……父亲为了掩人耳目，也就不得已泡制了“老砖窑闹鬼事件”，然后用自己最珍爱的毛料中山装，装殓了“要饭花子”一般的洪阿姨……可能是囿于某种背景的原因吧，父亲先是将洪阿姨的尸体“藏”在了下水线的顶头，直到被我无意中发现，才改“葬”在这里……

这时的洪阳，更是百感交集，同时也基本上推测出当年的情境：何云山越狱潜逃，在砖窑里碰到了母亲——九死一生而流落回来的洪干事的老婆。他惊恐，他诧异，他迁怒于人，他已然爆发了的不羁心态，完全可以选择继续报复、继续做“坏人”的行径，而无需在乎什么良心道德的存在……不过，就在何云山换上母亲的衣服企图逃走之际，老砖窑塌了！就是这种时空陡然发生的错位，这种环境要素的激变，激发出男人本能的“大无畏精神”——何云山毫不犹豫地挺身而出，用“大爱”的身躯扛住倒塌下来的窑顶，暂时让母亲避开死亡，给母亲赢得了去何云山家报信的机会……

当然了，他们三人以上的这些思绪起伏，更多的是来自于对于尸骨概念的联想，也就是说，阳阳妈、洪阿姨、洪阳的母亲这三个概念，必须依附于同一个灵体上才行。

在这种既有感伤、追思，又有跨越时空、重新认识历史的气氛中，此刻洪阳的情绪最为亢奋和活跃了。他思念母亲的情感，远远超过了父亲急于表白自己不是“恶魔”的申辩，也远远超越了何云山的“大爱”，欧阳诚的“忏悔”。他显然意识到，他才是母亲的大祭祀，他必须掌握公正的主导权！

他这个意识一冒头，肚子里居然间，又喽喽喽地发出了那股“灵歌”般的呼唤。他急忙放下手中的作业，从坑里跳上来，而后及其郑重地、毕恭毕敬地跪在草地上，对着亡灵默哀起来。

大地春华已浓，草木勃发生津。大自然对生与死的循环，对善与恶的褒贬，向来是装聋作哑，视而不见的。唯有历史与文明，才会负起社会责任。

而现在，如果里面的“尸骨”被确认了就是母亲的，那么穿越时空而来的历史与文明，应该怎样去负起责任呢？

这是洪阳首先应该想到、想全面之后，才好继之去面对的问题。

现场的气氛，似乎随着洪阳的一跪，而凝固沉寂下来。过了足足有五分钟的时间，欧阳火龙上前扶起洪阳，随后他们三人之间的几句对话，就将这次“发掘”行动定了“性”。

洪阳对父亲说：“爸，我想一个人留下来。责任，还是我来承担吧。”

洪大雷说：“那好，就交给你了，我什么都不说了，我先撤……”

欧阳火龙则摊开了他长长的手臂，把洪阳紧紧地抱在怀里，而后拍打着洪阳的后背说：“阳阳，‘娱乐城’的建设，可是个造福家乡父老的大项目啊，我们既要保护好这块灵地，也要按计划开工啊，那才是对母亲最好的祭奠……”

洪阳说：“我知道，我会处理好的，你们先回去吧。”

当现场只剩下他一个人时，他才轻轻地唤出肚子里的“灵歌”，开始了与“母亲”的对话。他按照“母亲”的指示，剥开装殓尸骨的中山装一看，竟然大吃一惊，旋即一屁股坐在地上。

他是外科医生嘛，看人体骨骼乃至解剖图什么的，是绝对不会走眼的。再说了，即便眼前的尸骨是母亲的，那脚趾上没了大拇脚趾的特征，也会一目了然啊！——那，竟然是一副男性的尸骨！

突然，他仿佛觉得有个什么东西，唼唼唼地沿着他的腹腔向上爬，在他还没来得及细想时，那个东西已经蹿了上来，支支棱棱地塞在喉头，扎扎煞煞地要向外顶。那股硬顶的蛮力，推门撞墙似的，憋得他两眼直冒金星，只想大口地呕吐。

接下来，他的喉咙、嘴巴都顶不住劲了。那股蛮力竟如洪水猛兽般冲泄出来，随之也好像有个什么东西，被他一口喷到地上。

这时他两眼中的金星，又像一簇簇的光粒子团，冥冥恍恍、恍恍冥冥地不断闪烁，不断幻化，于是幽然之间，就在他眼前幻影幻形了，出现了一只挥舞着大螯钳的大螃蟹！螃蟹就是螃蟹嘛，它原本在人类的眼光中，是根本区别不出来此螃蟹也，非彼螃蟹也的，然而此时洪阳却认得出来，此螃蟹也，乃非彼螃蟹也，正是当年他们在下水线里抓到的那只大螃蟹！只见它冲着洪阳吐了几个白泡泡，好像在说，娘先走了，娘先走了，随后划起船桨一般的八条腿，就朝前方下水线方向逃去，不一会儿就逃得无影无踪……

一切，都再清晰不过了。他学过的医学心理学，完全可以给予他明确的诠释：那些粒子团所折射出来的磁场感应，在没有证伪之前，都可能像光的波粒二象性那样得到炫理论的支持——母亲当时肯定没有死！虎口余生的母亲羞辱难当，只好放弃了再见儿子一面的心愿，怀揣着“遁世的忏悔”而远走他乡；只好将心底的悲凉、无助与无奈，通过“灵歌”的呼唤而传导给儿子……于是洪阳，也就将思念母亲的“劲痛”，化为冥冥中的夙愿，自从知道了母亲乃是被“螃蟹军团”掠走的，就将母亲与那只铜锣般的“大螃蟹”联系到一起……

## —13—

人生如焉也非焉也。

没过几天，小兰挺着微微隆起的肚子，在售楼部接待了一位说是从“海外”来的客人。她戴着一副浅浅的水晶墨镜，穿着一身时尚的立领唐装，面部妆术淡雅且不掩哀婉的雍容。小兰一眼就看出来了，客人明显地整过容。客人像上级下来视察工作似的，将洪阳的房地产业详细地了解一番，接着又让小兰陪着她，去了农场的那块地界，还专门在老砖窑遗址附近，转悠了大半天。

一路上她们的交谈，大多都是用女人的直觉，感叹着红尘多情债，世事多磨难。客人说，女人是为梦而生、而死的，这里有过她的梦，外面的世界还有梦。小兰说，只要梦里有明天，明天还有梦，她就要追梦而行……

从那天起，小兰就神秘地“蒸发”了，再也没有返回那所“二百多平米的大房子”，看来这回绝不是魇梦。

几天后，洪阳就接到了他的“邦女郎”的来电。电话中告诉了他一个已然猜到了一大半的好消息：他的母亲的确没有死，当年于老砖窑“虎口余生”后，无奈，只好配合欧阳诚实施了“闹鬼事件”，只好仓促地殓埋了“他们团长”，只好远走了他乡——因为她实在是怕了，她怕洪大雷的拳头，更怕他帽徽上的光环，手枪上的寒光……

又过了半个月，洪大雷住进了医院。等待他的，是肠胃切除术。他胃里的肿瘤长得太大了，不切不行了，切了也不敢保证再不复发了……

不久，进入了盛夏。“娱乐城”的一期工程也初现端倪。只见一座三十多米高的“大螃蟹”造型，像个“满身贵胄的超级战士”，矗立在老砖窑遗址上。

此时为了“娱乐城”的建设，天天忙得八脚朝天的洪阳，终于在工地现场，接到了“邦女郎”寄给他的几张照片。

他在第一时间里，即明确了照片上人物的身份：童颜鹤发的老者不用说了，是教他打过高尔夫的外公；抱着婴儿的母子俩嘛，呵呵，正是他的“邦女郎”和刚刚生下的儿子！在确认了他们母子“平安”后，洪阳迅速地将眼光移到外公身旁的另一位女人身上。那是一位他似曾认得，又已经认不得了的婉约妇人。他本来还想“假定”一下后再“认定”，但是他的心跳加快了，感官眩晕了，眼睛模糊了……待他擦干模模糊糊的眼睛一抬头，首先看到的，还是矗立在工地上的那只“大螃蟹”造型，它张扬着一双特大特大的大螯钳，颇有当地新地标的风范……

## 忆王山，我心中的“跑酷少年”

二〇一二年四月三十日晚，撰写了《第三只眼睛看中国》以及《天伤》、《天祭》、《天爵》、《地魂》、《大玩主之地殇》等一系列作品的学者王山，再也不想说废话了，不想费尔巴哈了，不言不语不当思维的苇草了，因病医治无效，与世长辞，享年六十岁……

五月六日那天，我参加了他的葬礼。葬礼我参加过多次了。过了耳顺的年纪，别说长辈们都已“耄耋”以上，就说同辈们、晚辈们中，天有不测，地有不公，人有不舛的，被收回去重塑的事情也屡见不鲜。其中既有我的父母，也有上至开国元勋、治国功臣，下至平头百姓、无名草根等的大、小人物。参加之，乃情义所致，自然悲悸之极。

然而那天，与王山的最后一别，悲悸之上又多了滔滔不绝的哀婉、幽思与凄凉，让我欲哭无泪，欲恸无殇……

### —1—

结识王山，是在上世纪的一九六七年，也就是“文革”爆发后的第一个春天。那时我们才十五六岁。尽管当时的社会背景风也萧，雨也潇的，然而少年不畏风流，男儿不惧红尘，我们从相识的那一刻起，就注定了一生的情缘。

那年，他就读的“八一学校”被江青强行关闭，他被迫而转学，来到我们男十三中。十三中原系市里的重点中学，虽说也“停课闹革命”地折腾了大半年，不过我们班里的大部分同学都很“乖”，都守住了不去社会上“破四旧、立四新”、不去“打砸抢”的底线。大家每天都按时到校报到，然后在驻校军代表的召集下，学学“毛选”，侃侃大山，聊他一通“国事、天下事”的才散。

一天，军代表萧班长，领着个细皮嫩肉的，看上去比“妞儿”还有点羞赧的翩翩少年，出现在我们班教室前。

“同学们，请回到自己的座位上，我要跟大家说几件事……”

萧班长说的第一件事，即是把王山拉过来，拍着他的肩膀对我们说：“他叫——王山，三横一竖的王，山嘛……噢，山里的孩子的山，大山的山，是从‘八一学校’转来的‘新生’。以后啊，就是咱们班的成员了，大家要像革命战友一样搞好团结哦。喏，王山，你就……就坐到后面的那个空位子上吧。”

他，头上戴了顶羊剪绒棉军帽，帽堂微微前倾着、栽楞着；身上罩了套四个兜的平纹军装，宽宽大大的，风尘尽染后洗白了的，亮相在我们初二（4）班面前。我猜他这身“军皮”，一定是他爸的。还有，他出门扣帽子的时候，一定照过镜子，拿捏过角度，用现在的话说，就是摆过“Pose”扮过“酷”吧……

萧班长本人，正是“大山里走出的孩子”。在入伍后的第四个年头，被部队派来担任我们班的军训辅导员。他英气飒爽，口才也不错。但是那天不知为什么，他介绍王山、看着王山时的眼神很怪异，说话时的语调也走了板。开始时，我们并没有太在意，但是没过几天，我们就知道了其中的奥妙。

萧班长所说的那个空位子，就在我右手的过道旁。从那天起，穿着一身“军皮”的王山，看上去还有点“妞儿”般羞赧的王山，就坐到了我旁边，与我只隔着一人宽的过道远。而且谁都没想到，我们之间这一人宽的过道远，即是两个少年郎一生友谊的起跑线。

于是我当然，也就不远不近地观察起他。

他，目光炯然，清澈犀利，好像眼眸中的瞳孔比常人大一些。而那副瞳孔散发出来的光彩，似乎传达出一个信息，那就是他已然开启了一种天赋异禀，完成了男人最基本的修炼。他是用眼角上的狡黠，嘴角上的腼腆，告诉你这一切的。他无疑想做个义胆侠心的英雄，发挥出最大的能量去惩恶扬善……可以说，我从他传递给我的第一印象中，就认定了他将来一定能成“大器”，至于是什么类型的“大器”，是瓷器、玉器、还是什么法器，就懵懵懂懂地说不清了。

## —2—

没过几天，我们从萧班长嘴里打探出王山家的背景，我似乎才回过味来，才理解了“山里的孩子”出身的萧班长，为什么那天的眼神很怪异，连说话的腔调都走了板。

“他家是北京军区的，他爸爸是军区文化部的部长，兼着战友文工团的总团长哩，军级首长……”

也是啊，一个普通士兵，对军级首长当然高山仰止了，同时对“首长的公子”也就必然“刮目相看”喽。

但是我们之间，却没有这类的感觉。相反，而是因为他从来没有“高干子弟”的那种纨绔之风，才对他“刮目相看”的。

很快，我们俩因为是邻桌，走的就比较的近了些。近了些，也就开始捕捉起彼此之间心底的一些“秘密”。这，既是成长过程中的使然，更是少年人的好奇。

一天下午，我们对萧班长组织的“学习会”深感乏味。于是相互使了个眼色，也就约好了，以上厕所的名义逃出学校，去轻松一下心态，释放一下自己。

有关这次“逃校”行为，多年以后我们重逢回忆的时候，我曾得意地卖弄了一下“学养”，说，那次行为简直就如“蝴蝶效应”，在我们各自人生的旅途中，产生了自我“蜕变”作用，刮起过一次又一次的旋风……然而王山却没有苟同。他沉思了片刻才说，你是学过量子物理的，没想过是“猫定律”吗？的确，在我开始“卖弄”的那一瞬间，曾想到过“薛定谔的猫”。只不过意识到，一旦说到了“猫”，又会涉及谁是“猫”的仲裁者的问题，又会争论“猫”怎样去死才符合“真理”，怎样去活才符合“谬论”的问题，那就太复杂了。“猫”，在跨学科的概念中，还是让它不死、不活的为好……

我们学校在北海后门的柳荫街。我们俩出了校门，就有说有笑地朝护国寺方向走去。我们俩合计着，先去护国寺电影院，看看有没有什么好电影，然后再决定下一步的行动。

那时北京的街道上，除了天安门和一些商业街外，路上行人不多，汽车更少。身边忽而驶过一辆骑自行车的，搭眼一看不是三枪、风头的，不是永久、飞鸽锰钢大链套的，也就视而不见了。就像现在一看不是宝马、奔驰，不是奥迪的一样。然而偏偏在这个时候，一个骑着飞鸽大链套，身材魁伟且粗壮得像头牦牛似的大汉，吹着口哨从我们身旁驶过。

那个人骑得并不快，显然很悠闲，穿着一身工作服，有点“兜风”的味道。从我们身旁驶过的同时，即侧着脑袋“照”起我们——确切一点的说，“照”的似乎不是王山，而是我。

开始时我们俩并没在意，一个带把儿的“糙老爷们”，怎么看也没有将后臀压成梨形的“婆子”拉风啊？我们几乎无视了他的存在。直到他回头“照”了我们好几眼，我才似懂非懂地对王山说：“你看丫的，是不是在犯贱啊？”

现在，已经无法考证我的这句话，是不是“蝴蝶效应”的一个误导了，也无从考证这位带把儿的“糙老爷们”，是初犯的“嫩雏”，还是名副其实的“同志”了。总之半个小时后，我们俩在护国寺电影院，做了件“荒唐”的事情，乃至于多年以后，我们每次见面聊天的时候，常会对这个话题延伸探讨，常会对当年的行为唏嘘不已。

“甭理他。今天算他命大。要是碰到德外小成子了二话没有，掏出‘叉子’就会捅了他！”王山说。

“德外小成子？”

“原来北城一带，戳得最响的啊！还有顺子，小顺儿。“文革”前都被抓了，送到新疆、宁夏劳改去了。”

“为什么？”我不解地问。

“为什么？是为什么被抓，还是为什么要掏刀子？”

“嗯，两个都想知道。”我说。

“哪儿有那么多为什么啊？‘道不同不可以为谋’嘛，‘道上’的，只知道按‘道上’的规矩办事，不问为什么，就知道怎么办！”

那时，我已经翻阅过尼古拉·加夫里诺维奇·车尔尼雪夫斯基写过的长篇小说《怎么办？》了，这是我第一次听到他对“怎么办”的评论。

骑车的“糙老爷们”一看，找不到理由与我们搭讪，也就悻悻地朝前骑去。而我们少年不知愁滋味，马上也将这一幕忘了。后来到了护国寺电影院，才意识到，刚才，那只是个序幕。

电影院那天上演的，好像是《三进山城》，我看过了，但是王山没看过。于是在我的主张下，我去排队买票，王山则去旁边的小卖部买酸奶，我们决定接受一次革命传统教育。

确切地说，那时我们还不能用形象思维去理解人生，去理解人生如梦、如戏的含义。不理解，也没有见识过，世界上还有很大的一部分人，总是把梦和现实颠倒着生活。于是他们的行为，也就颠来倒去的彰显出怪异了。所以，当时我根本就没有注意到，我去排队买票的时候，我们已经被盯了梢。那个骑飞鸽车的“糙老爷们”，还真他妈的执着，一根筋，随后就排在我的身后，买了跟我们邻座的电影票。

接下来的事情，也就毫不蹊跷地发生了。我不知道王山是否跟别人提起过此事，但是好像，他从来没有以“纪实”的方式写进过书里。那是在电影开演后不久。那个家伙先是侵略性地挨了过来，故意碰“瓷”，狂妄地从裤裆里掏出了他的“家伙”……我当然是一扭头告诉了王山。好在我和王山都有准备，我们俩几乎同时动手，将手中的酸奶瓶砸了过去……肯定是力量大了点，引起了周围的骚动，简直就像电影里演的一段高潮。我们也就趁着电影院大乱之机，逃离了现场……

“那次‘逃校’后的经历，从结果论的角度来说，对于我，就像是一只刚刚‘化茧为蝶’的小蝴蝶，煽动起稚嫩的翅膀，飞进了社会的花丛中……”

多年以后，我与王山重逢的时候，由于是久违了的知心好友，我还摆出一副少年时代的风格“跩”着对他说。

“那里鲜花多，诱惑多，甚至还有罂粟花，还有蝴蝶的天敌大黄蜂呢，咬上你一口就了不得！呵呵，你还是想‘跩’到‘蝴蝶效应’上去啊。”

他显然明白了我要说的是什么——如果立“蝴蝶效应”为话题的话，从社会学的角度来看，一次小小的翅膀的振动，不是就会产生连锁反应，给社会带来巨大的“旋风”吗？可是若是立意为“猫定律”的话，微观的似是而非，似懂非懂，就变成宏观的混沌了……

二〇〇五初，就“同性恋的亚文化现象”为题，王山应邀去美国参加了学界研讨会。他回来对我说，在会上他将我们那次“逃校”后，遭遇到一位“同志”骚扰的事件，做为一个案例，做了解剖式发言……他还说，如果社会背景换做今天，风俗与风气内涵了“亚文化”现象，我们当然，也会采取另一种“和谐”的方式去应对之了……

## — 3 —

“一九六八年七月十八日，一场百年罕见的特大暴风雨骤临北京城。天傍黑的时候，天宇间一声长啸，一股强劲的、无定向的狂风突然袭向北京城的大街小巷，顿时狼烟暴起、砖走瓦飞，城市被如刀的风头切割得面目全非。紧接着，如注的暴雨从天而降，街市顿成汪洋。

第一阵风起，城区北路的供电系统就被摧毁了。整个西城区彻夜无灯无火，沉没在暴雨和巨大而恐怖的黑暗中。

这是犯罪者的节日。

青年湖中学在这个暴风雨之夜发生了一起重大盗窃案。失窃的是学校图书馆。”

这段劲道的文字，我们大家都非常熟悉，是王山《天爵》第二章里的第一节。我在这里把它引用过来有三个目的。一是想学习一下他的叙事风格，简练、朴实，既压缩得张力十足，又丰满得捭阖纵横，真是绝妙语境；二是想就本章叙述的时间、地点、人物的考量，说点花絮，赞叹一下他对情境的构思能力；三是索性借此机会，告诉大家一个真实的历史，王山在书中所描绘的三个弱不禁风、娇柔娟秀的女孩，宣红红、申金梅和吴卫东，她们“偷书”的过程，就是以王山、我，还有另外两名同校校友为生活原型的。我现在把故事从抽象的历史中再剥落出来，还原给大家，目的就是要从中去窥探王山丰富的想象力和思想力，在悼念他的思绪中为他祈冥……

一九六七年秋季的一天，北京城虽然降下的不是百年不遇的大暴雨，但是从下午起，逐浪翻滚起来的阴云，就载着雷公电母下凡而来，把街上的行人赶回了他们的蜗居，把刚刚开始落叶的洋槐，都剥落成比基尼。

这是千载难逢的好日子，对于“盗窃者”来说。

西城区的北京十三中，在这个风雨交加之夜发生了一起重大盗窃案。位于教学楼四楼的学校图书馆，一夜之间不翼而飞了上千本藏书。且这些藏书，大多都系涉嫌“封资修”的“黄色书籍”，和一些有价值的文学、史学类的书籍。

这次“盗窃案”，是在第二天早上六点左右，被校革委会负责保安的张伯华老师发现的。那天他住校值班。凌晨五点半，他起床顺着校园内的“贝勒小院”转到教学楼的时候，突然发现脚前散落着一地碎玻璃。他抬头一看，才发现四楼图书馆的窗户被打碎了。他立刻意识到，肯定是校图书馆遭了劫难。

他急忙向四楼爬去。上楼时，还下意识地看了看手表——昨夜零时，还有今早三时，他曾打着手电来过教学楼。那时，这里一切还安然无恙。而现在，刚刚才早晨六点。如此说来，不说窃贼是何时预谋的，光从现场的状态上来看，窃贼应该是在凌晨三点到六点之间，完成的盗窃行动。

在现场，张伯华不得不暗自佩服起行窃者的勇气和机敏。从狼藉的遗迹上可以推测，行窃者的目的明确，是径直冲着图书室而来的。窃贼显然是从楼道中部的盥洗室，爬出窗外，而后沿着窗下那道仅几公分宽的砖棱，贴墙行进五、六米远，才摸到图书室窗户这边来的。在那之后，窃贼只能一手扒住窗户框，然后凌空，在不可能有任何直接保护措施的情况下，砸碎玻璃，撬开封堵的板障，最后跳进室内的。再以后，也就一切顺利了。撞锁从里面好开，大门外的钢丝锁也好弄断，剩下的，就是堂而皇之地从大门把书搬走了。

张伯华再次向窗外探了一下头，求证似地看了一眼，不禁暗暗嘬起舌来：夜暗、雨骤、距地面近二十米的高度。而且两窗之间，除了光秃秃的楼墙以外，没有任何扶持物。那么窃贼是怎么爬过去的呢？是何等的“高人”啊？

还有，大门外加持的那把粗大的钢丝锁，需要用多大的力量才能掰断啊，不说作案的人是初中、高中的了，该人肯定力大无比！

十三中，北京市的重点学校，居然培养出了江洋大盗！张伯华愤愤地想，如果是本校人干的话！

中午时分，失窃清单大体上履出来了。粗粗一看，令人大吃一惊。失窃图书上千册，全都是古典小说和欧美文学名著。窃贼显然极具专业眼光，馆藏的所有珍贵工具书，包括一套老版的“辞源”，万历版的《金瓶梅》，和民国初刊刻的《戏文大全》上百册，全部在失窃清单之内。

语文组的老师们沮丧之极。“十三中学图书馆已不复存在，”有人还说，“因为在被抽去了灵魂和精髓之后，它只剩下了一堆毫无价值的废纸。”

这里还要插上一句。当时语文教研组的刘心武老师，多年后从“窃贼”之一的本人嘴里，知道了“窃贼组合”中还有王山时，他竟然愣了好半天说不出话来，露出了悲惜交加的神色……而我呢，也只好如此理解刘心武老师的“悲惜”：窃国者为王，窃钩者为盗，那么窃书者呢？

根据一切迹象，张伯华老师脑海里，砉然间生出了一个判断：失窃的图书不可能完全被转运出校外！

最主要的是窃贼没有充足的时间。假设行窃者在午夜零时以后开始准备，三时左右开始行动，而后进入疯狂作案期，那么到凌晨六时案发，窃贼仅有两个多小时的“溜门撬锁”和翻书、偷书、倒腾搬运的时间啊。

他猜对了。我们是夜里三点以后，瞄着他回了宿舍，才开始打攻坚战的。他六点左右起床再次巡视时，我们在王山的策划下，刚好把大部分的书，藏在了食堂的煤堆底下……

但是他肯定无法具体猜测到，我们是怎样策划行动，又是怎样凌空砸碎玻璃潜入图书室，最后又是如何把书运出校外的。

其实偷书的过程非常简单，逢山开道、遇河搭桥呗，只是危险系数极大。

我们分为两组，一组登上楼顶，一组在盥洗室准备侧应。我们把粗粗的麻绳绑在王山腰间，王山借着大家的协力，横着贴在四楼外面的墙壁上，然后步步艰难地行走了五六米，才到达图书室的窗户前。最后，等到一声脆雷乍起的时候，挥起民兵练刺杀的木枪，砸碎了玻璃……“风萧萧兮易水寒，壮士一去兮不回还”，我们无疑是用“窃钩者”的过程，做出了反抗“窃文明者”的结果。

接着第二个人进去，就比较容易多了，屋子里的人，也可以侧应他了。

还有大门外面，多加上的那把粗大的钢丝锁。作为老师的立场，张伯华可能认为很坚固了，不易解开，但是对于“少年壮志不言愁”的我们来说，想要破除它极为简单。我们运用杠杆原理，找来根一米长的开口套管，像跟幼儿园的孩子掰手腕似地，没费三分劲儿就把锁头拧断在锁眼里。

至于我们如何把书运出去的，张伯华老师恐怕就想象不到了。也可以说，他压根就不敢想，也就不可能想到了。

因为这里，正是校方首先犯的错。

事发几个小时后，张伯华老师才从学校里的“四·三派”同学当中，选出了十几个膀大腰圆的骨干分子，严格地把守住校门。与此同时，校革委会还组织了“专案组”，派出了搜索分队，监控围墙，并对全校所有的房间和一切角落进行彻查。

“挖地三尺，上穷碧落下黄泉。”

当时学校里洋溢着的，的确是这个气氛。

“从此，这批失窃的图书杳如黄鹤，神秘地、未留一丝痕迹地消逝了，在以后漫长的二十多年里，它们再也没有出现过。”

这也是实情。因为大部分图书，都是“四·四派”的同学配合我们，在当天及第二天转移出去的。那时哪个“四·四派”的同学不愿意得到几本书，不愿意表现出大无畏的“英雄情操”，不愿意跟“四·三派”的同学玩玩捉迷藏啊？

“晚九点，第一批失窃的图书终于被找到了，仅四本。

保卫组的一个女同学在上厕所时发生了一点意外。

蹲了一会儿后，她才突然意识到自己来了月经。初潮期，常常是猝不及防，搞得你很狼狈。她现在就有些尴尬，没带卫生纸。

她窘促惶乱地半站起身，前后左右毫无目的地张望，于无奈中想随便找点什么东西应付过去。

完全是无意识地，她发现了脏纸篓里隐藏着几本书……

这是收缴回来的第一批失窃图书，也是唯一的一批，其中比较有价值的一本是解放前翻译出版的《十日谈》。”

有关这段的描述，就是王山文学才华的体现了。这也是他通过对“天爵”一书的总体设计，而派生出来的一段精彩构思。并且，恐怕大家一眼就能看出来，用三个高中女生，去代替四个初中的男生，做为实施盗窃的主体，也就更加突出了当年大家渴望读书，渴望冲破文化壁垒的“五·四精神”

三十多年后，我曾代表王山，向母校写了一封“忏悔信”，同时表达了我们“亡羊补牢”的心情，希望给母校补偿两千本新书。据说学校图书馆的负责老师，找时任的校领导研究过。但是最终，学校也没能反馈来同意还是不同意的任何答复。

这是必然的，王山说，星星还是那个星星，月亮也还是那个月亮，可是学生，已经不是当年的学生；老师，也不是当年的老师了。现任的老师，谁都不想为历史“埋单”啊，那毕竟是当年“革命风暴”的错……

## —4—

人类有两个历史，一个是人类的自然发展史，一个是人类的思想发展史。两个历史之间的关联，就如同一棵大树和一只猴子的关系。有没有那只上蹿下跳的猴子，大树照旧生长；但是没有了大树，猴子可上哪里安身呢？——王山语。

王山常常妙语横生，珠玑连串。他的话语，每每让我深思不已，遐想无限。

无疑，大树意味着的，就是我们生存的环境，就是时代潮流席卷而过的过程。从人类这只猴子具有了“思维的苇草”那天起，猴子“上蹿下跳”的行为，就被贴上了各种价值观念的标签，被归纳为“马斯洛需求层次理论”的必然。其实，这一切都不过是人类动物性的本能，是七情六欲的体现。

一九六七年的秋冥之交，我现在记不清了，是在当了“偷书贼”之前，还是之后了，哦，按照逻辑推理一下，应该是在那之前。我和王山这两只“小猴子”，干了件少年郎做梦都想干的事情。并且从事件展开的过程来看，我，肯定是第一次干，也可以说是跟着瞎起哄。而王山呢，在我看来，就显然不是第一次出手了。后来我出于好奇，曾拐弯抹角地问过他，问他当时为什么那么老练，为什么那般淡定，简直如同山里的老猎手，如同庙里的僧住持……而他，总是狡黠地一笑，笑在不言中，笑在得意的开怀中，不答。

少年郎的梦想当然很多，五花八门，也会五光十色。其中最诱人，最有吸引力的，当然是对异性的追求与向往。这种向往与追求，原本是原生态与时代精神结合的产物，是人类文明进步与和谐的产物，是自然属性，无须加进任何意识形态的属性。当一个特殊的时代，猥亵了原生态的纯洁，并且还用荒唐的法律，把它阉割得支离破碎的时候，人性也就回归了兽性；文明与进步，也就回归了野蛮与倒退。

王山可以说，从少年时代起，就对法律与道德的非理性回归，提出过非常有哲理性的看法。他认为，人类的原生态的本能记忆，乃是对自己动物性的一种根深蒂固的记忆。人类好利而恶害。人类除了对自己原生态的本能，根深蒂固地记忆之外，对自己的明天根本是一无所知，根本就没有记忆的预判。人类知道生命有生有死，有情有欲的记忆，也是人类自己理性地，把自身中的秉性释放出来的结果。所以，我们人类是逐步摆脱兽性，还是理性地回归兽性的问题，不是上帝所决定的，这条回归之路，是我们人类自己走出来的……

他的这些哲理性的思想，也几乎贯穿在他少年时代的每个梦想中。

## —5—

那是有一天，我们照例还是一大早，来到学校聚首，然后就“四·三派”啊，“四·四派”啊，“老兵、联动”、“保皇派”、“雅各宾派”等等的命题，发表起各自的看法，并且相互之间还争执、辩论个没完。

突然，就在这个时候，我们班一个叫“小耳朵”的同学，急着白火地跑进教室，扯着嗓子喊起来：

“诶，王山啊，校门口那儿可热闹了，你快去看看吧，来了两个‘婆子’哩，说是找你的，‘盘儿’贲儿靓，可招人了……”

这可是个绝顶拉风的消息！

说实话，我们是男校，校园里不缺修女般的女老师，就是缺花季样的女孩子。我们这群秃小子，糗在学校里的时候跟糗在山上的小和尚没什么两样。用现在的话说，就像是憋在试管里的多巴胺，总是找不到化学反应的机会，

“骗你是孙子，快去吧。要是没有，回来我钻桌子！”

小耳朵的话都说到这“份”上了，那肯定不是恶作剧喽，是真的呗！不过，

王山的脸上还是逗露出些许疑惑，他看了我一眼后，才快步走出教室。

王山前脚出了教室，小耳朵又马上跑到我面前，撺掇着我说：“嘿，还不跟着去看看啊？盘儿真的靓着哪，我都没敢看，绝对满分！”

“嘿，看你说的，怎么有点别扭呢？你都没敢看？——没看怎么就知道绝对满分啊！”

我的话，本来是想讪讪他的。不过一出口，反而我自己有了一种被讪了的感觉。其实小耳朵的话，绝对有道理。你想啊，正因为他没敢看，或者说是没敢正眼看，不是才更说明问题吗？不就等于说，来人眼神中的多巴胺，秒杀了小耳朵眼中的多巴胺，于是靓光四射，都靓到他不敢抬眼看的地步了吗？这是其一。另外还有其二呢。认识王山的“婆子”——那时候“婆子”的称谓，起码是指那些颇有些姿色的妙龄女孩而言的。仅我知道的他以前“八一学校”的同学啦，还有我们结识后，我介绍给他的我的一些朋友啦，再有我们俩最近常去北京图书馆看书，在图书阅览室里认识的几个“淑女”啦，哪个不是盘儿又靓，又风度蹁跹的“大家闺秀”啊？

“你不信？你真不信？那咱们就再过去，瞜唏瞜唏呗……”

看来，小耳朵依然兴趣盎然。信誓旦旦的，很想把这个“新闻”往大喽炒。

“得了，你就别那么色迷瞪瞪的了，要瞜唏，就回家瞜去吧。”

我，肯定不想跟着他“炒作”，不希望舌尖如簧的人，都去看王山的“热闹”。不过，反过来说句心里话，我当然也想去瞜唏一眼喽。

“刚才啊，我是没来得及再多看她一眼，”

“嘿，你这个大喘气的……”

“咱校不是有校规，不让女生进校吗？还有看门的大爷又一个劲儿地催我说，快，快去叫王山，这两个丫头戳在这儿，把校门都堵严了。我刚好路过嘛，也就急茬儿的只瞥了一小眼。可是这一眼看到的，就让我浮想联翩了，因为我看到其中的一个，正抹着眼泪哭呢……”

听了小耳朵最后这句话，我也沉不住气了。“婆子”哭，是受了委屈的表现，受了委屈的人来找王山，我作为王山的好友，能坐视不管吗？能不出现在一旁帮着助助威吗？看来，我还非要去瞜唏一眼不可。我急忙转身也追了出去。

我们班的教室，离着学校大门口也就百十来米远。我紧跑几步，拐过教学楼的把角一看，王山跟所谓的那两个“婆子”已经接上了头，他们从人头攒动的大门洞那儿，也转移到了传达室的窗下。

我急火火地向前跟进了几步。待走得靠近了些，到了能看清来人脸部轮廓的距离，就犹豫着踯躅不前了。因为这时，我并没有看到那两个“婆子”中的哪一个在哭！我看到的，乃是人家正儿八经地在跟王山述说着什么，好像话题很严肃。无疑，在这种场合下我不易露面。于是我继续远远地观察了他们一会儿，便又知趣地返回了教室。

## —6—

过了半小时，王山回来了。通常到了这个时间——也就是上午十点半前后，我们就会“猫有猫道，鼠有鼠道”，准备按照各自的方式，出门去找“饭辙”了。

说到中午的“饭辙”，我和王山一般喜欢去龙头井那儿的一间小饭馆吃。我们俩常常先点两升啤酒，一碟煮花生米，或者再加上一小盘猪头肉，那要根据兜里“叶子”的厚薄来决定。等到啤酒下肚了，小菜也吃的差不多了，才会再点个“蚂蚁上树”啊，或者是炒土豆丝什么的，外加五个大火烧。当然喽，火烧是每人两个半。不过有时不是他吃仨，就是我吃仨。

“嘿，今儿中午有饭辙了，我请客。”

回到教室的王山，径直来到我身旁后说道。他的脸上闪着狡黠的神色和诡谲的笑。那也是他代表性的笑。有时冷冷的，有时又热热的，让人揣摩不透。

“那好啊，去哪儿啊？”

“还能去哪儿？龙头井呗！”

“咳，我还以为去‘老莫’呢……”

“不过这顿饭啊，还得带上两哥们一起吃。吃饱喽，喝足喽，今天晚上啊，还得干点费神的大活儿哪……”

听王山这么一说，我立马就将刚才来的那两个“婆子”，和今天晚上的“活儿”联系到一块。因为要是早就有了“饭辙”和“活儿”的话茬，我们一大早碰头的时候，他就该告诉我了。

“叫谁呢？叫援朝？”

援朝就是我们班的朱援朝，跟我们关系不错。他家柄显赫，在学校里威风八面的，跟高年级的谭子、自由他们都茬过架。带上他去干件“大活儿”，肯定盯劲。

“不不，这回不能叫他，他太鲁，干不了细活儿。而且这回，还要一事一毕。”

“哦，我明白了。那就叫上杜健和燕军吧……”

王山虽说转到我们学校已经小半年了。不过当时除了我们班的同学之外，他结识的其他年级的同学并不多。至于后来，他与社会上的一些大哥级人物接触甚密，像周长利、边作君等人坐镇北城，一统了当年北京的“顽主”界，认识他们的人、知道他们的人可谓是芸芸众生于“道上”，振聋发聩于“江湖”，但是王山本人，却从来不是一个随便交友的人。他有他严谨的交友原则，进而才有助于他在进入壮年之后，尽管居于“闲云野鹤”之北山，却能上通天达，中通四海，下通人杰。引用唐初大诗人王勃的佳句来说，他结交的范围里，乃“胜友如云，高朋满座。腾蛟起凤，孟学士之词宗；紫电青霜，王将军之武库”也。当然，这些都是后话了。

于是我叫上大我们一级、初三的燕军，还有同年级其他班的杜健，和王山见了面。王山只是简单地交代了几句，加之大家平时就眼熟，气场也顺，燕军和杜健，也就没打贲儿地同意参与了。

“午饭后，我们去个‘靓姐’家玩牌。争上游、打对家、拱猪，怎么玩都行，一定要尽情的玩，尽兴的玩。而且今天晚上的饭辙、夜宵她都管了，很可能还在她家‘刷夜’呢！我们的目的啊，就是给她‘戳’一天‘范儿’，镇镇几个常给她找麻烦的小地赖子，明白了吗？哦，对了，不能戴什么‘老兵’啊、‘西纠’啊那类袖标哦，那些东西不管蛋用，戴上了一看就是秧子货……”

“哦。那，毛主席像章呢？”

“像章嘛，别弄丢喽，也别弄脏喽，那就好好地保护起来别戴了呗……记住了，我们是用实际行动来捍卫毛泽东思想的。‘路见不平、拔刀相助’，也是为人民服务的表现嘛。”

“还有、还有一个问题……”

“说！”

“什么、什么叫尽情的玩、尽兴的玩啊？尽到什么程度呢？”

燕军好奇地，也是磕磕巴巴地又问。

“就说玩牌吧，弹脑门、扒衣服、钻裤裆，怎么热闹怎么来呗，声势造大点嘛，但是，就是不能欺负人家大姑娘！”

“好，明白了。”

大家齐声答道。

## —7—

王山交代完毕，我们四个人骑上两辆车——每辆车的后座上带一个，嘴里哼着“喀秋莎”，即朝龙头井小饭馆方向驶去。

后来，我把这次“行动”看作是我人生中的第一次“狩猎”。而王山在这次“行动”中，则充分地展现了他的“领袖”才华。

因为在那个年龄段，我们进入生活舞台的态度，也就是对社会、世界的看法，正处于人生的转型期，名副其实的是在大树上“上蹿下跳”。譬如，我们只要约好了，就会带上两个馒头或是火烧类的干粮，跑到北海旁门的北京图书馆，规规矩矩地坐在椅子上，连屁股都不抬一下地看一天书，如同“苦行僧”般的禅练；也可以在学校里，和同学们就社会形势和阶级斗争的开展，旗帜鲜明且立场坚定地大辩论一番，甚至吵个天翻地覆也无所顾忌。而后大家一转身，还会和好如初。不过，随着我们一天天地长大，我们基于心底深处的“躁动”，即一个少年郎向一个有理想，有抱负的青年挺进的渴望，也凸显出来——我们渴望进入社会，渴望认识现实生活中的真谛。

在龙头井小饭馆吃午饭的过程中，我的确是第一次，系统地听他讲述了一个有情节的故事。我为了叙事方便，也是为了接近于他的风格，索性把它分为“三幕情景剧”。我们的“行动”，就是第三幕。那么首先，还要从前两幕说起。

时间、地点、人物——

第一幕：

窗前没月光，地上没有霜。可是五月的霜花冰冷冷的香。在阜成门老城墙根下的一间破瓦房里，一对少年，不，也可以说是一个男孩，一个女孩，已经躺在冰凉凉的地上，抱在一起哭着、笑着、闹着几个时辰了。他们身下只垫着一张破碎的草席。据说，这里是他们东躲西藏了十几天后，才找到的临时“刷夜”之地。

这个男孩有个绰号，叫“小地瓜”，还有个雅号叫“佛爷”；这个女孩有个上口的称谓叫“亚琴”，还有个雅号叫“圈子”。他们的雅号名不虚传，按照当时社会背景的理解，少男少女有了两个人单处在一起的行为，且不管有没有性行为，男的就是“流氓”，女的就是“圈子”了，何况小地瓜出过“货”，雅琴没了处女膜。

窗外有月光，地上也有霜。四个小老爷们，沿着高高的老城墙和低低的河堤，正踏着霜花疾步走来。其中绰号最响的一个，叫“太平街大鹏”，心眼多的像蜂窝煤。他一路上耷拉着脑袋，一直在盘算着如何“声东击西”，如何设计他的“锦囊妙计”。

这伙人来到破瓦房前，肆无忌惮地破门而入。但是“太平街大鹏”，却留在了门外。大鹏的弟兄们进去后，二话不说，先用一块抹布塞进女孩嘴里，随后就胖揍起小地瓜来。

“叫、叫！你再叫一声，就扒她一件衣服！说，份子钱什么时候交？”

“别、别打我了，我这不是病刚好吗？前儿个发高烧，大叶肺炎，差点背过气儿去，你们也不是不知道……”

“病刚好？病刚好你就爬杆，装什么丫挺的！”

“我……”

“今儿个不吐个准信儿，嘿嘿，就让她出林子抵债，懂吗？”

“要不，我明儿个就登车，你们跟包，出多少货都……”

“甭废话，月底前补不上，别说她了，连你姐也得出林子，你就擎好儿吧……”

第二幕：

三个月后的一天，这伙人又把小地瓜他们俩，堵在郊区一间看菜地的简易棚子里。棚子里属于他们俩的东西，只有一个陈旧的手提包。这回，大鹏亲自上阵了。

“我看你这是脚板上抹油，要溜喽？没门！先给我搜！”

那个陈旧的手提包，被抖落个底儿掉，然后砸在小地瓜脸上。他们还从亚琴缝在裤衩里的小兜中，翻出了两张火车票，一看是第二天去徐州的，当即撕个粉碎。

“敢出货，敢养圈子的人，就不该破坏咱地头上的规矩啊？你说是吧？是不是？懂规矩的人，我大鹏欺负过吗？你说，你说，你们大家都说，我欺负过谁啊？没有，没有，从来没有啊！”

大鹏的手指缝里，可丁可卯地套着一副铁弓子，淬钢的，齿轮形的。他提高声调说完了“从来没有啊”，就握起拳头狠狠地砸向了墙壁，把麻刀洋灰后面的砖头都砸碎了，掉下一堆渣儿来。

“是啊，要不是鹏哥给你戳着，你能玩起来吗？”

“鹏哥，我看这小兔崽子是要钱、要色、不要命了，干脆把他费喽，省得看着他闹心！”

大鹏和他的三个兄弟，知道戏演到这儿，下一步就该出彩儿了。

那时候，早上道几天的，要戳自己的“范儿”，镇住地盘，通常都使这一招儿。

果然，亚琴推开小地瓜，扑到大鹏脚前，咕噔一声跪下了。

“鹏哥，我求你了，份子钱我交，我顶……”

“你顶？你值吗？别踩乎鹏哥了，也不撒泡尿照照！”

“小骚货，你就是给我们舔屁沟，我们都不要哪！”

这时被逼到悬崖边上的小地瓜，也不得不说话了：

“那鹏哥，你总得给、给指条道吧？”

他边说边把亚琴拽起来，护到了自己身后。

显然，小地瓜这回才说到点上，道——才是大鹏苦心盘算着的目的。他就是小胡同赶猪，想把小地瓜赶上他的“道”上。

画外音：

原来，大鹏痴心如铁，追小地瓜的姐姐——惠芝，已经三个月了。对于小地瓜来说，要么苦劝姐姐就范，跟了大鹏，从而明哲保身；要么逃离北京，去外地暂避一阵子再说。但，这，终究都不是上策，并且三个月以来，“逃”了几次都没成功。

## —8—

那天最后，大鹏强迫着小地瓜跟他定下“君子协议”：小地瓜的姐姐惠芝，既然说自己已经有了“朋友”，不想跟他交“朋友”了，那他大鹏就非要见见那个人是谁？是谁敢从他大鹏手中“夺爱”？再说白喽点，就是要看看哪个家伙长了三头六臂，敢在他大鹏的地盘里“拔范”……于是前面，也就出现了十三中校门前的场景。那两个“婆子”中的一个就是惠芝，是在她好姐妹的陪同下，来找王山帮忙，希望能给自己“戳范”的。而惠芝的好姐妹，也是王山“八一学校”时的同学，因此王山也就豪爽地答应下来。

那时我对“道上的事”，知道得甚少，还一眼看不透他们为争地盘，争面子的“打打杀杀”的含义。不过，今天回过头来审视一下，看来王山那年帮惠芝“戳范”的举动，从某种意义上说，正是他自己“崛起”，走向“无间道”的开始……

借用老子的话来说，大鹏想走的那条“道”，可谓是道可道也，而对于王山来说，乃“非常道”也。

那天的天气肯定不错，我们的情绪很高昂。

少年郎情绪高的时候，就爱冒险，就爱挑战，就爱幻想。

我们进了龙头井小饭馆。在吃饭的过程中，王山像个足智多谋的“将军”，安排起“行动计划”来。对于这一点，当时我丝毫不感到意外。在我的眼中，好像“军干子弟”天生就会打仗。

“我让惠芝找小地瓜放风，就说我今天去他们家，晚上还要在他们家‘刷夜’。我想这个情报，足以刺激大鹏了，他今天之内，一定要来会会我的。”

“你估计他们会来几个人？”我有些担心地问道。

“平时他能带得出手的，也就三五个。今儿个如果出个胆怂的，他最多也就带俩来吧。因为针对这件事，他目前还不想满世界的张扬，他也怕不好收场。”王山说。

“那，咱们是跟他玩荤的，还是素的？”燕军也急茬茬地问道。

“原则上兵来将挡、水来土掩呗……不过我再强调一次啊，都听清楚喽。要动手，也是我跟大鹏单挑，我会用话封顶——这是我们俩的事，碍不着别人。我败了，我退出；他败了，退回他的地盘，别在惠芝面前膈应人。所以，你们只在旁边助威，嘴上怎么荤喽怎么来，只要他的手下不出手，你们就别动手……”

王山对事态的分析的确很到位，对战术的布置，也能充分地从人的心理要素出发，去强调精神力量的作用。

“对了，还要跟大家说件事。我打小跟着师傅在官园练跤，如果没记错的话，这个大鹏，两年前曾缠着我师父，也想拜师学徒。我师父曾对他说，要进门，行啊，那你就跟我小班的徒弟走两跤呗，让我瞧瞧吧。结果我跟他走了三场，背了他一胯，踢了他一金鸡腿，二比一赢他了。我师父就说，看看，你比人家大两三岁哪，你怎么好在这个班里混啊，他也就灰溜溜地走了。今儿见了，如果是他，那我就再背他一胯……”

王山说完，我们哈哈大笑之余，从精神层面上已经不怵下一步的“行动”了。

吃完饭，抹饰抹饰嘴，我们一行四人两辆车，嗖嗖生风地朝着厂桥皇城根方向骑去。那儿有个丁字路口。我记得顶头横在面前的，像是一所军事机关的后门。王山说，他跟惠芝她们约好了，下午两点在那个后门前见面，然后直接去惠芝家，不见不散。

我们到了约定的地点后，要说不知道为什么，那是假的，可是要说知道了是为什么，又未必是真的。我的心，先是从忐忑开始的，忐忑了几个回合，就忐过了上线，也忑过了下线，怦怦怦地亢奋起来！因为，在少年郎懵懵懂懂的渴望中，至今一直还藏着的那一隅最大的神秘，居然像云山雾罩在山顶上的一块浮云，飘荡到我们头上了——下面，一会儿两点，也就是再过十分、八分钟的，两个盘儿靓的‘婆子’就将来这儿了，来干嘛呢？来接我们啊！接我们去干嘛？接我们去惠芝家啊！去惠芝家干嘛？那就是大鹏演了前两幕的恶作剧，从而引出了我们跟着王山，要在第三幕中登场了，我们去惠芝家演戏啊！而且，我们演的角色，还是英雄救美的“达达尼昂”哪！我们就像是应邀去“波那瑟”的家中一样啊……我和王山，刚刚在北京图书馆热读了大仲马的“三个火枪手”，我们俩还为了究竟是“波那瑟”盘儿靓，还是“米拉迪”盘儿靓争执过呢。

## —9—

每个人，都是一个丰富多彩的能量系统，像个“小宇宙”，充满生气勃勃的追求。如果我们把少年郎的追求去掉伪装，让它“裸奔”向梦想的话，你会发现，梦想不管是多么的千奇百怪，它化身的形象，总是一个美艳的“少女”——这段话是我写得不错，但是这类语言的形象启发，却往往是从我和王山的对话中总结出来的。多年以后，我们俩重逢之际，几乎每个星期都会聚上一次，开怀畅饮，开怀谈笑，开怀尽数风流，而后还会激浊扬清，痛快淋漓地针砭时弊一番。

话赶话的说了点感慨后，再回到当年的现场。

“来啦。”

两点刚过——我有手表，还是“欧米茄”的，镀金的，舅舅送给我的。我已经时不时地抖弄着袖口，玩弄着金光闪闪，看了好几遍了。果真，我们的“波那瑟”也好，“米拉迪”也好，从西边的一条胡同口露出了头。王山率先看到了她们，便迎了上去。我和燕军、杜健，当然也就放下矜持，随着跟了过去。

“小地瓜找大鹏递话去了。我和惠芝呢，也去了趟福绥境酱菜厂，见了大鹏他妈。这样，就是小地瓜没找到他，他妈下班回家，也会告诉他我们在找他，惠芝在找他了……”

惠芝的好姐妹，也就是王山“八一学校”时的同学，王山后来叫她小梅。小梅一上来，就冲着王山嘚嘚嘚地汇报个没完。小梅也是一身“军婆”的装束和气质，说话的嗓门贼大，频率也快。

看来一切都在顺利的运行中。不过目前，我们还一时插不上手。“大战之前闲庭信步”嘛，我们也就乜斜个眼，瞄起小梅身边的惠芝来。

惠芝跟我同岁，属兔的，快十七了，很有股子花蕾初放，梨花带雨般的风韵。

两眼水晶球似的，小嘴儿红枣似的，胸脯，也一定像《女跳水队员》似的吧——那是我们那个年代，能够从电影里看到的最养眼的画面了。所以想象力，也就只能延伸到此为止……由此说来，怪不得大鹏为她朝思暮想呢。

我瞄了她两眼，也就不敢再瞄第三眼了，赶紧回头数起了街边的泡桐。

这是我从郭沫若郭老的书里学来的。少年维特之烦恼来了，青春的勃动来了，那就低头数海边的鹅卵石，抬头数夜空中的星星吧。所以数数街上的泡桐树，一棵一棵又一棵的，分散了引擎的注意力，同样很灵。

那时不知道王山有没有“情史”，反正我，还没有对哪个女孩儿有过“一见钟情”的感觉。尽管“婆子”拍过一大打了，但是，萍水相逢式的拍“婆子”，大多都不是“情动”的表现，而只是“性力+暴力”，也就是“蛮勇主义”的表现。它所要展示给外界的，不外乎是——嘿，瞧，谁说我不是个男子汉？谁说我不敢拍“婆子”？谁说我没有挑逗女孩子的胆量啊？仅此而已。

尽管我不知道王山对惠芝有否什么特殊的反应，不过在我看来，倒是惠芝这一边，她那对本来水晶般的大眼睛，不知何时变得火辣辣的闪烁了，射出了深情的崇拜，很接近“一见钟情”的程度。

青春期的男孩和女孩嘛，只要给了他们近距离交往的机会，就等于把冷藏室里的多巴胺拿出来解冻一样，马上就会起化学反应的。至于哪一方先反应，那就看哪一方的媒介物多了呗，

不过后来，我也听说了，惠芝的心气儿很高，说将来非找个四个兜的军官才嫁！这或许是当年女孩子的择偶标准吧。可是大鹏家的出身呢，乃是解放前的私营小业主，别说提干混上四个兜了，就连入伍穿国防绿的资格都没有，惠芝当然打死了也不愿意跟大鹏“交朋友”喽。

小梅嘚嘚了一会儿，总算把话说完了。惠芝也就在前面带路，领着我们从她们出来的那条胡同，又走了进去。大家随她走了百十米远，然后再向右拐，拐进一条更窄小的小胡同里，我们才来到惠芝家的院门口。

那是个有着南、东、北三面房的小院，院落不大。如果打架，也只能像个拳击台似的，容纳俩人对手打，其余的人根本使不上劲。我们进了院，正好碰见南房的门前，有个小孕妇躺在靠椅上歇晌。她的肚皮已经足球似的见型了，起码七、八个月的样子。看来这个小院，这里的人家，都是经不住折腾的，这是我的第一印象。

惠芝家住北房，三间。我们进去后，顿时就把他们家的“客厅”挤得满满腾腾。我们坐下来，先听了惠芝的几句开场白，再加上小梅在旁边一个劲儿的补充、说明，

我们对这个家庭，立马就产生了极大的好奇，好奇中又生出了若干的思忖和疑问。

惠芝说，大鹏“围追堵截”她几个月了，不仅搞得她整天心慌意乱的，她妈妈提心吊胆的，她弟弟不敢回家的，还影响着院里的另外两家邻居，一看到大鹏来，像那个孕妇吧，就吓得直憋尿，憋着憋着的，后来想尿都尿不出来了。

“那，不好意思了，我想问问，你爸爸呢？”

我知道我问得很冒昧，但是，这也是问题的一个关键所在。

“我爸……”惠芝吭哧了一下，才接着说，“听我妈说，解放前他是轮船上的大副。那时大副允许配手枪，属于内编人员，但是毕竟不属于正规的海军，然而一九五三年，还是按照惩办蒋匪军的政策，把他打成了漏网的‘历史反革命’，送去劳改了……听说几年前刑满释放了，担心我妈不接纳他——我妈的确也说过气话，说不让他回家了，他也就顺杆爬，说怕他的阴影继续影响我们，就躲在农场里不回来了……”

真是个悲剧式的家庭！这个老爷们也够菜的……王山后来愤愤不平地对我说，老娘们家家的不懂，也就算了。可是，可是你一个老爷们也不懂吗？该上诉就上诉啊，有什么东西比男人的勇气还重要，比追求真理还重要呢？用自己的胸膛去保护自己的家人，那不是天经地义的吗？干么不敢回来？那还算个汉子吗！？

今天回想起来，王山之所以能够说出这么带劲的话，足以说明当年，他就具有很独立的思考力了。他后来遇到些不平事，常常冷不丁丁地就会拍案而起，就会大声说道：什么好人、坏人，好事、坏事的，区分它们的标准到底在哪里，究竟是谁说了算？除恶要务尽，那么扬善呢，为什么扬善不能务尽呢？这个标准是TM的谁定下的，他凭什么？

“那，小地瓜他……”

我不能不继续追问下去了。

“哦，是我爸和另一个女人生的。那个女人生下他就死了，把他扔在了农村。后来自然灾害那年，我和我妈去了饿殍遍野的那个村，把他当远房亲戚领回了北京。”

“在这件事上，你妈不恨你爸吗？”

我好问，好思索，但是思索的深度，不是停留在人性的层面上，就是停留在理性的层面上。但是王山却不然，他会透过人性加理性，深入到人性加兽性杂糅的层面上去思索，所以，他总是用第三只眼睛看中国。

“好啦，咱们大家进入角色吧，该玩牌的玩牌，该干么的干么。记住了，从现在开始，特别是大鹏他们来了后，你们要疯疯癫癫的玩，藐视一切的玩，直到我和大鹏真的茬起来了，要到外边单挑了——我估计他没那个胆儿，你们再出头，再用我教你们的那儿招儿出手……”

“王导”按照他的步骤，打断了我的询问。随后如此这般地布置了一气，就和惠芝进了里屋。

他们进了里屋干了些什么，说了些什么，我当时不得而知。即便我们在外屋，又贴纸条，又弹脑贲地玩着牌，我也一直在揪着心，没有关上我的第三只耳朵——我不止一次地听到惠芝的哭声，甚至有一次，还是嚎啕大哭。

后来王山告诉我，他去了里屋，先听惠芝讲了一遍她和大鹏从“认识”，一直到今天的全过程，然后又听她讲了几段有关她妈妈和弟弟小地瓜的事情，他对这个家庭的遭遇很是忿忿不平。我也就理解到，王山是在用他拳拳的义胆侠心，无时无刻地体查着民间的疾苦。他心存大志，他懂得大忠若奸，大善如恶的道理；他的志向与目标明确，恐怕从少年时代起就矢志不渝，并且一直为之努力直到耗尽生命的最后一滴心血……

他喜欢看书，不是简单地看，而是看作者对生活所诠释的态度。他无疑是想通过作者的观察，去间接着了解不同时期的社会；他喜欢听别人讲真话，吐心声；他是个有心人，他会把生活中的体验和书中的感悟，都浓缩成有哲理性的启迪。这一点是他的最爱，最爱的事情，也让他做到了最酷——他就像个“跑酷”少年，无时无刻地在塑造着他的肝胆。

还在我们刚刚交往的时候，我忘了，是他先去的我家，还是我先去的他家。总之，他来我家玩的时候，我会把家里的一些老照片、藏书，甚至家里最珍贵的一些东西拿出来给他看，共同品味。我应邀去他家的那天，赶巧他爸爸、妈妈在单位参加“远动”，不能回来，于是我也就“随机选择”地在他家“刷了夜”。他家是几间西房再拐个弯，连着几间北房，足有六、七间之多。那天晚上空空荡荡的，因为只有他姐姐占了西南角的一间，剩下的，就任我们俩不是这屋走走，就是那屋串串的了。他一会儿翻出他家的老照片，一会儿又翻出他爸爸的将校呢军装、八一勋章、解放勋章什么的，让我欣赏……后来，我们俩躺在他爸爸、妈妈的双人床上，聊啊聊的，山南海北的，天文地理的，古往今来的，最后我困了，就先睡了。可是我半夜间，懵懂着一下子醒了过来，看见他还伏在桌子前写日记。我借着解手的机会，凑到他身边。我看到他日记本的上部，是写好的满纸黑字，而日记本的下部，居然是白花花的一片……一开始，我以为下部的纸页上，也就是他在思考、思考、再思考的过程中，绞尽脑汁的过程中，还没有轻易地动笔哪，还没有留下墨迹哪，可是我揉了揉眼睛才看清了，由于他狠命地在思忖、思忖、思忖着的，在一个劲儿地挠头、挠头、挠头着的，他挠落下来的头皮落在下部的纸页上，几乎完全盖住了他写下的黑字……

## —10—

一直到晚晌前，大鹏也没个动静。王山说，那他一定会在晚饭期间来的。噢？噢！一开始，我并不理解他是怎么预判的，不过绷了一会儿也就明白了。而且后来，大鹏还真的如王山所预料的那样，在我们的“晚宴”闹腾到高峰期时，大喊着“惠芝”的名字，闯了进来……

又过了不一会儿，小地瓜和亚琴，先提搂着一大茶壶啤酒和一大包猪头肉回了家。听惠芝说，这是亚琴的第二次登门。随后跟着小地瓜他们前后脚，小地瓜他妈，一个满脸风霜的四十来岁女人，也回来了。他们娘儿仨，再加上亚琴，如果不是我们在场，肯定又会狭路相逢地吵个天翻地覆的，他们之间的矛盾一直处于风口浪尖上嘛。不过，“今儿个一致对外，我们可不能打内战啊……”王山只是提醒着他们说了这么句话，那“一家人”也就不制气了。惠芝表现出比妈妈还大度的心态，和弟弟、“弟妹”问寒问暖起来。

小地瓜告诉我们，下午，他毫不费力地就找到了大鹏。大鹏一直守在平安里车站的背后，每趟车每趟车的寻么着找他。他也就主动下了车，把“八一学校单挑一只虎”——也就是王山的“绰号”亮了出来，说下午要去他家，晚上还要在他家“刷夜”。不仅如此呢，过几天，还准备带着他姐去桂林玩……大鹏听完，脸色顿时变了。他沉思了一下，放出一句话——“让你姐等着我！”，就扭头带着他的弟兄走了，气势汹汹的。

那天的“晚宴”，其实就是小地瓜她妈，多炒了几个家常菜的规模。那时的居民，每人每月只能吃到四两猪肉，半斤豆制品，还要凭票供应。他妈一定把家里剩下的肉票、豆腐票都用上了，给我们买来了猪肉和豆制品。我们多少有些不忍。看来树怕扒皮，人怕见面，我们在人家家里闹了一下午，还闹出感情来了……

“晚宴”上，我们一杯一杯地干起啤酒来，大家的话茬也就焖不住了。我们的议题海阔天空，侃完宇宙侃细胞，说完男人说女人，极尽喧哗之能事。真是应了王山制定的尽兴的玩，尽情地玩的那句话。

当年和王山在一起，少了啤酒可不成；走入社会成年后，在啤酒的基础上，少了白酒也不成。酒，对于王山来说，醉人的另一面，反而是沉醉世界里的清醒。

席间，王山突然举着酒杯，问了我一个问题。他说：“酒，喝进人的肚子里，最后不是变成尿液，就是眼泪了，对吧，那么为什么男儿有泪不轻弹，有尿却可以随便撒呢？眼泪和尿液有什么本质上的区别吗？不曾经都是水，后来又都变回水之原态了吗？”

“我看区别不大，都是人体排出来的分泌物，该哭就哭，该尿就尿呗。”

我当然知道有区别了，那谁不知道啊？连三岁的小孩都知道，水是它们的主成分，跟人体里的氨基酸混在一起“新陈代谢”后，一个就酸涩涩的，一个就腥臊臊的了。可是我想，王山总不会问小儿科的问题吧，他一定是别有所指，我得用逆向思维去回答他。

王山听后，哈哈一笑说：

“要是让我说的话，我认为很简单。眼泪，是经过情感的催生，是经过有思想的‘大脑’过滤的产物，是智慧的结晶，所以不能轻易掉。而尿液呢，是经过下面没有思想的小脑过滤的产物，所以，是可以随时排出去的。哈哈，人的生理机制就是如此设计的哦！”

他总是把哲学因素搅拌进去。他说完，不仅我们几个秃小子，就连小梅和惠芝一家，也前仰后合地跟着笑起来……

我知道，王山又随时展开了联想的翅膀。

我记得前几天，我们曾去北京图书馆看书。他找到一本同治年刻印的《碴讶洞》，很是好奇，就一口气读了下去。他读着，读着的，才发现书中的插图中，有一部分是上不得大雅之堂的春宫图。虽然我们在“文革抄家”的那个单元时期，从所谓的“牛鬼蛇神”的家中，也抄出来过这类书籍和画册，我们也算是见过一次、半次世面的人了，不过不仅他，后来包括我，还是被这个版本中的春宫图刺激得心惊肉跳。因为图里表现的，并不单纯是男女媾和的画面。作画者似乎很善于把抽象的想象，分割、重组成一种新人类，新生活的含义，有点电影蒙太奇的味道。譬如，有的图里就把人的头部画成了蛇形龟面；还有的图里把交媾器物画成了鼻子嘴脸。他抱着书，悄悄挪到我旁边，我们很兴致地探讨起一个“问题”。他说，我们人类在地球上，是用脚走路、用手干活、用裤裆里的东西交媾的。如果其他星球上的“人”正好与我们相反，倒立着，用手走路、用脚干活的话——这，从生物进化论的角度来说是极有可能的。那么，他们裤裆里的东西，会不会变成我们的大脑，我们的大脑，会不会变成他们裤裆里的东西呢？腔肠动物的口和肛门，不就是这么变异过来的吗？

他的思考很是独到，更是锐利。我猜，他不外乎就是借用大脑与小脑的逻辑关系，来寓意人类的伪善和兽性的回归。一个刚刚十六岁的少年，就有如此深邃的认识，真是令人钦佩。

回过头来，再继续说刚才大家前仰后合的大笑。这一回合的“欢声笑语”来得很及时，及时把大门外传来的“小地瓜啊，小地瓜！”的呼喊，压抑了下去。看来不管是偶然还是必然的巧合吧，用王山的话来说——尽在吾彀中，我们在继续着我们的喧闹，可是大门外，已然有人沉不住气了。

“惠芝啊，惠芝！”

叫小地瓜没人理睬，这回，有人改叫起“惠芝”来。

不过，似乎还是没人去理会呼叫的人。没人理他，遭到了冷落，那么外面的来人当然就像小炉匠闯进“威虎山”，显得分外地尴尬。

“惠芝、惠芝——”

外面的人又提高了八度地叫，我们屋子里依然还是一浪高过一浪的嘈杂。外面的人要想扭转这尴尬的局面，似乎只有再加大分贝，或者干脆，再向前迈几步，选择推门闯入。

外面呼叫惠芝的人，一身李玉和铁路服的打扮，他，正是太平街大鹏。后面还跟着他“桃园结义”的两个弟兄。尽管大鹏暗地里对小地瓜玩阴的、玩损的，肆无忌惮，但是在光天化日之下，他毕竟还不敢对惠芝玩鲁的、动粗的。因而他来会王山也好，见惠芝也好，都属于在被动之中，寻求改变立场的举动。

“谁啊？谁找我。”

惠芝这回听到了院子里的喊声。

惠芝听到了，那等于我们也听到了。王山冲着惠芝使了个眼色，惠芝也立马心领神会，用漫不经心的语调，回问了这么一句。但，却没有起身迎客的意思。

“我说我不能喝嘛，你们不信。你看，这第二杯下去就上脸了，这让我怎么出门啊？”

惠芝非但没起身，还故意吴侬软语的，娇嗔欲滴的，抬高了语调。把自己对来人的不屑，全都瞥到了嘴角。

“今儿个你还想出门啊，还不好好地陪陪咱虎哥。虎哥，趁着咱们今天喝的痛快、过瘾、高兴，那你就跟咱兄弟们说说，你这绰号——‘八一学校单挑一只虎’是怎么来的吧，好吗？”

我也抬高了声调，帮人抬轿子地嚷嚷道。

“想听吗？想听那就说说……你们都知道官园跤场的袁五爷吧，门下有一届届的弟子，其中以挂着龙、虎、豹响头的著称……哎，我说屋里挺闷的，小梅啊，把门打开，透透空气好不好？”

“好啊。”

小梅答应完，即起身去开屋门。

可以说，就大鹏找上门来后，这个小院以及这个小院的北房里会发生什么状况，这在王山的心中，可能早就准备好了几套方案预备之了。方案是纸上谈兵，出现的状况可是随机概率。谁都没想到这话赶话的，话茬居然恰到好处地停在了“八一学校单挑一只虎”这里——这绝对是设计方案与随机概率的完美统一！你想啊，屋里的“一只虎”，和屋外的一匹大鹏，一个隔山打炮，一个倚门窥听，就如同在过招儿。此时王山在气势上已经志得意满，而大鹏听到袁五爷的龙、虎、豹的话茬，脑门子上肯定嗖嗖嗖地掠过了汩汩凉风。

紧接着屋门，就像幕布一样被小梅拉开了：惠芝家乱糟糟的“客厅”、杯盘狼藉的小饭桌，还有惠芝正紧贴在王山身边的“含情脉脉”，我们一伙人喊着行酒令的杯觥交错，都一览无遗地展现在大鹏面前。

满脸阴郁的大鹏还算镇静。他歪着头扫了屋里一圈，照了我们两眼，似乎意识到，要是跟这伙人茬架，一是天时地利不占优，二是对手都是生犊子，一旦交上手，就会不知深浅地呼啦啦一下子全上，根本不讲“天王盖地虎”、“宝塔镇河妖”那些套路。用当年“文革”的语言来说，那叫“拍你白拍，花你白花——鬼见愁。”

不过，他也不是吃素的，隔山打炮就能吓跑的。既然来了，那就得抢场子。他毫不示弱，一个箭步迈上台阶，显然最后还是以“闯”的形式，立在了我们面前。过后，他也一定会像说书一样去侃他“闯”了“威虎厅”的故事。

“惠芝，今儿个我来找你，就是想最后问一句，你是不是我的古兰丹姆……”

架，怎么茬，能茬到什么程度，那还要后说。不过抢场子就是抢气势，乃是必然的过场，兵贵神速嘛！

“在这之前，你怎么不问问谁是阿米尔啊？”

大鹏的话音没落，王山已是怒不可遏。他一把抓起自己头上的黄军帽，狠狠地摔在桌上，接着起身一个大跨步，跃过小饭桌，就顶在了大鹏面前。

这是个信号。我们三个，也呼啦一下子站起来。杜健飞快地解下武装带，燕军抄起一把锁车的弹簧锁；我呢，则把右手迅速地别回了后腰眼——那里常年别着两把小飞刀。自从小学六年级时看了电影《飞刀华》，尽管我当时还是个“三好学生”、少先队的中队长呢，也盲目崇拜地练起了飞刀。不过练得不刻苦，仅仅是一种精神寄托而已，至今，还没派上过用场。

与此同时，大鹏带来的那两个小兄弟，也从兜里掏出铁弓子，一边往手上戴着，一边靠了过来。双方几乎是在一、两秒钟之内，就排好了“战斗”队形。

“我就知道你们丫的爱起哄，都一边待着去！”

这也是我们事先设计好的程序：在这千钧一发之际，王山这时必须来个急转身，卖个“破绽”，把自己的后背，完全暴露给大鹏——

这里的“破绽”是关键。架，能不能茬起来，全在于对这“破绽”解读的一瞬间。后来，王山像围棋复盘似地，多次给我们解释过——他大鹏这时没敢上来“偷袭”，亦说明了他还不懂得“兵不厌诈”的道理。不懂得，那他就不是一个好“将军”，也就没什么可怕的了。

要是上了呢？上了顶多摔我个大马趴呗，他在惠芝面前不就更掉价了？

王山高就高在这里。所谓的“破绽”，其实就是最大胆的“迷惑”。

大鹏不仅没敢上来“偷袭”王山，还不知所措地退后了一步。接着王山也就立马做出一副“英雄相惜”，舍命“保护”大鹏的姿态——怕我们三个小和尚“乱拳打死老师傅”啊！

这时的王山，也要后退一步紧贴在大鹏身前，像老母鸡护着小鸡一样。

“没你们丫的事，甭给我丢面儿，都退下去！”

我们自然，“嘿，大哥，你可真心慈手软……”，甩下这句话后，摇摇头地退到了后边。

“这么着吧，大鹏，你的人和我的人，都让他们丫的出去，院外边待着去！谁让这院小伸展不开呢。得，咱俩就接着两年前官园那场跤，再走几跤，就算单挑吧，把该有的茬呗、梁子，今天都结喽。”

“哦？你是——”

“呵呵，忘啦？你到官园找袁教练，袁五爷……”

不提袁五爷则罢，一提起袁五爷来，“江湖”上的那些故事、传说，尽管似是而非的，云山雾罩的，不过马上就会神乎其神地“晰晰在耳”、“栩栩在目”，大鹏脸上的“杀气”也好，怒气也好、傲气也好，顿时就灭了一半。

这时现场的气氛，肯定像刚刚上市的股票一样，由突然的暴升，转而会暂停一下而稳定下来，于是下面也就该惠芝登场了。这当然也是“王导”的安排。

“不，不！你们先别打，”

这时惠芝冲上前，急忙拉起王山的一条胳臂，把他从大鹏身前拉回来，拉回来才彻底安全嘛，同时向大鹏射去一串愤恨的目光，利剑一样。

“大鹏，你既然是来找我的，那我就告诉你，你就死了心吧，我不会做你的古兰丹姆！他才是我的阿米尔，我们情投意合，小梅可以见证！”

惠芝说到这里，竟然还嗖的一下子，从腰里拔出了一把藏刀。我一看，正是王山的那把。

“大鹏！你要是还不甘心，就用这把刀子把我捅喽！”

这叫“魔将法”，比“激将法”还厉害，是王山的发明。

我们在旁观察着大鹏的脸色。显然大鹏对出现了如此局面而准备不足。他脸色一会儿白、一会儿红地很是无所适从。

而惠芝，还在继续咄咄逼人。惠芝将那把藏刀的刀刃握在手心，反之将刀柄冲着大鹏递了过去，说：“你不捅，你可别后悔哦，人间没有后悔药，这是最后的机会。以后啊，你要是再欺负我弟弟，我就捅了你！”

看得出来，“戏”走到这个份上，惠芝的情感已经深深地陷了进去，从现实中拔不出来了，假戏真做了。她说着“我就捅了你”的同时，又把藏刀在手中掂了个个儿，这回攥着刀柄又说：

“告诉你大鹏，我要不是为了我弟弟，我、我早就对你不客气了。再说了，你在这片‘戳着’，你要是个局气的，就该明白，人家对你没意思，你就别吃‘窝边草’，别打人家鬼主意了。嘿，你连这点规矩都不懂，这点心胸都没有，你、你还能有多大出息啊！”

惠芝借机还训斥了大鹏一通。

“惠芝啊，别激动，别激动。”

不失时机的，小梅这时也要上来圆圆场：

“你们可真是的，看把我们家姑奶奶逼的！你们像个爷们吗？你们要摔、要打、要挑的，换个时间换个地点成不成？你看你们这帮人，往这儿一戳，跟煮饺子似的，这屁大的地儿能扑腾开吗？拿腔作势，假的一样……”

那时候茬架分两种，一种叫“活茬呗”，一种叫“死茬呗”。像王山这次跟大鹏的对峙，就叫“活茬呗”。“活茬呗”一般，从“一触即发”的状态缓和下来后，剩下的，双方之间只要再耍耍嘴皮子，逗逗闷子，找个楔子下台阶，也就算了。就像把炸药里的雷管拔了，不再火药味了一样。

小梅的这几句话，也很关键。不外乎等于说，你们连嘴皮子也没必要耍了，也别逗闷子了，找个台阶下，哪儿凉快就去哪儿吧。

大鹏显然从这几个回合中，实实在在地认识到，要是真的茬起架来，自己未必是王山的对手。人家“八一学校单挑一只虎”，可是跤场上的“常胜将军”啊!

是凡在“道”上走过的人都知道，“道”上是有台阶的。往上爬的台阶，一级比一级矮，可是往下跳的台阶，却是一级比一级高。该及时下台阶的时候，一定要赶紧跳，及时跳，若是不跳的话，那下个台阶就更高了，更不好跳了。大鹏肯定懂得这个“道理”，他苦涩着憋了一口长气后，狠狠地吐出了一个字“走!”，就转身带着他那两个弟兄撤了。

大鹏一走，可能是因为大家都很兴奋吧，悬着的一颗心是落地了，然而取而代之的，飘浮起来的，则是对惠芝和小梅的美赞和意马心猿了……

## — 11 —

前面说了，相对于单打独斗而言，这是我当年第一次参与的“狩猎”行动。王山在这次“行动”中，充分展示出他的“领袖”才华。狩猎的目的，是要获取到猎物的，谁都不愿意两手空空而归。不过，能不能获取到猎物，这其中还有一个要素，那就是——人，可能尽其事了，但是天呢，天公作不作美呢?

当然了，从物质与精神两个层面上考虑，是凡参与了，用心了，就会有所收获。而且收获的大小，也绝不是用静态的等值观念，和动态的超值观念来衡量的。

然而，原本应该获取到的一项收获，却与我遗憾的擦肩而过。而且遗憾的内容，还是以姗姗来迟的脚步，走了四十五年后，才走到我身边，才让我知道的!

四十五年后的四月底，我的“相识满天下，知心能几人”的挚友王山，因病辞世了，我在网上帖了篇《我还想再写一本——王山说》的博文。很荣幸，这篇博文被一位远在南方的“友人”看到了。他辗转着找到我家里的电话，于五月七日一大早，我刚刚参加完王山葬礼的第二天，打了来。

“喂，你是老十三中的赵群吗?”

从二〇〇五年起，我就有意识地减少了社会活动。如今，知道我手机的人不多，知道我家里电话的人，更可谓是寥寥无几。再加上他深沉的、很随意的语调，我马上就意识到，对方一定是多年以前的老熟人。

“你是，哪一位?”

“我是——别留遗憾，还是先猜猜吧。”

“是啊，别留遗憾。猜……请提示一下呗，留它一丁点。”

“嗯，留她一点才美丽。我是‘小耳朵’。”

“啊，小耳朵，李成钢！你还好吗？在哪儿高就哪？”

我吃惊不小，激动不已。当年的那个急着白火跑进教室，喊着校门口那儿来了两“靓婆子”的家伙，又杳然浮现在眼前。

他说，他目前在南方做着一个项目。昨天秘书在网上看到我写的博文，想到“李总”是北京来的，也是那个年代的人，就告诉了他。他马上人肉搜索，编了一套他是我表哥的瞎话，最后搞到了我的电话。

毕竟都已经是六十一岁的老家伙了，泣不成声地唠叨了一阵对王山的思念后，“小耳朵”又破涕为笑，笑中还透出了一点肉麻。

“呵呵，当年，你和王山最遭人嫉妒了。在你们这两个白马王子面前，我们都是黑煤球了！你们那时飘逸潇洒，呼风唤雨，漂亮‘婆子’都围着你们转，连个捡漏的机会都不给我们留，羡慕死洒家也。后来，我就只好‘特高科在行动’，每天早早地到校，路过传达室，一定要进去看看有没有给你寄来的‘情书’——看看‘情书’解闷啊。呵呵，还真是皇天不负苦心人，让我截获了一封……”

其实，我的信件被“偷看”一事，我当年就有所察觉。我的父母是六五年从北京下放到山西的。我的家信往来，常有“卡壳”的地方，这自然让我怀疑到，曾在什么环节上出了问题。

还有一件蹊跷的事，让我朦朦胧胧的记忆犹新。那就是有一天，王山把“小耳朵”提搂到教室外，狠狠地抽了几个嘴巴，踹了几脚。以后，小耳朵就总是讪讪地躲着我们很少说话了。至于王山为什么打他，我当时也没有详问——谁还没个隐私呢？可是我绝没有想到，那的确涉及人的隐私，而且涉及的，还是我的。

“咳，一群顽冥不羁的嘎小子，谁没搞过恶作剧啊……诶，你还能想起来吗？你，截获的那封，是谁来的？”

我用灰色的语调问。

“不瞒你说，就因此事挨了王山一顿胖揍，曾几何时，我不仅记得，想忘都忘不了，而且一直像‘三座大山’一样，压得我喘不过气儿来……唉，那时我们毕竟，毕竟还属于不谙世事的少年啊！”

“你说的对，不谙世事，还自恃清高无比，以为天生我材有大用。不过咱们毕竟是老同学嘛，也时过境迁，都看淡了红尘烟云，你既然记得，不妨彻底卸下背上的包袱，说出来呗。”

我又用红色的语调鼓励他。

“呵呵，四十五年了，要说还像大山似的压着，那是假话，谁不都是‘人不为己，天诛地灭’啊，我没那么崇高。只不过心底里，多少留有点内疚而已，盼着有个机会，等你来问呢，我好有个‘忏悔’的机会。今天算是个机会吧，也是对仙逝的王山的一个交代，我就坦白那封信是谁写的吧。”

他说出了是谁后，历史的屏幕就像断了电的回路又被接上了一样，眼前的雪花渐渐消去，当年的谜团，也就从雪花中显露出来……

那天，大鹏撤了后，小地瓜出于鸣谢之心吧，至少我后来是这样认为的，一看我们大家还是兴奋不已，就贴着王山的耳朵说了几句悄悄话。我看王山的嘴角先是抹出一丝不快的苦笑，紧接着马上换了副犀利的眼神瞪着他训斥道：“都说婊子无情，戏子无义，佛爷也好不了哪儿去——你小子真龌龊，馊主意真多！告诉你，我可不是乘人之危来打劫的！”

“虎哥、虎哥，你听我解释，这、这不是我的主意，是……”

小地瓜一看王山怒不可遏的样子，急忙上前抱住王山的胳臂，依旧嘴对着耳朵地窃窃私语了一阵。

“亏你想得出来！这种事，能试吗？老鸨子开店都没你这样的！”

看得出来，王山被小地瓜的“窃窃私语”彻底地激怒了。小地瓜呢，一看王山不但不领“情”，还当着众人的面差点泄露了天机，也就只好皮笑肉不笑地咧了咧嘴，缩头乌龟似地再也不吭声了。

“以后啊，甭真的、假的撩人家，那苍蝇不叮没缝的蛋！”

王山呲唠完小地瓜，好像还没解气似的，又紧接着呲唠起惠芝来。

“人家惠芝招你什么了？你看你，人家把你当神供了，你还埋怨上人家了。”

小梅一看这架势，也意识到，肯定是小地瓜得罪了王山，而且还得罪得不浅，连惠芝都被捎上了。她只好假装公正地帮着惠芝圆起了场。

经小梅这么一掺合，王山欲言又止地张了张口，也就什么都不说了。既然没话说了，王山从惠芝手里抓过那把藏刀，别在腰间，也就抬腿朝门外走去。

“你们这就走啊？那明儿有事喽，去哪儿找你们啊？”

“去哪儿都行，就是别再去学校了，怪扎眼的。”

王山头也不回地说。脚步声已经响在了院子里。

“明儿个我们去北图看书。”

王山抬腿一走，我们当然也得跟着走了。我走过小梅身边时，有点依依不舍的，顺口也就把我们明天的计划，告诉了小梅。

## — 12 —

当时，天还不算太晚，虽说华灯已经初上。

已经有了秋爽味道的北京城，显然不那么焖热了。而且晚上纳个凉，遛个弯儿的习性，也足够引起我们的兴致。我们一出了惠芝家，又追着魂儿似地蹬起自行车，哼起《山楂树》，朝平安里方向驶去。

“诶，去趟西单怎么样？”

在路上，我看大家好像还意犹未尽的样子，就带头提议道。

“吆——唏。”

“哝吣哈啦嗦，走！”

燕军和杜健两个，还弄出了两句外语，表示了欣然同意。

“去那儿啊……”

而王山呢，显然还在为刚才的事而心不在焉。

“商场可能快关门了，我们就去民族文化宫剧场吧，看看这两天演什么节目。”

“那好吧，走。”

王山还是心不在焉地附和着我说。

几乎全国人民都知道的八个“样板戏”，时不常地，就会在民族文化宫剧场上演。那些天常演出的好像是芭蕾舞剧《白毛女》和《红色娘子军》。王山在那个年代，就曾“一针见血”地跟我说，明明是去看芭蕾艺术嘛，去欣赏舞者曼妙的身材，轻盈的舞步，魅力四射的情感表达嘛，干么非要冠名为“红色芭蕾舞剧”呢？白毛女就是白毛女，红军就是红军，何必床上架床，屋上架屋呢？

那时西单一带的门脸儿商店，一般都营业到晚七点。到了七点一打铃，商场里的服务员就会哭丧个脸子，把大门上铁链条的罩门拉上一半。拉上一半，就等于下了逐客令。而顾客们呢，也就只好低头猫腰听指挥，乖乖地退出商场。

我们一路上肯定无聊，也就哼哼起了“流氓歌曲”：流浪的人儿已归来，青春已过去。少年时代的朋友们啊，如今在哪里？走到大街无人理，多么孤寂啊我的小妹啊……我们嘴上唱着，眼睛却在那些被商场轰出来的人群里，寻么来，寻么去的——寻么什么呢？说白喽，寻么的其实就是我们的好奇心。

这时，王山才对我说：“你猜刚才临走时，小地瓜那兔崽子跟我说了什么？”

“说什么？”

“给脸蹬鼻子。”

“给谁脸蹬谁的鼻子？”

“我说那小兔崽子呢……”

“他怎么了？”

“给脸蹬鼻子呗！”

“你看你，要说就痛痛快快地说嘛。”

看来他心里，还在为刚才的“气吭吭”而拧着扣儿。

从西单十字路口一拐过去，大老远的，就看到了前苏联建筑风格的民族文化宫剧场。那儿门可罗雀，冷冷清清的。

看来今天没戏。这时燕军和杜健，也看出了王山的心情不是特别好，就提出了要打道回府。我和王山也不好强留，大家就四除二地分了手。

“这回该说了吧，别憋在肚子里长白毛噢……”

等到他们俩一走，我就一屁股坐在民族文化宫的高台阶上，撺掇着王山，赶快把“给脸蹬鼻子”的事儿说出来。

“明儿个星期二？该去北图了吧。”

王山坐是坐下了，可是话题却变了。

“对，我看咱们得再提前一小时去了。”

我们俩，基本上有了日常行动上的大致约定，即每周的二、四、六一大早儿，就赶去北海旁门的北京图书馆看书。北图一般每天发放二百个座位号。早去的，领到号的，才能进到四号阅览室里看书。领书的过程和手续非常方便，填上一张看书单，交上去，馆里的工作人员就会又爬梯子，又蹬高地帮你把书找出来。看什么书，基本上任我们随便挑。我们往往在阅览室里一待就是一整天，看起书来吧，居然不可思议地连屁股都不抬一下。

我不知道别人，反正我知道我的这份连屁股都不抬一下的功底，让我老爸都非常吃惊。三岁看大，七岁看老——他怎么也想象不到，我这个本来既淘气，又有多动症的孩子，居然一到北图看上书，就变成了庙里的和尚打坐一样，坐如“静钟”了。

“那明天一早儿五点钟到吧。”

“好，上回排到了一百六十多号，这回要是新来的人再多点，咱们再晚到会儿，二百个号领完了就虾米了，就起大早赶晚集了。”

“那，咱们今天也散吧，早点回家休息。”

王山说完，站起身来，拍拍屁股上的尘土就要走。

"哎哎，别走别走，'给脸蹬鼻子'的事儿还没说呢。"

"咳——不说也罢，不说也罢。本来就是说不出口的事。"

"你不说是吧，不说我就不走了！"

我索性双手一抱头，躺在次第的台阶上。

在我的再三坚持和催促下，王山只好又坐下来，把小地瓜的"悄悄话"和盘托出。

原来小地瓜一看我们"镇"了大鹏，就像小炉匠要献出"先遣图"似的，用阿谀拍马的口气对王山说：

"咱哥们之间是手足，女人他妈的呢，就是件衣服。虎哥，你要是不嫌弃，今儿晚上我就让亚琴脱了给你们看看。别看她盘儿一般，可是下面那儿，还是柳叶的呢，看着就败火，嘻嘻……"

"都说婊子无情，戏子无义，佛爷也好不了哪儿去——你小子他妈的真龌龊，馊主意真多！我告诉你，我可不是乘人之危来打劫的……"

"虎哥、虎哥，你听我解释，这、这不是我的主意，是亚琴自己先说的，说虎哥英雄少年，给虎哥这样的看看都心甘！还有我姐说，与其给了大鹏，还不如给了虎哥呢。虎哥你别介意，别介意，我就是想试试，试试而已，看虎哥对女人，对我姐有没有那个意思。"

"亏你想得出来！这种事，能试吗？老鸨子开店都没你这样的！"

听了王山的陈述，我反而嘎嘎嘎地大笑起来："你不是也说过吗？说我们满族人的图腾崇拜之一，就是'柳叶'吗？当年肇祖始皇帝布库里雍顺，就是在浑河发洪水之际，乘着一条'柳叶'形的扁舟才得以逃命嘛！人家给你看柳叶，就是给你看'图腾'啊，让你看的是生命的顽强，生命的底蕴，生命的终极意义，你至于发那么大的火吗？"

"哼，还让你狡辩成了一道伪命题……高贵与卑贱，文明与原始，纯洁与龌龊……纯洁与龌龊，文明与原始，高贵与……哈哈哈……"

王山念叨了两遍，一看我还在哧哧地餍笑，也就跟着无奈地笑起来。

打那以后，北京图书馆图的阅览室里，又多了两个我们熟悉的面孔——小梅和惠芝。由于王山学有专攻，在知性的场合过于严肃，与这两位"柳叶"也就渐渐的不苟言语起来。恐怕，就是在这个时期的特定背景下，她们中的一人，才给我写了"情书"。这样一分析，就与四十五年后李成钢的说法吻合了——他说，他当年截取的，正是小梅寄给我的信！

北京图书馆在"文革"中的这次"秘密开馆"，其实只持续了半年有余，就又闭馆了。1968年春季的一个早晨，在北图紧闭的大门前，面对着那张闭馆通知，我和王山异常失落地站了很久，很久，很久……

“后来我们走着回学校，在龙头井小饭馆里最后吃了一顿饭。那天，赵群话不多，却破例地喝了不少酒。喝了酒的赵群给了我一个最后的告诫，不要走文学创作之路。为什么，我问他。赵群伸出五个手指，郑重地对我说：从现在起的50年之内，中国将没有批判现实主义文学的立足之地。先是空想和浪漫，后是庸俗和鄙琐，中国就是不需要批判。因此，与其不能说真话，不如不说。我说，宁为有闻而死，不为无闻而生。我不能不说真话地活着……”

以上这段，是王山的回忆之语。

再以后，毛主席一挥手，我们这拨“老三届”的人，就兵团的兵团，插队的插队干活计了，命途迥异地失散。直到1998年，我辞去日本商社的工作，回到北京，才再度与王山重逢。

历史，就是因为有了这样、那样的巧合和遗憾，我们才要褒义她或是贬义她。李成钢演示给我的，无疑，也是少年郎当年的一次恶作剧，是他成长过程中释放情感、烦恼的行为之一。可能对于我来说，他的恶作剧或许是我人生诸多遗憾中的一个小小遗憾——谁能倒转历史，重新去评估那些“小小遗憾”的意义呢？那每个小小的遗憾，不都像“蝴蝶效应”一样改变了关联者的命运吗？如果能够倒转的话，我情愿用一百个，一千个，一万个遗憾，去改变关联者的命运，去换回我挚友王山的生命……

# 附：王山先生生平

王山，1953年8月31日出生于浙江金华。1968年初中毕业后，正值“文化大革命”初期，王山随广大知青赴山西省雁北乡插队务农，后进入煤矿担负井下采矿工作，随后，因表现出色，被调至军中服役。1977年复员后，王山被分配至北京师范大学从事文化教育工作。在此期间，王山通过个人的努力，不仅在短时间内，由普通职员升至处长之职，还在职攻读了教育学的硕士学位。随后，王山升任北京京剧院副院长，成为当时北京文化教育界最年轻的高层干部之一。1991年，应时代之变革，为唤醒人民对自己所处时代的认识，并以历史为镜剖析当今社会问题，王山毅然挂印提笔，专业从事起文学创作。

远比同龄人更为丰富的人生经历，为其文学创作积累了丰富的生活素材。王山通过充分体悟与吸收社会各阶层养分，最终在社会组织与形态流变诸方面，形成了独到见解，并通过其作品奠定了自己在新中国文学界、思想界的地位。

1992年，王山创作完成了以“文革”前的北京为背景的小说《天伤》，由北岳文艺出版社正式出版后，随即在北京地区创造了销售纪录。此后，他又陆续完成了《天祭》和《天爵》的写作，并持续受到好评，不断重印。2003年，应市场需求，《天伤》系列结集为《血色青春》由九州出版社出版；近期，该书系又以《北京教父》为名，由中国城市出版社出版。20年畅销不衰的同时，书中的几位主人公——周奉天、陈成、边亚军等，也成为了几代北京人耳熟能详的名字，甚至影响远及海外。

《天伤》系列的成功，在于王山通过描写在新中国具有普遍性而在北京地区表现最为充分的“大院子弟”与“胡同子弟”间对立、对峙并最终发生激烈对抗的大环境，表达了他对新型社会体制下，社会各阶层间仍然存在着阶层冲突这一事实给予了正视与关注，并阐释了自己对“文革”社会根源的一种思索与理解。

而他的思索与理解，显然与广大读者产生了深刻的共鸣。

在创作手法上，王山的《天伤》系列也有独到之处。其语言之简练精准，为现当代文学作品所罕见。在人物塑造方面则采用了“多中心”手法，《天伤》系列中的周奉天、陈成、边亚军这三个主要人物，均是特点鲜明，形象生动，令读者恍如亲见，很难明确区分究竟谁是“一号人物”；不仅如此，众多着墨不多的小人物也刻画得细致精微，令人过目不忘，表现了王山娴熟的语言驾驭能力。

2003年，王山开始着手创作“地字系列”长篇小说，并在当年以司衡树为笔名完成了第一部——《地魂》，由九州出版社出版发行。在本书中，王山以上世纪70年代初期的城乡差异，以及被打入命运低谷后的人性扭曲为切入点，将读者的心绪引入广袤苍凉的黄土高原，由小见大，由微观到宏观，从生命形式由低级到高级的渐变与突变、从客观环境沧海桑田的变幻过程着手，对社会组织、社会形态以及民族思维方式等进行了极富个人色彩的推理严谨、气势雄浑的整体论述。对此书的出版，有时论认为“……这是中国文坛多年未见的奇书。王先生的思想已经超越了当代文化人的素养，是真正的哲学、文学、政治、思想集大成者。”

2008年，王山在九州出版社出版了《大顽主之地殇》，刻画了特定历史时期中主人公们的相互争斗、自我反省和集体蜕变。该书保持了王山一贯的艺术风格，人物鲜活生动，故事奇异诡谲；结构严谨、开合有致；动作感和画面感极强；文字生动、准确、干净，富有哲理。

给王山带来最大声誉的还不是他的小说，而是其政论作品《第三只眼睛看中国》。该书在1994年初由山西人民出版社出版。出于某种策略的考虑，该书假托了一名德国人“洛伊宁格尔”为作者，王山则以“译者”的名字出现。但事实上，该书的每一个字都完全是王山本人所写。作品是王山把握时代脉搏、进行深入思考而厚积薄发的产物，也是他的代表作。在书中，他对国内各阶层的详尽分析以及对中国走向的精辟论述，为其赢得了海内外的广泛声誉。

在众多知名学者推荐的“了解中国必读的20本书”中，《第三只眼睛看中国》赫然在列。推荐理由是：“作者用他的‘第三只眼睛’看到了一个什么样的中国可能不是最重要的，最重要的是他让我们多了一只看现状的眼睛。改革开放改变了中国的命运，也改变了这个社会的利益分配原则，如何看待这种改变，历来是各种思想交锋的焦点。本书提供的视角足以激发人们从更为全面的关系角度来看待我们今天的处境。”

评论认为，《第三只眼睛看中国》是20世纪90年代最具轰动效应、影响最为广泛、极具思想爆炸力的一部关于中国问题的著作。该书的出版，也迅速引起海外媒体的密切关注，并很快推出了繁体字版及美、日、韩等外文译本。直到今天，人们仍在多种场合运用“第三只眼睛”一词来表达一种客观中立的视角或立场，其来源就是这本书。

此后，王山又在香港出版了《第四只眼睛看中国》。在此书中，王山以其特有的敏感审视了涉及国有企业经营、公私资本比重、国有资产流失、廉政制度建设等诸多方面存在的问题，并对中国社会的发展趋势做出了判断。

近年来，王山也借助互联网与自己的读者群进行了广泛互动，并发表了许多针对中国社会各阶层和经济问题的观点，部分内容曾被平面媒体转发。

2010年开始，因为长期从事文学创作，王山积劳成疾，身体条件逐渐恶化。但是，为了不辜负广大读者的厚爱，王山一如既往地坚持工作，将自己全部的时间和经历投入到天字系列第四部的写作之中，也因此错过了疾病最佳治疗时机。2012年，在小说创作的最后阶段，王山在心肺多器官衰竭的情况下，强忍病痛，在病房中坚持写作，但是，遗憾的是，最终未能为天字系列画上一个圆满的句号。

王山将自己的一生全部融入了书稿之中，用生命为读者诠释了一个时代的变更，正所谓“英雄梦，白头才知空。百舸扬帆争先渡，落英缤纷我独红，尽付梦醒中。”

# 风月十五不归人

“光棍哥，光棍哥，夜个擦枪就走火，白个扛枪就惹祸；寡妇嫂，寡妇嫂，夜个上炕就闹猫，白个出门就浪腰……”

这是一首村野俚歌。是凡韩丘庄的庄民，不论是傻小子还是癫妮子，随便拉出个半大不大的来，准能朗朗上口。我舅舅也会，不过，他可不是韩丘庄的庄民，也不是个傻小子，而是名海军上尉，是作为军队支援地方“四清”的干部，派驻进那里的。那年，他三十二岁……

## —1—

深秋，晨起和傍晚的两头，已有了汩汩寒意。寒意中游走着泥土芜杂的腥香，也闭锁着远昔的文明、咫尺的愚昧，以及韩丘庄人祈天祈地的希冀……

然而运动治国。四清运动不祈自来。

四清工作队的林队长，从县里开完会，风风火火地赶回了韩丘庄，还是赶了个晚集，没赶上庄里开晚饭的时间。

庄里人农闲时好赶口、赶闲。闲着也是闲着嘛，闲着没事干好心烦，莫不如早早地就赶了那口，特别是晚饭。完后好麻利着洗了碗，刷了锅，喂了猪，栓了圈；好腾出功夫来东家长，西家短，婆娘臊，汉子野的去撩会儿闲——谁敢说这赶口、赶闲的，不是乡里人的心照不宣？

林队长风尘仆仆地赶回来，可不是为了赶这口“闲”的。工作队进庄已经一个多星期了，但是，庄里阶级斗争的盖子还没掀开哪，四清运动的突破口还没找到哪，这些大是大非的问题，才赶罗得他好心烦——谁又敢说，这不是林队长的心照不宣呢?

他是回来赶忙的。忙中自有他的心照不宣。

此刻只见他一猫腰，钻进了队部的小厨房，然后三下五除二地啃了张煎饼，唏溜了碗芋子面泡馍，就算是例行了公事，就算是为饭后一袋烟做好了铺垫。

他忙中有时也会偷会儿闲。

随后，又见他从兜里掏出支短把烟斗，蓄上锅烟点着，一挺腰又钻出了小厨房。这回，才算是挺直了他当队长的腰板，才一边吧嗒着又呛口又提神的关东大叶子，朝庭院的大门口走去。

落日的余晖，烧红了西天的暮岚。火袅袅的暮岚，又烤焦了庄前的那棵老槐树。院外井台上，谁家的女人还在摇辘汲水，摇出了婆娘家的挺乳翘臀，也就摇出了汉子家的魂不守舍。

不过，他的忙中偷闲也就一袋烟的时间。因为该忙的事，总是在偷闲的那一刻里出现。

林队长嘬着烟斗，随着嘴里、鼻子里蹿出来的一团浓重的烟云，他的思绪也漂回到一星期前……

“目前，农村的阶级斗争很复杂，激烈的很。它充分地说明，有三分之一的天下不在我们手中，他们在搞修正主义，在时刻幻想着复辟资本主义……”

专署地区四清工作团的尹团长，坐在主席台上，正用他浓重的侉鼻音在演讲。他是刚从上边调来的，听说行政级别不低，十四级，快划进“高干”那一栏了，因而在当地基层干部的眼中，也就凸显出一副鹤立鸡群的模样。

“然而我们一些党的干部，乃至我们原来依靠的一些基本群众，却在和平与胜利面前麻痹了，翘尾巴了，睡大觉了，和修正主义分子睡在一条大炕上了，有的甚至还钻进一个被窝窝里了。”

不仅是一副鹤立鸡群的模样，更是一副钦差大臣般的模样，天兵天将般的模样。尹团长讲到这里，坚定地首肯一下额头，赖以平仄他的格律，然后借势甩起头来继续讲:

“因此，我们现在要搞的‘四清’运动，已经不能停留在清工、清帐、清财、清库的水平上了，我们要狠清政治上、经济上、组织上、思想上的一切‘四不清’行为，夺回我们失去的阵地，粉碎反动阶级的一切复辟梦想！”

他像当年真刀真枪打仗一样，亮出了他的革命模样。现在抓阶级斗争，抓政治运动，正是他的拿手好戏。他最怕的，就是鸟兽尽，良弓藏，没了用场。

偌大的区委礼堂里，挤满了陆、海、空三军军官和部分县、镇级干部。其中

的海军上尉林树权——被派往韩丘庄的四清工作队队长，正凝眉蹙目，一边揣读着上级的旨意，一边落笔如飞地记着笔记，

从一个普通的水兵，摔打为舰艇上的水手长；又从一个水手长步入军校，而后成长为今天的上尉军官，林树权深知这一切，都是党的阳光雨露培育的结果。因而他把这次支援地方、大力开展“四清运动”的任务，看做是海军政治部交给他的最高荣誉，是对他三十二岁生命辉煌期，再立新功的鞭策与鼓励！囿于此，他情绪振奋，很自然地就把尹团长的演讲听成了高山流水之音，听成了一曲威武、雄壮的出征进行曲……

会议结束前，尹团长的演讲达到了高潮。他的声带几乎嘶哑了，但是他依然震天撼地般地扯着嗓子喊：“这次，中央及省委决心很大，派来了大批的解放军干部来支援我们，真可谓是大军压境，大兵团作战啊！我们有解放军的支持，我们就有摧枯拉朽之力，就敢上九天揽月，敢下五洋捉鳖，就一定能将四清运动搞深，搞透，搞彻底！会后，各个编队就要进点了，我预祝大家打好开门红这一仗，全歼阶级敌人，让我们鲁西北大地凯歌高奏，红旗飘扬！”

散会了。林队长站起身，正要往书包里装笔记本，一个男青年领着个大女孩从后排挤过来，齐刷刷地站在他面前，然后学着军人的姿态，向他敬起了军礼。

“林队长，宋铁生前来报到！”男青年打着立正响地说。接着又侧歪歪着脸，对他领过来的那个大女孩介绍道：“这就是我们的林队长，海军政治学院的教官，二等功荣立者，欧阳海式的爱民模范……”

“林队长好，我叫彭梅，请您多指教！”

大女孩也急忙峰挺着胸脯报告道。她的嗓音异常甜脆，像刚从树上摇下来的大枣。

“哦，小宋、小彭梅——你们都来了，欢迎欢迎，太好了……”

小宋乃是他们三人编队中，唯一的一个本地人了，在毗邻的镇上当着公安助理，今年刚满二十二岁。他昨天就打探到编队细节，当即就找到林队长，相见恨晚地聊了半宿！

彭梅是去年刚毕业的中专生，分配到县委宣传部任干事。此次，也是临时抽调来下队锻炼的。或许是刚刚才确知，自己是和一位海军大哥哥，一位“公安”小哥哥分在了一个编队，她油亮亮的小脸蛋上，已然泛出了朵朵红润，眼眸里也释放出好奇与敬慕之光。

“还有，队长，我们要去蹲点的韩丘庄，目前还挂着个‘够分量’的人物呢，喏，这是他的材料，是镇上派出所让我转给您的。”

宋铁生又说，同时从挎包里抽出一本卷宗，递给了林队长。

林队长接过来一看，卷宗上方的一行毛笔字异常醒目——“十五的惯盗份子韩满田”，而毛笔字的下面，却用钢笔另行描出了个小小的，不起眼的问号。

十五——十五指的是，是十五岁啊？还是什么……他的脑海里，也即刻迸出了个大问号。

## —2—

“俺的天哪！这个昏了头的大牤子，彩凤跟他掰了，躲着藏着不见他了，这碍着俺家啥事啦，他凭啥找齐俺家啊……”

果不其然，该忙的事情如期而至，又在一袋烟的那一刻里出现。

乍猛着响起的一串哭喊声，让刚刚迈出院门的林队长一怔而怔。他定神一看，一个穿着绿军裤、花夹袄的大嫂，从柴垛后面一冒出头，就扭达着大脚秧歌步直奔队部而来。她身后还跟着个号啕大哭的小妮子，跟着工作队的小宋。立时，刚刚沉寂下来的小村庄，又被这组哭声搅得不知所措。庄前的那棵青黧黧的老槐树上，也砉然惊起一片黑云般的麻雀。

小宋一看林队长回来了，紧赶几步跑过来，气吭吭地报告道：

“队长、队长，那个惯盗份子韩满田又惹事了，又欺负人家大瓜周嫂了，还把周嫂的女儿——云儿也给打了，您快看看吧！”

秋忙已过。靠天吃饭的庄稼人历来不养忙，只养闲。养足了闲心，才算是养齐了身子骨。刚从三年大饥荒中挺过来的男人们，当然不敢再与老天爷犟嘴了，然而闲心难耐，只好频频地跟婆娘女人们戆起了头。俗话说，手有捏糠之力，就有媾欢之心——这不，工作队进庄以来接到的反映中，有关阶级斗争的，揭发庄支书陈天平“三大罪状”的，也就那么两三件；且打架怄气、猫偷鼠盗的，也寥寥无几。唯有反映泡寡妇、搞破鞋、捉奸堵炕头的，却接连不断。其中被说的有鼻子有眼，有红有彩的，除了几名庄干部外，就数这个韩满田了。

什么，周嫂，让韩满田……林队长一下子想起了那本“卷宗”，想起了“十五的惯盗份子韩满田”。

这些天来，由于全力筛查着庄里干部们的问题，还没腾出手来整治这帮小喽啰呢，怎么，这小子倒是自己等不及了，跳出来了，莫不是想转移四清运动的大方向？噢，还有，那个被庄里人称为“大瓜（寡）周嫂”的，就说她是个多情寡妇吧，可是毕竟是位军属遗孀啊！要说她跟陈支书啦，跟民兵连长范大福啦，还有以前跟镇上中学的谁谁啦，有过一腿子两腿子的，也就别太认真了。那毕竟属于“人民内部矛盾”嘛，“肥水不流外人田”嘛！可是你这个“惯盗份子”也想打个牙祭掺和进来，那就另当别论了。“惯盗份子”就是坏分子啊，是地富反坏右里的老四啊，你这不是不长眼的狍子——往枪口上撞吗？别忘喽，俺林某人可是一杠仨花的现役军人哪，能不向着军属遗孀吗？

紧跟着，周嫂和哭得上气不接下气的云儿，也跌跌撞撞地来到队部前。

“林队长，林队长呦，你可得给俺做主噢！他撕了俺的小花袄哩，还打了俺家云儿哩，他得赔俺啊……俺家云儿才五岁，还没炕沿儿高哪，他怎的敢伸手就打，张口就骂哩？这像个啥话啊？”

没等林队长开口，周嫂就把云儿向他怀里一推，随后自己扑通一声，像秦香莲一样跪在林队长脚前。接着就俺不活啦，俺还乍活啊……毛主席啊、大队长啊、活菩萨啊的哭将起来。

周嫂正值风月之年，丝丝放荡过的霜尘还徘徊在眉眼间。脸色虽然苍白、惨淡，不过在喜好偷情的汉子们眼里，却是分外的有骚、有味，像是浪情后的朵颐。

“周嫂快起来，别、别这样，咱有话好好说，林队长一定会给你做主的！”

小宋也赶紧上前，好说歹说地扶起了周嫂。

这个王八蛋，怎么手这么黑，而且光天化日之下的，还、还……这时林队长也看清了，周嫂的夹袄上有条像是新撕裂开来的缝，纽襻还掉了两个；云儿本来清瘦的右脸蛋上，也亮出了一片巴掌印儿，眼睛已经肿成了一条线。

看着眼前显然是受到了欺凌的孤儿寡母，林队长有些压不住火儿了，他瞥了眼手表，离晚上给庄干部们开会的时间还早，就冲着小宋大声吩咐道：“去！把韩满田给我整来！”

“是！”

小宋刚跑出几步，他又追着喊道：“派几个民兵一起去！他不老实就把他绑来！”

喊出这一嗓子后，林队长才发现，往常很少有人前来转悠的队部前，不知何时已经聚拢来好多村民。再往左、右看看，先是几家房角处、墙垣旁，然后是庭院前、柴垛后，也出现了一些晃动着的人影。有的还手指着这边，比比划划地在嘀咕着什么。

“俺、俺不叫野种嘛！喔喔……俺爹当年，喔喔，俺爹当年也是解放军，是戴、戴大檐帽，挎盒子炮的！”

云儿还在呜呜咽咽地哭着，小小的鸡胸脯也在大起大落地翕动着。

“不哭、不哭哦。他打人就不对嘛，怎么还骂难听的呢？看你林叔叔怎么整他，咱一定饶不了他这个大坏蛋……”

一时，林队长也不知该怎么哄劝云儿好了。他实在无法想象，连这样瘦小枯干的小妮子都要欺负的东西，还算是人？

“咳，俺家妮儿都给打懵了啊！这可怎是个好哪，他为啥总是欺负俺哪，彩凤跟他掰了，碍着俺家啥事啦！这个忘恩负义的东西……”

周嫂还在哀婉忧伤地抹着眼泪。

虽说周嫂也不是一个省油的灯，而且她的哭闹里，多少还夹杂着婆娘夸冤的成分，但她毕竟是受害者啊！况且肇事的，还是镇上派出所点名的“惯盗份子”，对这种顶风作案的家伙岂能姑息养奸！？林队长暗自忖量着，决定搞清事实后，狠刹一下韩满田的威风，管他是鸡是猴呢，先拿他开刀，敲敲山、震震虎再说！

在林队长的劝慰下，周嫂母子终于走进了队部。

工作队临时占用的队部，乃是庄里一户老地主家的旧宅，由三间北房，几间厢房，以及南面的马厩、小厨房，和脊骨型院墙组成。房屋全是飞檐拱顶的雕镌之作，与全庄几乎清一色的矮平房相比，而且都是干打垒土墙的，无疑气派之极。

林队长将周嫂母子让进北屋，坐下，还给她们倒了缸子热水。不一会儿就从母子俩东一榔头、西一棒子的哭诉中，搞清了问题的端倪，并且还听出了周嫂和韩满田之间，还曾有过一段往蹇来连的情缘……

## —3—

周嫂母子被宽慰了一番刚走，大门外又响起了骚动。林队长不由得扭身一看，只见门外的人群中闪出一条夹缝，夹缝中一个裹着黑夹袄，抿裆裤，操着手的大块头，无精打采地走了过来。后面跟着的，正是明显地小了两圈的小宋。

“队长，韩满田来了！”

小宋离着队部还有八丈远，就大喊起来。

来者越走越近，上了队部前的台阶，迈进门槛，站在屋门前，俨然像尊寺庙里的煞神。屋里顿时显得逼仄、阴暗起来。

进庄以来，工作队虽说每天都要到老乡家中去吃派饭，一户一顿，但是，地富反坏右的家里不能去，“惯盗份子”的家里自然也不能去，所以林队长至今，还未与韩满田蒙过面。然而此刻，当他眼前突兀般地冒出个这么大的“大家伙”，林队长也禁不住有些挠头。不过林队长毕竟是个带过兵，讲过课的政治教官，他马上就调整好了情绪。

“你，就是韩满田？”

他开始了“堂审”。他用愠色有余的低沉声音问道。

对方当然明白自己的处境，肯定是出于某种抵触，来了个一声不吭。

“韩永旺家的老三，韩满田？”

对方依旧耷拉着脑袋，一副无动于衷的样子。

“两年前，从镇一中退学回乡的韩满田？”

林队长的脑海里，倏然间，又蹦出了“十五的惯盗份子”那本卷宗里的描述。

对方的脑袋耷拉得更低了，但是还是看不出有动于衷。

“今年多大了？知道犯了啥案吗？”

一看对方三不知、混不吝的样子，林队长的语气中，也露出了明显的不耐烦。

“十——二十了。没犯啥案。”

这回，韩满田总算是瓮声瓮气地开了口。

他，五大三粗，足比一米七七的林队长还要猛出半个头来。而且他的“五大”还都是加大号的，让人很容易联想到，这种面相的特征里，或许蛰伏着很多常人没有的谲情、怪异。

看来，不交手则已，一交手，就要准确地吃透对方，该出手时就出手，该收网时就收网。

林队长显然已经算计好了。他叼起烟斗，先是在八仙桌前来回渡起了步子。他渡着渡着的，就围着韩满田绕起了圈。他一步、两步、三步，一圈，两圈，三圈……等到第三圈，就在他从韩满田身旁擦肩而过时，他猛地从嘴里拔出烟斗，像握着支小勃郎宁手枪似的，挥手顶在韩满田的脑门上——

“好你个惯盗份子！你，怎么又欺负起女人来啦！这不是犯案是啥！”

林队长来了个君子豹变，吓出厉声斥道。

“——啊，娘啊！”

韩满田显然是被那支突冒出来的“手枪”给顶毛了。他惊愕了一下，后退了两步，他的神色瞀然失措，完后惴惴不安地紧盯起林队长的手势来。

突然，他用套在破帮烂底老头鞋里的一只大光脚，狠跺了几脚地面后，“哇”

的一声竟咧开大嘴哭将起来。他的哭声像瀍雷，声阔，音沉，里面且浸满了稚气和委屈；他活像个刚变阴的大孩子，更像个不懂得宿命论的宿命论者，在向讳莫如深的命运抱怨着什么，他冲击给林队长的感觉，浑如某个物种灭绝前的哀鸣……

“哭什么啊！看你武二郎似的，怎么败絮其中，还不如个武大呢？”

既然是在“堂审”，岂能容他嚎哭！林队长怒呵着他的同时，用另一只手大手一挥，像拍惊堂木似地砸在八仙桌上，把桌上的茶缸盖都震翻下来，掉到了地上。

猛地，韩满田的哭声又戛然而止。他用袖口抹着过了河的鼻涕和泪，抽抽搭搭地说道：

“俺，俺不是啥惯盗嘛，俺，俺就没偷过啥嘛……”

“你没偷过啥，啥也没偷过？”

“俺偷过啥？你说啥是俺偷的？你大队长莫冤枉人哩。”

“嘿，你还扬唪起来了。那我问你——在关外的锦州车站，铁路警察从你身上搜出来的是什么？”

没想到，林队长仅仅是随口举出了那本卷宗里的一桩小案例，就产生了强大的杀伤力，就一枪打趴下了韩满田。韩满田听后，顿时像个破了气的皮球蹲在地上。

然而没过几秒钟，蹲在地上的韩满田，仿佛是借上了地气，不知是出于进攻还是防守，居然左右开弓，歇斯底里地抽起了自己的耳光，并且边抽边喊道：“俺不是人。俺，俺就偷过花裤衩，就偷过那一次。其余的、其余的可都是冤枉俺的……俺、俺坦白，俺的确欺负过女人。俺去找彩凤，彩凤怎的就不中了呢？一定是她娘搞的鬼！俺心烦，就又去找大瓜——俺以前和她相好过嘛，可是、可是这回怎的也不中了呢？而且云儿那妮子也太过分了，竟然敢骂俺是‘惯盗份子’！俺平时待她可不薄，像舅舅疼外甥女似的，她凭啥骂俺，她凭啥管俺大人们的事啊！俺就一巴掌打了过去……俺干的这叫啥事嘛，畜生不如！畜生不如！但是俺不是一惯盗，俺从来没惯盗过，林队长，你可不能偏听偏信啊！”

“呵，你倒委屈起来了！不是你偷了人家花裤衩吗？不是你欺负了人家周嫂吗？不是你打了五岁的云儿吗？怎么偷了，打了，欺负人了，还满嘴的道理哪！看看云儿脸上的血杠子，这些都是工作队在偏听偏信吗？”

这时林队长的愠怒之火，已然像浇了油似地旺烧起来。

“云儿哪是五岁啊，说着话就七岁了……”

“就说七岁了吧，可你呢？你也七岁吗？怎么专和孤儿寡母的戆上了头！”

“俺哪里是戆头啊，”这回，韩满田说着说着就从地上站起来，还向前跨了两步，像座黑铁塔似的压在林队长面前，“俺一向都躲着她娘俩走，可是俺躲了初一，躲不过十五啊！”

韩满田梗梗着脖子大声嚷道。

“十五？小宋，今天阴历初几啦？”

突然，林队长冷不丁丁地撇开韩满田，转身冲着小宋问道。

“喔，阴历……十二了吧，对，十二。”小宋肯定地说。

待林队长确认了日子后，这才转过头来对韩满田说：“那好，韩满田，既然你躲不过十五，那就别躲了，工作队就针对你这种行为，先办个教育班怎么样？从今晚就开始办，连办五天。让乡亲们都来评个理儿，看你这是啥思想，啥作风，啥品德！”

林队长也是遽然之间，想起了那份卷宗里说的——韩满田之所以被称为“十五的惯盗份子”，就是因为每逢阴历十五通常都不在庄里，会流窜到社会上去“闯荡江湖”，去铁路上扒车、逃票。那么今天十二了，从今晚起连办他五天教育班，不是正好破坏了他以往的规律吗？

“政、政府怎能办俺的班哩？娘个（屁）……俺的娘啊，这可不中、这可不中！庄里上上下下的，抬头撞脸的，打一巴掌掐个指头的，那不都是常事吗？又没伤人死人的，怎的就办俺的班呢？”

韩满田明显地抓狂了。他抬起脚来狠命地跺起了地面。无疑，他对这五天的“教育班”格外在意。

“就这样定了，我还要赶着去开例会呢……小宋啊，把韩满田带到西厢房去，让他先写个检查，回头再叫民兵连派俩民兵来，白个黑个地看着他，叫他好好的面壁思过！对啦，同时发动全庄的知情人揭发他，看他还能不能蹦腾过十五去！”

林队长说完，顺手抓起大衣就要走。

“林队长，不中啊！你可不能办俺的班呀！”

韩满田一看大事不妙，办班的事态将成定局，竟一个大步跨过来，扑通一声跪在林队长脚前。然后不由分说，把自己的左手中指伸进嘴里，一甩头将指肚咬破。

“俺、俺给政府写血书，中吧，俺发誓再也不欺负大瓜了，再也不打云儿了，中吧？林队长，林队长，你就饶了俺这回吧，别办俺的班了，俺念你的大恩、大德、大量了……”

韩满田将咬破的中指高高擎在头上，让流出来的血顺下落着，同时喘着粗气地说。

这时一直守护在旁的小宋，实在看不下去了，迈上前来就要拽他起来。或许是小宋的动作鲁莽了些，韩满田不服气的一回肘，竟然重重地击打在小宋的腰间。小宋自然不会示弱，干脆扑上去，从背后一把钳住韩满田的脖子，同时膝下狠狠地顶向他的肋骨。只听“娘啊”的一声惨叫，韩满田就势栽倒在地……

倒在地上了，他索性也就赖着不起来了。由于韩满田躺在地上尸打横，而且鼻子里还一个劲儿地往外窜鼻血，“堂审”只好暂停。林队长决定顺应突变，等开完例会回来再收拾他。但是，等到林队长两个钟头后回来一看，韩满田还是栽愣着躺在地上，与小宋红着眼，较着劲；并且鼻腔里的血，也还在稀稀拉拉地流个不停。林队长无奈，只好实施人道主义放他回家“疗伤”，并责成他明天一早要来工作队报到。韩满田这才捂着伤肋，从地上爬起来，哼哼唧唧地出了队部大门，随之一溜烟儿地消失在月夜中……

## —4—

按照工作队的部署，队员们每晚都要有计划、有重点地到老乡家去访贫问苦。彭梅这天约访的对象，正是陈支书家的二妮儿彩凤。

彩凤可是“庄主家的千金”，“土皇上家的金枝”哩，爱使小性儿。一年前，她硬是跟她爹赌气，退了“娃娃亲”；她硬是跟她娘拧劲儿，跟庄里公认的“二流子”——韩满田好上了，并且还鬼迷心窍的为“爱”而割爱，放弃了当年考中专的机会。

要不是韩家那个二流子拖累了咱凤儿，咱庄就出“大学生”哩！当时，庄里人都这么说。

这个骚丫头，疯妮子，真是气死我了，怎么放着白馍馍不吃，专吃黑糠糠哩？陈支书也总是眼睛里冒火，脑门上蹦青筋地这么说。

不过，最近工作队一进庄，听说她闹腾着又想捡起书本来，去考区里的中专了。为此还借坡下驴，顺了她爹、她娘的劝，跟韩满田“掰了”分手，说从今以后，只想一心一意去考学。这样一来，彩凤又放出了风，说她想请彭梅来帮她补习补习功课了。而彭梅呢，赶好是区里中专毕业的嘛，年龄也只比彩凤大两岁，所以，两个小姐妹的“约访”也就一拍即合。

去帮彩凤复习功课，其实也是林队长去县里开会前，亲自为彭梅部署的“要事”。林队长曾意味深长地对彭梅说，彩凤就像缠绕在消息树上的一根藤，从她那既可以了解到大树——庄里以她爹为首的干部们，盘根错节的情况，也可以摸清她爹和韩满田他爹之间的一些情仇恩怨。这对我们下一步搞清陈天平的“三大罪状”，开展好四清工作大有帮助。

彭梅就是肩负着林队长的如此重托，吃完派饭后，一溜小跑着去了陈支书家，去帮彩凤复习功课，去“顺藤摸瓜”。

## —5—

陈支书家冷清之极，像断了香火的庙。看院的大黄狗，也仿佛知道四清工作队惹不起似的，看到彭梅来了，居然趴在当院里一动不动。彩凤娘见了彭梅，自然客套一番，随后慌兮兮的带着她，径直去了后院。她们来到一间耳房前，耳房的小窗户已被破麻袋堵得严严实实，门上还别着一把铜皮锁。彭梅这才意识到，彩凤显然是被“软禁”了，关在“冷宫”里。

“大娘，彩凤不是已经认错了吗？干么还关着人家啊？”

彭梅故意不解地问。

“咳，错是认了，可是好女架得住‘馋狼（缠郎）’吗？这两天韩家那个浑小子，动不动地就来咱家，房前院后地转悠，死皮赖脸地鳔着不走，咱惹不起，还躲不起吗？他爹说了，那是个十五的惯盗，今儿个十二了，咱就委屈妮儿两天，先躲躲再说。想那小子明儿个、后个的，肯定还会出庄的……”

彩凤娘从怀里掏出把铜片钥匙，扭头四下里瞧了瞧，再把耳朵贴在门上听了听后，才轻手轻脚地把锁打开。

彩凤娘铆足了劲，才给陈支书生下两个妮儿。一提到大妮儿，彩凤娘立时就会眉飞色舞起来。说大妮儿打小就要强，考进了县里的医护学校，毕业后进了县医院，没半年就搞上了县府的大干部……用黄历上的话说，大妮儿是丙子年生的，火旺，有三跳，一跳跳出了农村的土坑，土生金；二跳跳上了县医院挣工资的金路，金生水；三跳跳上了县水利局副局长家的龙床，真是如鱼得水……

然而一提到彩凤，彩凤娘又怄恼的不得了。说不算不知道，一算吓一跳——彩凤跟韩满田的生辰八字啊，一个阳水，一个阳火，俩人水火相克，那还了得！

但是那时的彩凤，根本听不进她娘的劝。她打小就叛逆性十足，什么事都是不让干的偏干，不让知道的偏要知道。后来偷看了一本残破不全的《红楼梦》，接着被韩满田一“勾搭”，就云里雾里的干出了“那事儿”。用彩凤的话说，哦，只许大人们放火啊，不许咱革命青年点灯啊……

彩凤娘打开屋门锁的同时，屋里也点亮了“革命”的小油灯。

“娘，彭梅姐来了，我想跟她好好唠唠，你就别跟着参合了，快回前屋去吧！”

彩凤一看她娘把彭梅带来了，让进彭梅，一闪身，就又把她娘推了出去。彩凤肯定不愿意听她娘絮叨，也知道她娘这会儿一定爱絮叨。

彩凤娘一走，彩凤才像换了个人似的，长长地嘘了口气，然后把小油灯调亮些，还端过来一笸箩大枣，与彭梅盘腿坐上炕，唠了起来。

“彭梅姐，俺就是数学差点，帮俺辅导辅导就行。其实，俺请姐姐来，还有些后怕哩……”

两个小姐妹一见面，开始时彩凤还有点吞吞吐吐的、藏藏掖掖的。

“瞧咱妹子说的，想上学那可是好事啊，怕什么啊？又不是移情别恋的。等咱考上了，让那些说闲话的人烂嘴丫子去！”

彭梅当然明白，与其说是来给彩凤“辅导功课”，不如说是“辅导”她对工作队说心里话的，赶忙为她打气儿似的说。

“俺没相过两家亲，也没踩过两条船，俺想跟谁好就好，不想跟谁好就掰，那是俺的自由，俺才不怕那些碎嘴子闲言哪。俺只是怕、怕人家误会俺，也误会俺爹……”

“那有什么可误会的？人正不怕影子斜！”

“话是这么说哩。彭梅姐你不知道，咱乡下人也学会上纲上线了，一听说俺要考学吧，就有人说，俺像俺姐似的，要考进县里去攀高枝，想甩掉韩满田，连满田他自己都猴急了呢。还有啊，一听说俺要请彭梅姐来家补习功课，又有人说，俺是俺爹的一个棋子，想跟林队长、跟工作队拉个关系，套个近乎哪……”

“咳，考学是考学，恋爱是恋爱，两码子事嘛。再说了，靠近工作队，就是拥护四清运动啊，有什么不对的。听喇喇蛄叫唤，还不种地啦？”

“说得是嘛。可是，你们才来了几天啊，哪知道咱庄的事可复杂了，俺爹的立场可艰难了。庄里一出啥敏感事，俺爹就像夹在磨盘里的豆子似的，动不动的就被磨个粉碎。这不最近，有人一看运动来了，就想浑水摸鱼，一个劲儿地往县里写匿名信，告俺爹‘三大罪状’，把些子虚乌有的事都按在他头上了，闹得俺爹是白个夜个的头疼……”

看来彩凤是不说则已，一说起来就拉不住缰绳了。

“还是那块自留地的事吧。”

彭梅通过“调研”，已经知道了一些庄里的大事记。最近庄里的两家大户人家，一直围绕着块自留地在争斗。据说那块地挨着周姓人家的祖坟地，土改后归了一户韩姓人家。现在那户韩家的后人在大饥荒里死光了，周家就以祖坟附近免韩家人骚扰之由，想着夺回去。工作队前几天接到的匿名信，就是数叨陈支书的，说他披着共产党员的外衣，里面穿的却是封建意识的破裤衩；说他满嘴的革命大道理，肚子里装的又都是男盗女娼的花肠子……他的“三大罪状”之一，就是明显地偏袒娘家人，要把那块地重新分回周家去。

“那只是其一，还有其二哪。满田家的自留地啊，是块肥水地，正跟那块地搭界。有人说他爷爷、娘没了，他爹和他哥、他姐又闯了关东，都三个年头了，都当上林场工人了，按照社里的条例——咱庄耕地少嘛，谁家要是出庄当了工人，那他家原有的自留地就该重新分配。于是周家人呢，就想着把他家的自留地和那块祖坟地连成垄，也一起划走哩……俺现在才明白过来，俺要是在这个节骨眼上和韩家结了亲，俺爹、俺娘，还有俺娘背后的周家，还不吃了俺！可是另一头啊，彭梅姐，你知道吗？韩满田他真的不是什么惯盗啊，是被冤枉的！俺是团员，俺能不坚持真理吗？俺自己怎么委屈，也不能在这个节骨眼上落井下石，和满田断了呀！”

彩凤的半个肩膀倚着缮墙，说着说着还把头也顶了上去，咚、咚、咚地撞得直响。

“凤妹别急，有话慢慢说。看，墙上直掉土渣子，好溜溜的大辫儿都弄脏了。可是，你说他是冤枉的，有证据吗？”

“有哇，但是俺娘不让俺说啊，还骂俺不要脸。你说，他一条腿跟俺拌在一起呢，那另一条腿总不能割了去，扔去关外吧……而俺爹哪，只信上边说的，就是不信俺们说的，说俺是母鸡学打鸣，踩不上个调，他是公鸡咯咯蛋，拉不出个圆乎粪来，弄的俺们可恼火了，都想私奔了……”

“瞧咱傻妹子，那私奔可不是事儿。一私奔喽，弄巧成拙了，以后就更难掰扯清楚了。”

彭梅这才明白，原来，前两天谣传的她跟韩满田掰了，说要忘记过去的一切，重新报考区里的中专，乃是她，也许还是他们俩的缓兵之计。

“说的是嘛。这不正赶上你们进了庄，俺就寻思着，就先别给俺爹添乱了，蹭一蹭，看看工作队的态度再说。后来一瞧，彭梅姐你心地好，慈眉善目的，再加上俺爹也说了，林队长挂君子相，肯定正派，于是就决定先找你聊聊了。”

“凤妹放心，你既然这样信任姐姐，信任工作队，姐姐当然也要实打实的帮你喽……”

“有彭梅姐这句话垫着，俺就放心了，那姐姐就受小妹一拜吧！”

说到这儿，彩凤倏地一下子跳下炕，双腿一并，就要下跪。

“哎、哎……地上怪凉的！”

彭梅绝没料到，彩凤还会亮出这么豪爽的一手，急忙起身要去阻拦。

“他跟俺说哩，跟好人结拜后，才可以掏心窝子说话。”

彩凤还是出溜着要跪下去。

“快起来，快起来，咱都是团员，不兴那一套……噢，咱们就拉拉钩吧，那也是约定嘛，怎么样？”

彭梅扶住彩凤，急忙伸出右手小拇指，弯成钩状给彩凤看。

“好，那就拉钩！”

彩凤也伸出了右手小拇指，与彭梅勾在一起。

“拉钩、许愿，一百年、不许变！哈哈哈……”

完成了这个古老的结交方式后，两人都如释重负。彩凤这才把她请彭梅来的真实用意，一股脑地都端了出来。

## —6—

原来半个月前，她爹陈天平接到了一封外调信，是从关外发来的，调查韩永旺的大儿子，也就是满田他大哥满山的。大意是说，韩满山现在我林场工作，被评为了劳模，组织上目前正在审查他的入党申请。望韩丘庄党支部协助外调，将其家庭情况，以及本人在庄里的表现，给予复函说明为盼。

她爹接到这封信后，为难得直嘬牙花子。你想啊这几年来，谁不知道庄里韩永旺家出的那些寒碜事啊！若是实打实地把韩家的情况反映过去，那不就意味着是对韩满山入党申请的枪毙吗！

韩家这些年来可是光屁股拉磨——现透了。先是韩永旺的二儿子韩满田，两年前被镇一中勒令而退了学，起因种种。除了荒年里常有“小偷小摸”行为外，有一次跟同学喝酒打赌，竟然大半夜地钻进了学校的仓库，躺在国旗上睡了一大觉！结果第二天，国旗上偏偏留下了男人的“哈喇子”，就被公安局当作“要案”，查了个底儿掉……

接着韩满田回乡后的第三天，他久病卧床的爷爷就肺火攻心，毒疮复发，一命呜呼了。而最不可思议的，是韩永旺的媳妇满田娘，在给满田爷爷办“七七”的头一天，不知中了哪门子邪，竟然在下着豪雨的夜里去井台汲水，结果遭了雷殛……于是庄里就毒蘑菇开花似地传开了，说满田娘肯定是想去讨“七七”子时的净（井）水——那是为什么呢？无非是想洗去心灵上的什么污垢呗！然而老天爷都不同情她，可见她是做了啥罪亲孽祖的混帐事！

满田娘的死，又让庄民们钩沉起解放前的话茬。原来满田娘，曾经为韩永旺的大哥守过寡。韩永旺当年，也是死了前妻的光棍。他们后来是在满田爷爷的撮合下，才小寡嫂配的小鳏叔。还有满田娘的娘家，曾是沂水一带有名的巫医，满田娘打小就神兮兮、仙呆呆的，好摆弄个蝎子、蜈蚣、蛇毒什么的，说是配偏方，说是能治百病。在过去的那段日子里，特别是在闹小日本时期，韩永旺常被鬼子抓去修炮楼，满田娘也就不得不为了生计，重操旧业，用她配制的“三公毒”药方给人治病，听说治活过人，也治死过人呢……

因此在这些历史的、现行的问题纠缠不清的情况下，陈支书很难回复那封外调信。

彩凤和她爹的心情却截然不同。那天，她从爹和娘的谈话中，截获到林场来了信的消息，如获至宝。因为，满田他大哥在林场那边干得好，捧上工人阶级的铁饭碗，那将来不也是他们投靠的目标之一吗？于是她跑去了满田家，想把这个“好消息”告诉满田，想跟满田讨个“好儿”。然而她万万没料到，“好儿”不仅没讨着，还引来了一身臊。韩满田居然怒火冲天，居然随手抓起条板凳，两手一撅，就把腿儿给劈了下来，攥在手里要打人。

“那个王八蛋，他还想入党哪！这回总算露了腚，看俺不揍扁了他！凤，帮个忙中不？把那封信上的地址给俺弄清楚，但是可不能让你爹知道喽，一定要保密。”满田凶巴巴地说。

“中。哎？大哥的地址你怎能不知道啊？你不是说，他跟你爹、你姐，都在林场当工人，你不是常去看他们吗？”

在彩凤的一再追问下，满田才不得不告诉了她“实情”。

其实两年前，他爹带着他哥、他姐闯关东并不顺溜。他们刚一进长白山，就遇上了伙土匪，他们不仅被劫了财，他姐还被土匪劫了“色”。打那以后，爷儿仨就算跑散了。由于满山、满红均不知去向，不知死活，再也没跟他爹以及乡下的家里联系过，他爹怄恼之余，也就不得不踏上了寻找两个孩子的征程……以后，又经过几个月的寻找，他爹颠簸得筋疲力尽了，只好跟满田约定：每逢阴历十五，满田就坐上一天一宿的火车，从庄里赶到关外的沟帮子，把那儿当中继站，给他爹送些吃的和盘缠去。他爹也会从大东北的某个地界，从寻找满山、满红的路上赶回来，跟他会合。爷儿俩通常都在一座桥洞子下碰头，昏天暗地的哭上一晌后分手。他爹再继续北上去找。满田则返回家去养猪种地，倒腾点小买卖，接着给他爹凑盘缠……

彩凤知道了这些内幕后，脑袋都大了。她既不敢贸然地去偷那封来信，也不敢轻易地将“实情”告诉她爹她娘。她估摸着，这事要是闹起来，还真不好收场，家丑会变成家仇的。她思来想去，意识到与其被动地卷进去，不如先躲开满田两天看看形势。再说工作队来了嘛，伺机找彭梅姐谈谈兴许也是一条路。于是也就出现了刚才要与彭梅姐“结拜”的情境。

“这么说，韩满田每个月的阴历十五，都要赶到沟帮子和他爹会面喽，还真难为他了。那，‘惯盗份子’的罪名，又是怎么来的呢？”

彭梅听后，不得不追问下去。

“说满田是惯盗，还得从我们上学时说起。那时正赶上大饥荒，学生们饿得谁不偷啊！满田好喝酒，讲义气，就常半夜里钻进学校的食堂‘偷馒头’，分给大伙吃。后来我们才知道，他并不是偷的，而是当时在食堂里当着管理员的周嫂，偷偷地给他的，他怕连累了周嫂，就说是偷的了。其实啊，他并没有真的偷过啥，根本就算不上是什么‘惯盗’啊。”

“可是，我听说他有一次在锦州车站被抓，铁路警察从他怀里搜出了两条花裤衩，他当场就承认是偷的了……”

“咳，不瞒姐姐说，其中的一条，是俺带、带红的啊，另一条是他给俺买的，他怕说出来毁了俺的名声，就承认是偷的了。”

彩凤不得已，也把她和满田的“第一次”，以及差点被她爹撞见，满田揣上她的花裤衩就跑出了庄，就连夜去了关外的事说了出来。

听了彩凤的另一面说辞，彭梅也不由得对他们俩的处境，生出了些许的同情。

晚上九点多的时候，院子里咚咚咚地传来了一串脚步声。两个小姐妹这才警觉地停止了谈话，原来是陈支书回来了。彩凤一看她爹回来了，勉强装出乖女好学的模样，趴在桌前看起了书。彭梅也就借此告辞，和陈支书寒暄了两句后，像只八条腿的兔子，跑回了队部。

## —7—

听了彭梅的汇报，林队长嘬了几口烟斗，“啪”的一声，就挥手狠狠地抽了自己大腿一巴掌。然后他非常自信地跟小宋和彭梅说：“嗯，今晚啊，可能有好戏看了。小宋，你按照我的安排行事……”

## —8—

韩丘庄坐落在一条干涸了的小河旁。老早的时候，庄里人给那条小河起过一个水灵灵的名字，叫妮儿河。庄里人出远门，一般都要先沿着妮儿河朝东走，到了淴水河畔的县城后，再山东山西、天南地北的各去一方。因此，那条干涸了的小河，也就成了往来韩丘庄的导向路标。

出了庄东口，朝偏东北方向望去，还可以看到一堆隆起的石丘，敦敦实实的活像个乌龟壳。既然像乌龟，那它颈部附近横空绽放开来的一块料峭的大石头，就是龟头了。据说，这块乌龟石的脚下曾是妮儿河的发源地。无疑，这里曾经有过一条像模像样的小河，或许还是一条奔放不羁的河，她洗刷过庄里人祖辈们的捭阖风尘，也记载过、幻化过他们对生命图腾的各种幽情附意……然而现在，依稀可辨的河床里，只剩下一层米灰色的鹅卵石，以及一撮撮青巴巴地散落着的灌木丛，像是白骨精的残骸，早就没有了往日小妮子般的清风流洇，秀姿丽影……

第二天一早，寒露正浓的五更。一个挽着裤角，背着个鼓鼓囊囊大麻袋的人，悄悄地出了庄。紧随其后，又闪出了个轻灵的人影。每当前面的人伫步回窥、左右张望着什么时，后面的就会神速地闪躲起来。两个人就这样一明一暗，一前一后地保持着有六七十米的距离，沿着庄头河套中的一条曲曲悠悠的小径，朝淴水河方向走去。

前面鬼鬼祟祟、背着麻袋的人，正是“惯盗份子”韩满田！他似乎应验了韩丘庄阶级斗争所赋予他的雅号——十五的惯盗犯！他浑身显然都被汗水、露水，还有辛酸的泪水所浸透。看来，除了深一脚浅一脚走夜路的辛苦外，他的内心世界已经大乱，五脏六腑已经翻转。

这两天，他的确是“等不及了，自己跳了出来”。在最需要得到彩凤慰藉、帮助的关键时刻，彩凤嗨，竟像画中人似地失踪了！彩凤暧昧的心态，让他顿生芥蒂。能不能弄到大哥林场的地址，那可是关系到他爹和他，甚至包括彩凤在内的两家命运走向的大事啊！庄里人只知道他家的其一，彩凤或许已知其二，然而，他们却不知道还有其三呢，他爹从他娘被雷击而死的那天起，就发誓要杀人啦！庄里飘荡着的那些污言秽语，像毒蛇的信子、蝎子的尾巴、蜈蚣的刺毛，扎得他爹心窝里一汪子汪子的冒血。他爹把大哥和二姐带出庄外去打工，其实就是为了下一步的“杀人”做准备呀！他非常清楚，为了雪耻复仇，为了抚平他爹心灵上的伤痕，那第一步就要及时帮爹找到大哥和二姐，全家人还要回到亲情的轨道上，解决心理上的一切障碍，才能用保全亲情的伦理之爱，去泯灭罪恶的逆常之恨！

昨晚，由于连着两天来的一通穷找，庄里庄外，庄前庄后的，就差四清工作队的驻地没去了，他最终还是没找到彩凤。于是他隐约着生出了一种会被出卖、背叛的恐慌。他开始懊悔，责备自己那天不该一时冲动，把他家背后的故事说给彩凤听。人怕走背字，马怕烂蹄子，彩凤毕竟是支书家的老妮儿啊，知道了他家过往的内幕，知道了他家目前的窘境，保不齐会动摇与他要好的信念啊……因而他才跑去大瓜家，把他的怄恼说给了“相好”的听。果然，还是心眼儿善的大瓜同情他，配合他，一搭眼神，就怂恿着他打了淘气的云儿一巴掌，目的是想“周瑜打黄盖”，找个机会能进到工作队的大院里去看看，一来看看彩凤会不会去那里告密，二来试探一下工作队的态度与风向。

果不其然，大瓜被“请”了进去，他也被传唤进去。他满脑子里回旋着大瓜和云儿凄楚的哭声，内心里一个接一个地抽打着自己良心的耳光，随着小宋进的队部。然而接下来的一切，竟滑向了他措想不及的方向。他先是劈头盖脸的被林队长臭训一顿，随后林队长还躲了开，说是去给庄干部们开例会——他娘的，感情是哄骡子哄马哄彪子哪！实则是找了民兵连，派来两个跟自己不对眼的民兵，怂恿他们和小宋一起，一通拳打脚踢的教训了他，把他肠子都打青了！可是，他们即便是孙悟空，他也不是个虾兵蟹将啊！等到林队长开完例会回来，他还是凭借着自己的那手“绝活”，就是多次扒车、逃票被铁路警察抓住，被拳打脚踢后锻炼出来的“绝活”——自己捅破自己的鼻黏膜，让鼻血哀流不止，博得了林队长的挠头与无奈，被“假释”了出来……

从队部大院一出来，他就彻底地打消了对工作队的一切幻想。什么他娘的好人、好干部？还不是上面的鸟？还不是想把俺整出屎来捏糖球，杀鸡给猴看的好人？俺不用你们杀，俺自己就敢捅破鼻梁骨，喷出血来给你们看！看你林队长能把俺怎的，能把俺的棍儿撅喽当笛儿吹？他在一瘸一拐回家的路上，一会儿苦笑不已，一会儿又讪笑不止。当然，他也很后怕。要是自己没能骗过他们，被办了教育班，那不就死球子了，破鼓众人捶了吗？到了那个份儿上，那顶“惯盗份子”的帽子也就成了紧箍咒，别指望它再摘下来了，更别指望着有朝一日，能够报答那位曾因呵爱过自己、救助过自己而遭到别人陷害的周大瓜了……在镇一中读书时，若是没有大瓜的关爱，庇护，甚至出面做“伪证”，自己即便能侥幸地抗过那三年饥荒的清苦，也恐怕难辞亵渎国旗的“罪行”吧！那年，如果他以亵渎国旗的“反革命罪”被捕入狱，少说也得在里面待上十年、八年的吧！

不过那年的厄运，只要硬挺还是能挺过去的。但是这回就不同了，恐怕想挺也是水曲柳的门杠——挺不过去了。眼下天已沉凉，要是被办了教育班，错过了跟爹的会面，不能给爹带去套棉袄，带去卖了口小克朗猪的猪钱，带去娘留下的给爹配的治疗老寒腿的药——“三公毒”粉，爹那把老骨头、老寒腿，还能挺得住大东北的风寒吗？等到下个月十五再去会爹，爹还不冻出个好歹来，饿出个好歹来？因而他想了又想，琢磨了又琢磨，怎么想也无计可施了；怎么琢磨内心世界也跟夜空一般的灰黑，跟妮儿河变成干河套般的无奈了。在无奈、无望但是又增添了新恨的基础上，他似乎只有外逃这一条路可走了。于是三更天一过，他再次溜出家门，像个夜行侠一样地行动起来……他一不做二不休，他撬开了庄里的大队部，他偷走了吉林林场来的那封调查信。

此刻，他凭借着疯狂后的余勇，趺趺撞撞地逃出了庄，来到龟儿坡前。他一抬眼，看到那块在月光中熠熠生辉的王八石，才恍然而定地意识到，他已经脱弓没有回头路，逼上梁山一条道了！他把手伸进怀中，摸了摸夹袄里的大兜，啊，那包“三公毒”粉在，那封信也在！正是写着三弯林场地址的这封外调信，把他那颗狂跳着的心，按抚了下去。他终于承受不住身心跌宕后的疲惫，两腿一软，像堆被剔了骨头的烂肉，四脚趴叉地倒在路旁。

## —9—

五更天的津风，像前两天彩凤的脸子一样的冰凉。四周突显寂静。已经平定下来心跳的韩满田，望着当头的那一脸旺月，怎能不进入悱思恻想？

月儿啊月儿，你那浑浑硕硕的大脸像个啥？赤裸裸，妖艳艳的，像娘的胸脯？娘的后背？……娘总是骑在上面，下面露出了两大嘟噜褶皱巴巴的公猪蛋……那蛋可不是爹的，爹去五台山请愿去了，一去就是半拉子月。那是谁的？俺兜着丑，不往外说就是了，那还是俺小时候发现的。

啊呀呀，不要像啊不要像，不要像俺娘，也不要去想俺娘。娘这辈子苦哈哈的，光会折腾个“三公毒”什么的，从来没个笑脸，哪像那清爽爽的旺月啊！那，那像个啥？嗨，不管怎么瞧，还是离不开女人相，喔，像女人的腚。对，像大瓜陈月香的腚——汉子们只要想婆娘了，看什么不都成了女人相！

大瓜可是个大好人啊，要知道，一个死了汉子的寡妇，能在镇上的中学找上铁饭碗当校工，那是多么不容易的一件事啊！然而人家本来干得好好的，却让俺给拖累了，最后被学校辞退而返了乡……

那年，大瓜在学校里管后勤。因为是同乡，在大饥荒时就常实心眼地关爱俺，常拿出她自己的口粮分给俺，还帮俺偷过食堂里的馒头哪！俺也就把她看做了姨娘般。有一天，她在洗澡，俺误闯了进去，她急转身，撅给了俺一个肥囫囵的后脸……她一犯浪，后脸上还抠出了一对酒窝和一双媚眼，俺就眼巴巴地看到，那中间还桃红红的抻过来一条火舌哩，热毒毒的，直舔向俺的裤裆……哎呀呀，哎呀呀，你说俺还能吃得住劲吗？俺还能搂得住火吗？俺还能不报答她吗？俺浑身骤然发烫，那个东西肿胀起来势不可挡，居然四两拨千斤，挑着俺腾起云，驾起雾，像天神，像地煞，还像苏联的喀秋莎，没人指挥着就一头冲进她的桃花源里，炸得她满园子的开了花……哇，俺的娘啊，那究竟是种啥样的千钧之力、万钧之力啊！

后来，当俺终于知道，那般绅士着的校长，也愿意把头埋在她的后脸上，哈哧哈哧地趴在那儿拧麻花，拧来拧去的，愣把自家的娘们逼得直上吊的时候，一缸醋酸醋酸的酱菜味就蹿上了头。俺受不了那滋味儿的刺激，俺见不得她糟蹋自己，俺不知所措地像只瞎猫，钻进学校的库房里，一头扎进一堆棉布中，就把郁闷、烦恼都变成发泄喷了出去……过后俺才知道，俺一头扎进的那堆棉布，就是迎国庆用的红旗和彩旗……然而，还是她那对酒窝，那双媚眼，那条三寸不烂的火舌，救了俺。她在派出所的人面前，勇敢地保下了俺，说俺那晚跟她在一起来着，俺在她怀里，没在仓库里……俺在她那热辣辣的眼神的驱使下，在她那热毒毒的火舌的诱引下，俺也坚挺无比，俺也铁嘴钢牙，俺到死也不承认无意的过失，不做那无意义的牺牲，俺坚决不承认俺知道那里有红旗有彩旗……俺的倔强虽说逃过了一劫，可是大瓜她、她她她，从此也就赋人以话柄，落下了“破鞋”的名声。

哎，也不对，天上的旺月不能像大瓜。大瓜熟的不能再熟了，她敢用腚沟沟去换荒唐的法律，去换俺的童子蛋儿，去换校长的蔫混蛋儿，她已经是旺月后阴仄的了。要说像，还是像彩凤挂着刘海儿的那副小圆脸啊！她给俺留下的念想可多了，每次俺大把抓、大口啃、大鼻子顶、大头挺，挺进她肚瓤瓤里左突右冲的时候，她就像春笋乍节般地铆足了劲儿，噼哩啪啦地发内功，向外撑，疯了似的跟俺顶。于是俺俩就对着顶，顶呀顶地长呀长，最后俺俩都疯长起来，长得撑破了头，长得撑破了瓤，仿佛每次都泄尽了全身的血精，把大裤衩都染成了哗啦啦的彩旗……

一朵游云漫过来的时候，他歇了歇想。然后坐起身，把腰板靠到路旁的一块石头上。隔了一会儿，朦胧中，他的眼前又浮现出另一幅情景——也是在这同样月光光的一个晚上，他家所发生的那件寒碜事……

“田儿，田儿呀，”半夜里，他被瞎眼奶奶急促促的呼唤和推搡所惊醒，“快、快起来看看，看你爹、你爹他咋的啦？”

接着，他又听到屋门外，他爹哼哼唧唧地在呻吟。

他极不情愿地爬起来，提了盏马灯，到大门外一看，啊！只见他爹浑身是血，下身的裤头已经褪到脚脖子上，几乎是光着身子栽歪在骡子棚前。再看旁边，他二姐居然光着上身，晃荡着白哗哗的大奶子，跪在爹面前，正用自己的小肚兜给爹做包扎！

“爹啊爹，俺求你了，你就饶了俺哥吧，他都那么大了，还娶不上媳妇，他、他心里憋屈啊……”

小肚兜已经被他姐撕成了小布条，他姐边给爹包扎着边呜咽着说。

他这才慌了神，岔了气似地问：“爹、你这是咋的啦？”

“这、这个畜生……”他爹抖落着一只沾满血污的手，指着院子的大门口方向说，“这不是、不是造孽吗？挖咱家的祖坟吗？天哪！”接着，他爹回手又指着自己的右腿，“这儿这儿……给刀豁开哩，见骨茬哩！”

说完长叹一声，便摔躺在地。

满田顾不得许多了，他转身从灶坑里抓上把灰团，就按在了爹还翻着肉的伤口上。接着他也急嚯嚯地脱下自己的小汗溻，和跪着的他姐一起，把他爹的伤口包扎起来。

“咱家呀……算是陷进地狱里喽，这，这究竟是谁造的孽啊？天呀，活祖宗呀，俺给你当王八孙儿啦，你还不放过俺吗？”

他爹痛苦地咧出几个调门后，这才坐起身来，倚靠在棚柱上。

月光如水，泻在大地上银盘子一样。他爹的哀怨，竟像是往银盘子里摔豆，噼里啪啦的让他好不心揪。爹这究竟是在说谁呢？骂谁呢？不会是指桑骂槐的骂他满田吧？自打他回乡后，家里就厄运不断，爹也就从来没给过他好脸子看！他不知所措了，嘘唏的大脑里一片茫然，仿佛爹像头折了前腿的驾辕马，怎么也站不起来了，而爹的痛苦，却像满满的一车棚子的屎粪，着着实实地压在了爹的身上，害得拉帮套的他这匹小马驹儿傻了眼，呆在旁边使不上劲。这让他好不窝囊，好不蒙头转向，怎么转也转不出个主意来……

突然，他爹又豹变了似地伸出双手，紧紧抓住他的膀臂，圆瞪起牛眼大声嚷道：“不！俺不能再忍了，砍头不过碗大的疤！就是削皮剐肉喽，也得给俺留副骨头架吧！俺豁出去了，俺不能再当龟儿坡上的王八石啦，俺一定要把他揪出来，生狷了他！”

“爹啊，你说啥？你要狷了谁，倒是说明白喽，别让俺蒙在鼓里啊！究竟是谁害了你啊？”

他爹终因过怒而失语了，两眼木桩子似的死盯着他，仿佛像个诈尸的在等着还魂，接着就真像还错了魂儿的僵尸一样，扑通一声，栽倒下去。

“爹啊，俺娘她、她反正都没了，那过去的事，就当它也一起死了、埋了、烂了吧，俺替死去的娘求你了！”

她姐还是跪在那里，一个劲儿地哭，一个劲儿地磕求个不停……

第二天，他的瞎眼奶奶，也像着了魔症似的，一有空就哼哼起了梆子腔，搅得他心里酸辣辣的不是滋味——你娘就是那个生孽的婆，炼三公交尾毒中了邪魔；你爹被鬼子抓了去，铺铁路，修炮楼，扛大包，无可奈何；想当年，路倒儿、伤兵、土匪一窝窝，再加上日本鬼子叽里呱啦、噻咕噻咕的穷扫荡，呵呵呵无恶不作；焉知谁，谁谁谁谁、谁谁谁，耐不住凉被窝，谁谁谁谁、谁谁谁，种下了孽果——

后来，他爹的伤口化了脓，长了蛆，一条腿差点没烂掉，自顾不暇了，也就暂时不提那天的事了。为此，他曾偷着问他哥，家里究竟出了啥事？他哥只是苦酸着脸说，不知道——听说爹那天好像是梦游，踩翻了院子里喂骡子的料槽，摔到砸草刀上了……直到半年后，他爹和他哥、他姐在关外走散了，他爹一天夜里偷偷地跑回来，和瞎眼奶奶哭成一团惊醒了他，他才豆豆漏漏地听出了点眉目。原来，他爹不仅怀疑他娘和别人种过孽种了，还怀疑他哥和他姐，也干出了那般畜生的事……

又是一团游云飘浮过来，把十三的旺月，大白洋一样光亮亮的旺月，涂抹得花里胡哨的，像只灰母鸡刚下完蛋的腚了。或许是歇过了乏，也或许是乏过了眼，总之是幻觉疲劳吧，他感到身后的那块石头顶得他腰酸背痛。他一蹬腿站了起来，他回首望了望身后的那座庄子，仿佛坟茔子般寂静的，粪堆般毛毛糙糙的庄子，抱着决绝的心态想，我再也不回这王八庄了，再也不稀罕这块王八土、王八地了……他背起大麻袋，甩开大步上了路。

紧跟着，在他身后不远的地方，一个诡秘的人影也跳了出来，继续尾追不舍——那个像移动雷达般跟踪着韩满田的人，正是工作队的小宋。

昨晚，林队长在听取了彭梅的汇报后，就意识到，韩满田这个“十五的惯盗”，恐怕要“生事”，要出逃，于是将计就计，当即安排下小宋的跟踪计划。

## — 10 —

一进入金秋，长白山里的伐木工们，就像庄稼人一样进入了“农忙”期，且一猛子扎下去，要忙到冬去春来才能歇口气。他们要在这个期间，完成一年的伐木任务，而且还要把砍伐下来的树木，用马车、雪橇或爬犁运出山，做好发往全国各地去的准备。

已经在三弯林场当上了工人的韩满山，几乎每天都在老师傅的带领下，和伐木组里其他的弟兄们一起，翻梁越岭，跨谷过沟，进到密密幽幽的大山林里去。他们要用磨砺得熊掌般厚实的大手，石头疙瘩般坚实的肌肉，无数次地拉扯着大锯，挥舞着斧头，然后嘶喊出冲上云霄般的号子：顺山倒喽，倒喽……喽……喽……地，让一棵棵的大树不论是白桦、山槐，还是红松、云杉，随着轰隆隆的一串巨响，像战士血卧疆场一样，勇敢而无畏地倒下去。其悲壮的场面可谓是惊天地，泣鬼神，远比狩猎捕获、杀猪宰羊还要刺激。

秋凉的一天，韩满山终于用自己不懈的努力，换来了他渴望已久的双喜临门：

一是当上了伐木队的小组长，由临时工转成了正式工，捧上了铁饭碗；二是和妹妹——来到林场后，就隐名埋姓为崔淑红的满红，补领到一张民政部门颁发的结婚证。

那天晚上，皓月当空，山林寂静。在林场一间只有十来平米大的宿舍里，满红与哥哥盘腿坐在土炕上，逞着强，对饮了半碗高粱酒。随后她破笑为啼，终于挤出了一串哀婉悲凉的哭声，浑如老鼠被耗夹子夹住了般的凄厉……

“妹儿，不哭了、不哭了哦，咱睡吧。不管怎么说，也得把这日子撑下去啊，何况眼瞅着，眼瞅着它不是要红火起来吗？”

满山把已经哭得伏倒在炕桌上的妹妹抱过来，紧紧搂在怀里。满山一边在她小饭盆般隆起的肚皮上揉搓着，一边囔囔呢语。

“哥……”

“不说嘞，不说嘞。”

“可是、可是俺一闭上眼，就看到了咱娘，咱娘又在配三公毒……还有咱爹，爹像个蓝脸无常，要抓俺祭祖去……”

“妹儿啊，哥不是跟你说过一百遍、一千遍、一万遍了吗？娘配三公交尾毒，要采集男人的精血，是为了配药，是为了治病救人啊！老话说，救人一命，胜造七级浮屠嘛！还有咱爹，你说爹大，还是爷爷大？你说，你说啊，爷爷大呗！爷爷在咽气前，跟咱奶唠叨的那一筐箩话，俺可是一个土渣子、风渣子都没漏的，连筐箩都一起塞进耳朵里了！爷爷说，无论是从天时、地界、人相上看，你都像那个八路伤兵的后代——咱娘当年不是救治过几个路倒儿和伤兵吗？听说那里面有个八路，还是个参谋哪。你不是也听说过吗？那年，八路参谋负了伤，身上还发了羊毛大疔，咱娘把他捡回来，和几个要死的‘路倒儿’一起，都藏在龟儿坡下的石洞里了吗。娘每天都给他们熬药治病的，折腾了整整有小半年哪……后来，娘就有了你。听说那时节，娘刚死了咱大爹，还没跟咱爹一起过哩！俺呢，你也知道，是前妈生的，要是爷爷的话有准，没闹错，咱俩的血缘根本就不犯戒！现在咱们出了庄，混出个人模狗样来了，也拜堂成亲了，按理说，咱跟那些青梅竹马的没啥区别，没啥不一样，你怎的就总是想不开呢？”

“可是，俺、俺总觉得……所有的眼睛都在戳着俺呢，俺、俺毕竟不干净了呀……”满红抽抽搭搭的说。

“你瞅瞅，瞅瞅，又来了不是？你是不是要哥拿着刀子，漫山遍野的去找那帮土匪，把他们都阉了才解气啊？可是哥要是杀了人，再被个枪子儿给崩了，那以后谁来照顾你，谁来养活你肚子里的娃啊？现在，多亏了好心人帮忙收留了咱，把咱办成工人，你也成了咱工人的媳妇，咱们每个月都能板上钉钉地领到工资，不再用谷子换煤油，用豆子换酱油了，咱可不能不知好歹，再去跟那帮老林子里的土匪打仇家了，那不是自毁前程吗？”

“俺不让你打仇家！俺不能没哥呀，俺只恨俺自己，当时怎的就没一默眼跳下崖去哩！那崖沟不见底的，跳下去了，不就全解放了吗？”

“又说傻话，又说傻话。来，让哥好好抱抱……”

“唉——爷爷说的要是真有准，那可就好喽……可谁会信哪？”

满红何尝不希望爷爷说的这一切，都是真的呢？

“谁信？那帮狗娘养的信不信，没啥用！哥信！哥信总有一天会水落石出的！你没听娘说过吗？说她当年用三公毒救治过的那个参谋，解放后在长白山这边当了大官，还捎信问候过咱娘哪！那人兴许就是爷爷说的八路参谋、你的亲爹……”

“你总是编出这套话来哄俺，你越是这么说，俺心里就越是闹得慌，就像被窝马蜂追着似的，不知往哪儿藏了。”

“妹啊，你就是死心眼。你看这世界，啥事不是人编出来的？而且编故事的那些家伙，哪个心眼儿正？就说咱庄吧，糟蹋咱家的那些话，你还不知道吗？有几句是真的？可是越是不真不假的，越是有人信，人他娘的就是这样的贱！就是喜欢弄鬼弄神的，喜欢悬悬乎乎地找乐子！俗话说，吐沫星子能淹死人，能泡死鬼，那些阴损没屁眼儿的话，被人真真假假、假假真真地一揉巴，然后再被陈支书那个土皇上一总结，就成圣旨了！俺日他娘的……不过啊，俺寻思着，咱爹为啥跟陈支书有过节呢？恐怕就是从咱娘，救了你亲爹那时候开始的。咱爹要是心里没这个扣，能一赌气带咱们出来吗？出来了，能一猛子扎到这边来吗？爹，不也是想把这些事弄清楚，搞明白吗？爹话里话外的，狷了这个劁了那个的，恐怕早就有了出来闯荡闯荡，顺便搂草打兔子的意思。留得青山在，不怕没柴烧，上了五台山，总能找到庙嘛，你品品看，是不是这个理儿……”

哥哥说的在理儿！

满红想起了那年，也是在这样一个风清月朗的晚上。她和哥哥，两个青春躁动得浑身冒火、一触即燃的胴体，不是须臾之间就爆燃起来了吗？他们当时的热烈啊，大有甘愿焚化成草灰，幻化成情鬼，膨化成烟云，退化成猪狗也要也要也要的壮哉、烈哉、悲哉、泣哉！……后来他们俩就再也收不住了。有一天，爹起夜，发现了他俩的秘密。爹本能的反应，就是操起砸草刀，冲她满红的头上砍了下去；哥更是反应的本能，举起料槽，就搪在了她头上。要不是哥比爹麻利快，那砍下来的后果将不堪设想，她肯定找娘去了！接着刀被震落下来，就、就落在爹的左腿上，从胯腰以下，直至膝盖，切开了足有三寸深的一条长口子……她茫然之中，慌乱地撕碎了小肚兜，要给爹包扎上。再后，弟弟也被吵醒了，爹在弟弟还没赶来之前，长吁了一口气后，表情复杂地对她说，快，快让你哥跑吧……

“哥，你说，咱爹是不是早就察觉到了啥呢？”

“哼，妹儿你说呢？不是吗？不光爹，还有奶奶，不光是察觉，还有默契呢。妹儿你别忘了，原来，俺是睡炕头挨着弟弟的，然后是爹、娘、奶奶的顺序，炕里头才是你。娘没了后，奶奶有一天说她起夜不方便，就带着你睡起了炕头。俺那回睡着睡着地抱住了一只脚，开始还以为是奶奶的，可一细摸，不对啊，滑溜溜的，细酥酥的，香喷喷的，还有个小六趾儿哪——哥知道是心肝儿你的，哥不就悄悄地，悄悄地……”

满山说着说着，又悄悄乎、绵绵乎的，把手伸向了妹妹的小六趾儿。

也是啊，穷人家的孩子从小就光腚露眼的，啥样丢人现眼的事没经历过？公牲口顶槽，母牲口抛臊，人不也是一个鸟鸟样？来了劲儿了，不发个飙出去，哪儿挺得过去啊！

满红又想起了他们那次突破兄妹之情的启蒙爱。哥哥死死地抱着自己的脚，又舔又啃的，害得她一声也不敢吭……而奶奶呢，眼瞎——那天半夜里竟起来，到料棚子里切草去了。

无疑，她有时也抱怨过，自己和哥哥今天的处境，都是爱走偏锋所造成的结果。而且每每都是她，先是使出了母爱套路中最纯洁的妹妹之爱，理解和同情了思春期的哥哥；接着在激活了哥哥古僻而又原始的本能后，又用上母爱之中最衷情的妻妾之爱，怂恿和包容了躁动期的哥哥……其实她才是“罪孽深重”的，是她让哥哥一鼓作气，在混沌的爱欲和情欲之间，冲破了那层薄薄的屏障，堕入了畸爱之中……等到她和哥哥的私情被爹发现后，她已经无法摆脱母爱中最偏执、最浪情的那种淫爱了，只能像荡妇那样的配合哥哥了，于是在闯关东的路上，在遇到土匪劫财、劫色的节骨眼上，她只好为救哥哥和爹爹忍辱负重，佯装着愿意跟土匪走，愿意去当压寨夫人了……她认命了，她只能逆来顺受地等待了，等着哥哥来救自己。等到哥哥救下她之后，又只好撇下爹爹，和哥哥以夫妻相称地另取前程了……

“自从弟弟惹了事，退了学，爷爷和娘没了，庄里人翻肠子嚼舌头，愣说咱家有血光之灾，只有反亲、反逆才能克解，奶奶就常在忧虑之中，冷不丁丁的对俺说——山儿，你可千万别想媳妇想憋屈喽。咱家虽然没钱，不知牛年马月能给你娶上个，可是奶奶会变，哪天奶奶高兴了，从草垛里一揪，就给你揪出个媳妇来，比红妮儿长得还俊呢，也是核桃眼，红枣嘴儿，带酒窝的……”

满山还依然陶醉在爱的涛光浪影中。

“呵呵，没说，还有像红妮儿一样的大饽儿头呢？”

满红酸涩涩、苦溜溜地顺着哥哥的情绪说。

“说啦说啦。爹和弟弟，还有俺，都没有你这样的大饽儿头……要不哥说你是八路参谋的后代呢！哥这辈子都不会离开这个大饽儿头的，就是下辈子变成癞蛤蟆，也要在你的饽儿头底下叫！”

满红开始破涕为笑了。她仿佛照着镜子般地陶醉在奶奶的描绘中：核桃眼，红枣嘴儿，小酒窝，还有个大饽儿头……然而紧接着，那口酸辣苦涩的笑，只笑出了一嗓子，就哇——地一声，变成了一串无所顾忌的嚎哭……

## —11—

按照林队长的部署，跟踪着韩满田出了庄的小宋，终于在第五天的头上返回了队部。果然不假，韩满田还是个扒车、逃票的里手。从县城出发，到达关外的沟帮子，要历经山东的鲁西北，还有河南、河北两省，以及辽宁的大半个西部，行程数千里。这让尾随其后，只能亦步亦趋的小宋吃尽了苦头，有好几次险些被当做盲流抓起来。据小宋说，韩家父子在沟帮子接上头，抱臂痛哭了一晌，冲着南边磕了几个响头后，韩永旺就一个人先走了。之后，韩满田则在当地租了间草房住下来，还找来一副掏粪的马桶，给镇上人家掏起了茅厕……韩满田冒着杀头之罪，夜撬大队部，偷走外调信，按照彩凤的说法，不就是要跟他爹合流，然后去林场“惩治”韩满山吗？怎么跑到关外掏起了茅厕？林队长听后很是不解，一时还真摸不清他们葫芦里卖的是什么药？他丝毫不敢怠慢，马上跑去公社，用社里的电话向尹团长做了详尽的汇报……

## —12—

尹团长——尹长松坐在办公室里的靠椅上，从早上七点起，就开始审阅文件了。这是他解放后，从副师级军干转业到地方以来，至今仍保持着的勤政作风。

他靠进椅背里，点了支香烟，刚想借着烟氲闭目养神片刻，桌上的电话响了起来。他抓起话筒一听，是韩丘庄的林队长打来的，心头不禁一震。随着林队长在电话中的殷殷陈述，有关韩丘庄党支部书记陈天平，与庄民韩永旺家的历史恩怨，以及韩永旺的媳妇姜水英和三个孩子的命运，都巧拙地钩沉起他的往事伤怀，让他心悸如鼓，坐如针毡，在隐痛和焦虑中煎熬难耐……

电话里的芒音响了许久，他才从嗡嗡嗡的麻木状态中苏缓过来。而当他的情绪一旦苏缓过来，他肯定，又会像战场上绝处逢生的勇士一样，不仅要重新站立起来，而且还要再次威猛地追杀出去!

他简洁地安排了一下手头上的工作，一吃过午饭，就叫上司机老刘，跳上专区党委配备给他的小吉普，一猛子朝浍水河下游的韩丘庄扎去。

秋云高爽，天际扶摇。他心绪万千地坐在车上，脑海里时而波澜万丈，时而暗流汹涌。随着小车一路颠簸扬起的滚滚风尘，他也不知不觉地，又沉浸入往事的追忆中。尽管萧墙全是灭绝人性的日本鬼子惹起的，热血男儿本无罪，但是，他还是无法摆脱政治与人性、哲学与道德之间交错盘结的桎梏，理论不清男儿的凌云壮志，与乡土柔情之间的那些藕断丝连。

## —13—

他是山东沂水人。“九·一八事变”那年还不满18岁，就参加了东北抗日联军。后来，那支部队辗转着编入了八路军的115师，他也当上了师部的作战参谋。

二十多年前的一个暑夏。当时师部开进沂蒙山区，正与大部队之间进行着一次战略性的转移，师部机关仅剩下了上百号人留守。不巧就在此期间，竟与日军一个师团的清剿部队遭遇上了。于是他们这百十来号人，在罗荣桓政委的指挥下，跟鬼子展开了一场极度危险的捉迷藏战。他的眼前，至今还挥之不去当年的情境

——罗政委临危不惧，坐挫不颠，铿锵凛然地对大家说：同志们，我们就是要在这里，在这五岳之首的泰山脚下，给小鬼子们上一堂孙子兵法的课！发扬我师能打遭遇战，也能打机动灵活的转移战的优良作风，来它个声东击西，金蝉脱壳！同志们，让我们奋力突围，以一当十、当百，让我们化作天兵天将、神兵神将，冲出去，与大部队会合！

后来在突围中，他的小腹上挨了一枪；右边的半个身子，包括头上、肩上、脚上，也被瓜雷和炮弹皮削去了十几块肉。他知道自己不行了，没有战斗力了，甚至连站都站不起来了。他怕连累了师部，只好一闭眼喊了声，罗政委，同志们，永别了，就滚下了几十米深的山涧……

那天夜里，弯月斜空而挂，像个朦胧的大问号。大问号眼巴巴地瞧着一群蝗虫类的皇军，擎着火把，发射着照明弹，明火执仗地搜山。皇虫所到之处，还不时传来伤残掉队的八路军战士的绝骂声：俺日你八辈祖宗，俺日你娘……和着山沟里的阴风回荡在一起，啸哮嘶鸣在一起，鼓翕着战场上滞留下来的血腥杀气，也鼓翕着他的游丝残魂。渐渐地，渐渐地，他从死亡的恐惧中苏醒。

一只草狐虚头巴脑地向他靠来，被他圆瞪着的双眼给恫吓跑了；一只小豹子般大的山狸子，匍匐着向他逼来，也被他的左猴拳给打跑了。他知道这里夜长梦多，梦多夜更长。待到他的体力耗尽了，或者是睡过去了，就该暴尸山谷，风化在这荒山野岭之中，永无入土为安的念想了……他这么一想，左边的半个身子浑然战栗，他居然战栗着还撑起了身子，顺势来个陡转式的翻滚，竟把自己抛出了一米多远！哇，我、我还行。这样一来，他又重新燃起生的奢望，于是开始就这么撑着、翻啊、滚啊的，居然在启明星落下了钦佩的眼泪的时候，滚出了山涧的底部，滚到了一条通往山林幽处的野径旁。可巧的是，就在那条野径一旁的草丛后面，他意外地发现了一付猎人下的铁套，套子上正挣扎着一只刚被套住的土獾……

接下来的事情，他恐怕永远都不想再用人类的语言去表述了，那是他永生难忘的七天六夜，名副其实的原始人的七天六夜。他冥冥地等待着猎人的到来，渴了嘬一口，饿了撕一口，像其他的灵长类一样，用犀利的门牙，撕开土獾的毛皮，拚掉了那只犬齿类……

到了第七天的头上，猎人像个幽灵般地出现了，辩认出他的身份。然后他沂水的弟弟就被猎人带来了。然而此刻的他，已然衰败到了极点，伤口上出现了片片烂泥状的腐肉，整个身形肿胀成河马一般。猎人根据经验，告诉他弟弟说，长官除了一身硬伤烂肉，败血碎骨之外，还染上了羊毛大疔。长官的身体内，起码有几十条毛虫般大小的疔蛹在蠕爬。它们最喜欢爬进血管里游泳，钻入骨髓里吮吸，蹿到脑浆子里去搅弄了，毒疾已入膏肓了。这时，在他弟弟尹长柏的心目里，也就只剩下唯一的一个念想了——那就是无论如何，也要把哥哥弄到几百里外的韩丘庄去，去交给从小鼓捣过“三公毒”的姜水英去治治看。他弟弟信任她，她先是他弟弟的青梅，后来才是人家的婆娘；他弟弟也先是她的竹马，后来难违家命，才做了现在婆娘的汉子。谁想到，现在的婆娘好也是好，娇也是娇，就是怎么种也不长苗，看笑话的庄民们都说，他弟媳的零件只能当尿壶用……

他什么都可以回忆起来，就是他是如何被弟弟和好心的猎人，抬到韩丘庄去的过程回忆不起来。他只记得，在那个断档的空间里，冥冥恍恍，恍恍冥冥，他平生第一次看到了光的真面目。那么光，变幻万千的精灵物，到底是个什么样子呢？他至今都清晰若然——那乃是由无数个相互粘连、相互组合，又相互簇拥在一起的白点与白线组成的线条……他弟弟说，他上路后，一直处于昏死着的状态。抬人的人，疾步如飞，大汗淋漓，脱得只剩条兜裆的小裤衩；被抬的人，浑身上下却还要额外的盖上一床“大被子”——也就是一层打也打不走，撵也撵不跑，骂也骂不去的肥头大耳的大苍蝇！它们就像一群爬在蜂房里的工蜂，熙熙攘攘地跌挤着，疯叫着。只不过，它们不是在给人类酿蜜，而是在人类的身体内辛勤地下崽。于是他身体内的疔蛹和蝇蛹，又转瞬间变成了那无数个、无数根的白点与白线，白驹过隙一般，最终把他化成了一道渐羸渐弱的虚拟线……

他眼前的那些无数个点和线的连接，终于有一天又变了。这次它们闪烁之间，缓缓地，幽幽地，瑟瑟地，向一起堆砌、沉积，然后陡然间一气呵成，竟然沉淀出了娘的形态——噢？娘，娘？娘不是因为“抗日英雄之母”的桂冠，被伪保长告密，让日本人的大狼狗给掏了肠子咬死了吗？娘是坚贞不屈的，赶上梁山泊好汉了，至死也没低头，没求饶。娘是懂礼俗的人，一句婢养的，日你祖宗八代的野骂都没上口，只是反复地叨念着两句话：有种的找俺儿子去！跟俺儿子撕博撕博看！……儿啊，你们可别忘了给娘报仇啊……

小的时候，还在家里耪地鉴苗的时候，他就以忘性大而出名。松儿，帮娘把秫秸抱过来……帮娘去挑桶水……只要他手里拿着本书，不管是《小五义》也好，还是《奇门遁甲》也罢，他都会喃喃地答应着，而后一转身，就会把娘的吩咐忘得一干二净。如今，他多么想回到那个年代，偎依在娘的身旁，像愚公挖山不止一样的给娘抱抱秫秸，挑挑水啊……

“英子，英子，你看你看啊，我哥醒了……哥，哥，你、你好歹算是醒了啊，有救喽，有救喽！”

“嗷——疼死俺了……”

“看，你压着他了！长柏哥，你怎的总是毛手毛脚的啊！”

喊声连连响起之后，他才终于又看到了人形。而这次看出的则是弟弟那副酱紫色的脸，和捧着一碗水的瑟瑟抖动着的手；随之，应该是自己哪儿被谁碰痛了的一个激灵叫。接着称弟弟为长柏哥的，看着不是娘又像娘的那位，被弟弟喊做英子的那位，一定是当年巫鸡婆的女儿姜水英喽！他离家参加抗联那年，英子还是个小疯妮儿呢！庄南头有个大水塘，庄里的孩子们动不动的就跳下去戏水、轰野鸭子玩。英子总是当着他们这群长着小鸡儿的男孩子面，脱得光溜溜的一挂不剩，扑通一声跳下去，不知深浅……

“哥——哥，你看呀，”弟弟放下手中的水碗，顺手抓起英子的一只手臂，像撸自己胳膊那样，将她的花袄袖撸了上去。于是从中露出了一大截肿胀黑紫的皮肤。只听弟弟接着又说，“可委屈咱英子妹了，为了给你配药，英子用的是蝮蛇交尾时吐出的毒汁哩！为了挑逗它们交尾，看，哥你看呀，她被蛇给咬了，都咬成这样了……”

英子也毫不介意地裸露着她的手臂，根本没有缩回去的意思。她和弟弟好像由此而憧想起什么似的，好像找回了他们曾经眷恋过的什么东西似的，让它们蜂拥而来，而后又平静地搬开各自痛处的道岔，让它们又像火车一样的分头驶去……

第二天，英子似乎很有计划的，又从外面背回来两个奄奄一息的人。一个是乞丐，路倒儿，另一个则是汪精卫清乡团的伤病逃兵。英子一家，先是大张旗鼓地对他们这几个伤兵、路倒儿救护了几天后，才悄么声地将他们和他，一起转移到庄外龟儿坡的干河套下，然后分别找到几个石洞安置下来。以后，英子就每天都来给他们送吃的，熬药了，照料他们。

弟弟没过几天就走了，参加了115师2旅。临走前，英子和他大吵了一架。

“你死球去吧你！没良心的东西……”

“俺要是再不顶上去，像俺哥那样的去打鬼子，你们娘们家家的，都得让小鬼子们给日喽！然后再给�喽，扯出肠子喂狼狗，谁也活不成，永远没太平！”

“你算个啥，算个啥？真像个有种的哩！你要是真有种，把他们小日本的都劁了啊，睡他们娘们去啊！省得守着一个日、日、日的不开花……”

“你再骂，再骂！俺日完他们小日本，再回过头收拾你，你信不信！”

“俺信，俺信你啥？俺信你是水曲柳的门闩——谁知顶得住，顶不住！”

那才算得上是一场好汉和好娘们之间的犟战，愣是把家仇、民族恨、儿女柔情都犟在了一起，连老天爷都被他们给犟出了一大泡尿，撒下一天豪雨，两个人竟在石洞外的雨地里，犟犟犟地比起了谁更犟，就那么脸对脸犟了一整夜……

没过个把月，他的伤势也像斯大林格勒保卫战那样，开始全面转入反攻期了，但是就在这时，一个噩耗传来，晴天霹雳，竟把他和英子都霹进了痛苦的万丈深渊——弟弟长柏在一次反扫荡战役中，壮烈牺牲！

## —14—

尹团长的吉普车，颠簸了近两个小时，才顺着妮儿河的干河套，来到了距离韩丘庄外不远的龟儿坡前。

“哎，老刘啊，你看，前面那块大石头……”

“喔，尹团长，那恐怕就是龟儿坡上的王八石了，咱们这就快到了。”

“是啊，龟儿坡的王八石……老刘啊，你停会儿车，卷袋烟。俺去浇泡尿，活动活动腰腿的再走。”

难得的旧地重游，就是因为政治运动太多了没机会游。而这次，又因四清运动来得猛，来得快，又难得糊涂地来了一游。他让司机老刘把车停在道旁，然后撇腿就合着负过伤的腰力，跨下车门，走进了鹅卵石铺底的干河套。

他又想起来了。在龟儿坡石洞养伤的日子里，那年似乎有闰，闰得没进大冬月前就飘起了一天漫雪。那天，实在是太幸运了，大雪竟将藏匿着他的洞口覆盖了……

“你是，八路地——八嘎牙路地干活计？撒谎了，死拉死拉的有！”

“唉呀呀，大太君，爷、我的爷啊，别打啦，俺可没胆儿当八路，俺只是个要饭的啊……”

几个伪军和两个鬼子兵，在时任连保组组长陈天平的带领下，闻讯搜捕而来。他们将一个病病歪歪的路倒儿拽出了石洞，一通噼里啪啦的活动筋骨，打得那个家伙跪地告饶。

“八路在、在那边的洞里哪，还是个官哩……”

那个路倒儿终于承受不住皮靴和枪托子的惠顾，彻底当了叛徒。紧接着鬼子兵哗啦啦地拉开枪栓，跑到另一个石洞前，唔哩哇啦的一通怪吼之后，把洞里的“八路官”也拽了出来，一看，那位“八路官”已经是一副咽了气的皮囊，嘴唇黑紫，面部狰狞，但余温尚存。

自从鬼子进了庄，搞起“编组保甲”、“清乡肃正”的法西斯统治，姜水英就将他的八路军服，套在了那个伪军逃兵身上。本来他的存在，他弟弟和她，就没有暴露给那个路倒儿和逃兵，因此，那个路倒儿只能将穿着八路军服的假八路，信誓旦旦地指给了鬼子兵……还有那天，她恐怕是事先得到了鬼子要来搜捕的消息，于是就将一勺还没稀释的蛇毒，喂给了“八路”喝……

又过了些日子，他的伤势就算替弟弟养好了，他估摸着可以返回大部队了。他真的说不清楚是为了什么，是为了天，为了地，为了死去的弟弟，还是为了她的药捻子……或许，还有另一层的为了——为了神秘而不可言传的为了，为了自有人类以来，不管是大恨还是大爱，最后都要以阴阳和谐，然后还要发泄得死去活来的那种莫名其妙的为了，总之是为了还有的明天，冥冥之中的某一个明天，他挺起她给他擦亮了的“枪”，在她身体里走了“火”……

他走了。他知道在这茫茫的人海里，从此以后除非他来找英子，而英子是很难再找到他了。他曾有过预感而闪念过，他那一枪，是否会打中靶子，但是，就像在他的生命天河中，闪过的流星太多了一样，闪过了，也就忘却了。伟岸男人就是播种世界的嘛……

英子是个好女人。但是对于播种世界的伟岸男人来说，好女人，也不过是块用来繁衍后代的土地——仅此而已。

于是他这一走，就是二十多年。这波澜壮阔，为党、为国尽职尽忠的二十年，正是他从准团级，跨入旅、师、局，而累力升迁的三大战役过程。这个过程熬殄了他的全部心机。除了在长白山的图们地区任职期间，曾委托鲁西地区的一位干部，寻探过一次英子的情况外，后来调到黑龙江的齐齐哈尔，离得更远了，也就更少有机会打探了。直到最近被组织上调回山东，才有了今天插手鲁西地区四清运动的机会……

没错，就是这儿啊，怎么当年的那个石洞找不到了呢？那可是他残留的一丝游魂再一次吸附了天与地，以及她和她的“三公毒”的精华，又嬗变为一条好汉的再生之洞啊！那天，肯定就是为了冥冥之中的今天吧，他才宁愿用一个八路参谋的英武之躯，去貔勇一刻儿女私情的欢颜啊！他前后左右地找了又找，上天入地的想了又想，几乎把二十多年前的一景一幕，都当作英子喂给他的药汁反刍出来，也没能找到那个石洞。

他哪里知道他当年藏身的那个石洞，在他走后不久，就被韩永旺一包炸药给炸平了——因为，英子找个借口就去那里想心事……

临近晚晌的时候，尹团长的小吉普才驶进了韩丘庄，停在四清工作队的驻地前。

## —15—

尹团长的光辉，无异于钦差大臣般的光辉；尹团长的出现，无异于天兵天将般的出现。在尹长松的亲自督战下，韩丘庄的四清运动几天内就取得了突破性的进展：陈天平，被落实了“三大罪状”，扣上了漏网的“日伪汉奸、反革命修正主义分子”的帽子，押赴公社接受隔离审查；韩满田，也被“名副其实”地整理出“惯盗犯”的材料，上报了专署公安厅，准备缉拿归案。而彩凤娘和大瓜周嫂呢，一个因长期宣扬“封建迷信思想”，一个因包庇“惯盗份子”、搞“破鞋”，也被双双办了“教育班”。

彩凤怎么也没想到，仅仅与彭梅“拉钩、许愿，一百年、不许变！”之后的一个星期，自己就从庄主千金的宝座上摔了下来。并且这一摔，亦摔成了一滩人见人躲，人见人捂鼻子的臭烘烘的狗屎。她羞辱极了，她恨死了彭梅，恨死了工作队！

她知道事到如今，光是怨恨，光是哀哭，是无济于事的，既不能把爹哭救出来，也不能把韩满田哭唤回来，更不能哭止住庄民们对她爹和娘的批斗。好在庄里人都是抬头不见低头见的，且多少都有了应付运动的经验，他们在她爹没被正式批捕前，还会猫哭耗子一番，还会“假惺惺”地劝慰劝慰她。

因此，她也学会了耗子戏猫的两面派，学会了用自己已然没有了尊严的那一面，简直就像脱了裤子露着腚的那一面，去应对他们。于是在给了民兵连长范大福一点肉麻的暗示后，她终于获得了去公社探视爹的机会。

那天早上，她是一步一回头，一步一苍凉地走出的庄。庄头庄尾浓雾弥漫，路上也是灰茫茫的一片。她气神不定，提魂吊胆。她的心，已然碎成了三半：留在娘身边的那三分之一，还在庄里受着煎熬；飞向公社看望爹的那三分之一，也依然挣扎在痛苦的深渊里；而飞向满田的那三分之一呢，则像个孤魂野鬼跌荡在前途未卜的幽谷中，让她哀怨不已，委屈之极……

总算见到了爹。仿佛一夜之间，如伍子胥般瘁老了的爹。她从爹的颓伤和悲鸣中，知道了事态的严重性。原来尹团长，就是当年满田娘救活了的那个八路参谋。如果不是尹团长这次亲下基层，作为健在的活证，作为一个突破口，启发了庄民们的惯性思维，引导大家于历史的点滴可疑中发现蛛丝马迹，恐怕爹的“三大罪状”，决不会以一恶遮百善的雷霆之力，被一边倒地认定了。吐沫星子的确能泡死人，淹死鬼。运动来了，怪不得庄民们人人自危，生怕虚位以待的那几个千夫所指的靶子落到自己头上；怪不得人人都像孩子家玩丢手绢游戏似的，津津乐道且心惊肉跳地急于做的，就是赶快把手绢丢到别人的腚沟后边。

是啊，爹实在像个两头受气的老鼠，挤在风箱里遭磨难。爹若是强调，当年带着鬼子兵去搜捕八路伤员的行为，纯属无奈之中、仓促之下想出的调包之计，是事前与满田娘合谋好了的，实则是去救八路的，那么在今天看来，就有编造之嫌了，谁还能取得死人的证言呢！何况若是与满田娘的“合谋”成立，由此也就必然导证出另一个结论——去承担串通、合谋毒死了“伪军伤兵”的结论——谁又能证明那个“伤兵”的绝对身份呢？反之，若是想逃避掉与满田娘合谋的责任，那岂不等于自己挖坑自己跳，岂不等于承认了爹就是一个念想的要去抓八路吗？那不成了正儿八经的、货真价实的日本鬼子的汉奸走狗了吗！

那天，爹被庄里的民兵抓起来，接受第一次审讯时，正是“调包之计”的一席谈，激怒了民兵连长范大福。范大福瞥了一眼尹团长的脸色，拍着桌子怒斥道：你哄彪子哪！当年小腊月下的那场鹅毛大雪，也是你“调包”调出来的吗？你霸乡霸土霸女人，你还能霸到老天爷头上吗？你还管得了它拉屎撒尿放屁啦？没有那场大雪，藏匿尹参谋的洞口没有被覆盖住，鬼子兵发现了真八路，验了身上的伤，那将导致怎样的后果啊？不堪设想，不堪设想啊！纵观一下中国人民伟大的抗日战争史，从二小放牛郎到生得伟大、死的光荣的胡兰子妹，哪个是用如此幼稚的手段去“调包”抗日的啊？

听说，爹无言以对。面对革命左派的“辩证唯物法”只能无言以对！他能以牙还牙地说，纵观一下中国人民伟大的抗日战争史，那就纵观一下，再横观一下吧，哪里会有一个八路战士，一个共产党员，在老百姓即将遭受屠虐的关键时刻，不舍生忘死地挺身站出来，不去拯救老百姓于危难之中啊？哪里有让老百姓去杀身取义的道理啊？！

爹肯定不屑于与范大福之流的这帮为虎作伥者理论。庄里人不是戏谑地说，爹像个蛋儿已经瘪了，扎煞着的鬣毛已经秃了，轰天牙也已经折了的老狮子吗？总之，已经失去了所有的天时、地利、人和之优势……

还有，说到爹的“三大罪状”，其中“霸女人”的内容最多哩。这一点，不光别人说，就连她这个当女儿的，何尝不以为耻，何尝不知一二四五六哪？远的不说，现在和妇女主任的已经公开的不能再公开的不说，没边没沿儿不靠谱的不说，就说她曾经的情敌大瓜吧。大瓜的爷们原是解放军的一个排长，也是她娘家的一个老舅，新婚没俩月，就抗美援朝去了，没想到被美国飞机炸去了一条腿。拿庄里人的话说，从此大瓜爷们的那个戆牛牛就变成了窝牛牛，再也硬不起来不顶用了，后来还染上了大叶肺炎，瘦得麻杆一般，死的时候还没个小鸡子重哩！明摆着，云儿是谁的？爹总跟娘打马虎眼地说，没准儿是满田的。可是云儿出生那年，满田毛儿还没长齐哪……在大瓜当年最寂寞、最需要安慰的日子里，爹不出头谁出头！轮得上他满田吗？

唉，爹呀爹，你还是胸无大志，不知道检点着自己。要是把心思都投到革命上去，当上县长以上的大官，那范大福之流的还敢落井下石吗？那大瓜、小瓜之类的，还用你挖空心思的去撩、去泡吗？

虎落平阳，狮陷泥塘，虽身不由己，却也傲骨铮铮！她在探视爹的过程中，每每辛酸欲落的眼泪，都让爹的坚强和鼓励所搪了回去，同时也启发了她下一步如何去行动的准绳。她依依不舍地离开了爹，而后并没有回庄，而是记起满田说给她的“十五的秘密”。她决定要去考实满田家的“秘密”，她义无反顾地出走了，走出了浑如一堆白骨精残骸的妮儿河……

## —16—

几天前的林队长，还在为“阶级斗争的主线没有浮出水面，隐藏着的、新生的修正主义分子的甄别工作，也依然无头无绪”而焦虑。而现在，随着庄民们对陈天平的进一步揭发，韩丘庄的四清运动俨然醍醐灌顶，坝水泄闸，奔腾出席卷淤泥浊水之能事，下一步，只要穷追猛打落水狗就行了。然而不知为什么，他总是感到此仗打得不光明磊落，不以理服人。不敢说有敌我阵线混淆不清之嫌，也不敢说有草菅人命之嫌，但是起码有将“好汉”逼上梁山之举。

在尹团长决定返回总部的那天中午，彭梅刚从妇女主任家吃完派饭，就突发了胃绞痛。她浑身冒冷汗，她红润润的小脸蛋，说话间就绞成了一朵瘦棉桃。林队长心疼之极，赶快请尹团长带上她，直奔了地区的专署医院。

这边尹团长的小吉普刚走，四轮卷起的尘埃还未落定，那边公社又通报来一则坏消息，震惊得林队长哑然失色：前天夜里有人将一包土炸药，扔进了三弯林场韩满山的家中……爆炸后的火焰，还险些引发了一场森林大火……据当地的护林队说，他们曾经抓住过一个慌里慌张企图逃跑的疑犯，并在疑犯身上搜出一封信——正是三弯林场曾发给韩丘庄党支部的那封信！不过后来很遗憾，在用马车将疑犯押往派出所的路上，马车翻车，嫌疑犯又趁机逃掉了……

唉！真该死，是我错了，是我书生气十足，是我革命警惕性不高，是我低估了韩家父子的能量！我怎么就没想到呢，韩家父子在沟帮子接上头，抱臂痛哭，还冲着老家方向磕了几个响头，那不正是他们祈求祖先的庇护，要有所行动，要用“家法”去惩治韩满山的“誓师大会”嘛！林队长叭叭叭地拍打起自己的脑门，陷入了无限的自责中……

## —17—

韩满田也绝没有想到，好不容易从“地狱”般的庄子里逃了出来，一伸腿，又迈进了炼狱般的火坑，而且是杀人——杀自己哥哥、姐姐的火坑！

爹说，正是因为娘摆弄“三公交尾毒”，走火入魔，才导致了大哥和二姐也跟着走火入魔，走进了旁门左道，变成了一对孽祖孽宗、罪亲罪族的畜生！娘虽然遭雷殛而死，一死百了，可是庄里的族人们要是知道大哥睡过二姐，二姐又被山里的土匪糟蹋过，那他们还不把咱家的祖坟扒喽，把他俩全吊死？与其让族人把他俩吊死，还不如歃血祭祖，用家法处置了这两条孽虫！

爹还说，其实他早就发现娘有隐情了，光摆弄“三公毒”也就算了，治病救人嘛，可是，谁让她又琢磨出了个“交尾”的、加入雄物精血做药捻子的偏方呢？真是老鼠的孩子会打洞，巫鸡婆的孩子会采精！打那以后，针对他们家的污言秽语才满天飞的！

是啊，经爹这么一提醒，满田也生愣愣地记起来了：不知是从何时起的，有理由没理由的，只要是夜里子时下雨，娘就会神呆呆、仙兮兮地跑到当院中脱个溜光，任凭天地之净水——也就是子时从天而降的雨水、从井里打上来的井（净）水，浇啊、灌啊、淋啊的冲个痛快……那或许正是娘与天地万物、宇宙无极、大地精灵对话的一种方式？或许正是娘赖以摆脱污言秽语、穷困窘迫、乞求生存权利的一种方式？总之，随后爹也忍无可忍，内心世界也开始风雨大作、狂澜席卷，爹也会像只公狗似地佻吠着，扒去小褂、裤衩光溜溜地冲进雨中，用盖过了日本鬼子般的雄风伟岸，用比庄里的那些污言秽语还寒碜、还下流、还诅咒的俚语村言去宣泄……而最后，也只能黔驴技穷，用那唯一的大恨与大爱对榫的方式，抱着娘滚到一起而结束。

谁让娘出生在巫医世家，从小就摆弄三公毒进而被毒化了呢？谁让娘过门给韩家后，没赶上太平年景，不得不为了全家的生计重操起旧业呢？谁让娘死了第一个汉子，韩家穷得拿不出第二条裤子送她出门改嫁，只好在公公的捏合下，又“嫂嫁叔”地把她塞给了同样没有第二条裤子的爹呢？谁让娘又把“交尾毒”的毒素传给了没钱娶媳妇的大哥、没有嫁妆而又无人来提亲的二姐呢？谁让大哥和二姐淫孽之后，逼得爹也跟着他们落荒而逃，最后四处流浪，连他满田也被连累进去成了名副其实的“惯盗份子”呢？

俺非狷了他不可！这句话已经成了爹的口头禅。看来，爹的理由足矣！充分得像大涝年景倾盆而下的暴雨，像大旱年景铺天盖地旋飞而来的蝗虫，让他无法抵挡和抗拒。在最后的结局没有到来之前，他只能木讷寡言地追随着爹，走上一段宿命论的过程。

他们在沟帮子镇上潜伏下来，用木工锯下的木屑，茅坑石上卡哧下来的尿碱，煤渣石里筛出来的硫磺，配制出土炸药。最后，他和他爹在行动前，还去了土地庙拜了地菩萨，从祖宗那里求得可诛之祭祖的令牌……他原本没有爹那般强烈的宗法观念，而且鄙夷大哥二姐的情绪，也没有升级到爹那般深度。然而当他跟着爹，终于追踪到三弯林场，终于发现大哥的媳妇竟是二姐满红，而且二姐的肚子里已经有了孽种——他娘个屁的，这一对玩倒了人间香火的孽虫，居然还堂堂正正地把原始社会杂交的游戏复制到今天！他的讨伐之心也就倏然膨胀起来，甚至演绎成一股替天行道、为民除害般大义凛然的冲动！在他爹抖抖瑟瑟、战战兢兢地举着炸药包，在眼看着再不松手就要自爆之时，他别无选择地冲了上去，他一把掰开爹的手，顺势将那捆滚烫滚烫的炸药包，扔进了那对猪狗的淫欢之巢……

## — 18 —

菊秋已过，草木哀黄。蜇虫们纷纷入地咸俯，辽河泛滥过的大地上一片苍凉。

亏得彩凤记住了，满田和他爹以往碰头的地点，是在沟帮子北面的一个桥洞子下。也亏得满田和他爹扔完了炸药包，慌不择路的分头逃窜，一个朝北，一个朝南，东躲西藏的历尽磨难后，又都算计着如何返回沟帮子聚首。总之在下一个阴历十五到来的前一天，彩凤抱着万一于万一的侥幸，赶到那座桥洞子下。没想到，苍天不负苦心人，侥幸的概率真的临幸了她，她与前来等待和爹碰头的满田，竟冥冥然、凄凄然地相遇！

那座桥洞子，本来是为了防御洪水泄山，会冲击了桥坝而修筑的，完全处在背山、背水、背烟火的荒野中。如果没有时不时火车轰鸣而来的惊扰，那里肯定落寂得像一座古墓。然而现在，那里却被两个愁楚百感的心灵所满满的占领。

“满田哥你说，范大福这个爬山虎，油串子，这个没良心的东西，他是不是在借刀杀人？还有四清工作队，是不是也在存心整俺爹，让俺爹充当运动的牺牲品？”

彩凤总算见到了亲人，一把鼻涕一把泪地哭诉着。她恨不得将她所恨的所有人，都塞进嘴里嚼个粉碎。在此之前，他们刚刚忘却了世态炎凉所赐给他们的辛酸，疾风暴雨般地放纵了几个来回，总算把渴望得到爱抚、慰藉的躯体，当成了一口过年饭。彩凤依然是那样的掏心掏肺，满田也仍然是那样的亮肝亮胆，那一刻二人天昏地暗般的缱绻缠绵。

“满田哥，你就别再记恨俺爹了，中呗？俺这辈子砣了心给你当媳妇，中呗？俺把俺爹欠你们的，都冒了尖儿的还喽你，还不中呗？就算是父债子还吧……”

彩凤越说得哀婉幽切，两只手臂就越像抻紧了的套马扣儿，牢牢地勒在满田的肋骨前。

“凤儿，只要咱们还能蹦腾着活下去，过去的事，就当它是刮过的风，下过的雨，随它们去吧。再说了，只要你爹不计前嫌，俺还能不叫他爹吗？”

满田说的也绝非是搪塞之言。三弯林场爆炸案，炸懵了世人，但是却炸醒了他自己。其实，自打他情急之中夺过爹手里的炸药包，无奈地扔出去后，随着大音希声而溅起的一片狼藉，人世间一切的情仇情债，冷暖炎凉，都好像浑浑噩噩地在那瞬间分崩离析了。尽管当时他的所作所为，只不过是最本能的、最无可奈何地选择了——如果他不冲上去，不掰开爹的手，不夺过炸药包来，不去替天行道，命运降临给他的，就必然是替天殉道，被炸死的无疑将是他爹和他自己。因此，他不得不庆幸，庆幸自己是在充分地体验了一次生与死擦肩而过的过程中，在替天行道与替天殉道的选择中，才有所超脱的。否则的话，仇和恨聚象聚形，形影相叠，那桎梏给他的，必将是永生生不如死的魔梦……还有，至少到目前为止，他还没有被这个过程的最终结果所击倒，就像一只大难未死的牡鹿，满身泥泞地从沼泽地里爬上了岸。

现在，满身泥泞的牡鹿又与它的牝鹿相逢了，牡鹿有了活着一天，也要给它的牝鹿无限的温存、无尽的体爱的生存目标，不管前面是否还有沼泽地，有陷阱，有豺狼虎豹，也要勇往直前。

“可是满田哥，关于上一辈他们的事，俺还是想多知道些，”

“嗯？想知道啥？”

“就是俺爹当年和你娘，究竟是不是一伙的，是不是一起合计过要用调包之计救那个八路？俺估摸着，这事恐怕只有你爹能说清楚了。”

一提到自己的娘和陈天平的事，满田缄口无语了。随之满脑子里飞旋起来的，除了娘的妖艳艳的胸脯，赤裸裸的后背，就是被娘压在身下的那一大嘟噜褶皱疤疤的公猪蛋了……

“俺记得，俺小时候大病一场，听说快没救了，俺爹急得火上房，就去求你娘，还给你娘下了跪……后来，俺活过来了，俺爹又去谢你娘，一次两次的走疯了，也、也就气憨了你爹和俺娘……”彩凤紧贴在满田的胸口上又说。

是啊，当年，他们毕竟还是救下了彩凤！不管他们是在奉献爱的过程中忘乎所以的，还是在忘乎所以中奉献了爱的，总之，在爱的大循环中彩凤才得以活下来，出落成大姑娘，才成全了自己梦中的念想。如此说来，人世间的哪一种爱，不是由七情六欲所发、所拼辍起来的呢？俺娘和你爹——现在轮到了俺和你凤妮儿……满田也情不自禁地再次搂紧了彩凤。

“好啦，我们先不想以前的事啦，还是眼下要紧。满田哥，我问你，咱们下一步该咋办吧，反正俺是铁了心了跟你走。”

“咳，东边的长白山，是不能去了。那就等着汇上爹后，恐怕越远越好，越北越好，只能去大兴安岭那边了……”

桥洞子下的穿堂风潮津津、阴凉凉的，卷着关外大地上的土星子味儿直蹿鼻子。那股味道很像鲁西平原开花时节的苜蓿草。可能是周围的山势窝风吧，穿堂风来回地变阵，一会儿将他们俩吹到了不可予知的明天，一会儿又将他们吹回严酷的现实中来，让这两个患难与共的年轻人，对命运的走向不知所措。

## —19—

“宁走天池追月亮，不走桦甸过龙岗”。这是长白山里老猎人们的一句口头禅。从护林队的手中侥幸逃出来的韩永旺，却不像儿子韩满田逃得那般顺利了。他被围追堵截的仅剩下一条路可走，那就是只能潜入长白山的密林幽谷，然后穿越桦甸原始森林，横蹚绵延上百里的龙岗沼泽地，从长白山的西麓出山。也就是说，不得不“宁走桦甸过龙岗”，多行上百里的“冤枉”路了。

这条路，无疑是一条随时与虎豹、熊罴、豺狼共舞，与沉潭、窒息、死亡相伴的举步维艰之路。他日夜兼程，好在有一副铁汉子般的肝胆，有野浆果、山蘑菇充饥。直到阴历十四的早上，他才辗转着过了龙岗，从梅河口一带扒上南下的货车，朝着阴历十五，朝着沟帮子方向赶去。

此刻，他跳进了一节垒满原木的车厢，虽说很是疲惫、颓丧，但终于如释重负，浑如一只鸠形鹄面的败阵公鸡，萎靡在一个角落里。他感到自己的体力、精力好像透支了上百年。

车轮飞滚。车头在奋力地顶开风浪。火车前进所发出来的轰鸣节奏，已经将震耳欲聋的噪音，鼓胀成了一串患得患失般的感应。那串感应既沉重得像座山，又飘逸得像片云，将韩永旺掠回到昨天——今天怎么也无法接受的这个现实的源头。

……

“他可是条杀鬼子的好汉啊！受了重伤，还得了羊毛大疔，咱怎么也不能见死不救吧？旺子兄弟，要不，你就去山里走一趟，逮两条蛇回来？”

那时景，姜水英还是他永旺的寡妇嫂子。他大哥刚死了没俩月。虽说守寡期的女人憔棱了些，可是姜水英毕竟才二十出头嘛，处在少妇嫣嫣的年纪，一副挺乳翘臀的身段格外撩魂。人们常说，“丑女十八也好瞧，少妇卸妆也风骚”，这正是当年他欣赏嫂子的心境，让他对英子近也不得，远也不是的稀罕得慌，不愿意出远门去抓蛇。可是嫂子偏偏求他去，说，现在配药的蛇毒快用完了，你要是不去，俺可就蹬儿的一抬腿，自己去啦！

既然爹已经跟庄里的族亲们合计过了，也请大祭祀给算了一卦，说，只要选个吉日，在炕席底下垫双旧鞋就行，就能避邪，就不犯忌，就可以给他们俩“嫂叔亲”的办喽，那就听“嫂子”半句，也等于听“媳妇”半句的，蹬儿的一抬腿去趟山里呗！

然而不巧的是，那些日子正赶上鬼子封山，梳篦子似地在清剿八路。山旮旯里的蝮蛇也似乎受到了惊吓，居然蒸发得无影无踪。他山上山下、树洞石缝的折腾了十几天，也没能抓到一条。一天，一个不留神，还被鬼子抓了去，逼着他修公路、扛大包的当上了民夫。

一个月后，他总算逃了出来。半路上，也好不容易才逮到一条当年生的小公蛇——可是英子却说，没发过春的就等于没练过内功，欠毒力，不着用。

“旺子，共产党那边的交通员来了，说天塌喽，地陷喽，也要全力帮英子救护八路伤员，听说那个伤员还是个参谋长官呢！为了抗日救国，为了行善积德，为了给伤员配药，你就再去趟五台山，抓几条能吐阳的壮蛇回来吧……”

这回是陈天平来求他了。陈天平明里是伪乡政府指派的连保组组长，暗里，却是沂水地下党的发展对象。那年逢秋闰，蛇的冬眠期也就来得早，等不得。于是他不得不听“党的话”，第二天背袋煎饼，蹬儿的一抬腿，奔了五台山。

对，这回恐怕就是陈天平下的套了！他趁着俺刚走，不在庄里的时景，吓唬英子说，鬼子要来清剿，让她把伤员、路倒儿的，都转移到庄外的龟儿坡去！他娘个屁的，其实他陈天平安的哪是什么“救八路”的好心肠啊，分明是想躲人耳目，想让英子拿他当根葱，想打发俺走后，去施行他不可告人的目的！

又过了十来天，他从五台山满载而归，抓回了五条成年蝮蛇。其中有两条大鸳鸯蛇，竟然死缠烂绕在一起，卷成了一团麻花，愣是掰不开不下架。英子说，这两条蛇，一定是金刚级的“蛇林好汉”在练修身。它们在长时间的交配中，感应到了小腊月节气的到来，索性一交到底，一交千年，想交着身子进入冬眠。看来它们既有情死的嫌疑，更有修身成仙，仙体升天的意念，比人类都倔强。他当时并未理会英子说这些话的本质。直到“嫂叔亲”办了后，他才知道英子深得祖传秘笈，一直渴望着能够修炼成仙姑之身；他才知道对于英子来说，与男人的交合毋宁说是在修身论道，其阴阳禅练的意念，已经远远胜过了同房的欢颜……

多年以后，童言无忌。他终于从儿子满田的口中，知道了陈天平和自己的英子，的的确确的颠鸾倒凤过，修身论道过，阴阳禅练过！他的羞辱之心、醋腌之心也就大发——这个王八蛋！动不动的就求俺去五台山抓蛇，什么救八路啊，救他家彩凤啊，救人一命胜造七级浮屠啊，俺日他娘！敢情那王八蛋一直憋着圈屁，想跟俺那个臊婆子练把式！陈天平，你他娘的真卑鄙！看俺不猖了你，劁了你，把你那嘟噜蛋儿挤出来喂狗吃！

然而，对他打击更大的，还是他渐渐地从女儿满红的核桃眼，红枣嘴儿，小酒窝，大饽儿头的身上，看出了些名堂。难道……他不敢去多想。这倒并不是因为他这个草民百姓，不敢去与第三者腿长腿短的论英雄，而是因为他娘，又编出了几句不成调的梆子腔，唱得他心里横竖着不是个滋味——人穷志短啊马瘦毛长，生米熟饭啊谁吃不香？莫忘了，莫忘了天灾人祸降寒雪吆，还有那东洋鬼子瓦上霜；莫忘了，莫忘了八路壮烈的救国泪吆，还有那从军哥哥的柔断肠……

是啊，生米已经熟饭了，他追恼当年英子不守节，还有什么意义呢？何况"从军哥哥"保家卫国，早已战死在疆场，八路参谋九死一生，也早已变成了涅槃重生的火凤凰……现在，满红是谁的，已经不重要了，他唯一唯一的诅咒，就是千万千万可别是陈天平的啊！嫂子啊，英子啊，俺的媳妇啊，你修个什么仙姑身哩！

纸中既然包着火，早晚就要燃烧起来。那一年终于从另一头，从十九岁的大儿子满山，和十七岁的二女儿满红身上熊熊燃起。在这个贫穷的家庭，还没来得及给他们谈婚说嫁的节骨眼上，首先是他娘，发现青春期的两个孙儿逾矩了，偷吃了禁果……你你你，你就是那个生孽的婆，炼三公交尾毒中了邪魔，你妇道不守啊你图歪道，你人道不走啊你下鬼坡——他娘当然把矛头直接指向英子，又凄楚怨忿地唱起梆子腔，唱得他心如蜂蜇，肝如虫咬，七窍生烟，浑身冒火。他彻底地癫狂了，真想系根绳吊死算了！

他已经不记得那段日子是怎么熬过来的了。他爹为此而气得一病不起，连喝口棒茬粥的气力都没有了，最后，终于没能熬过酷暑，溘然去世。接着他娘也每唱一口梆子腔，眼前就昏黑一片；昏黑一片积重难返，最后也就失了明。而他呢，他也好像掉进了地狱的最底层，不是五五二十五，也不是六六三十六，而是七七四十九的四十九层。他仿佛在那里，被三纲五常的法雷震得魂破胆惊！他失去了定力，他满脑子里回荡着的只有一个幽灵般的信念，那就是非猬了这两个不孝的畜生不可，非将他们歃血祭祖不可！如若不然，祖坟非得让族人们给掘喽！若是到了那个地步，祖坟被人掘了，祖先们的魂灵将流离失所，将无处可去而飞聚在他的身前脑后，将日日夜夜地揪他的头发，拧他的耳朵，勒他的脖子，打他的耳光；将无时无刻地斥责他，训骂他，诅咒他，威逼他，羞辱他，让他永世不得安生，庄民们也将永远视他们家为猪狗之列……

至此，他把一切的罪错和愤懑，都归结给英子了，开始没事找事的和她过不去，去大吵大闹，去逼得英子不得不半夜去汲子时的"井（净）水"洗身。终于有一天，在个电闪雷鸣的夜幕下，英子被雷击身亡……然而一直到英子死去，他也未能在祖宗家法的天平上，找到一个让人信服的准星，也未能界定出一个最贴切的法度，更没能认可出一则能够说服自己的答案来——那该死的仇敌究竟是谁呢……

## —20—

火车轰鸣着继续朝南飞奔。一只孤雁，也正在大前方的蓝天中奋力翱搏！韩永旺是在企图抑制住欲欲下落的眼泪时，一抬头，不经意间看到的。孤雁明显地栽棱着一只翅膀，它一定是受了伤！它是在力图追赶同类伙伴们，渴望归队呢？还是在本能地迁徙求生呢？然而，他仅仅有了几秒钟的触景生情、同病相怜之感后，就产生了要是能抓住这只大雁，把它撕巴撕巴吃了多美的心态。他毕竟已经好多天没像样地进食了。

蓝天、大地、风和雨，本来赋予这个穷苦农民的最好礼物，就是忍耐和希冀。然而天不逢时，地不逢利，风雨又飘摇不定，赋予变成了遭遇。他遭遇到的，竟然是如此凄凄漫漫的风月十五漂泊路！

……

能躲过初一，难挨过十五。乡亲们俨然也闻到了他家的腥臊。他们毫不掩饰对他的谗言秽语，对他的白眼斜眉，这让韩永旺无地自容，整天处于精神恍惚、魂不守舍的状态中。看来庄里横竖是待不下去了，满山和满红，肯定早早晚晚是要被逐出族门的！

为了遮人耳目，为了有回旋的余地，韩永旺只好将两个孩子哄赶着去了关外。在他的内心世界里，无疑还蛰居着另一个希冀的影子——那就是当年那个八路的影子。听说他在关外那边当了“大官”。因为只有“大官”，才是“法”和“道”的化身，说的话才有分量，才压得住庄里庄外的那些谗言秽语啊！总之一句话，即便是给“大官”当王八，也比给陈天平当小僧强！如果能用当王八的代价，换来一根能在祖宗的魂灵面前得以解脱、有个交代的稻草也好啊！可是这个“法”与“道”，还有那根不知救得救不得他小命的稻草，到底在哪里呢？

他原本想，到了长白山先落下脚，待以后有机会，再向四边辐射，去打探一番。岂料他带着孩子们刚进山，连个草窝棚还没搭起来呢，就撞上了一伙土匪。那拨土匪不仅抢了他们仅有的几十元盘缠，还劫走了满红。

那是个月浑星朦，山风凄鸣的晚上。在满红的一再哀求下，那帮恶棍才刀下留人，才把他和满山背靠背地捆个结结实实，算是放了生。等到土匪们劫持着满红一走，面对着妖形鬼影般的深山老林，面对着生死攸归的阴阳之界，面对着悲悸与恐惧，被压抑在猜忌与绝望中的父子二人，终于怨恨与耻辱交加，彻底地泯灭了父子间支离破碎的亲情，爆发了一场窝里斗……

“唉，你们这对小畜生啊，还有啥脸活在世上哩？中，中，这倒也中，就当是老天爷的惩罚吧，你们一个算是狐狸精现形，跟着山鬼走了；一个就罚你这么着跪下去，捱下去，等着天雷来，等着天鬼来，劈死、咬死你算了，祭天祭祖算了……别动！你这个逆子！老老实实地给俺待着，别想再动弹一步！”

韩永旺咬牙切齿地说。

那伙土匪刚走，满山就拽着他爹，滚到不远处的一块大石头旁，想磨断绳子自救。但是满山怎么也没想到，他爹不仅铁了心地不配合，甚至于想着就这么去等死，想着就这么拉上他当活贡！

“爹，虎毒还不吃子呢？你怎的这么毒心哪！”

“你说啥？爹毒心？难道只许你们作孽，就不许俺代替祖宗惩治你们吗？”

其实，他何尝不想做一个虎毒不吃子的慈父啊？像当年自己的爹，扒下自己的裤子那样扒下满山的裤头，用锹把子狠狠地、痛快淋漓地棒他一顿，就等于教训了犯错的孩子，就等于自家也熄了火。然后呢，又会像自己的老爹一样洇着泪花，把刚刚从野灌丛中採摘回来的细辛草，咀嚼成草酱，精心地涂敷在儿子稚嫩的屁股上……可是，可是这回就不同了，儿子如今犯的可是不伦、不孝、不义、不耻的大忌啊！

“今儿个反正是天意，是个大劫，躲也躲不过去了。是爹不留你，还是天不留你，那就等着老天爷来裁定吧。你给俺老老实实的跪下去，跪下去！”

“爹，都是俺拖累了你，俺该死。可是，可是你也不能为了贴脸面，拿俺开刀啊！如果爷爷、奶奶说的靠谱，红妹不是你和俺娘生的，那，那她算是咱家的童养媳还不行吗？儿子与她青梅竹马，那算是犯了哪门子忌了？你怎的就不能放儿子一马呢？都啥节骨眼儿了？这山里昼行夜出的啥兽没有？还不快磨断绳子跑啊！”

“放你一马？那谁放了你爹啊？乡亲们能放吗？陈天平那个狗娘养的能放吗？你就别怨爹了，听天由命吧。你要是还有一点韩家小子的气度，就老老实实地给祖宗们跪好喽！你知道爹这些年是怎么过来的吗？一闭上眼，耳旁脑后轰隆隆响起的，都是祖宗们的训诫和责骂啊！爹已经够够的、够够的了——”

说完，他呜呜地哭得好伤心。好像祖宗们的灵魂，陡然之间又变成了一群炸了窝的蝙蝠，在他行尸走肉的身体里穿来穿去、飞来飞去，随后又麻压压的一片，落在他的头上。在这种感应与想象中，他就是想配合着满山滚到大石头那边去，想磨断绳子逃生，恐怕也僵硬得做不到了。恨、恨、恨啊，他俨然已被恨的积怨压成扁扁的躯壳了，丝毫也动弹不得了……

一个时辰后，眼看着月夜幽幽阴森起来。原本生存在人类生物链之下的那些次强次弱的物种们，别说大型的犬齿目了，恐怕就连贫齿目的、啮齿目的，都有可能乘虚而来。那种惊厥唯恐的悲哀感，终于逼迫着和他绑在一起的满山，逆反出一股不畏老子的决心。而后，就像决了堤的洪水一样，冲他发泄而来。

“爹！俺决不能就这样陪着你去死啊！”

满山猛地发出一声狂吼，随后一不做二不休，拖着死沉死沉的他，不顾一切地翻起了驴打滚……等到满山带着他一口气滚到一块大石头旁，遂将一条膀臂连皮带肉、连绳带扣儿地对准了石头上的硬楞处，哗哗哗地磨将起来。

他记得他先是愕然了。接着很快意识到，此刻和儿子已经成了你死我活的敌手了——那不明摆着吗？谁身上捆绑的绳子先磨断，谁先腾出自由之手，谁就会反过头来，再把对方重新牢牢地捆绑住，以求占据优势地位去发号施令。

“你要是心里还有爹，就给爹住手！中不？”

“不中！儿子反正不孝不义了，顾不得你了！俺还要救红妹去呢！”

“你这个小畜生！你还救她？你们造的孽还不够吗？当初怎的没把你们俩给掐死哪！”

“你要俺们死，俺们偏不能死，俺们就是要好好地活下去！爷爷和奶奶都说过，说无论是从天时、地界，还是人相上看，红妹都是当年八路留下的后代！俺还要活下去找出路，替俺和红妹洗刷罪名呢！”

“你这个浑小子，你们、你们这些败家子啊，俺韩家老祖宗的脸都让你们给丢尽了！老天爷啊，你还等啥呢？还不快来啊，擂天鼓，霹天雷，下天刀子吧，把俺也一起劈死算了，死了一了百了哇！”

“俺娘不就是被雷击而死的吗？那样屈辱窝囊的死了，不是也没能一了百了吗？你还要诅咒俺死，你糊涂不糊涂啊你！”

“你、你他娘的，你倒教训起老子来了！你，你——天理不容，你，你——家理、家法都不容！”

“爹啊，俺可没工夫跟你戗戗理儿啦，你好自为之吧，自个掂量着去吧……”

儿子终于先磨断了捆绳，先腾出来一只手来，把他重重地窝了个狗啃泥，随后三下五除二地把他重新捆绑起来。

满山把他背到一处下山口——肯定大白天会有人来往的路口，然后撇下他就撒腿跑了，从此杳无音讯。他懊恼之极，真想爬上天池，追逐湖中倒月拂袖而去。但是，他的心中毕竟还燃烧着复仇的希冀，哪怕那点希冀像只小小的萤火虫，也在诱惑着他苟且偷生。

……

哎，那头栽棱着一只翅膀的孤雁怎么不见了？他可能是想啊想的想累了，肚子里又饥肠如鼓了，于是就又不经意地一仰头，寻么起那只跟他一同南下的大雁。呃——那不是它吗？它怎么偏离方向，朝着正东方向飞了去？哦，原来是铁轨的走向偏了西，从而突显了大雁偏向东。噢，也不对啊！偏也偏不了那许多啊！他虽然说不出个囫囵个的道理来，可是知道大雁南飞，晨起时，是迎着朝阳向东南方向飞的，然后沿着太阳升起的指针，逐渐地由东南，向正午时的正南，下午时又朝着偏西南，飞出一个大弧线来。直到午后的下半晌，再朝着西南方向飞，最后随着夕阳西下而落下歇栖。听说不仅是大雁，所有的候鸟们，都是这样地追逐着太阳，准确地定位、定了方向，直到飞临到它去年栖息过的地方。可是，可是这只栽棱了翅膀的孤雁，怎么大白天的就逆着太阳、逆着指针而飞呢？

呃、呃——突然，那只孤雁又掉转过头来，朝着西南方向振翅奋飞了几个回合，便像飞机上扔下来的一颗炸弹，冲着他这列货车直落而下！不知是想去救助它，还是想去抓住它，在他探起半个身子，正要接住这只大雁的时候，火车突然逛荡了一下，让他脚下一滑，一个斜栽歪失去重心，一头跌进车厢间的悬挂里……

## —21—

爹一定会来的！不管是狂风暴雨的日子，还是冰雪严寒的日子！已经一年多了，满田和他爹，每每都会在当月的阴历十六前，顶着星星，戴着月亮地如期而至，比剁了小拇指头的约定还准。所以满田坚信不疑，兴许在他和彩凤说着话之间，愣愣神之间，爹的脚步声、咳嗽声，甚至于喘息声，就会在月光的陪衬下，由远而近，由模糊到清晰地闪现而来……抱着这种心态，满田和彩凤在阴冷潮湿的桥洞子中，从十五的晚上到十六的晨曦，一直相拥而憩地守候到天亮。

第二天一早，霞光像一簇簇射出的金箭，沉雾像一团团搅拌在一起的沧海之澜，在重重漫漫之中相欢。直到晨更时，才有了一丝困意而睡了的两个人，突然，被头顶上骤然响起的几声火车长笛惊醒。

“呀，真吓人，这儿不是站台啊？怎么又拉笛，又大喘气的……咦，好像是停下来了，不走啦……”

彩凤激灵了一下，因而更紧地抱住了满田的脖颈。

两个茫然无助的年轻人，不解地面面相觑。接着，他们隐约又听到几声喊叫声，急促促的，像是一问一答。于是两个人也不无好奇地起了身，走出了桥洞。

百十米开外，一列长长的敞篷货车已经临时停车，懒散地趴在轨道上。只见从前面的车头，和后面的车尾，都走下来一个人。他们一边相互挥着手，喊着话，一边勘察着每节车皮间悬挂着的部位，俨然在寻匿着什么。

满田和彩凤，冥冥中也像是受到了感染。他们俩也手拉着手，顺着坝基爬上了轨道。

“啊！那是什么啊……”

他们走出十几步远之后，彩凤突然惊厥着叫了起来，双手紧紧拽住了满田的膀臂，把满田拉了个趔趄。满田的眼神原本有些近视，在晨雾洇洇的弥漫中更是迟钝。但是，待他再走近几步，亦看清了，一条从大胯处被碾切下来的人腿，血肉模糊，筋骨粘连，像一大块被猛兽啃咬下来正要享用的美餐，横在枕木上。

一种不祥的预感，以及随之而来的血光式的眩晕，趸涌在满田的视线前，暗示着他，强引着他把目光投过去，去辨认那条人腿上的模糊血肉——那上面，似乎有一道长长的、已经暗灰了的旧伤疤……

爹——！猛地一声卡了嗓子，岔了气样的哭喊，被满田挤了出来，他旋即扑通一声瘫跪在轨道旁，他不顾一切地将他那颗大脑袋，朝枕木上撞去……但是他只撞了几下，随着前方车头“呜——”地一声长鸣，他似乎幡然醒悟了什么似的，又急忙踉踉跄跄地爬起来，疯了一般地朝前方的货车追去……

## — 22 —

小腊月十五那天，又飘来一天飞雪，飘来天地间一片苍白。

鲁西地区轰轰烈烈的四清运动，也在严清、严打、整肃、教育的口号声中，“胜利”结束了。就在林队长即将返回部队，参加专署地区运动总结、表彰大会之际，他接到一个电话，是韩丘庄新任党支部书记范大福打来的。范支书在电话中，用幸哉乐哉的语气对林队长说，“惯盗份子韩满田”，和“日伪汉奸的狗崽子陈彩凤”，几天前被大兴安岭那边的公安局发现了踪迹。不过，就在公安人员准备对他们实施抓捕之际，发现他们吞服了过量的“三公毒”，像两条不下架的大蟒蛇似的，缠在一起自杀了……

林队长愀然无语。

# 鸡冠岭的孩子

## 一、桥下的“哭声”

山里一落叶，傍晚前的夕阳，就会像只熟透的“木瓜”，“扑通”一声掉进山坳里。

景家屿小学，也从十月的第二个星期起，调整了作息时间，由原来下午四点半放学，提前到了四点。

这么一来，离家近的孩子们乐得直蹦高，回家后玩的时间长了嘛。可是对于上学途中，必须要翻越鸡冠岭的王山、王泉兄妹，以及邻家小伙伴彭玲来说，到家后天已冒黑，还是什么也玩不成。

还在王山上一年级，而妹妹和彭玲还没入学的时候，学校就规定了一条铁的纪律：翻岭上学的孩子们，都要集体行动。特别是下午放了学，谁都不得放单飞，至少要两个人以上结伴行。

现在，他们都上四年级了，可以说四年来风雨无阻，一直都不打折扣地遵守着学校的规定。

哎，不对啊，前面不是说，王山上一年级的时候，妹妹和小玲还没入学吗？怎么现在又同上四年级了呢？

原来，王山是个慢性子孩子，并且还有个不好的毛病，那就是一个人上、下学的时候，总是贪玩。尤其在放学回家的路上，不是钻进树林里掏鸟蛋，就是蹚进水沟里摸螃蟹抓鱼，不玩到天幕沉沉，五指黑黑，想不起回家。刚上一年级的时候，就有一次钻进树林里转了向，直到半夜也没能转出来的事。结果呢，害得蘑菇屯里的大人们猴了急，出动了几十口子去“搜救”他。大家在岭上的土地庙前燃起火堆，还打着手电，带着对讲机，在山旮旯里、林角角里搜了个遍，才好不容易在鸡冠岭西坡的一块大石头上，找到了尿裤子的他。如此一来，王山爷爷只好跑去学校跟老师说——我那个淘气的孙子啊，可不能再让他一个人走了，让他猫个冬开春喽，跟他妹儿一起上学吧。学校没办法，只好同意了王山爷爷的请求，他们也就同上一年级了。以后学校方面呢，也就更加严格了上学不得放单飞的纪律。

王山家和彭玲家，与山坞里十来户原本打猎的、养殖的，组成了蘑菇屯最小的一个“部落”。这十来户靠山吃山的农家，都隶属于山坞外的蘑菇屯村委会管理。由于蘑菇屯的坞里坞外人家加起来，才二百来户，不具备建立学校的条件，所以蘑菇屯的孩子们，只能到邻屯的景家屿去上学。而景家屿小学呢，距离蘑菇屯的山坞至少有二十多里远，且路上几乎都是林间小道，罕见人迹。这样山坞里的孩子上学，就成了大人们操心的大事。

罕见人迹的山间小道，对于山里长大的孩子们来说，其实也算不上什么，并无可畏之言。只不过鸡冠岭的北坡下，有一片茂密的野树林，要另当别论。

那是顺着进出山坞的盘山道，走上两里来路，一拐出坡口，即突兀般地冒出来的一片黑幽幽的树林。林子里阴森森、湿漉漉的，苔藓弥彰，杂草葱茏。即使大白天，也常会看到一些蝙蝠在其中翻飞，给树林深处黑咕隆咚的世界，惊起串串毛骨悚然的拍打声。

听老人们说，早在明朝时，有个被通缉的杀人犯叫“黑虎”，曾逃进这片树林中“野居”起来。后来被官府发现了，派来“捕快”，当场就把他砍死了。还有几年前，也是在这片前不着村、后不着店的野树林里，发现过一具吊死鬼儿的尸体，好像也是从大老远的地方“流浪”来的……

“再不听话，就让黑虎抓了你！”

屯子里的孩子们，打小就是这样被大人们吓唬着长大的。

王山也是如此。不管是多么幽深昏暗的老树林、老山洞啊，他都不怕，唯独对砍死过黑虎的那片野树林，忌怕得厉害。

不过，一进入九月底，想在上、下学的路上贪玩的，就不止王山一个了。妹妹和彭玲，也会一溜烟儿地钻进杂木丛中，争着抢着采蘑菇啊，拾榛子啊，摘野果什么的，兴奋得不亦乐乎。但是眼下已经到了十月下旬，也就是说，三个孩子必须一路小跑，才能赶在太阳落山前翻过鸡冠岭。而太阳一落山，天也就立时像枝燃尽了的蜡烛，一口气儿黑下去。

这天放学后，三个孩子还是以平时的节奏，沿着小河左拐，正点穿过岭南的一段盘山道，来到鸡冠岭的前一站——石墩桥下。

突然，走在前面的彭玲，猛地将食指顶住嘴唇，“静止”在桥头上不动了。待顿了有几秒钟后才小声说：“嘶——你听，好像有人在哭……”

话音未落，王泉也踯躅不前了，在原地竖起了耳朵。同样，也是隔了有几秒钟，才印证着说：“啊，可不是吗！”

有异常的动静发生了，而且还被证实了，彭玲那张晒得红里透黑的小脸蛋立时紧绷起来，一对丹凤眼也瞪得毛栗子般大。

“嘿，听见了吧，还在哭呢。”

她又悄声补充道。

这时，反应常常慢一拍的王山，也经不住彭玲和妹妹的这一惊一乍，急忙竖起了耳朵。不过，他的表情却甚是木讷，只是呆呆地瞧着彭玲和妹妹的脸，露出一副莫衷一是的神情。

俄而，“没有啊，什么哭声？什么都没有啊，准是玲玲在闹鬼……”王山慢条斯理儿地大声说道，“哎，你们干么不好，干么总是戏弄人啊？”

王山好像识破了他们的“恶作剧”，还埋怨起彭玲来。

“哥，嘘——”

而王泉，这时蹙起眉头，摇起手臂，则向哥哥发出了警示。

又过了片刻。那片刻的静寂，恐怕连他们自己的呼吸声都能听到。王山又不耐烦了，“根本就没啥动静嘛！”地叫了一声，随后还从脚下抓起一把石子，扔进桥下的水中。

“咩，咩——”

这回虽说很微弱，但是却很清晰地传了过来，连王山都听得真真切切。只不过声音的频率很低，让他们一时还辨认不出那是一种什么声音。

“哇，在那边桥下。”彭玲首先判断道。

王泉立时扭过头去，听了听说：“兴许是谁掉进河里了……”说完，王泉拔腿就朝前方的桥头跑去。

“万一真的是……”

彭玲也尾随着王泉，急慌慌地追去。

跑在前面的王泉，一下了河堤，大半个身子就埋进了齐腰深的草丛间。尽管蒿子草的穗儿、芒刺、枯叶沾满了她的刘海儿，扎得她手忙脚乱的，不过她依然惦记着哥哥，边跑边歪着头朝身后的方向大声喊道：“哥哥，你可别过来——这边危险！”

王泉活泼，聪敏，根本不像是笨拙的王山的妹妹。不仅学习成绩很好，而且文体双全，还是校田径队的队员哪。

“知——道——啊。”

王山也一向很给妹妹面子。他从桥上探出上半身，大大咧咧地应道。

“咩——”

紧接着，那隐约的、哭似的叫声，也再次传来。听上去，就像是从王山嘴里发出的一样。

“在哪儿呢？好像在那块大石头后面。”

已经蹚下河堤，踩在阴湿、松软的堤边上的王泉，一边判断着方向，一边对身后的彭玲说。

“对，没错，是那块大石头后边。我从石头上蹦过去，小泉，你从下面兜过去……哎，小心点，别掉进水里！”

彭玲说完，顺着堤岸就爬上了那块大石头。王泉也欣然领会，继续蹚着一片结有果球的蔷薇草，沿着河边朝大石头后面兜去。

“啊！”

还是王泉腿快眼尖。就在彭玲站在那块大石头上，正喘着粗气四处张望的时候，王泉已然惊叫起来，并且一个趔趄踩进了水里。只见她左前方不远的水面上，浮动着一个白色的小动物脑袋，接着“咩——”地又是一声呼叫，从那个小脑袋里发了出来。

反正已经踩进水里了，王泉也就顾不得那么多了。她索性再向前蹚几步，哗哗哗地蹚进了岸边的浅水中。待她蹚到近前一看，才看清楚了，原来是只小羊羔。

既然是只小羊羔，当然也就没什么可怕了。她一手扶着岸边的大石头，另一只手则伸了过去，想一把将小羊羔抱起来。可是那只浑身水淋淋的小东西，竟然像长了根似地，怎么拉呀拽呀的都抱不起来。

“啊呀，是不是有什么东西咬着它尾巴啦？”

王泉这么一想，干脆松开扶着大石头的手，在水中叉开双腿站稳脚跟，准备用双手的力气去试试看了。她将袖口挽到胳臂肘上，弯下腰，尽可能地去接近那只小羊羔，然后双手掐住它的上身一努劲儿，才将小羊羔抱出水面。她将小羊羔抱起来后才发现，那小东西的身上不仅缠满了一道道的塑料绳，而且那上面还紧紧地绑着一块石头，足有啤酒瓶子般大。

还好，还算幸运。塑料绳扣上的某一处，勾住了水面上的一枝枯树杈，抵消了石块的重量，这才没让小羊羔沉入水底。看来，王泉要想抱着小羊羔的同时，去解开绳扣卸下那块石头，还很不易。

“喂——玲玲，我捡了只小羊羔。”

这时王泉仰起头来，急忙呼唤起她的小伙伴。

小羊羔的身子，比只家猫大不了多少，只是四肢更纤长些。它有气无力地偎在王泉的怀里，像女孩子家玩的一只布娃娃。

“什么？是小羊羔啊……”

大石头上方的彭玲听到后，也急忙从上面蹦了下来。

“哟，是只半死不拉活的小羔羔羊啊。嚯，命还挺大，看来石头坠子小了点。”

当彭玲凑过来，看清了王泉怀里的东西，确认是只小羊羔后，就不以为然了。她换了副很失望的语气说。

“什么石头坠子？”

王泉不解地问。

“要想让它死得痛快些，绑块大点儿的就行了，这块小了点啊。”

“啊……”

“这回，它们就会一起沉下去了。”

彭玲说完，还顺手捡起一块长条形的石头，塞进小羊身上的乱绳套中。

“玲玲，你太残忍了，干么非要淹死它呢？再说了，也该让我哥看看啊。”

“别逗了。这么小的小羔羔，要是落到你哥手里啊，不知会蹂躏成啥样呢。我看不如成全它，还是水葬在河里好，免得再遭罪。”

“嘿，你说什么啊！”

此时王泉的胳膊上，已经隐约地感觉到了，小羊羔的微弱体温，正艰难地顺着湿漉漉的毛皮爬过来。

“不是我说的，是听大人们说的。”

接着彭玲煞有见识地告诉王泉，有时为了挤母羊的奶，小羔羔羊生下后，不是马上就地埋掉，就是这样丢进小河里“水葬”。

“如果不这样做，母羊好不容易来了奶，就会被它喝光的……”

“啊呀，那多可怜啊，不给它喝奶。”

“可怜什么。我们家以前就养过羊。秋天生出来的羔羔羊，一概处理掉。再说了，搭救这种快死了的东西，等于再折磨它，那反而更可怜了。”

彭玲说着的同时，还伸出手来，想从王泉的怀里将小羊羔抢过去。

“我不给你！救它怎么是折磨它啊？就说多受点苦，多遭点罪吧，可是毕竟还有活下去的希望啊！”

王泉紧紧地搂着胳膊弯里的小羊羔，有些生气了。

“泉泉，你听我说。你没养过羊，肯定不知道——告诉你吧，春天下的羔子还凑合，秋天下的啊，特别是晚秋，病秧子多，落崽儿多，怎么养也长不壮。”

尽管彭玲一再地说明道理，一再地劝她放弃救护的企图，王泉就是不愿意听，也听不进去，并且执意要把小羊羔先抱回家再说。

“唉——哥哥，你快来啊，快过来看看吧，是只小羔羔羊哎！”

王泉有些不想理睬彭玲了。她转头冲着桥上喊了起来。她同时还在惦记着哥哥，怕他久等了，说不定又会钻到什么地方去。她喊完后就撇下彭玲，紧紧地抱着石块和小羊羔，爬上了河堤。

“呦，真的唉，真是一只小羔羔羊哎。”

听到妹妹的喊声，王山也从对面跑了过来，眼里充满怜悯之情。他开始爱不释手地抚弄起小羊羔的鼻头儿，喜欢得不得了。

又瘦又纤细，自然个头儿也蹿得很高的王山，无论做什么事，给人的印象都是那么一个调子、一个节拍的，缓慢悠然得让妹妹性急。

“哥哥，你倒是帮帮我啊，帮我把石头解下来。”

急得手忙脚乱的王泉，嗔怪着哥哥说。说完又开始了手忙脚乱，想尽快解开小羊羔身上的绳套。

“啊呀，全湿透了，小乖乖，你一定很冷吧。”

然而王山，却好像全然没听见一样，还在用他的袖口擦着小羊的耳朵、脸颊和前腿。

王泉不想指望哥哥了。她将小羊羔抱到桥墩下的基石旁，顺手捡起块带刃的石头，再将小羊羔身上的塑料绳倚在石墩上，对准绳子就砸了起来。但是塑料绳很是结实，王泉一气儿砸了十几下，也没能将绳子砸断。

“呦，这只小羊没蛋儿，是只母的唉，长大了能挤奶哪。不过嘛，就是显得单薄了点，加之这么一折腾，是死是活还不好说哩，恐怕不死也得扒层皮哪！”

好像满懂行的彭玲，这时又凑上前来，使劲掰开小羊的后腿，带着几分阴郁的怪气说。

“哎，别欺负它嘛，看它多可怜！”

本来就手忙脚乱的王泉，一看彭玲又来添乱，就不客气地用身子挤开了她。

“玲玲，你别老是说晦气话好不好？什么死死死啊、扒皮啊的，多难听……”

此刻，没能帮上妹妹的王山，也在旁边不满地鼓起了嘴巴。

“哇，开了，开了，哥哥你看啊，绳子砸开了！”

不一会儿，终于砸断了塑料绳的王泉，又兴奋地喊了起来，然后从绳套中取下“石坠儿”用力举起，“诶——”地一扔进了河里。

经过一番“拯救行动”，当三个孩子重新启程，踏上鸡冠岭的山道时，太阳已经掉进山坞里了。王泉每迈出一步，湿透了的裤脚都会磨蹭一下，发出嚓嚓作响的节律声。阵阵冷飕飕的晚风，也像专门等在这里伏击他们似的，顺着落光了叶子的树林间游袭而来，让王泉身上被河水、汗水浸湿了的部位，都抽抽起鸡皮疙瘩。

这时那只小羊羔，已经被装进王山背包上的一个口袋里，只露出了一个小脑袋。它闭着眼，窝着脖，王山每走一步，都会让它的小脑袋随之摇动一次，像老钟表的摆。

“会活过来的，一定会的。”

隔那么一会儿，走在哥哥身旁的王泉，就会冲着背包上的小脑袋，祈祷似地呼唤几声。

由于彭玲刚才的举动伤了王泉的心，王泉一赌气，就不想跟彭玲说话了。王泉认为，既然彭玲家也曾“埋葬”过小羊羔，那同样也是让人不可容忍的事！而彭玲呢，也似乎意识到这一点，因此也极力装出一副满不在乎的样子。她悻悻地跟在最后，一个人鼓捣起她发明的“蛤蟆气球”玩儿。看得出来，这时她内心充满了落寂之感。

彭玲似乎很懂得“两栖”动物的生活规律。她眼力很尖，一眼就能发现进入冬眠期的蛤蟆洞。她会把洞里的蛤蟆挖出来，顺其屁股插进根麦秆，接着使劲一吹，便将蛤蟆的肚子吹成大大的“泡泡糖”。

很显然，由于三个孩子的心态不同，石墩桥下的这次“拯救行动”，就像刚才一屁股沉下去的太阳一样，给他们带来了一些“不愉快”的阴影。

鸡冠岭，也可以说是穿行于山梁上的一条岭道，弯弯曲曲的有五道弯呢。往常他们三人，总会在岭上的土地庙那儿歇歇脚，然后再一鼓作气地走完后半程。可是今天爬上岭后，谁都没敢提歇脚这个茬儿。很明显，按照孩子们的思维想象，要是不抓紧时间赶路的话，那太阳公公就上炕睡觉了。

此后的一路，三个孩子都一直缄默无语，只听到他们脚下的步子嚓嚓作响。等到好不容易开始下岭了，前面山口两旁的杉树林中，又“呱、呱、呱”地响起乌鸦群聚的叫声，此起彼伏的好不吓人，让他们胆战心惊。

前面不会再、再发生什么“事”吧？王泉的心底慌慌着，似乎有种不测的预感在作祟……她朝哥哥的背包里看了几眼，尽管小羊羔的小脑袋还在摆动着，可是她源于担心而发出的心底呼唤，却格外的凄凉——小乖乖，我的小乖乖，你可要挺住啊！

王泉这么一想，鼻头酸酸的流出了几滴眼泪。她急忙上前拉起哥哥的一只胳膊，像匹拉帮套的小马驹儿，拽着哥哥“嚓、嚓、嚓”地迈起了大步。

他们终于下了岭，来到西坡下的那片野树林前。这时树林的四周，已经骤然昏黑得发瘆，简直就像大黑熊快要合上的大嘴。原本行动迟缓的王山，也顿时感到脊梁骨发麻，不知不觉地小跑起来……

## 二、叫“喜羊羊”吧

王山爷爷直到三年前，才正式从“护林员”的岗位上退下来。他的这份差事，还是在上世纪50年代，由人民公社“委派”的。那时的“小王”刚从部队复员回来，正准备进山去当一名烧炭工。当他听说社里要招护林员，就涨着胆子去找了公社高书记，请求补个缺。没想到还挺巧，高书记也是从部队转业回来的，于是战友情谊深似海，没费啥事就帮他补上了缺。从此“小王”也就从山坞外的蘑菇屯，搬进了山坞里的蘑菇屯。

打那以后岁月如梭。当年二十多岁的小伙子一晃荡，如今已经“六张”以上“奔七”了，在这山坞里一扎根，就是四十来年。

一直到上世纪的80年代末，住在这山坞里的几十户人家，还舍不得下山呢，还想继续以祖业为生哪。可是时代变了，为了保护日趋减少、甚至于濒临灭绝的那些野生动物，政府颁布了相关法令。从此以后，单纯靠狩猎为生的日子，也就像老黄历似地翻了过去。那么随之应运而生的，则是政府出台的一系列新政策，譬如鼓励山里人出山啊，去“二次创业”啊，去镇上发展啊，并且还为大家在山外盖好了搬迁房。于是大部分的人家，也就相继出山闯世界去了。目前鸡冠岭的后山坞里，只剩下十来户人家还在“坚守”着，他们似乎还在等待着更好的机遇。

如今，这剩下的十来户人家里，有几家种药材的，有几家开采石材的，还有一家仍在继续烧炭。再有就是彭玲家了。自从彭玲爷爷去世后，彭玲爸爸养熊取胆的事业被国家禁止了，以后几经周折，就又养起了牛。现在，彭玲家肉牛的存栏数已经超过了三十头，鸡冠岭后身的小山坳，几乎成了他家的天然畜牧场。彭玲家由于养牛效益好，也就“祖坟冒青烟”，冒出了“大款相”，让坞里的人好不羡慕，

提到养牛，很早以前，这里家家都养过几头耕牛。那时要种庄稼嘛，没牛怎

么耕地啊？然而从上世纪80年代为分水岭，耕耘机械一出现，石油能源一发展，养牛也和烧木炭的命运一样，走向淘汰趋势。养牛，特别是养耕牛的人家很少见了，取而代之的，而是喂养能下健壮牛犊儿的母牛，从而去繁殖肉牛。那开满鲜花的岭坡，那长满野草的幽谷，的确是放牛的天然宝地。人们只要略加一点其他的饲料，就能把小牛犊喂得滚溜溜圆。

王山爷爷从护林员的岗位上退下来，王山爸爸也就“子承父业”，按照现在的雇工政策顶了上去。而“退岗”后的王山爷爷，也不能闲着啊，琢磨着再干点什么好呢？于是才在两年前，决定了也要“养牛”。王山爷爷说干就干，从信用社贷出一万元，买了头良种母牛，就一个心眼儿地精心喂养起来。

王山爷爷买的这头母牛，乃是本地的大黄牛和日本黑毛牛杂交的品种。听说上膘快，肉质好，该品种生下的小牛犊子呢，也就成了市场上肉牛的抢手货。王山爷爷就是认准了这个“理儿”，认准了自己也能像彭玲家一样，靠养牛赚钱，才向信用社贷的款。因此眼下他们全家，也就不能马上出山了，属于继续留守在山里，等待时机的那一拨。

王山兄妹气喘吁吁地跑进家门，连肩上的背包都没顾得上卸，王泉就从哥哥的背包中，小心翼翼地将小羊羔抱了出来，放在外屋门槛前的草甸子上。

“喂，我的小乖乖，快醒醒吧，到家了。”

王山蹲下身子，轻轻用手背抚弄着小羊的脊梁，亲昵地呼唤着它。但是小羊羔双眼紧闭，纤长的四条腿横排在一起，只是急促地喘息着，身子却一动不动。

这时爷爷听到了他们的动静，从里屋走了出来。王泉一着忙，也哮喘似地将小羊羔被人丢弃在河里，在石墩桥下，还被拴上了石坠儿的事情，颠三倒四地说给了爷爷听。爷爷一边认真地听着，一边用他那满是厚膙的大手，捋起小羊羔的肚子，并皱起了眉头。

“呼吸很困难啊，看来灌了一肚子水，胀得很难受哩……”

兄妹俩这时才注意到，小羊羔身子虽小，可是肚子却胀得圆鼓隆隆皮球似的。

“我说山山妈，沏点糖水来好不好？”

爷爷说着一扭头，又冲厨房里的儿媳妇招呼起来。之后，他就自言自语地唠叨开来：“小羊仔嘛，开春儿时才是抱仔儿的季节啊。可是你偏偏生在这个节骨眼上，看看，被扔了吧。如果再晚个把月的嘿嘿，赶上下雪天，那还咋活呀……”

爷爷继续捋着小羊羔的肚子。王山则目不转睛，焦虑地盯着爷爷那骨节隆起的大手。

不一会儿，王山妈妈从厨房里端来一大碗糖水。一看到这只垂危的小羊羔，不由得皱起了眉头，说："唉呦，怎么抱回了这么个倒霉蛋，还有活气儿吗？真是不吉利。"

爷爷听了，只是嗔怒着动了动没戴假牙的嘴，像是要反驳什么，但是却什么也没说出来。

"喂，小乖乖，你快喝啊。"

王山和妹妹，争着抢着从妈妈手里接过糖水，一起将大碗端到小羊羔的鼻头前。王泉一看它没有吃食的欲望，干脆用手指尖儿蘸上糖水，小心地滴进它嘴里。如此反复了几次，小羊羔仍是双眼紧闭，毫无反应。

"还是白费劲。已经上了阴间的奈何桥喽，回不得头了……"

爷爷失望地说。但是王山和妹妹却不以为然，仿佛什么都没听见。他们还是没完没了地对着小羊的嘴，继续滴着糖水。直到滴进去的那几滴糖水又从小羊的嘴角溢出来，兄妹俩才恍然意识到，小羊羔已经"昏死"过去。要期待这么脆弱的小生命活过来，几率介乎于零。

要是那会儿听玲玲的话，再沉入河里就好了——王泉也颇感后悔地这样想了。

"明儿个一早挖个坑，再埋吧。今晚先放到黑妞妞棚边的小圈里，凑合着过一宿。"

爷爷说完，就将似乎没气儿的小羊羔抱走了。

爷爷所说的"黑妞妞"，就是他用贷款买下的那头黑母牛，去年夏天就生小牛犊了。为此，爷爷还特地为它搭了一顶牛棚。

王山急忙抱上一捆稻草，随着爷爷去了牛棚。并在牛棚边上，给小羊铺好了一个松软的窝。

"哎，爷爷、爷爷，你看啊！"

看着被放在松软稀暄稻草上的小羊，王山恍然间感到，它像是微微地睁开了眼睛。但是爷爷只是同情地笑了笑，说了句："它呀，可不是动画片里的那个、那个什么喜羊羊啊。"就毫不理会地走开了。

晚上，钻进被窝里的王山，久久不能入睡。他一阖上眼睛，脑子里就浮现出小羊羔的可怜身影，怎么轰也轰不走，怎么赶也赶不去。他忍不住了，索性睁开眼睛胡思乱想起来。从窗帘缝中闪烁进来的星光，仿佛都变成了小羊羔乞求他拯救的目光……

第二天一早，平时被称为懒觉大王的王山，竟然第一个起了床。比总是五点前后起来喂牛的爷爷还要早。起来后，他没顾上洗脸刷牙，就来到牛棚前，默默地守候在小羊羔身旁。

“谁啊，是山山啊……给爷爷当个帮手，咱爷俩去把它埋了吧。”

不一会儿，爷爷也起床了，一边披着外衣，一边走了过来。

“哎呦呦，这不是还活着吗？”

爷爷揉了揉满是眵目糊的眼睛，蹲下身来，仔细地打量着小羊的肚子和小脑袋看。真是不可思议，小羊羔昨晚还肿胀得皮球似的大肚子，现在居然瘪了下去！

“呼吸也有了。说不定啊，奈何桥上站着只大灰狼哩，把它吓回来了。山山，再喂点糖水看看。”

爷爷提醒着说。王山也猛醒了似地，急忙用手指蘸满糖水，抹进了小羊的嘴里。看来，真像爷爷常说的那样，世间的事情真是一物克一物啊，还是生存的欲望战胜了恐怖的死亡！

小羊羔已经惊开了眼睛。那是一对金黄色的、晶晶亮的大眼睛！接着它就不客气了，一下接一下地吮起王山的手指来。

“太好了，喝了、喝了，眼睛还一眨一眨的呢。”

王山和爷爷开心极了，他们的眼中也迸出了兴奋、喜悦的光芒。此刻的王山心里直发痒，真想学着迈克尔·杰克逊的样子，伸胳臂动腿地走它几招太空步。

“真行，它可能算计到了，今早要被埋掉哪……好样的，大难不死必有后福！”

爷爷呵呵地笑着，还将他那双粗壮的大手，伸向小羊羔的喉咙，逗弄起它来。

“黑妞妞啊，从今儿个起，你的隔壁就住上邻居了，你们可要和睦相处哦，听见了吗？赶到来年，你再下个好牛犊儿，这小棚里就热闹喽。”

自从养牛以来，爷爷就经常像跟人说话似地，跟牛寒暄起来。可不是吗，既然让王山爸爸接了自己的班，自己又不听大家的劝，非要跟彭玲家比试着去养牛，如果不能让黑妞妞多下出几头好犊子来，那爷爷的脸往哪儿放啊！好在黑妞妞还算是给爷爷争气，它下的第一胎就是头小母牛，卖了五千块呢，这是养母牛人家的好兆头。现在就看第二胎了。如果第二胎幸运，还是头母牛，再卖上他四五千的，那他们家的养殖业，不也像彭玲家一样火起来吗？所以这一切的“福运”，爷爷全部押宝在黑妞妞的肚子上了，就等明年夏天的结果了。

“爷爷啊，这只小羊羔什么时候能挤奶呢？”

“噢，要是结结实儿实儿的话，三四个月后就算是大羊了。若是好样的，五个月左右就能生仔儿，那挤奶嘛，大概得到……明年的六、七月吧。”

爷爷掰着手指头，乐呵呵地算着，算着算着的，两只眼睛就情不自禁地射出了“贪欲”的光芒。

“呦，敢情没死嘛，太好了，太酷了——简直酷毕了！”

这时王泉也跑了过来。她拍着手，围着小羊羔跳了两圈后，就想上前去抱抱小羊羔。但是爷爷阻止了她，王泉只好怏怏地缩回了手。

还好，王山也意识到了，现在不是“玩”小羊羔的时机。于是急忙从院子里掐下几根三叶草，上面还沾着露水呢，分给妹妹一半。两个人就一起蹲在小羊羔面前，将嫩草递到它嘴边，想哄着它张嘴吃。现在，小羊羔已经可以蠕动起它的小鼻子，显出想进食的样子了。

“你们捡回来的，就是这只小羊羔吗？”

不知什么时候，爸爸也起床了，站在他们身后。

爸爸几年前就明确地表示了，不想一辈子干护林员这门差事，想以后适机出山，闯闯山外的世界。目前，爸爸已经为此而着手努力了。他除了顶着护林员的班外，一有余暇，还会跟着一个建筑队在山外帮工盖房。也就是说，他眼下是在打两份工，很是辛苦，平时只能在早上和孩子们见个面。

会挨爸爸骂吧——王山和妹妹听到了爸爸的声音，遽然间都变成了木疙瘩，站在那里不敢吭声。

两年前，爷爷提出养牛时，爸爸曾极力反对过。爸爸说：“养活口的东西风险大，不上算，要是病了、伤了啥的，都要花不少钱治。再说了，现在外面的世界很精彩，如果像彭玲家似地养顺了手，咱家山山、泉泉他们这代人，也就别想下山了。”

在面向未来，究竟是继续留在山里，还是下山闯世界的问题上，爸爸和爷爷争执得很厉害。有一次王泉还跑到一里外的彭玲家，请来了劝架的。当时爸爸和爷爷气得摔杯子、踹板凳的场面，还昨天似的历历在目。

“你们的运气不错嘛。”

爸爸的声音听上去很和蔼，王山和妹妹也就战战兢兢地转过了身。

“爷爷的牛啊，目前只有一半是咱家的。要是在还完贷款之前，闹点病灾什么的，那就亏大负了。这么一比较，不是你们的运气好吗？不管怎么说，你们捡来的小羊羔没花本钱，是偏得物啊！”

“你呀，别高兴得太早了，又添了个活口哩。尽管是头小羊羔吧，也是一条生命啊，也得操心喂养啊。”

又是不知何时，妈妈也凑了过来。全家人不约而同地聚在牛棚前。

“怎么不高兴呢？又不是像咱爸似的，花贷款买来的。换句话说，即便没救过来，即便以后可能还会病死，咱家也不赔什么啊。要是没灾没难的话，将来不是也可以生羊羔儿、挤羊奶吗？哈哈哈……”

爸爸索性咧开大嘴笑起来，惹得爷爷撅着嘴很是不开心。

爸爸打心眼里就不愿意一辈子粮在这山里头。听说爸爸还曾漂过北京打工呢，后来由于奶奶病危了，才不得不返回来。

妈妈自然也向着爸爸说话，说哪怕是去镇里摆个地摊呢，也比现在的收入强，并且每天见现钱，不像爸爸现在当的这个护林员，工资半年以后才能领到。

“该考虑考虑孩子们上中学的难处了，如果再不出山的话……”

这几乎成了妈妈的口头禅。

山里距离有中学的景家屿镇，足有五十来里地。可以说不下山，不住在靠近公路的地方，不搭公交车走读，是无法上学的。唯独爷爷一听到“如果再不出山”这类话，就气不打一处来，就会大声嚷道：“不管去哪儿过，不都是一个味儿？现在咱这山坞里的生活，和三年自然灾害比，和打打杀杀的“文革”比，不是最安全的地方吗？不是已经满不错了吗？你数数看，那盘山道两旁的林荫树，不都是我一手栽起来的吗？那丫丫河上搭起的两座小石桥，不也是我一块石头一块石头砌起来的吗？再说了，你奶奶还埋在这里哩，出了山，我、我这把老骨头埋哪儿啊……”

爷爷说着说着，就会拉开架势，要和爸爸理论一番。

王山长得又瘦又高，已经超过了爷爷半头，像个抗旗儿的，总爱跟在爷爷屁股后面转。不管爷爷去绿化也好，还是出门溜黑妞妞也好，王山只要一得闲儿，就会不离爷爷左右。不过在爷爷和爸爸争执的问题上，他目前还不会选边站队，还没个准主意。

“我的山山啊，明明干不了什么，而且要干也是给你帮倒忙，却还要跟着来。”

别看爷爷嘴上这么说，可是心里边啊，却为自己有了个小“粉丝”而自豪得不得了。

而王泉呢，则和哥哥相反，一点儿都不喜欢养羊、喂牛，以及山里的这些“粗活儿”。因此常常抱怨道：“住在这山坞里太憋屈、太闭塞了，真不如早点搬到镇上去……”

王泉之所以与哥哥不同，有着鲜明的盼望出山的态度，还有一个原因就是学习方面的差距。哥哥的学习可以说糟得很，动不动的就想抄妹妹的；而妹妹呢，不管哪一门功课都名列前茅。他们杨老师就曾训诫王山说：“你呀，光长傻大个儿，怎么不长长心眼，向妹妹看齐呢！”

尽管老师和身边人的看法，常常影响到他们俩的情绪，可是他们俩的兄妹之情，也依然要比其他人家的融洽得多。

“啊，吃了，吃了，小羊羔吃草了！”

这时只见小山羊，鼓起消瘦的嘴巴，像含着糖块似地来回咕涌起来，让王山高兴得手舞足蹈。

“哥哥，怎么说也得给它起个名字吧。”

王泉忽闪着大眼睛提醒哥哥道。

“我看，就叫它‘喜羊羊’吧！”

王山倒是憨厚，几乎连想都没想的，随口就沾来了动画片上的名字。

“嗯？‘喜羊羊和灰太狼’啊……再没有比这更好听的名字了吗？在丫丫河里捡的，叫丫丫羊？哎呀，不行，像彭玲他们家的东西了。那叫什么好呢……”

王泉一个人嘟囔来嘟囔去的，尝试着起了好几个名字，但是也没能选出个满意的来。唉，没办法，那就先凑合着叫它“喜羊羊”吧。

## 三、哥哥和妹妹

每天早上，太阳从东边的山凹凹里一探头，哥哥和妹妹就该上学去了。用家里的老挂钟说话，那正是早上七点前后。

他们要沿着一条小溪旁的林间小路，朝下游走上一里路左右，来到彭玲家，然后约上她一起走。

“玲玲——铃铛——铛铛铃，走喽……”

兄妹俩来到彭玲家的牛栏前，总会冲着对面的一座二层小楼，大喊上几声才行。有时，彭玲会马上拎着书包跑出来；有时，磨磨蹭蹭地老半天，还露不出个人影儿来。遇到这种情况，随后待上两三分钟的，玲玲妈妈才会推开房门，不耐烦地答道：“玲玲趴窝窝懒觉觉哪，你们就别等她啦。”

那就先走呗——兄妹俩知道，彭玲随后肯定会坐上他爸爸的小货车，在鸡冠岭半山腰的某一处追上他们。那时他们二人也能借个光儿，坐上彭玲家的货车一起去上学。

彭玲的爸爸很喜欢帮助人，是个热心肠。蘑菇屯里的人家不分大人、孩子，男的、女的，老的、少的，都跟他关系不错。可是彭玲的妈妈，却跟玲玲爸爸截然不同，是个斤斤计较的人，还总爱在人前人后的搬弄嘴皮子。她的逞强好胜早就名声在外了，别说坞里的这几户人家，就连坞外蘑菇屯本屯的百十来户人家，也没人不知道的。

“铃铛、铛铛铃——走喽……”

这天，王泉刚喊出第二嗓子，彭玲就推开房门，快步跑了出来。

“昨天的小羔羔，还是死了吧。”

跑上前来的彭玲，劈头就问，好像她问得理所当然，好像她能掐会算。

“你是说喜羊羊吗？今天一早起来，就会吃三叶草了。”

王山抢白着答道。

“喜羊羊？什么喜羊羊？”

“嘻嘻，这你就不知道了吧。我哥给它起的名字呗！你只要叫它喜羊羊啊，它就会咩咩地答应呢。”

王泉也煞是自豪地说。

彭玲立时乜斜着眼角瞥了瞥她，接着就恹笑起来：“看你编得像真事似的，连个谎都不会撒，早就露馅啦——我爸放牛刚走。他说昨晚经过你家门口时，根本就没听到有小羊的咩咩叫，你们‘喜洋洋’什么啊！”

王泉一看彭玲酸唧唧的这么主观，不由得生了气：“那就一起到我家看看好啦，它叫得可欢了，它才不怕你这个‘灰太狼’呢！”

“真的啊……那、那泉泉你别生气嘛，我又不是灰太狼。本来桥下的叫声还是我先听到的呢，不告诉你们，能捡回来吗？”

“……”

王泉真想再噎彭玲几句。但是一想到要赶路上学，就没稀得再出口。

三个孩子就此都默不作声了。不是把手插进衣服兜里，就是紧握着背包带，一边想着各自的心事，一边脚下生风地快走起来。

一出了山坳的拐口，他们的面前，就冒出了那片浓郁的野树林。昨晚他们跑过这里的时候，彭玲的脚尖还踢了王泉的脚后跟，两个人都打了几个趔趄哪，谁让这里就是“砍杀”过黑虎、“吊死”过流浪汉的那片阴森之地啊！不过这片野树林，在晨晖的照耀下却另有一番风景：黑皮松的尖尖枝上，和水杉树的细细叶上，都扎满了玻璃球样的露水，随着枝叶一颤动起来，就会闪烁出刺眼的金光……

这天，是景家屿小学四十三周年的校庆日。全校七十九名同学上完第一节课，就全部集中到图书室，听校长讲起了校史。完后各个年级，还准备了几个汇演节目，老师和同学们都即兴表演了一番，让校庆的气氛显得异常热闹。最后，学校还为大家“埋单”，从镇上“麦当劳”那儿订来了美味“套餐”。

不过，就在会餐将要结束的时候，真是又煞情绪又煞风景，大家忽然听到彭玲“哎呀”地一声惨叫，从座位上一蹦而起，将两旁同学餐盘里的吃的、喝的，都碰翻在地。

出了什么事？大家唰地扭过头来一看，只见她身旁站着的王山，面色铁青，紧咬着嘴唇，两只手已经攥成了拳头状，像是要“动武”打架的样子。

随后几个眼尖的同学，马上就发现了王山紧紧攥着的拳头里，还缠着好几根长长的头发！

王泉立刻就明白了怎么回事。这时王山身旁的周芸芸，在尖叫一声后大声喊道：“杨老师啊，您看王山，他好狠心啊，他拽掉了玲玲的头发唉！”

看到会餐的场面上出现了这么一幕，他们的班主任杨老师，“啪”一声摔了筷子站起来，瞪着眼睛一言不发地来到王山面前。

别说四年级的了，就是六年级的大班生们，都异常惧怕杨老师。杨老师四十刚出头，厉害极了，听说曾去少林寺学过武功。只要他板起脸来，印堂中间就会蹙出三道深沟，像庙里的金刚似的，让人发憷。

“杨老师，您看啊，拽下好多根呢。”

芸芸一看杨老师走了过来，似乎更不怕王山了。她抓起王山的一只拳头，急忙扬起来给杨老师看。

看到了“罪证”——彭玲的头发，杨老师俨然被激怒到顶点。他威严地怒视着王山，吓得几名胆小的同学都哭丧起脸来，低下头不敢看了。

“王山，你难道不知道吗？揪人头发很疼啊，也是最不尊重人的行为啦！”接着，还没容得王山申辩，杨老师又说道，“那好，那就以其人之道还治其人之身吧——小玲，你去把他的头发也给我拽下几根来！”

然而彭玲，却没敢照着杨老师的吩咐去做。只是抬眼看了看王山，就面带愧色地低下了头。

这时的周芸芸可耐不住性子了，火上加油地喊道：“以血还血、以牙还牙，就该揪揪他的！玲玲，动手啊，动手！”

“揪他的，揪啊玲玲，别便宜了他！”

立时其他的同学们，也都七嘴八舌地喊叫起来，以示对弱者的声援。

杨老师一看，大家都开始斥责王山了，也就消去了一半的气。于是反过身来安慰起彭玲：“既然玲玲宽大为怀，不愿意动手，那一会儿吃完饭后，老师替你出气吧，老师会狠狠尅他的。现在，我们先罚他站，不许他吃饭，一直罚到大家吃完饭为止！”说完，杨老师就四平八稳地迈着方步，又返回了自己的座位。

一直替哥哥捏把汗的王泉，这时才急忙来到哥哥面前。王山也就小声地告诉了妹妹："小玲刚才还说呢，应该弄死喜羊羊什么的……"

王泉听后，又将询问的目光投向了彭玲。彭玲知道事情瞒不过王泉，只好承认道："是我不好，说伤了他，别怪你哥哥吧。"

王泉抓住彭玲负疚的眼神，也就理解似地点了点头……

彭玲昨晚到家后，就将在桥下捡到只小羊羔的事，原原本本地告诉了妈妈。没想到这么一来，竟被妈妈狠狠地数叨了一顿。

"你是第一个听到叫声的，为什么你不抱回来啊？那只小羊要是活过来了，不是还能挤奶吗？怪可惜了的，眼看着让他们家山山抱回去，咱家干吃亏，你怎么比你爸还傻啊，净充大好人。"

"可是……可是，眼看着那只小羔羔就要死了，耷拉脑袋了，所以，所以我就没争……"

"要是真死了也就算了。正好我明天有事去王山家，我倒要问问看，这只小羊该归谁。"

当时的彭玲，真不愿意在妈妈面前掉价，就索性撒谎说，她眼看着小羊死了，因此对小羊羔又起死回生过来，也就深感困窘且耿耿于怀。

全然不晓得这一切的喜羊羊，日益健壮起来。跑到院子里不是舔舔萝卜干，就是啃啃土豆片，妈妈轰都轰不走。不久，又和邻圈里的黑妞妞交上了朋友，觅着板墙的缝隙，就亲上了鼻头儿，还装作知己似地"咩咩"、"哞哞"地说上了话，让人以为它们认识了好多年。

不久，又过了三个月，喜羊羊真是不负厚望，居然摇身一变，长成了一只体态翩翩的年轻母羊。只要它小尾巴一撅，就会像下巧克力豆儿似地，噼里啪啦一口气儿拉出好多好多羊屎球球呢！现在喜羊羊胖乎乎的，可沉了，王泉也好，王山也好，谁都抱不动它了。

"该让喜羊羊怀羔喽。"

爷爷最近总是情深意切地如是说。

"要是拖到上秋才怀，那临冬前下仔儿，就难养活喽。"

爷爷显然一直惦记着喜羊羊的"大事"。

初春的一个风和日丽的日子。爷爷踏着残雪，牵着喜羊羊，出山去了蘑菇屯的兽医站，给它配了种儿。王山和妹妹，原来一直以为山羊一大起来，自然就会挤奶，这回一听说不生小羊羔，就不会有奶，不禁很是失望。

“怪不得我挤过好几回呢，什么都挤不出来。”

王山已经不止一次了，抓着喜羊羊的小乳房，挤呀挤的，费过好大的劲儿呢。

这么一来，打爷爷给喜羊羊配了种儿那天起，王山就望眼欲穿地盼啊盼、看啊看地，巴望着某一天的早晨一醒过来，就能看到它肚子大起来。

山上的积雪化了。融化了的雪水盘着腥香的飞沫沫，顺着嶙峋的山石缝，顺着沤黑了的树叶底下，哗哗哗地流出来，流入了山下的丫丫河里。于是人们眼瞅着鸡冠岭长绿了，丫丫河长胖了，石桥墩子变矮了。到了这个季节，尽管到处还能看到星星点点的雪迹，但是山上一丛丛的野山梅，已然开出了迎风绽笑的小黄花，鸡冠岭上的岭道两旁，也能看到蜂斗菜了。

一直到了入夏，喜羊羊的肚子，还是没见大起来。不过王山的个头儿，却像竹笋似地一窜一窜的，进入了疯长期。彭玲的小圆脸儿，也拉出了瓜子的模样，像她妈妈似的，能让人读出性格来了。

四年级下学期的教室，也不像以前那样两个年级的合着用了。现在分给了他们一间专用的教室。班主任杨老师也不教他们了，教他们的新老师姓何，听说才二十岁，刚从师专毕业，是作为“自愿者”从县里那边派来的。

年轻的何老师，自然把大家都当成了好朋友。讲起课来也比杨老师酷多了，班上十一名同学，很快就全都成了他的“河粉”。

而这一时期，对于翻岭上学的孩子们来说，最大的变化莫过于增加了一名新成员——石匠家的女儿孙惠芝，也开始上一年级了。于是已经是二年级大姐姐的王泉，出于友情和义务，每天都要和她搭伴上学了。特别是早晨，还要提前五分钟进山去接她。

最近的王山，总是感到喜羊羊的肚子快要鼓起来，一放学，就急忙蹿出校门，飞也似地往家赶。如此一来，闹得彭玲他们很是没趣。

“谁是我的兵，跟我走，不是我的兵，架屁蹦……”

她时常一个人嘟囔着，没精打采地走在后面，深感孤单与无聊。

“没养喜羊羊之前，山山一向听我的话，围着我转。可是现在呵呵，变成白眼狼了，一点儿也不把‘老娘’放在眼里了……”

“山山越来越贪玩了，成绩单上净是鸡蛋、鸭蛋什么的，要是再这么整天喜羊羊（洋洋）、喜羊羊（洋洋）的下去，就全是羊屎蛋了，干脆别上学算了。”

彭玲开始当着同学们的面，抱怨着说起王山的坏话来。

这些话，很快就传到了何老师的耳朵里。

“有看法是好事嘛，大家当面交流一下多好啊。提醒同学应该加强学习，那才是帮助同学的态度，但是一味地背后议论人家，就动机不纯了。我们每个人不是都有自己的个性和爱好吗？”

有一次，何老师找了彭玲，和蔼地提醒她说。

“……”

彭玲嗖地缩回了脖子，低头不语了。

这么一来，不知为什么，彭玲更加怨恨起了王山。

然而，王山却对这一切全然不知晓。相反，他想得很单纯——等到喜羊羊下仔儿了，给她一只不就完了吗？以前就是这样，只要哄着她点，大家就会立即和好如初。

不过随着时间的推移，慢慢地，王山感到彭玲的确是在有意地疏远自己，就连妹妹也只是一味地和惠芝玩，好像忘了有他这么个哥哥似的，他这才增添了几分孤寂感。

这样一来，他这个小小少年，也就懂得了烦恼。而每当烦恼来临之时，他的脑子里也就自然浮现出喜羊羊、黑妞妞的形象，甚至还会活蹦乱跳出好多好多喜羊羊和黑妞妞的仔仔们的形象，可爱极了，让他爽歪歪地爽透了……这种心情，恐怕他们谁都体会不到，也只有爷爷一个人吧，才会理解他，才会给予他同情与安慰。

“它们虽然不懂人话，可是比谁都明白我们山山的心情哩。瞧啊，黑妞妞的那双大眼睛，里面藏着多少话要哞哞哪……”

经爷爷这么一说，王山也真切地感觉到了，即便语言无法表述的意思，只要与喜羊羊与黑妞妞一通心灵上的电话，不论什么话题和内容，都好像能表述了一样。

从此，王山不管放学后多累，也要亲手喂喂喜羊羊了。爷爷不在家时，还会主动地照料起黑妞妞来，帮着溜牛、起粪、垫圈……像个小养殖专业户一样，干得麻溜、利落。

惠芝请假没上学的那天，王泉难得地又和哥哥一起翻岭上学了。王泉兴奋地睁大了眼睛，抬头望着哥哥说：“哥，你又长个儿了。”

“是吗？”

面对着妹妹很崇拜的眼神，王山反倒有点不好意思起来。

王泉一向喜欢把笨拙的哥哥，看作是自己的弟弟。可是今天却突然感到，哥哥已经不知何时，悄悄地变成了有大哥哥味儿的哥哥了，她因此而倏然间，有了一种说不出的自豪感。

六月，岭上的小路像条地毯铺成的时间隧道，给人一种奔向远方的召唤感。兄妹俩好像同时陷入了穿越时空的畅想中，谁也没有再说一句话。耀眼的阳光，顺着树叶的缝隙洒落到小路上，扑朔迷离着他们的思绪……只有山里那些欢愉的小鸟儿，机警地听到了他们的脚步声，才会不知所措，才会唧唧咋咋、咋咋唧唧地在树枝上蹦来跳去……

## 四、分娩

转眼到了七月中旬。

烈烈的骄阳，晌午时会把大地烤成肉饼。到了傍晚前，才会像个大肚儿厨师似地，信步走下山去，仿佛要去享受自己的杰作，去吃掉这块肉饼。

这天，他们放学回来，王泉说要去惠芝家玩一会儿，俩人就手拉手地去了惠芝家。而王山这边一进家门，则看到了爷爷正在黑妞妞的棚里忙前忙后。

“怎么啦爷爷？要生啦？”

“嘿嘿，爷爷没怎么，爷爷不会生，是黑妞妞要生啦。”

爷爷头也没回地答道。

王山听了，急忙走上前去一看，只见黑妞妞面朝棚里卧着，正“呼呼呼”地喘着粗气。隔壁的喜羊羊一见主人回来了，即扬起头来，“咩——”地一声扯开嗓子撒起了娇，并且还就势用脖子蹭起了门栓。

“好啦，知道啦，我这不是来了嘛。”

王山连背包都没顾不上卸，打开圈门，用根小绳系在喜羊羊的脖颈上，牵它就出了家门。一出家门的他们，即笔直地朝着对面爬满甘葛叶的小山坡走去。

喜羊羊也临近了分娩期，大肚子几乎拖到了草皮上。现在，王山常会若隐若现地看到，它轻轻摇动着的肚子里，好像抽抽搐搐地在发生着阵阵蠕动。

“好热的天啊。”

正在山坡的园子里拔草的妈妈，看到王山牵着喜羊羊走来，则从土豆叶中抬起了身。妈妈的额头及脖子上，淌满了湿淋淋的汗珠。

“老妈真辛苦，热坏了吧。”

“是啊，这块地里西照日，我这汗就没断过。”

妈妈从肩膀上抽下搭着的毛巾，胡乱抹着擦起了脸。妈妈的脸和又湿又黑的毛巾，简直没什么区别。

王山急忙飞快地跑回家，取来爷爷屋里的一顶草帽，给妈妈按在了头上。

“呦，看我们家山山，真有眼力见儿，知道心疼妈妈啦……哎，我说啊，咱们这学期再加把劲儿，把功课赶上去好不好？”

妈妈露出一排白白的牙齿笑着说。

妈妈的这句话，多少让王山感到有些心烦。他装作什么都没听见，又急急忙忙地跑回了家。

这回他刚一迈进家门，就听到牛棚前的爷爷，像专门在等他似地下了命令：“山山，快，快去烧锅开水！”

关于黑妞妞的“生产”过程，王山去年已经经历过一次了。他二话没问，立刻跑进厨房，将家里的大柴锅坐在沼气灶上，续满水，点着火烧起来。

“山山啊，顺便取出棵酸菜吧，再把这个也剁巴剁巴弄碎喽，一起熬点菜粥。”

爷爷又补充着交代道，还将他手里攥着的一棵青芋，也递了过来。随后连放多少盐，该熬到什么火候，都准确扼要地叮嘱一番。

除了吃饭时外，爷爷平时总舍不得戴假牙。虽说没有牙套撑着的面孔，显得很苍老，可是现在的爷爷，却因为异常兴奋而精神抖擞，看上去年轻人一样的生气勃勃，丝毫不像“奔七”的老人。

王山还将家里平时做饭的小锅，也坐到了灶台上。他添进些水，放入了长长的青芋。他打算将青芋稍微煮软些后，再捞出来剁成小块。不一会儿，王山捞出了吸足了水分的青芋，将青芋剁成碎块，再次下进锅里，并加进了一小块豆瓣酱。不一会儿，大柴锅里的水，也很快就热腾腾地开了锅。

一切准备就绪，就等黑妞妞发力。不过爷爷那边还是迟迟地没个动静。王山在灶前蹲了一会儿，等得实在不耐烦了，索性又来到牛棚前。

此时的黑妞妞，头朝外地站着，两眼死死地盯着前方，瞪得像对大灯泡儿。

“再憋，憋啊，憋住气，使牛劲憋，憋住喽别撒气！嗯——唉——”

爷爷也跟黑妞妞一样，在使劲地憋着气。看那架势，简直就像他自己在生似的。王山看到这个镜头，俨然受到了传染，他也恨不得又跺脚，又蹦高地去助阵。

“呀！天晚了，该牵回喜羊羊了。”

王山猛地想起来，这才是自己的“本职工作”。他急忙撇下眼前的一切，朝门外跑去……

远处西边的天际，已经烧出了一片锅底红。连站在山冈上的喜羊羊，都被映成了红羊羊，仿佛信步在另一个世界里。

“咩——”

喜羊羊看到王山，又撒娇似地迎了过来。在锅底红的烘托中，只有妈妈还像个皮影人似的，在地里专心致志地拔着草。

王山牵着喜羊羊刚走到家门，就再一次赶上了爷爷的发号施令：“山山啊，快把开水端过来，还有菜粥……”

“嗯？生了？”

王山激动地瞪大了眼睛，他急忙跑上前去，环视起牛棚来，可是什么踪影也没看到。唯见黑妞妞，正用一种自豪的目光盯着他看，还“哞——”地发出了轻松的叫声。

王山跑进厨房，操起水桶舀进开水，还怕菜粥过热，兑上了点凉水，这才连提带抱地端了过来。

“爷爷，拿来了。”

“真烦人，搁一边儿去！”

这是怎么啦？王山一下子怔住了，很是怀疑自己刚才听错了什么——可是没错啊，他听到的就是爷爷的呵斥啊！怎么自己忙活了半天，换来的居然是爷爷的怒火哪？他茫然不知所措起来。

爷爷显然在跟谁生着气。他没戴假牙的脸，恐怕是由于绷得过于紧巴，好像没了下巴一样。他用钉耙把牛胎盘从棚里捯了出来。沾着黏乎乎黑血的胎盘，要是还放在那里，会被黑妞妞吃进嘴里的，吃了就会糊住嗓子眼，就会透不过气儿来，甚至会堵住气道憋死。

这时的黑妞妞，则好像立了大功似的，“哞、哞儿”地轻声叫着，低头舔起藏在角落里的小牛犊来。

“是头子牛，还是头牤子？”

王山煞是兴奋地问道。

不想，这回爷爷更加恼怒地吼叫起来：“比牤子还没用的东西！”

“嗯？”

“白虎星，白虎星——懂吗？！皮和蹄子都是一色白的白虎星！”

爷爷发狠般地解释道。

“全白的？那……”

“哼，黑妞妞啊，黑妞妞，你竟然下了头雪白的牛犊！拿咱山里的老话讲，纯种的黑牛啊，哪怕掺杂了丁点白毛，都叫人嫌弃，都透着不吉利，可是这回你偏偏……嘿，给咱下了头瘟神——纯白的！这到底是啥报应啊！”

爷爷说到报应一词的时候，已经带出了哭声。

“……”

关于本地黄牛、黑牛下白犊儿的事情，除了有爷爷说的“老话”外，还有一出“新话”哪。听说镇上的一家大型养殖场，从国外引进一头纯白的种牛，结果呢遭了“瘟神的报应”，生下的牛犊儿都患上了“口蹄病”，让那家养殖场转眼间就破了产。

“这如何是好啊，这个消息要是让大伙儿知道了，以后黑妞妞下的犊子啊，那谁还敢买啊？”

爷爷咯噔一声，耷拉下肩膀。接着一屁股坐到地上，抱着头一筹莫展起来。

王山看着爷爷难过的样子，很想上前去安慰安慰爷爷。可是他实在想不出说什么好，只能凝视着水桶里升腾起的蒸汽发呆。

过了好大一会儿，爷爷陡然间豹变了一样，现出一副令人惧怕的面孔吼道:“这件事不能对任何人讲，听到了吗？”

王山没敢吭声，只是机械地点了点头。

爷爷吼完后，又抱着头，陷入了极度痛苦之中……

锅底红的晚霞，烧啊烧的转眼间，就烧成了灰黑色的云团。黄昏越逼越近。从妈妈干活的地头上，传来了口琴声，那是妹妹吹的。不知何时，她也回来了。

“啊呀，小牛站起来了！”

王山好像发现了奇迹，一步蹿到牛棚前。只见喜羊羊般大小的小牛犊，踉踉跄跄地朝前蹚了两步，又一头栽倒在草堆上，让站在旁边看着的黑妞妞很是心疼，“哞、哞”地叫了起来。黑妞妞心疼地叫了两声，即上前伸出舌头，舔起了自己的宝贝儿。

又过了一小会儿，小牛犊再次想站起来，不过这次刚刚晃晃悠悠地撑起前腿，就又摔了下去。

“呀，坏了，多半是想找奶吃了，这可怎么办？”

爷爷也扒着牛棚的立柱站了起来，同时窃窃私语道。

接着，爷爷仿佛瞬间就拿定了什么主意：“对！不能让它喝奶，一滴也不能让它喝！得叫这个小白虎星，马上离开这个世界，就说生下的是个死胎，和胎盘一起埋了……”

爷爷恶狠狠地说着，额头上渗出一片粘汗，并发出了闪闪的光泽。

这时棚里的小白牛，又开始蹒跚着，同时也是在与命运搏斗着，拼命地找寻起妈妈的乳房来。

“喂、喂，这边来，这边来嘛，这边才有好吃的。”

爷爷急忙推开棚门，走到小白牛和黑妞之间，然后一转身，毫不客气地将小白牛推出了牛棚。黑妞妞对爷爷的举动悍然生气了，它急促地煽动起嘴巴、鼻子和耳朵来，呼呼作响。

“黑妞妞，我的宝贝儿，宽恕我这个老东西吧，这、这实在是没法子的法子了，换句话说，也是为了你的名声啊。”

爷爷眼里浸满泪水，呜咽着说道。

到了这个局面，王山虽说还不太理解爷爷会做什么，可是从气氛上，他已然感到了事态非同小可。

“要是爸爸、妈妈能早点回来多好啊……”

王山焦虑不安地想道。

“山山，把铁锹拿过来，走，跟爷爷上山去。”

爷爷一边轰着小白牛的屁股，一边招呼着王山说。

“要趁着你爸和你妈没回来之前，妥善处理掉，懂吗？对妹妹也不要讲，就当是和爷爷俩人的秘密，咱爷儿俩男子汉之间的秘密，懂吗！”

王山与其说是被爷爷吓住了，不如说是被爷爷的气势镇住了，他心不由已地急忙点了点头。

现在，爷爷下一步具体想干什么，不用说，他已经猜到了大半。爷爷一边戒备着山山妈干活儿的那个方向，一边推赶着小白牛，迈上了通往后山的小路。

这时的小白牛，被赶着走、走了摔、摔了走的，很是顽强，一声也不叫。王山抑制着心底的悲怜，扛着铁锹跟在后面，把牙齿咬得咯咯作响。

小路的前方，显得窒息般的漫长。从两旁欲摇欲坠的桦树叶间，已然透不来一丝亮光了。四周，如罩了层幔帐般昏黑。而恰恰就在这幔帐的意念中，王山眼前的小白牛，显得更加的可爱，更加的圣洁了……随后不大一会儿，一股花椒的清辣气息扑鼻而来，王山马上意识到，他们来到了麻姑坡——爷爷常来祭拜“山神”的地方。

“就这儿吧。再往里走了，会被山狸子们扒走的。”

爷爷找到一块花椒树丛中间的空地，就停住了。他卸下装有黑妞妞胎盘的背篓，从王山肩上取过铁锹，二话不说，冲着东南的方向，就挖起了坑。

“哞——”

这时的小白牛，才发出了它来到这个世界上的第一声鸣叫！

“别让它叫，用毛巾堵上嘴。”

爷爷匆忙解下脖子上的毛巾，扔给王山。王山默默地拾了起来，绑在小白牛嘴上。

不一会儿，爷爷挖出的土，慢慢地形成了个更黑、更大的土堆。同时一个细长的黑乎乎的土坑，也显示在他们面前。

“还是听我的爷爷讲的呢，说从前咱这山里啊，出过一条丈八长的白蜈蚣，把山里的人几乎都吃光了。后来女娲派来一只大金鸡，一口就吞了白蜈蚣，咱这地方才有了鸡冠岭之说……”

爷爷一边气喘吁吁地挖着坑，一边还讲起了传说中的故事。

“这里嘛，正是祭拜山神的好地方，也算是成全它了。”

接着，爷爷又像是安慰王山似地说。

听了爷爷的这番话，王山的嗓子眼火烧火燎般地灼热。他看着一生下来，一口妈妈的奶还没吃上的小白牛，真想大声地喊叫——这、这太残忍啦！

“是啊，是残忍了点。可是山山一家也要生存下去啊。”

爷爷似乎感受到了王山的感受。说完，举起铁锹，就要拍向小白牛的脑袋……就在爷爷高高举起铁锹的同时，王山再也忍不住了，他大哭一声扑向爷爷，扛住了铁锹的下落，随后不管三七二十一地跳进了坑里。

“傻小子，别给我捣乱！”

爷爷立马吼叫起来。

“要祭拜，就让我来代替吧！”

王山大喊道。完后索性捂住了头和耳朵，索性任凭老天和爷爷惩治似地，坐在坑底一动也不动了。

“傻小子，你快给我上来！不上来，我、我可就一起埋了……”

爷爷俨然盛怒了。他气急败坏地使出了杀手锏，他毫不客气地向坑里填埋起土坷垃、碎石子来，噼里啪啦地砸到王山身上。

爷爷抡开铁锹埋了十几锹后，一看丝毫没吓唬住王山，于是自己也顾不得那么多了，也跳进坑里，狠命地想把王山推出坑外。

不一会儿，爷爷就累得筋疲力尽了。王山挣开爷爷，像块泰山石敢当一样，更加坚定地蹲在坑里，岿然不动。

爷孙俩的僵持，就这样不知过了多长时间。直到一股手电光照射到身上，王山才猛醒过来。他抬起头，只见头上飘逸着的树叶缝隙中，星光闪烁，晶莹耀眼，似乎在向他致意。

“山山，不埋小白牛了，快上来吧。”

这是无可奈何的爷爷，操着悲鸣的声音在说。

“哥哥，已经大半夜了，别让妈惦记了，快上来吧。”

这是最近越来越温柔的妹妹的声音。

“上来！别逼着我动手——”

呀，连爸爸都来了，爸爸的话乃是不可抗拒的法令！王山使劲儿揉了揉眼睛，使劲儿朝发出声音的上方看了看——不是在做梦吧？不，不是梦……

随着大家进了家门，小白牛已经飞快地钻进牛棚，在棚里蹦着、蹚着干草转摸摸玩了。小白牛一看王山走了过来，竟然满懂事地停顿住，凝视了王山好大一会儿。接着它好像一下子想起了什么似的，回身钻到黑妞妞的肚皮底下，满口吮起妈妈的乳头，得意地吃起奶来。

王山立时百感集结，眼泪唰唰地流了出来……

## 五、王山的暑假

七月中旬的几天，山坞里乌云密布，天空中时常还会响起几声闷雷，可是消暑的雨就是下不来。天气从未这么焖热过，就是站着不动窝儿，汗珠子也会汩汩地往下淌。

自从出了“活埋”的风波之后，王山一直没上学。一是担心爷爷会不会反悔，再背着他干出什么事来；二是因为小白牛生下的第三天，喜羊羊也产下了一对双棒儿，一对小哥俩。

王山围在圈棚那里几乎是寸步不离。他使尽了吃奶的力气，想帮助两只小羊羔衔住母羊的奶头，可是那两个小家伙，居然没来得及睁开眼睛就死掉了。这也难怪，山羊怀胎一般都是一百五十天左右，谁让喜羊羊早产，只怀了一百一十天呢？尽管小羊羔的死，全系命运使然，非人力所为，不过对于王山来说，也是一记不小的打击。

王山哭着，亲手将小羊羔兄弟俩，安葬在爷爷埋小白牛所挖的坑里。爷爷也帮着培了土，算是“祭拜”了山神。“咩——咩——”喜羊羊嘶哑着嗓子哭个没完，奶水也从它沉甸甸、鼓胀胀的乳房里，滴滴洒落到地上。

“妈妈胀得很疼哩。山山啊，找块毛巾来，给它擦擦、揉揉，然后再挤挤看。”

爷爷吩咐道。王山照着做了。“呲”的一声，一股白色的奶浆蹿了出来。

从此王山早上一起床，首先要做的，就是端来那个能盛下三升水的铝锅，给喜羊羊挤奶了。加上晚上也要挤一次，每天都能挤上一满锅。爸爸、妈妈每当看到那乳白色的、热乎乎的鲜奶时，就咧着嘴丫乐。

小白牛呢，也满了七日，算是躲过了天灾人祸。现在，不光是吃黑妞妞的奶了，牵到草地上去，还会啃青草，喝小河沟里的水了。而且王山跑，它也跟着跑；王山笑，它也跟着“哞哞”地叫。王山停呢，它也随之站下来，甚是招人喜爱。

当然了，最让王山惦记的，还是它那一身的白皮、白毛。那还是从何老师那里听说的，说哺乳类动物的遗传基因啊，若是发生了变异反应，毛皮的色素就会遭到破坏，就等于得了遗传学上的病症。于是爷爷也符合着说，这一准儿的就是血液病。如此一来，王山对这只健康母牛生下的“畸形儿”，也就越发怜爱起来。

“这可不是你的错呀。”

他紧紧地搂着小白牛的脖子，把脸贴在了上面……

一直没上学的王山，连明天放暑假的事都忘了，带着喜羊羊和小白牛，跑到野地里整整玩了一天。他躺在飘逸着百合花香的草地上，仰望着阴云密布的天空，浮想联翩。

“就连那般慈祥的爷爷，也居然隐藏着那么残忍的心地，可见……”

王山仿佛愀然之间，就被一种百无聊赖的心境魇住了似的，透不过气来。

这些天来，爷爷一进到牛棚里换垫草，就没好气儿，就会被股无名火拱着而乱骂几句：“小瘟神，滚一边去！”，然后抬腿就把小白牛踢开。今天早晨即是。王山实在忍无可忍了，就壮着胆子对爷爷说：“那、那就把小白牛给我好了……”，“好啊，给你就给你，弄到哪儿去都行，离我越远越好。一看到那张小白脸儿啊，我心里就闹腾得不得了，生怕它连累了黑妞妞，生怕人家把黑妞妞也当成妖怪喽……”

爷爷说着说着的，还拍打起正在吃奶的小白牛屁股，把它轰出了牛棚。

“你啊你，一文不值、废物一个！让你吃奶纯属糟践。快，快给我滚吧！”

顶着爷爷的谩骂，王山手里捧着米糠，把小白牛引进了喜羊羊的圈里。这样一来，从早晨起，黑妞妞就和自己的孩子分开了。它们隔着板墙“哞哞”地叫得很是伤心。

小白牛的身材，虽说比喜羊羊大一圈，可是终归才生下来一个星期。开始时一淘气，喜羊羊就要训诫它。后来，刚刚失去了孩子的喜羊羊，显然把小白牛看作是自己的孩子了，也就对它表现出母爱来。于是小白牛呢，也就不客气地喝起了挤在锅里的奶。家里乱吵吵的局面，也暂时得到了缓解。

躺在草地上的王山，踌躇满志地仰望着灰蒙蒙的天空，思绪信马由缰。他履了一遍这些天来发生的事——石门桥下捡来了喜羊羊……险些埋掉了无辜的小白牛……还是埋掉了可怜的小山羊兄弟……还有妹妹王泉、彭玲、让他们爱戴的何老师……

如今的王山，尽管不经常和妹妹、彭玲，以及同学们一起玩了，可是说来也怪，他居然并不感到寂寞。只不过，一听说何老师常常关切地询问到他，就觉得很是过意不去。何老师最喜欢和他们聊天了，开玩笑了，除了教他们主课以外，还教他们跳街舞、唱卡拉OK哪！可是眼下，为了用喜羊羊的奶喂养小白牛，为了防范爷爷改变主意，他是无论如何也不能离开它们去上学的！

像颗鹅蛋黄般的太阳落了山。王山这才脚步沉沉，领着小白牛和喜羊羊，无可奈何地回了家。

吃晚饭的时候，爷爷换了副很郑重的口气，跟全家人商量着说道：“从今天早上起，已经把牛犊儿和黑妞妞分开了。以后对外呢，就说咱家的妞妞下了个死胎，好吗？谁也别提小白牛的事——哦，干脆吧，就说小白牛也是捡来的，跟咱家的妞妞无关，这样行吧。”

爸爸、妈妈自然无异议。

“……要说是咱家用上万元买来的优良种牛——黑妞妞下的，以后黑妞妞真的下了好犊子，也会有人说闲话的，想卖也卖不成好价钱了……”

全家人都听明白了，也等于牢牢地和爷爷“盟了约”。

“哞——”

棚里的黑妞妞又叫了，是因为乳房胀得难受吗？不，是在用大自然的声音，抗议着人类的“无情”，是在呼唤着自己的孩子……

一放暑假，王山就领着喜羊羊和小白牛出了“远门”。

王山带上挤奶用的塑料桶，还有妈妈蒸的“懒龙”、妹妹给他买的果茶，一大早踏着露水就出了发。

他们沿着山谷间的小溪逆流而上，路过惠芝家，然后爬上右手的小山岗，再从斜坡的小路翻坡下去，即来到了从前王盛的家门前。王盛家，是两年前搬下山去的。听说目前已经在镇上盖了所大房子，还做起了“大生意”，让留在山里的人一提起他们家，就嘘唏不已，就羡慕之极。

王盛比王山大三岁。那时的王盛，总好欺负笨手笨脚的王山。也许就是这个原因吧，王山对以前来“上游”玩，总是胆怯怯的。

如今时过境迁。王盛家的那排石砖房，已经颓然显出了凄凉之景。王山站在他们家院门前，望着四周足有齐腰深的艾草、藜草，不知为什么，格外想念起王盛来……

随后，王山带着他的两个“兵”，又顺着来路山冈的左手，绕道去了“下游”，还钻进了旁边的小山沟里。那里也有一个小院，几间空房，是从前的“熊嫂”家。

一提到“熊婶”，那可是他们这里原产的“奇女子”了。一米八几的个头不说，体重居然超过了一百五十公斤！几年前，“熊叔”甩了“熊婶”出了国，把这个家给打碎了。然而“熊婶”并没有沉沦下来，而是越发地坚强了。她变卖了全部家当下了山，不久，就在本溪那边当上了一家美容院的院长。最近听大人们说，现在的“熊婶”已经瘦身成不到七十公斤的“大美人”啦，还是一家模特队的队长哪！

不过，对于王山来说，什么“美容院院长”啊、“模特队队长”啊，这些都引不起他什么兴致。唯有“熊婶”那副胖得出奇的神态，像座小山包一样安稳的神态，才是王山赖以怀念的。

眼下，再看看“熊婶”家曾经精心拾掇过的菜园子，已经杂草丛生了，藤蔓都长进墙缝里去了。不用说，“家园”的概念已经荡然无存。

喜羊羊和小白牛都吃饱了。王山由于出门早，跟谁还没说过一句话呢，于是便尽情地、无拘无束地和它们攀谈起来、玩耍起来。他们相互领会着各自的意图，说啊笑啊的，仿佛忘记了一切。一直到太阳落了山，王山才想起要回家。王山为了招呼它们快点走，还给小白牛也起了个名字，叫“白象”。他记得何老师讲故事时说过，泰国人非常宠爱大象，会将患有“血液病”的“白化象”，尊崇为“吉祥物”的。那么他也就想到了，干脆就借着“吉祥物”的吉利，给小白牛也起个“白象”的名字吧……

暑假快结束时，白象的皮毛露出了光泽，臀部丰腴起来，睡意惺忪的灰眼珠也变得炯炯有神了。这时候，喜羊羊的产奶量，也刚好超过了那个三升大的铝锅，如此一来，供给白象喝的份也绰绰有余了。

“要是头毛色正经的牛犊子，黑缎面似的，不卖个好价钱才怪呢。唉……”

爷爷眯缝着小眼，上上下下地打量着肥嘟嘟的小白象，一个劲儿地只知道叹气。

“反正，总得想点法子……”

爷爷刚想继续说下去，只见妈妈冲他使了个眼色，就拘窘地掩了口。其实，大人们早就合计过了，等到小白牛膘儿满时就卖掉。而这件事，只有王山目前还蒙在鼓里……

不知不觉之间，王山和家里人也有些疏远起来。唯独与喜羊羊和白象，俨然形成了新组合，融进了另一个天地。而且这个天地对于王山来说，可谓是最快活的世界了。如今他看电视，除了《喜羊羊与灰太狼》这类动画片让他忘情地迷恋，还有一些描写保护野生动物的，描写人与动物之间情感的节目，也会引起他诸多的感触，感触之余，他也就更加珍爱起他们的“新组合”，深知来之不易！

新学期开学的那天，王山难得地又和妹妹、惠芝一起上学了。他们三人经过彭玲家的牛场前时，一起喊了起来：“铃铛——走啊！”。三人汇成的声浪刚落下，彭玲妈就推开房门，探出了头。

“山山，听说你们家从山里捡了头小白牛，是吗？你们可真会捡啊，现在还养着哪？多不吉利啊，扔了算了。”

彭玲妈说道，显出甚是关切的样子。

王山和妹妹互相瞥了一眼，谁也没吱声。

“咱这山里啊，听老人说出过白蜈蚣，现在又出了条白毛牛，怕是邪气轮回要出事啦……”

彭玲妈一看没人理她，就吓唬谁似地嘟囔着，随后缩回了头。

暑假过后，鸡冠岭下的那片野树林，显得更加枝叶繁茂，幽谲诡静了。岭上的树丛中，也到处落满了毛栗子退下的外壳。

他们下了岭，渡过山脚下的石门桥，踏上王山爸爸他们新修的沥青马路，再走上一里来路，便看到了位于一座小山包上的“景家屿小学”。几净明亮的大玻璃窗，在朝阳的映辉下闪闪发光。

打生下白象以来，就没有正经地上过学的王山，心中固然充满了对学校的思恋。但是，他又担心何老师会误解他。所以进了校门，就像条黄花鱼似地溜边走，一溜进教室坐下，就拘束得不敢动弹了。

“哦，王山来了，还好吗？”

真没想到，何老师进了教室，一眼看到的就是他，并且还微笑着点了点头。接着，同学们也都亲热地跟王山打起了招呼。

周芸芸一向是活跃分子，她首先俏皮地嚷嚷道：“王山最特殊了，这个暑假啊，他过了两个哩。”

说完，笑得前仰后合的她，从书包里抓出几把糖，分给了何老师和大家吃。在分到王山的时候，她还“贵宾”待遇地将一块大巧克力，塞给了王山。立时，王山路上的那种迷乱、沉郁的心态，也就一扫而光。

新学期的开学典礼，不到一个小时就结束了。何老师一看时间还早，就提议道：“这么着吧，一部分同学每次来上学啊，途中都很辛苦，要翻山越岭的，要走上好几十里路呢，要是马上返回去，怪浪费时间，也怪浪费感情的。现在，莫不如大家再做点有意义的事情，每个人讲个暑期中的故事好不好？”

“好哦，我先讲，我妈带我去坝上草原玩了……”

“我先讲嘛，我爸带我去北京啦……”

话音未落，同学们就争先恐后地讲了起来。

“等等，等等。大家一起讲，我可不能一起听啊。可是一个一个地讲，后面的又会等不及，干脆，每人写篇作文吧，那就可以同时进行了。”

“好——”

同学们兴奋地答道。

随后，何老师哼着《同桌的你》，甩着他那一头“老狼”式的长发，就给大家发起了作文纸。

发完作文纸，何老师又补充着说：“大家无需顾及什么，只要是暑期中发生过的真事，引起你真实感动的真事就可以写，怎么写都行，大家自由取材。”

说完，何老师笑眯眯地坐到讲桌旁，用眼光鼓励起大家。

“写什么好呢？”

王山用力地冥想着。

“真实感动的……对，就写，写黑妞妞和白象吧。”

王山记得再清楚不过了，黑妞妞生产那天是七月十二号，他曾在挂历上郑重地填上了五个字——妞妞生小牛。

可是，用铅笔刷刷地写下题目后，他又猛然想到，关于“白象”的事，不是跟爷爷发过誓，对谁都不能说吗？于是他急忙拿起橡皮，又将题目擦掉了。这回，他随手写起了喜羊羊下羔的事情。然而写了几笔，一想到那两只可怜的小羊羔被埋进了沉寂的后山，再也看不到自己的妈妈了，伤心的泪水就夺眶而出，眼前什么都看不清了。

这样徘徊来犹豫去的，最后，王山还是决定了写“白象”。什么由于生了头小白牛，爷爷伤心透顶，想埋进后山里啊；不仅是黑妞妞的孩子，并且还是喜羊羊的“孩子”啊等等……一想起这些天来的感触，铅笔居然不可思议地在纸上跑了起来，就连爷爷跟他订立的“誓约”——那些绝对不能对外讲，当然也就绝对不能写的内容，也全部写了上去。一转眼的工夫，他竟洋洋洒洒地写满了五张作文纸。

到了何老师收作文的时候，王山的眼前才浮现出爷爷的身影：先是暴跳如雷，挥起手要打他；而后全身哆嗦着，嘴角抽搐着蹲在地上，气得什么话也不说不出来……

王山这时才深感不妙。他将五张作文纸扣在书桌上，生怕它们不胫而走似地，用双手紧紧护着、捂盖着。然而，等到何老师走到他面前，刚一伸手来要，他就乖乖地递了上去。

“何老师，你可要说话算数啊，千万别对旁人说……”

王山紧紧地盯着何老师拿着一叠作文纸的手，默默地念叨着、念叨着。

放学后一出校门，王山就叫住了妹妹，把自己写作文的事情，自己思前想后的全过程，吞吞吐吐地告诉了她。

“什么！”

妹妹大吃一惊，瞪起大眼睛，怒视起哥哥来。半晌，才竭力压抑着恼火斥责道：“你，你把爷爷出卖了！”

听了这话，王山像霜打的茄子似地蔫了头。

猛然间，妹妹显然还是憋不住了，她大声地喊道：“你真蠢，真蠢，写什么不好，偏偏写这件事！”然后一跺脚，跑向了彭玲和惠芝那边。

一直到晚上，王山都在担心着，妹妹是否会把他写作文的事情告诉爷爷。不过家中一切照旧，风平浪静的，什么迹象也没有。他总算松了口气，悄悄地钻进了被窝。然而不知为什么，墙上平时根本听不到“嗒嗒”声的电子表，居然“嗒、嗒、嗒”地响得出奇，让他怎么也睡不着。

“如果真让爷爷知道了，那就只好带着白象和喜羊羊出走了。”

王山在心里酸酸地叹了口气。

窗外，蛐蛐儿们在不知疲倦地合奏着；窗里，王山也在翻来覆去地思忖着……

## 六、放 牧

又到了金秋的十月。

这天上午，同学们做完了课间操，一走进教室，就看到笑眯眯的何老师，已经站在讲台前了。待大家一坐下，何老师就将眼光投向了王山这边，然后开门见山地大声说道："呵呵同学们，告诉大家一个好消息哦，老师也是刚刚知道的——你们新学期开学那天写的作文啊，有一篇参加了县里的作文大赛，得了第二名的银奖哩！"

"啊，有人得奖啦！是谁，是谁啊？"

"谁酷是谁呗……"

"不是王泉，就是周芸芸，还会有谁？"

"不会是……"

同学们立刻骚动起来。并且有人还顺着何老师的眼光，寻么着看了看王山，但是马上，又不大相信地转向了他身旁的别人。

"好啦，老师也不卖关子了，告诉大家吧，是王山同学写的。起初啊，我并没有打算让你们参赛，可是读了他的作文，觉得不参加就可惜了，于是没跟你们打招呼，就递给了组委会，有点主观了。不过我的感觉并没有让我失望，还真准，哈哈哈，入选了！"

"……"

何老师虽然没失望，可是大家一听说是王山得了奖，却不免有些"失望"，一下子竟然都不作声了。

"怎么，不相信？作文题目叫'我的小白象'，白象——就是王山家饲养的一头小白牛啊……刚才你们上课间操时，评委会老师亲自打来电话了，通知了我。喂，将来的大作家王山同学，得奖了，应该高兴才是啊！"

接着，何老师将这个消息，又确认似地说了一遍。

这突如其来的"好消息"，可以说，既让王山惊讶，又让他有些哭笑不得。他木讷地看着何老师眉飞色舞的神态，心中喜忧参半。

"这篇作文写得很有感情噢，只有对小动物爱心极强的人，才写得出来。所以嘛，包括我，包括评委会的老师们，才都被感动了。"

听到这里，王山不好意思地咧开嘴，憨憨地笑了笑。

不过笑完之后，喜忧参半的“忧”，就开始在他心里闹腾开来——那篇作文之所以写了白象，完全是因为只想给何老师一人看啊，要是让其他的人也看了，那不就糟了吗？他一时尴尬之极，还真的不知道该怎么办才好。

接下来，何老师就好像自己入选了一样，津津乐道地向大家讲起了王山的“获奖作”。待到何老师讲完了作文内容的梗概，同学们这才恍然大悟，这才一哄而起，又喊、又叫、又拍巴掌地祝贺起王山来。

“别看王山数学净考零蛋，没想到偏门，是个天——才，文学的天——才哩！”

“姓王的哩，净出大作家哩，什么王蒙啦、王朔啦，将来就是我们的王山喽！”

此时，就连邻座的周芸芸，也对王山刮目相看了。她喊着喊着的同时，还用一本书卷成望远镜的模样，冲着王山瞄啊、望啊的逗起了他。

不过，大家的喊声越高，王山也就越发感到有苦难言。并且不止王山一人，包括妹妹王泉，也读到了这次“获奖”的背后，肯定潜伏着棘手的大麻烦。她因此对哥哥，又产生了同情感。

“这么一来，我可就、就要倒霉了……”

王山也忐忐忑忑地在心底叫起苦来。

何老师说，组委会将在十月中旬颁奖。届时他会带上王山，去县里参加表彰大会。大会同时还会给获奖者颁发“小记者证”呢，以鼓励获奖者更好、更热情地观察生活。

鸡冠岭上茂密的树林，一进入金秋，就会被松树、桦树的绿色，枫树、核桃树的红色粉饰得格外浓艳。翻山越岭的人们无不伫步凝视，品味欣赏，最后还会留下串串的赞美声，回荡起伏在山谷间……

当然，这硕果累累的收获季节，对走读上学的孩子们来说，还有另一番迷人心醉的魔力。

首先最吸引眼球，也是最让孩子们开心的，就是采摘“山姑娘”、山枣和捡野栗子了。只要耐着点性子，一走一过的功夫，就能摘它、捡它一大堆，将身上所有的衣兜都塞满。

当然，从兼顾家里生计的角度来看，采回家里最实惠的，还得数蘑菇。蘑菇当中，又属草蘑最受欢迎，其次为香菇和黑蘑。大人们常常将孩子们采回来的蘑菇，用草绳串成串儿地晾起来，除了“小鸡炖蘑菇”吃以外，现在有烤炉的家里，还会烤成饼干式的“点心”吃呢！

王泉几乎每天都带着彭玲和惠芝，采些蘑菇后才回家。妈妈自然很高兴，总是夸王泉有心计、顾家，将来一定能当个勤俭持家的“好媳妇”。在这一点上，妈妈原本对王山的看法也不错。因为往年王山也喜欢采蘑菇，而且很会找到有蘑菇群，资源丰厚的地方，因而采的也比她们多。可是今年秋天就不同了，王山好像“色盲”了一样，对山里的这些野味都不认识了，放了学，就一个人飞也似地先跑回家。

先回家的目的中，首先要提及的，就是他多少在“防范”着妹妹。他很担心妹妹有意无意地，会将作文的内容泄露出去。他希望妹妹只要“佐证”着说，他得了银奖，中旬去县里参加颁奖大会就够了，千万可别多说漏了嘴，把作文内容也说出来。

他着急回家的另一个理由，则是必须提早准备饲料草和干草了，为喜羊羊和白象过冬备用。光是这件任务，对于他来说，就是一项艰巨的“工程”哪！

霜降后，山里的红叶一天比一天浓。与此同时，草地上的青草开始枯黄起来。饲料草，必须割青嫩的，可是草都开始枯萎了，所以不管王山如何喜欢采蘑菇，他也无心光顾了。

不久，进入了十月中旬。种在河边的几亩水稻也割完了。到了这个季节，作为养牛的人家，照例会以放牧的方式，让牛出外去遛遛食，去上上膘，提高一下过冬抗寒的能力。

以往放牧前，为了牛的安全，也是为了不让牛跑到邻屯去，山里几户人家的“小部落”也好，山外一百来户的“大部落”也好，都要在村委会的统一管理下，把牛集中到蘑菇屿最肥沃的一块牧场去放牧。于是，顺着鸡冠岭西北坡下去的那块大牧场，就被村委会用绳子和铁丝网拦成了个大围墙。并且还在有黑瞎子出没的山口，订上了木桩，结结实实地把大家的天然牧场保护起来。

十几年前，蘑菇屯人家的养牛存栏数，常常在五、六百头以上。可是如今，包括像彭玲家那样的养牛专业户在内，能集中到一起放牧的，也不过百十来头了。于是大家对大牧场的管理问题，也就产生了成本核算上的考虑。

“就百十来头了，再费那么大的工夫去修围墙，不划算。”

“干脆，牧场缩小点吧。省得牛儿满山里跑，连个影儿都找不见。”

牛少了，自然有人提议把牧场改小点。可是养牛的人家也少了，能出工改造围墙的劳力也少了啊！结果呢，今年的放牧，还是决定将以前的大牧场修补修补，凑合着用了。

修补好围墙的第二天，爷爷就首当其冲，牵着黑妞妞进了鸡冠岭。

“去，找个草肥的地方吃个饱吧。”

爷爷拍着黑妞妞的屁股，把它轰进了大牧场。

这么一来，王山也拿不定主意了，是让白象也去呢？还是……

白象已经不是牛犊子了，而是头淘气、倔强的小犍子了。听彭玲爸爸说，放到牧场里去养，牛虽然会吃点苦，甚至还会瘦下去一圈，可是在天然的环境里，很快就会长成四肢健壮的大牛的。王山权衡再三，最后决定了，也把白象送进去。

第二天是星期六。听说爷爷要去鸡冠岭看望黑妞妞，王山也早早地五点钟就起了床。他想，牵着白象跟着去就是了。

“你要是去，就再多穿点，鸡冠岭北坡那儿风大着呢。”

爷爷说着，自己还围上了一条长围脖。

于是，王山也急忙讨好爷爷似的，多套了一件毛背心，还戴上了爸爸给买的坦克兵帽。

天已入秋。他们一大早地出了门，就陷入了十里雾海之中。连墙院前面一地的山茶花，都被淹没了，什么都看不清了。

王山牵出棚里的白象，邻圈里只剩下了孤单单的喜羊羊。它当然舍不得白象走了，“咩咩——”拼命地叫起来。

爷爷背着个手，慢吞吞地走在前面，王山紧随其后。他们踏上河谷边的林间小道，踩着道上厚厚的落叶，朝上游方向走去。身后，家里院墙的轮廓渐渐隐去，但是喜羊羊的叫声，却像被电频信号放大了似的，透过层层浓雾，依然如怨如泣地传了过来。

“爷爷你听，喜羊羊还在叫呢。它和白象一直作着伴，是舍不得离开吧。”

“嗨，别老像丫头片子似的说傻话。咱是男子汉，老爷们，不能动不动的就舍不得啊、真可怜啊什么的，总在小事上动感情。再说了，这头废物犍子一个钱毛儿都不值了，根本不值得可怜！”

爷爷说完，顺手从路边捡起根木棍，等到白象一走过来，就照它屁股狠狠地给了一下。白象急忙蹿了出去，哒哒哒地跑起来。王山虽说很无奈，也只好紧跑两步，跟在后面。

他们顺着小路走了二十多分钟，前面出现了一条山道的入口。走进去，再盘绕着小径走上十分钟，渡过一座小土桥，对面就是蘑菇屯人家的放牧场了。

等到过了那座小土桥，王山才看到，前面不远的地方，出现了一道人工围成的木桩子墙。

他们领着白象来到围墙前。爷爷解开栅栏门上的铁丝扣，把白象轰了进去。

“去吧，里面大着哪，爱去哪儿就去哪儿吧。像你这样的‘小白脸儿’，不管扎到哪个堆儿里都会很招眼的。以后啊，如果能生出几头白犊子来，咱山里人就见怪不怪了。”

白象头上的纤绳被解开了。它显然不解其意，呆然若失地盯着王山看。王山恋恋不舍地抚摸起它的鼻子，还把自己的额头蹭在白象的大眼皮上。白象也是“受宠若惊”，急忙用它发涩的舌头，舔起了王山的手。

这里的牧场，并不像大草原似地一望无垠，多为铺满牧草的漫坡，或是小山丘。因而那些霜打不到的坡底或是低洼之处，就依然残留着一些小块的青草地。

“诶，我的黑妞妞在哪儿啊？”

爷爷东张西望地寻么着，顺着围墙边儿向深处走去。王山默默地跟在后面，白象也迈着急步，尾随而来。

“嘿，你跟来干哈？去、去！”

爷爷转过身，又抡起了那根木棍。这让王山心里很不是滋味。

“怎么轰，你也别走！稍微拉开点距离，让他棍子够不着你……”

王山在心里，又默默地跟白象通起了“电话”。

果真像通了灵犀一样，这回白象先是踯躅不前了，等到爷爷回身走了几步后，才摇了摇尾巴，跟在后面追上来。

“你这小白虎星，真腻味人，别老跟着我们！要是别人看到你和黑妞妞在一起，那就糟了，就会知道你是它的犊子了，去！滚开！”

爷爷一看还是轰不走白象，这回索性一边骂着，一边随手捡起什么——不管是石块，还是土坷垃的，就朝白象掷去。有的石块砸在白象头上，疼得它哞哞地直叫唤。

说来也怪，不管爷爷怎么砸、怎么打、怎么撵的，白象就是黏黏糊糊的，一直倔强地跟在后面。

就这样，蹚了足足有二十分钟的露水后，他们才在灰蒙蒙的晨雾中，看到了点点簇簇的黑影。那是群牛。待他们走进一看，黑妞妞也在其中。

“哦，我的黑妞妞，我的公主，你好吗？”

与人打招呼都少有这般亲切。爷爷伸出手，向前够着黑妞妞，黑妞妞也急不可待地迎了过来。

黑妞妞的臀部上，有个“王”字的标记，那是爷爷用剪刀剪出来的。当然，即使什么记号都没有，王山也会从毛色的光泽，弯刀式的犄角，以及那对大而明亮的眼睛上，一眼认出它来。

“好喽，好喽，给你，这是见面礼。”

爷爷从兜里掏出个手绢打开，里面包着一把盐。然后深情地递到黑妞妞的嘴边，让它舔起来。

其他的牛一见，自然也想挤过来借个光。爷爷愠怒地吼着：“是给你们的吗？走，走开！”抡起手中的木棍又敲打起它们。

吃完了盐的黑妞妞，显得很是惬意。它用长长的舌头，将舔吃时粘到嘴边的咸味也抿了个干净，还将爷爷的袖口也吮了个够。吮完了还露出一脸回味无穷的样子。

可能是黑妞妞的心情也传递给白象了吧。小白象也情不自禁地靠上前，偎依在妈妈身旁。这样一来，可谓是引起了爷爷的勃然大怒。

“嘿，你这不争气的，别往跟前凑合！”

爷爷再次抡起了手中的木棍。可是这次，不管他怎么拼命地挥舞，怎么重重地打向白象的屁股，白象俨然圣斗士一样，就是不肯离去。黑妞妞也露出了爱怜的目光，深情地护着、舔着自己的孩子。

“唉，虽说是牲畜吧，可也记得母子之情啊。”

看来爷爷认输了。他沮丧地将手中的木棍扔了出去，然后一屁股坐在了树墩上。

过了会儿，爷爷又显出了很轻松的样子。他站起身来，倒背上手，准备离开了。王山也紧随其后，依依不舍地看了白象几眼，转身跟着爷爷朝回家的路走去。

“哞——”

白象也仿佛认同了这个局面，略显凄凉地叫了一声。但是这次，它却没有跟过来。

旭日冉冉升起，霞光驱散了盘绕在山间的浓雾。四处不断传来“嗑嗑嗑、嗑嗑嗑”的声音——那是啄木鸟们弄出来的动静。

“那不是啄木鸟的叫声，”爷爷轻松地迈着下坡的步子，给王山讲起了啄木鸟的故事，“……小麻雀们啊，在它们父母快死的时候，会从老远的地方飞回来，聆听父母的教诲。比如去什么地方好玩啊，能找到好吃的啊，什么地方最安全啊等等，从父母那里会学到好多好多的生活本领。可是啄木鸟却相反，听说它们父母要死了，还在又是擦胭抹粉的，又是涂口红的打扮个没完。等到臭美够了，飞回来一看，老啄木鸟已经没气儿了。结果不管是父母的遗言也好，还是到哪儿能觅到食的忠告也好，都没听到。所以嘛，它们只好讨人心烦地，整天这儿嗑嗑，那儿嗑嗑的，嗑得头昏脑胀的，靠嗑嗑树干寻找树洞里的虫子过日子了。”

“噢，怪不得啄木鸟……”

王山点了点头，眼前闪出啄木鸟们美丽的羽毛。

“这还是我小的时候，我的爷爷讲给我听的故事哪。”

“嗑嗑嗑、嗑嗑嗑……”

从笼罩着氤氲雾气的山谷间，又传来了它们的敲打声，好像在相互抱怨着什么……

## 七、白　象

十月中旬的一个星期六。这天，王山随着何老师，要去县里参加颁奖仪式。

为了赶早上八点半的火车，他与何老师约好了，两个人八点整，要在山下李儿寨车站那儿碰头，然后一起坐火车去县里。

“真不知道你写了些什么鬼话，呵呵老祖宗保佑，还得了奖！这回咱家还要出作家了呢。”

妈妈心满意足地笑着，给王山换上了一件新的兰衬衫。

一提到作文的话茬，王泉就会立刻沉默下来，用眼角偷偷地去瞟哥哥的脸色。

其实，王山并不想去县里领奖。他担心自己出了门，妹妹会将作文的内容说出来。另外，一想起放进山里牧场的白象，不知为什么他总是放心不下，心里总是冒烟儿起火似地烧得慌。

“白象进山都一个星期了……”

王山穿上了漂亮的新衬衫，心里却感到很是不自在。他想，什么事情都不该比白象的状况重要吧，应该进山去看看才放心，哪怕是看上一眼也好。

“快点走的话，只要五十分钟就能打个来回。现在还不到七点嘛，那么去一趟牧场后直接出山，八点时肯定能赶到李儿寨。对，时间满富裕的，就这么办！”

王山决定先去牧场看一眼，然后再去赶火车。

爷爷和爸爸割稻子去了。现在，能在家里“当家”的，王山认为只有他自己了。于是他也学着爷爷的做法，跑到厨房里包上一把盐，然后冲着妈妈喊了句：“我去趟牧场就回来！”便撒开大长腿，跑出家门。

他算计自己决不会迷路。他还清晰地记着上次随爷爷走的那条小路。他一边快步如飞，一边鼓励着自己——连鸡冠岭坡下的那片野树林都闯荡过了，这山里头还有什么可怕的？不就是一个人去趟牧场嘛，那就更不在话下了……

山里的红叶，跟烧着了的柴火似地，比一星期前更红彤，更浓重了。

王山匆匆穿过林间小道，呼哧带喘地跑进山口，随后踏上了那座小土桥。就在这时，他忽然间好像听到了什么声音。他四下里一寻么，果然看到个人，正站在对面的山上喊叫着什么。

“喂——喂——”

喊声被桥下叮咚作响的流水声吞噬，王山什么也听不清。

等他渡过小桥，跑近牧场的围墙时才看清了，从对面半山腰上走下来的，是位眼熟的大叔。

“喂——牛－出－事－了！”

那位大叔大步流星，边走边拉长了声地大喊着。

“啊，谁家的牛出事啦？”

王山显然受到了那位大叔的感染，急忙问道。

“不知道谁家的，从山上滚下来，掉进了老炭窑里，被砖挤住、卡住了不能动弹。哦，屁股毛上剪有‘王’字，兴许是王老爹家的……”

心急火燎的那位大叔，满嘴飞着吐沫星子说。

“屁股毛上有‘王’字？”

“对。快、快帮我去转告坞里人家！”

那位大叔说完，就急哈哈地朝山下跑去。

“难道是、是爷爷的黑妞妞？”

惶然之间，王山的双腿像触电似地战慄起来。他嘴里噎着哭声，转身忘了一切地顺着来路跑了回去。

他顿感自己的心和腿脱节了，怎么催促着“快跑、快跑”的也跑不快。并且越是催促着，越是着急，越是浮现出黑妞妞痛苦的、求救的眼神。这些立体的画面，火上浇油般地灼痛着他的心。

“爷爷——爷爷——”

王山马不停蹄，一口气跑进爷爷和爸爸割稻子的地头，来不及倒上整口的气儿来，就大喊道：“坏、坏了！从半山上、山上滚下来了，啊、啊，卡进老炭窑里不能动了……”

“谁啊，谁不能动了，好好说。”

爸爸一见失魂落魄的他，急忙抬起身来问道。

“说是出事了！屁、屁股毛上有个‘王’字，是黑妞妞呗——”

“什么？”

这时抬起身来的爷爷，也惊大了眼睛，并且没戴假牙的大嘴，还一下子咧到耳根。

“刚才在、在进山的桥头，一位大叔告诉我的，叫我通知咱坞里人。”

“真的说了？屁股上有‘王’字？”

“嗯。”

爷爷手里攥着的一把稻捆，“哗”一声，散落一地。

“有咱家记号，那兴许是真的啦。”

爸爸的脸色也骤然豹变。他扔下手中的稻把，再次问了王山一遍。

“山山快跑，去跟咱坞里人都说一声，要真是咱家牛，唉、那可就糟了，还差着钱呢，贷款买的啊！”

爸爸说完，咂了砸舌头嘬了口凉气，拔腿就朝牧场跑去。

而爷爷则先返回家里。他带上了把黑漆漆的砍柴刀，还包上了一把盐。这时听说黑妞妞出事了的妈妈，自然也着了急，冲着爷爷担心地问：“要是腿摔断了可咋办？那大身板的不能动了，还不也像刘婶家的大犍牛似的，得杀了吧？”

爷爷听了，更是心急如焚，什么话也说不出来。

提起刘婶家的牛，那还是几年前的事。那年，刘婶家养的一头大犍牛，一失足从山上滚下来，摔断了腿，就动弹不得了。那条牛可大了，足有七、八百公斤重，人手少了硬是弄不动它。结果折腾到天黑，实在没办法了，坞里人只好决定当场杀掉分肉。天一黑，伸手不见五指的，谁都怕这时黑瞎子摸出来，又糟蹋了牛的又糟蹋了人，因此大家决定杀了分肉也实属无奈。

杀了也就杀了，分了也就分了呗，可是后来，刘婶却被兽医站的人给训了一顿，差点还罚了款！

蘑菇屯里的人家，对病死的大牲口，一向是整个儿地埋掉。对斗架死的，还有意外死亡的，则选择当场杀了分肉。然而那年颁布了个讨厌的“卫生法”，说不经兽医站的“检疫”，再杀大牲口就是“犯法”，弄得大家灰溜溜的，以后就不敢公开“杀生”了。

不过话还得说回来。不管现在政府怎么改革，怎么建立新法，“民不举，官不究”嘛，从前的那些“陋习”也很难彻底改掉。

通知完各家后，王山又跑回到牧场。他风风火火地赶到出事地点时，不禁惊呆了，首先映入眼帘的，竟然是一头污面垢体的“小花牛”！“小花牛”瘦的脊梁骨和肋骨凸凹分明，根根都能清晰地数出来。尽管苍蝇、马蜂轮番攻击着它的臀部，但是它神色萎靡，有气无力，只是悄然地守望在那里，像尊“石牛”。没错，那尊“石牛”正是白象！但是，那已经不是一个星期前的活蹦乱跳的小白象了……

白象身旁的一块大岩石前，已经到了三个人：爸爸、那位大叔和彭玲爸爸。

“唉，可怜的白象！”

王山心疼极了，差点一屁股坐到地上。

“这头小东西的哭声啊，可凄惨了。我寻着它的哭声过来一看，我的妈啊，敢情是头大牛掉进炭窑里了。这座炭窑早就废弃了，要是没个响动的，谁还来这儿啊……”

那位大叔像讲解员似地说道。

“嗯。黑妞妞像是要横穿上面的崖坡，没想到一失蹄摔下来，砸在了废弃的窑顶，然后就卡住动弹不得了。如果不是这头小东西跟在身边，咱们一时还找不到这儿哪。”

彭玲爸爸也跟着解释说。

王山听了，心酸得更是不能自制。他急忙上前紧紧搂住了白象的脖子。

看得出来，白象已经非常疲惫了。尽管如此，它还是露出了胜利者的欣慰，深情地舔了舔王山的手，而后如释重负地闭上了眼睛。王山的全身，顿时冲荡起一股热腾腾的暖流……

不一会儿，爷爷也气喘吁吁地跑了来。

“这、这个倒霉蛋呦！唉——到底还是咱家的黑妞妞啊！”

爷爷显然失望之极，“噗嗤”一声就瘫坐在黑妞妞面前。

“这可咋办啊？很疼是吧？你说你、你是咋整的掉到这里哩，还卡在那儿了……就咱这几个人，咋弄得动你啊！”

爷爷已经明显地带着哭腔说话了。

这时，一直闷声不语的爸爸，已经麻利地行动起来。炭窑被砸塌了，像陷阱一样的凌乱。不管是土块、石块还是炭窑里的壁砖，只要是搬得动的，挤在、压在、卡在黑妞妞身上的，爸爸都急火火地搬动起来，然后朝不碍事的地方扔去。黑妞妞的大半个身子，都已经深陷其中了。

这是一座早就废弃了的老炭窑。在它背后十几米高的山崖上，有一条小崖坡。坡上的树木已经被砍去了，现在光秃秃的，俨然没有了天然屏障。黑妞妞恐怕就是走过这里时，一不小心从坡道上滚下来，砸进了窑顶的。于是山上的石块、土块也好，窑顶周围的砖头瓦砾也好，也就一股脑儿地砸在它身上。

现在，不管爷爷怎么唤它、晃动它，它也毫无反应地闭着眼睛，一动不动。只是隔上好大一会儿，才有气无力地扇动一下耳朵，表明它还活着。

显然，黑妞妞在刚出事的时候，曾经拼命地挣扎过，牛蹄子已经狠狠地扒进了身旁的土砾中。

“我看这条大牛啊，伤得不轻哩，怕是凶多吉少了……更可怜的倒是这头小牛，谁家的啊？一直守候在身旁，不忍心丢下同伴——看啊，看它这干瘪瘪的小肚子，恐怕是不吃不喝的好几天了，然而却一直不忘呼救。听到它那悲凉的叫声，连石头人都会掉泪呢。”

那位大叔的这席话，惹得王山不禁“呜呜”哭了起来。

“黑妞妞啊，你不能死，你一定要坚持住啊！你睁开眼睛看看好吗？这不大伙儿都来了，都在想办法吗，你倒是睁开眼啊，睁开啊……”

爷爷也声泪俱下了，并且还用他那大骨节的粗手，去抚弄黑妞妞的大眼睛。

“哎呦，都长蛆啦！”

爷爷刚一扒开黑妞妞的眼角，就见一粒籼米样的白东西，从里面滚落出来。

“呀，耳朵里也有！”

王山也从黑妞妞的耳朵眼里，看到了同样的一粒白东西。这么一来，在场人的心，一下子凉了半截。

“长蛆喽——就是说，事情恐怕发生有一星期啦。苍蝇都钻进眼睛里下仔了嘛，它早就没力气动弹啦……唉，你们再看黑妞妞屁股这儿，拉了这么多的粪，都干巴了，看来它扑通了好几天，一直扑通到不能动了为止……”

这时彭玲的爸爸，也撩起了黑妞妞的尾巴，一边让大家看着，一边分析着说。

王山知道，彭玲爸爸的这几句话分量很重，他们家是养牛“专业户”嘛。王山失望之极，他实在不知道该怎么办好了，他干脆抱紧白象，哄着它躺下来，然后捡起根干树枝，去给黑妞妞掏起了耳朵里的蛆。

爷爷依然还和黑妞妞脸贴着脸的，想必还在抽泣着吧。不，爷爷已经不哭了。王山仔细一看，才明白了——爷爷正用自己的舌头舔着黑妞妞的眼睛，向外抠着蛆呢！

不知什么时候来的，周围已经聚拢来好多乡亲。不仅坞里的七户人家全来了，离这儿近的坞外的人家，也有人来了。他们中有的背着背篓，有的挎着篮子，还有的拿着砍刀和绳子。最显眼的，居然还有一人扛来了斧子。

“这帮家伙是来分肉的。”

爷爷用蚊子般的小声说，声音已经颤抖得跑了调。

王山的眼前，twitch然间闪现出一幅可怕的情境——这把大斧子毫不留情地挥向黑妞妞的脖颈……“啊！”，一股冰冷冷的杀气，立时蹿到他尾巴骨上。

果然不假，人群中开始窃窃私语起来。

“这么瘦，肉可不多哦。”

“嗨，瘦死的骆驼比马大。上回刘婶家那么瘦的牛，咱还分到十来斤呢。”

“城里的肉价啊，听说又涨了。”

“诶，你看旁边的那头小白牛，是谁家的啊？真少见！”

“咳，我还以为是头黄里透白的哪，原来是头全白的啊……”

“你看那体型，决不像咱本地牛。”

“是啊，现在咱东北黄牛尽是串种的，越串越不好吃了。”

“不会是谁家的没串好，串出个四不像来吧，然后扔进山里……”

“这条大黑牛，是咱本地牛的正根，恐怕跟这条小白牛没啥关系了。要是纯白的，那就是西洋鬼子的种了，听说要跟法国牛配才中，才出这色的。反正要是纯种的黑的，下不出白的来……”

在这些议论中，王山最担心的，还是“反正要是纯种的黑的，下不出白的来”这句话。要是爷爷听见了，一定又会引起对白象的憎恶。

那天，黑妞妞与自己的孩子重逢，并且还美美地在爷爷手里舔了一顿盐，肯定高兴得不得了。为了给白象找到青草吃，黑妞妞就带着它四处游逛起来。

顺脚的地方，几乎没有好草了。鲜嫩些的草，也只有别的牛没去过的地方才有。当时，黑妞妞恐怕是太想“招待”孩子了吧，于是就想跳过上面的崖坡，去对面侦探一番，看看那边有没有足够供白象饱餐一顿的好草。然而，崖坡边上的树都被砍光了，再加上前几天下了场大雨，把树根部的土又冲走了一半。如此一来，那条斜坡小道就等于被破坏了，也就经不住黑妞妞那庞大的身躯了……

“唉，真是越怕事，越出事。这回可好，非赔光了算。”

爸爸浑身是土，汗水涔涔，嘴里一边嘟囔着，一边将压在黑妞妞身上的大石头费力地搬开。随后几位乡亲，也帮着搬起来。

“要说嘛，牲口也是一条命啊，是命就有命脉和运数啊。可谁又知道一个活着的生灵会在何时、何地遇到不测呢？看这个样子，你们家的黑妞妞啊，恐怕是很难熬过这一‘劫’啦。”

彭玲的爸爸，抱着块沾满了牛粪的石头，叨叨唠唠地来到王山爸爸跟前。而后压低了嗓门，倚着对方的耳根又说：“王哥啊，我全知道了，一直在这儿不离不弃的那头小白牛哇，是这头黑妞妞下的……”

“啥、啥？你说啥话嘛，黑毛牛怎么会下出白毛牛呢？”

爸爸一听，情急得有些语塞，赶忙佯怒地反驳道。

这么一来，彭玲爸爸反而得意地笑了。

“哎，别发火嘛，小声点。要是让大伙儿听见了……听说你们家山山，早就把下白犊子的事儿啊，一五一十地写成作文了。”

“啊？！”

爸爸狠歹歹地瞪着对方的眼睛，满脸溢出疑惑不解、恼怒不已的神情。

“别担心，我是不会说出去的。谁家都有本难念的经嘛。”

彭玲爸爸拍着他的肩膀安慰着说。

“山山啊山山，真没想到，竟然是你把爷爷出卖了！你可是比谁都爱爷爷、都爱牛的啊……”

爸爸在心里，狠狠地责备起王山来。

砸在和挤在黑妞妞身上的石块、土砾，终于在乡亲们的帮助下，被清理干净了。这时的大伙儿，也都自然地抬起腰板，似乎在等待着什么。而爷爷，做为黑妞妞的主人，也应该站出来，跟大伙儿说几句客套话吧，这是最起码的礼仪嘛。

爷爷及时地站出来了。不过爷爷做出的反应和方式，却让王山吓了一大跳，同时也捏了一把汗。

“各位乡亲啊，看在我这把老骨头的份上，趁着这头牛还有口气儿，说什么我也想求求大伙儿了，先让我把它弄回家再说吧，我恳求大伙儿帮把手，行行好中吗？我求求了，求求了。”

“啊呀我说爸，都啥时候了还说这种傻话。你不看看它还站得起来吗？还值得弄回家吗？咋弄回去啊？——那好，你想弄回家，你就跟乡亲们说说看，咱这些人手够吗？怎么弄，你有什么招数？”

爸爸急忙上前规劝爷爷道。

可是爷爷却抢上前来一步，将爸爸抵在了身后。

“我不管这些，我只知道谁要是想杀了它分肉，那可不中，今儿个要杀就先杀我，要分肉就先分我的肉！”

爷爷越说声越高，情绪也跟着越发亢奋。爷爷还死死地盯着扛斧头的那个年轻人看，眼睛瞪得铜铃般大，像要跟人家拼老命。

紧接着，他喊叫着那口气还没倒过来，就又呜咽着哭了起来，而后一屁股坐在了地上。

“各位乡亲啊，我求求、求求大伙儿了，帮我一把，将这个不争气家伙弄回去吧，看在我老王头的面上，看在我给大家守了一辈子山的面上……”

爷爷在乡亲们的眼里，早先一直是“看山的老王头”的形象。也就是这几年爷爷“退了岗”，屯子里新起来的一代人不大熟悉他了。

爷爷说完，一看大伙儿没啥反应，就更沉不住气了。这回他索性就地一打滚，双手撑着地，干脆给乡亲们磕上了头。

“我求求大伙儿了，求求大伙儿了。我王老头在五九年，还有六九年、七八年那旦儿，都抓住过烧山的坏蛋哩，咱怎么说也有点苦劳吧，请大家看在面子上……”

爷爷情急之中，又想拿他的“历史功绩”说事了。

爷爷的那口没戴假牙的嘴巴，拼命而急促地张合着。无疑，这不仅仅是在为黑妞妞求情，也是在为他自己求生。

可是大家丝毫没有被打动的样子。

这时的王山，则想起了爷爷要埋掉刚生下来的白象时的情景。不用说，爷爷现在的心情很绝望，和那时我的一样。唉，真希望大叔、大哥哥们能帮帮忙……

聚拢过来的乡亲们，此刻好像都不想理睬爷爷“不现实”的请求，他们继续乱吵吵地在交头接耳，在商量着什么。

“就是帮你弄回去了，也是个死啊！”

“一还一报嘛，那年，咋分了人家刘婶的？”

“王老爹真倔……这旦儿了，还不麻溜溜地快刀斩乱麻。”

就在这时，那个扛着斧头的年轻大哥说话了：

“王老爹，你看看这儿是啥地方？你不会不认识吧，这个崖坡的上方，就是咱老祖们祭祀山神的地方啊！要说那旦儿哩，谁家的供品拿来了，还有再收回去的道理吗？除非是放生的活物，让它自己走。您老人家看了一辈子山，能不懂这个理儿？”

这位大哥的话，“杀伤力”极强，显然直捣爷爷的心窝。

王山似乎也绝望了。他紧紧地靠在爷爷身后，抚摸着白象的脊梁。他的心头像压上了一块石头，喉咙里像塞满了杂草。或许此时最了解爷爷苦衷的，也只有他一人了。

“说得对。你看这大牛还能自己走吗？”

“弄不弄回去，已经不是你王老爹说了算的事了，得问问大伙儿，得问问懂行市的才行。”

“啥行市不行市的，找来兽医看看不就妥了，说能活，咱就帮老爹一把，不能活，按老规矩办不就是啦……”

纷杂的议论之中，还有人说出了这么句话。而这句话，马上就被彭玲爸爸抓住了。

“我说大伙儿啊，王老爹啊，你们先别急，都别下最后结论。我看这个主意很好。要不我就跑一趟，把兽医站的人请来再说，咋样？”

彭玲爸爸是骑着摩托来的，说完，他就去打着了车。

这边众人闹哄哄的，那边却有一个人孤零零的。

何老师准时赶到了李儿寨，此刻正坐在车站的候车室里，盯着墙上的电子钟，在焦急地等待着。

“离八点半只有五分钟了，王山这孩子，究竟是怎么搞的？如果赶不上这班等下班的，要晚三个小时哪，那、那颁奖大会不早就结束了……”

差半分钟就到八点半了。空气中，已经颤悠悠地传来了火车的喘气声。火车在这个小站只停两分钟。也就是说，两分钟内王山若是赶不来，他就会错过亲自领奖的机会了。这时，车站内的小广播也响了起来：“去清源方向的旅客请注意，请带好自己的行李，准备上车了……”

“真是没办法。唉，只好代他去领喽。”

何老师一步一回头地望着候车室的入口，叹着气，走向剪票口。

去清源的火车准时滑进了站台。何老师不胜遗憾，只好迈上了车厢。

列车终于启动了，王山也终于没赶来。何老师焦虑地皱起眉头，巡视起窗外。那峰峰相连的长白山，在袅袅云霭的笼罩下，几乎与远天浑然融在一体，眼瞅着悄然向天际流去……眼前还依稀可辨的一座山头，正是鸡冠岭。

火车给山谷间的上空，吐下片片白云，然后就劲头十足地朝清源方向奔去……

## 八、吃金不拉金的黑妞妞

不过歇个晌的功夫，彭玲爸爸就返了回来。他的摩托“嘟嘟嘟”地开过小土桥，大家一眼就看清了，他屁股后座上坐着的，正是兽医范大夫。

“范大夫来啦！我老王头求您了，求您救救我这头可怜的牛吧，”

爷爷一见到范大夫，急忙拱手抱拳地给对方作起了揖。

“真是个老顽固，咋就不懂个人情世故呢！”

“呵呵，就是今天弄回家喽，明天照样也得去屠宰场。”

“惊动了兽医站，那就要接受检疫了，真是没事找事……”

“唉，没办法，那咱们就先听听范大夫的意见吧。”

几个“大哥”级的年轻人，对爷爷一根筋走到底的犟脾气，显得很是无奈，便硬邦邦地甩出了这几句糙话。爷爷听了，也只能忍气吞声地一声不吭。

于是范大夫成了主角。他仔细地检查了一遍黑妞妞的全身，然后用蹭脏了的蓝大褂擦了擦手，才不紧不慢地说：“腿骨还算幸运，没折，只是腰骨硌了一下。另外，主要是好几天没吃东西了，身子虚，元气都虚没了，看来很难缓过来喽。”

黑妞妞的两条后腿，肿得像木桩了子似的，两个蹄子看上去，也像枯槁的树疙瘩。

“送不送屠宰场，要不要检疫，那就要看下一步调养的情况了，一两天内就会见分晓。我当然想救活它喽。这样吧，先打一瓶葡萄糖试试看。”

范大夫说完，拿出只水枪般粗的针管，配好药，就给黑妞妞扎上了针。而后看到旁边纤弱的白象，也准备给打一针。但是刚要注射时，就被爷爷拦住了。

“这个小白脸就免了，一针十几块呢。要打，就都打给黑妞妞吧。”

范大夫很是不快地瞪了爷爷一眼，没法子，只好赌气地将那支本想打给白象的一针，又打给了黑妞妞。

对于爷爷的这种固执，王山实在是忍无可忍。他忍无可忍后的发作，就是想领着白象走开，“逃”离这里。

他不想继续听大人们的争执了。他帮着白象站起来，然后牵着它缓缓地走下了河谷。河水清澈透底，两岸的青草还屡屡可见。他用双手捧起一汪汪河水，让白象喝了个够，还顺手折下一棵凋萎了的桔梗草，递到白象嘴里。白象伸出了长长的舌头，只麻利地一卷，就吞了进去。

没想到范大夫的介入，呵呵，还歪打正着——当着兽医站人的面，谁都不敢明目张胆地无视“检疫”问题，也就不好意思再说分肉的话了。于是事态也就朝着有利于爷爷愿望的方向发展，黑妞妞总算是逃过了眼前这“一劫”。

“我说王老爹啊，既然想弄回去，那咱们就赶紧张罗呗，得先绑副‘担架’吧。”

识时务者为俊杰。这时还是那位扛着斧子的大哥，首先打破了僵局。他对王山爷爷说完这句话后，又转身对另一位小青年吩咐道：“大福子，你回屯里弄辆推车来，我们在这儿绑副担架，咱们好连拉带抬地把牛弄回去。”

“那就麻烦大伙了，麻烦了。”

爷爷一听，真是喜出望外。立马收敛了刚才还敌视大家的眼神，冲着他们连连点头哈腰起来。

“那就谢谢各位了。咱家王字正着写、倒着写，反正都是三横一竖不变样。以后各位有用得着咱家的地方，尽管说，我王卫林决不含糊。”

爸爸也急忙趁热打铁，想把现场的气氛引导过来。他用商量的口吻继续跟大家说：“本来嘛我也想过了，实在不行喽，那就干脆杀了分肉算了。现在既然范大夫答应帮助治，各位也不差那点肉，那就再请大家帮个手，先弄回家去再说吧。总之大家的这份情，我是心领了，往后一定会厚报大家的。”

按理说，就地杀了分肉的话，一事一了断，来者每人一份，是王老爹家搭个人情，大家领个人情的皆大欢喜的事。可是要是弄回去的话，那就要重新掂量掂量了，那抠门的王老爹，还会不会搭这个人情不说，起码是大家还要往里搭人情的事啊！这是谁都能算过来的账。于是围在外围的那些大婶、大娘们，也就七嘴八舌地咋呼开来。

“让咱们白等了这大半天，拿咱穷人开心是不！”

“谁有那么大的‘牛劲’扛牛啊，使唤人也不能这么使唤吧。”

“弄回去喽，山猫子护食，还能再吐出来吗？”

就像冰雹子砸了山茶花似的，一阵子的犀利挖苦过后，竟有十几个人愤愤地甩手而走，最后，只剩下了七、八个男人。

不想帮忙的和只会说风凉话的走了也好。留下来的大家一起动手，砍树杈的砍树杈，砍荆条的砍荆条，不一会儿，大家就扎好了一副大大的担架。这时，回屯去找推车的小青年大福子也回来了，弄来辆打足了气的手推车，车上还带着些绳子和草垫子。于是现场的情绪，也就活跃起来，有人还随口吆喝起了“号子”——那是一种发自内心的，向大自然表明人类要勇敢地生存下去的声音，大家肯定认同这个声音。随着“号子”的节奏一起动手，大家将黑妞妞弄上了担架。

黑妞妞已然陷入昏迷状态。

大家要先抬着这副大担架，下到坡底，越过小土桥，再爬上对面的林间小道，才能将担架放到那辆手推车上。所以目前还必须将黑妞妞的四肢，像囚犯似地紧紧绑住，让它在这个过程中动弹不得。

一切就绪了。

“哎，来吧乡亲们，上肩的上肩，搭手的搭手！”

爸爸大喊了一声。大家分为两队，每队前面的几个上肩，后面的几个搭在手腕上，大家用这种姿势协调着担架的平衡，开始慢悠悠地顺坡而下。

不大一会儿，每个人的脸颊上，都滚下了油光锃亮的大汗珠，并从吃着劲的牙缝中，挤出了“嗨呦、嗨呦”的号子声。那副大担架，也随着号子的节拍嘎吱嘎吱地叫响。

王山轰着白象的屁股，心里也在跟着大家一起喊着“号子”，跟在了队伍的最后面。

担架队一鼓作气，过了小土桥，爬上林间小道，直奔向那辆手推车，然后将黑妞妞平稳地卸到了车上。

“什么叫‘死沉’啊，我算领教了。唉，我说王老爹啊，以后你就是给咱双份钱，咱也不干这活了。”

“你啊，干了活还不讨好——实心眼地干活，还实心眼地说风凉话。我说你这心眼啊，才死沉死沉的，哈哈哈……”

大家被累得龇牙咧嘴的，一屁股一地的，都坐在了道旁。

“真是对不住大伙儿了。到家喽，我让山山妈给大家炒六个菜，再开瓶好酒喝——老‘竹叶青’的，行了吧……”

爷爷急忙安抚着大伙儿说。

“呵呵，这才到哪儿啊，还有几里的山路哪！到不了家，你啥也吃不着哦。”

已经把斧子别在后腰上的那位大哥，不知是啥心情地回了爷爷一句。

“喂，强哥强哥，你瞧——”

忽然，带回手推车的大福子，指着黑妞妞的眼睛对别斧子的大哥说：“快看，牛扑簌簌地掉眼泪了，它也动真感情了……”

被称作强哥的那位大哥，也“嗯”一声，开始注视起黑妞妞的眼睛来。

“哼，要是我的喜羊羊，那表情就更丰富了，别说会哭了，喜怒哀乐的什么都会！”

王山不服气地想着。

“好啦，好啦，马上就给你松绑啦，你再忍一会儿，就一小会儿……”

这时的爷爷，急忙拿起毛巾，一边给黑妞妞擦着眼泪，一边哄喽着它说。

歇了会儿，大家重新爬了起来。他们先将担架上的一根梁，横着卡在推车轱辘前，利用木梁与轱辘的摩擦原理，做了个刹车闸，然后又在木梁上系了根粗绳，让强哥和大福子从后面拉着，于是车轱辘发出“吱吱”的碰“闸”声，沿着沙石路慢慢地下起了坡。

白象步履艰难地跟在队伍的最后面。王山虽说心疼得不得了，但是他知道，他既背不了它，也扛不动它，目前白象只能依靠自己的生命力，去挑战生存极限了！他在心里默默地祈祷着：“可要坚持住啊，我的宝贝。到了家，再给你好吃的，加油，加油啊……”

白象也似乎理解了自己的处境。尽管眼睛似睁非睁地翻翻着，步子也似迈非迈地挪腾着，但是它依然决绝地挣扎着，没有掉队。这时，王山才猛然想起来，何老师一定在车站等急了，喜羊羊也一定在家里饿极了……

载着黑妞妞的手推车，终于卸进了王山家的院子里。妈妈急忙准备起招待饭来。妹妹在小玲和惠芝的帮助下，已经给牛棚里垫好了干草。

黑妞妞连着担架一起被搭进了牛棚，然后就地被“松绑”，同时也等于拆卸了担架。它微微睁开双眼，看着爷爷端来的一碗麦皮粥——它以前最喜欢喝的“美食”，竟然毫无反映。

妈妈为了表示感谢之意，为大家炸了拿手的茄子盒、狮头丸子，还炒了几个饭店级的炒菜，备了五种凉拼。当然，妹妹她们也帮了下手。强哥和大福子他们俨然见酒就疯，和大家干了一瓶“竹叶青”、一瓶“蒙古王”后，才算是闹腾完了这顿午饭。

这时，从喜羊羊的小圈里，“咩、咩——”地传来了几声奇妙的叫声。看来是喜羊羊这个“阿姨”在怜爱小白象。王山急忙将妹妹从菜园里割来的青草，挑出其中最嫩的部分喂给了白象。白象贪婪地吃了几口，终于虚脱了似地侧身一倒，就憨憨地睡了过去。

看来黑妞妞伤得不轻，浑身很疼喽。它闭着眼睛，“呜呜”地哭个没完。爷爷那一夜，一会儿也没敢合眼，一直眼圈红红地守护着它。

第二天一早，王山刚睁开眼，就听到爸爸和妈妈在吃饭的过道里说着什么。爷爷这时肯定还在牛圈里。

“要是继续养这条牛，咱家还得倒霉，还得赔本。干脆想个法子，赶早处理掉算了。”

这是爸爸郁闷的声音。

“那么瘦，还浑身是伤，谁会要啊，咋处理啊？”

“咳，我就不信，咱报个跳楼价，还没人要？只要有口气儿，又没得什么‘传染病’的肯定能出手。不过现在最难办的啊，是咱爸那儿，你看他那副心疼样，别说卖了，就是靠近点都要跟你玩老命……”

“现在说什么，咱爸都听不进去，你也别去找不痛快了。等过些日子，他心情顺溜些了，再去劝劝看。”

妈妈说道。

王山起身推开自己的房门，刚一探头，他们就立刻住了口。

“呀，山山起来啦，再睡会儿吧，看你昨天累的。”

妈妈一见他起来了，急忙笑眯眯地跟他搭起了话。王山也假装迷迷瞪瞪的样子，没搭理妈妈，拖沓着鞋，直接朝牛棚方向走去。

“嘿，真是好样的。今儿个一早，黑妞妞就舔着喝米粥了。”

爷爷听到身后的拖沓声，连头都没回，就“朝闻天下”地宣布道。

爷爷肯定一整夜，都在给黑妞妞冷敷和轰赶蚊子。连妈妈端过来的一碗银耳汤都忘了喝，上面还漂着几只大蚊子呢。

现在，爷爷可顾不上“嫌弃”小白象了。而白象有了吃喝，还美美地睡了一觉，也就找回了元气。它和喜羊羊说话之间，就在院子里撒起了欢儿。

它开始淘气了。它跑到刚刚卸在院子角落里的一堆大萝卜前，不仅啃着萝卜缨子吃，还把一根根的大萝卜叼起来，甩得满地都是。原本由妈妈磊成的萝卜堆儿，三下、两下的，就让白象给摊开了，还踩碎了好几根。

但是黑妞妞呢，却只能痛苦地蜷着四肢，侧躺在棚里吃喝拉撒睡。

就这样，又是一个星期过去了。

——来得太突然了，让王山惊讶不已……

十月底的一个傍晚。黑妞妞居然在草堆上，左右顾拥了几下，一借力，扑腾着前腿就要站起来。爷爷一见，赶忙冲上去，像根立桩似地抵在它那黑不隆冬的大身块底下。

“哎，撑起来啊，再使把劲儿，使劲儿！”

爷爷拼出了吃奶的力气，满脸憋得通红，两眼更是瞪得溜圆，

黑妞妞显然非常顽强，前几次都将前腿跪好了，就差后腿那么一蹬，就能立地而起了，可是可惜得很，就差那么一点点、一毫毫的，黑妞妞的后腿哆哆嗦嗦地一战栗，就又摔了回去。

但是爷爷毫不气馁。他换了个位置，转到黑妞妞看似最薄弱的左后腿一边，运了运气，又鼓励起黑妞妞来。

这回爷爷一吆喝，就是一鼓作气的五六个回合。不过黑妞妞还是右后腿蹬起一半时，左后腿就出溜了回去；左后腿战战兢兢地撑起来时，右后腿又吃不住劲地摔了回去，害得爷爷围着牛屁股两边忙乎。等到这五六个回合一下来，爷爷已经累得晕晕菜菜，摇摇晃晃的，在黑妞妞的肚皮底下转磨磨了。

就在爷爷摇晃着，眼看着就要倒在黑妞妞身下，眼看着就要被它庞大的身躯压住的当口，突然，白象居然“哞——”一声，给妈妈叫出了加油的号子！白象的叫声像集结号，立时给妈妈增添了无穷的力量，只见黑妞妞一个后腿的“喜鹊

登枝”，就弹起肚皮站了起来，然后趔趄两步，稳稳地站住了，没有砸在爷爷身上。

“好样的，你真行！”

爷爷索性来了个死倒儿，直愣愣地倒在黑妞妞的肚皮下。爷爷的身上、嘴上沾满了牛粪，从满是牛粪的嘴角里，发出了由衷的赞许声。

等到王山听到爷爷的喊声，赶到牛棚时，黑妞妞已经像模像样地站稳了。它露出一脸骄傲的神色，冲着王山慢悠悠地甩起了尾巴，像是在轻松地与他打招呼。

现在，黑妞妞在经历了生死磨难后，又如新生了一般。它弯成“7”的后腿有力地叉开，它的脖颈跟着也扬了起来，它又恢复了往日的威风。那种威风，原本就是优良“种牛”应该具备的。买牛的时候，种牛场的技术员就告诉他们了，这是一头优化了两种基因的“种牛”。其父本是咱东北大黄牛，母本则是日本北海道的纯种黑牛。东北大黄牛的特点就不用说了，是极少患口蹄病或是什么传染病的。而北海道黑牛呢，则有肉质好，上膘快的特征。按理说，这种优化后的种牛，至少在三代内会延续父、母本的特质，发生遗传畸变的几率很小。但是，唉，但是那倒霉的千分之几的几率，却被他们家碰上了，黑妞妞居然生出了“白象”……这让王山钦佩黑妞妞生命力的同时，又感到了深深的惋惜。

这时爸爸，踩着太阳公公的脚后跟走进了家门。

“爸爸，快、快来看，黑妞妞站起来了！”

听到王山的喊声，爸爸却露出了一副不太高兴的样子。

“牛站起来有啥了不起的？每天都吃那么贵的药，那么贵的饲料，站起来也是理所当然的！这次前前后后的，又搭进去了几百块，看它什么时候能给我挣回来！”

爸爸的这番牢骚话，显然是冲着爷爷说的。爷爷大概正处在兴头上，也就佯装没听见，不去理会爸爸。

“山山这些日子也是，光知道白象啊、喜羊羊啊什么的，别的什么都不管啦，要知道这两天你妹妹身体不大好，你妈妈忙前忙后的，你就不能帮妈妈分点忧、干点活儿？”

爸爸捎带着还训上了王山。

妹妹从昨晚起，就开始咳嗽发烧了，今天没敢去上课。现在已经烧到了38℃。王山放学回来，照例像往常一样，牵着喜羊羊和白象到草地上散步去了，所以还不知道妹妹病得厉害。

“哞——”

从昏暗的牛棚里，传来黑妞妞的一声长叫，很像是在为新生而自鸣得意。它当然不知道，这场由它引起的事端，才刚刚开始……

## 九、拯救行动

一进入深秋的十一月，鸡冠岭北坡的晨霜，就整天白花花的不化了。嗖嗖的北风骤然光临，常常像群小精灵似地，沿着岭道上的沟壑呼啸而来，随后又腾空而去。

妹妹已经病休了三天。王山只好和彭玲、孙惠芝一起上学。三个孩子缩着脖子揣着兜儿，一言不发，朝学校方向匆匆走去。活泼、热情、人缘好的王泉不在，三人心里都像火灭了一样的冷清。

今天早上，妹妹连口粥都不想喝，爸爸只好歇了工，赶去山外的蘑菇屯找医生。黑妞妞站起来了，可是妹妹却倒下去了，怎么家里总是这样好事坏事的接连不断呢？王山深感不可思议。

如今，爷爷虽说更加疼爱黑妞妞了，但是也不像从前那样欺负白象了。白象也比放牧前健壮多了，头上还冒出了一对小小的犄角疙瘩。看着个头已经蹿到自己胸脯高的白象，王山想，这对小犄角疙瘩，将来一定会长得比黑妞妞的还大吧——白象是个“男子汉”嘛。可以说，白象除了一身白色的皮毛外，那骨架，那膘头，特别是抬头看王山时的那副神色，歪着脖，忽闪着灯泡样的大眼睛，简直与黑妞妞毫无二致，像一个模子里扣出来的。

这么一来，再一看那瘦小的喜羊羊，俨然一副白象的“阿姨”的样子，王山也感到了怪怪中的一种谐趣。于是常常不烦其厌地看起它们吃草时的情形：那两个白脑袋一扎进同一个料槽子里，就会亲昵地争抢嬉戏。这让经历了这几次风波的王山，深深地体会到共生共存，乃至竞争生存过程中的种种滋味。

最近，屯里的人，已经开始传起了王山获奖作文的内容。

“坞里王老爹家喂的大黑牛啊，下了胎纯白的犊子哩！”

这条新闻自然不胫而走，很快就一传十、十传百地覆盖了蘑菇屯。不仅如此哪，人们在津津乐道的过程中，又马上开始了“艺术加工”，给新闻里添加了猛料。

“王老爹老迷信，憎恶白牛犊是白虎星，听说曾赶进后山想‘活埋’哩，想推下山崖摔死哩！因此才遭了报应，八千块买的大黑牛摔个半死……”

当这些风言风语又传回到爷爷耳朵里的时候，爷爷真是哭笑不得。不过，他还是克制住了自己，咬着牙、发着毒誓地说：“你们等着瞧吧，我王某人可不是孬种！我还会让黑妞妞下出好牛犊的……”

当然，只要黑妞妞能够康复过来，能给爷爷争气，这些谣言其实也算不了什么。

不久，黑妞妞果真不负爷爷的苦心，臀部凸显出膘头，渐渐硬朗起来。爷爷有时踏着霜花儿牵它出门，溜达到“野树林”附近再打个来回儿，也像玩儿似的了。只不过它的后腿一走起来，还是有点瘸。当然了，不仔细看的话根本看不出来。

如果那些传言就此打住也就算了。不过往往事与愿违，谁都没想到，死灰接着又复燃起来。

那是一天爷爷遛着牛，经过孙惠芝家的时候，惠芝妈正闲着没事，就和爷爷没话拉拉话地嘞嘞起来。

“吆，真没想到，黑妞妞起死回生了！过去一直说什么，家里养了伤病牛啊，那家人就得跟着倒霉，就得跟着闹毛病。这不，你家小泉的病，就兴许是被牛拿的。听说外国也信这个，还说得满在理儿的，说那叫人畜互相传染。拿咱们的糙话说，就是人畜互相克呗。人都克牲畜这么多年了，那牲畜总得报复一回吧，如果谁被克上了，那可就不好治了。”

惠芝妈没心没肺地对爷爷说。

惠芝妈或许没什么恶意，可是爷爷听了火冒三丈。过去的那些传说，爷爷当然不会不知道，可是他坚信，唯有他的黑妞妞与别人家的牛不同，决不会克人的！

这会儿，妈妈正忙着腌冬天的咸菜和晒萝卜干儿。爸爸也说下雪前，除了要把山道上斜滑的坡，铲铲平平外，还要帮着坞外的人家盖几处房子。因此每天不是进山就是出山的，忙得滴溜溜转。家里唯有妹妹王泉，小脸苍白，卧床不起已经有十来天了。

妹妹曾烧到40℃的高烧，虽然退了下来，可是退到37℃多一点的地方，就又停住了，这让大家很是揪心不已。屯里的医生也来过两次，曾明确地说，如果妹妹的烧再不退干净，那就得去县上的医院住院治疗了！这种棘手的情况，着实把妈妈愁坏了。

妹妹除了低烧不退，今天早上还出现了一个新症状——浑身的关节疼起来。谁都说不好这究竟是发烧闹的，还是什么其他原因闹的。总之妹妹的病，在妈妈眼里看来，已经像“反恐”一样，提升到最高的“红色”警戒线了。

所以在这个节骨眼上，一听屯里的人说黑妞妞是妹妹的克星，人的病就是伤牛给拿的，爷爷肯定是窝它一肚子火。他急忙采些牛扁、山茶等草药，不仅煎给妹妹喝，还捣成药浆，涂在妹妹疼痛的关节上。

如今，原来每天接送惠芝上学的妹妹，完全失去了往日的风貌，只能在中午暖和的阳光下，走到院子里，没精打采地与喜羊羊和白象做伴了。

长出了丫丫角的白象，好像一下子变成了一头大牛。每当喜羊羊呵斥它时，那对灰色的、像螺蛳一样的小角，就会斜着顶起来，以示对“阿姨”的反抗。

这天，进山来拉几块石材的彭玲爸爸，路过王山家便进了院，说是顺便来看看王泉，手上还提搂着一个打农药用的喷雾器。

“小泉的病好多了吧。听说一直没上学？”

“是啊。可叫人着急了。”

妈妈迎出来答道。妈妈面色困惑，一只手不知如何是好地扶在妹妹头上，又说：“看来不单单是感冒哩，明儿个我想带她去县医院看看哪。”

彭玲爸爸点了点头，凑上前来小声对妈妈说：“唉——本来我不想说，可是看来不说是对不住小泉了，你没听说吗？现在国外又出邪乎病了，养殖的鸡、鸭、羊、牛什么的，受传染了会大量的死，叫禽流感！完后那些病毒呢，还传染人哩！”

妹妹依然似睡非睡地躺在院子里的靠椅床上。大概是听到了这些话，她猛地睁开眼睛，看了看彭玲爸爸，又看了看困惑着的妈妈。

彭玲爸爸这才急忙打着手势，生怕妹妹再听见，把妈妈叫到一旁小声接着说：“小泉的病啊，屯里人都说是大黑牛克的。就像作孽似的，它不仅生出了小白牛，它还要克人家的心肝宝贝呢……当然喽，这些都是老的说法，谁赶上了谁就应验了。不过按照现在的科学，也有一种说法呢，说在人畜之间作祟的，就是变异性病毒了……这都是兽医站范大夫说的。所以趁着作祟的病毒刚落家，我就带来了‘百毒杀’消毒剂，帮你家棚里棚外的杀杀毒。”

原来，彭玲爸爸乃是担心黑妞妞继续“作祟”，会影响到他们家的牛场。

彭玲爸爸帮着王山家，用喷雾器把牛棚里里外外都消了一遍毒，之后又对妈妈说：“不说大黑牛是不是作祟的瘟神了，就说‘伤畜在圈，有人遭难’那句老话吧，咱山外会计家，不就是养过一匹骨折的马吗？后来马倒是病好了，可是、可是他家的宝贝儿子却栽了个跟头摔死了……”

彭玲爸爸越说越严肃，妈妈也越听越心慌，完全陷入了恐惧之中。

当天晚上，爸爸一进门，早已等得不耐烦的妈妈，就哭丧着脸对爸爸说：“人家都说小泉的病，是黑妞妞拐带的，否则不会不明不白地烧了这么多天。快拿个主意吧，趁着还没出会计家那种事……我看啊，不管是真是假，先把家里的晦气扫地出门，别养它算了。”

妈妈的意思，说什么也要和爸爸一起去说服爷爷，尽快将黑妞妞赶出家门。

“好吧。”

爸爸阴沉着脸点了点头。

晚上，妹妹的烧，又发疯似地烧到了40℃。她不住地呻吟，满脸潮红。妈妈又是冰枕，又是凉手巾地一痛忙乎，眼窝窝里沁满了泪水。

爸爸选在吃晚饭时开了口。

“爸，事到如今，不得不想法子处理黑妞妞了。再这样下去，咱家恐怕就要搭人命了……”

爸爸的话一出口，妈妈就悲悸得难以控制，“哇”地一声哭了出来。

“要救人，就得舍弃牲畜了，二者必选其一。泉泉的病，是伤牛进家后得的，不说那些不靠谱的，不说会计家死了儿子那件事了，就说折腾在人畜之间的那些病毒吧，什么鸡的、鸭的、牛的，人的了，都串了种，变了异了，近几年老有大规模爆发之势，谁都保不齐谁家会赶上。”

爸爸接着说。

爷爷的脸色铁青。爷爷当然也听说过，屯里人常在背后议论会计家的事，说马命一条才值几个钱儿？咋就不金贵那传宗接代的大儿子呢？呵呵，咱屯当家的“大会计”，却连这个小帐都算不清。

“哎呀，你倒是说句话啊！你也病啦？”

爸爸向前够着身子，紧逼着爷爷问。

“这、这、这可……”

爷爷的嘴角颤抖着，有一边儿都咧到了腮帮子上。

自从上次和爸爸吵架后，爷爷就好像从家里老大的位子上出溜下来，现在一和爸爸拌嘴，就会落了气势，笨嘴笨舌地不擅于表达了。

“爸，看样子只有求您了。不管买啥好药给她吃，不管想啥法子给她冷敷降温的，她就是不见好，反而日趋加重。我是真不敢往那方面想啊，这不就是应了那句老话‘伤畜在圈，有人遭难’吗？呜呜……刚才，泉泉又烧起来了，又到40℃了。”

妈妈已然咧着嗓子呜咽了。她一把鼻涕一把泪的，开始喘不过气儿来，身子也随之栽楞着，往地上出溜……爷爷急忙侧了侧身，试图不想去看。瞧得出来，他心里也兜满了无名火。

“爸——您的苦衷我不是不理解，当初不该把贷款的事压在您一人身上。可是如今到了这种地步，您总、总不能见死不救吧！”

妈妈悲鸣着，终于出溜到了地上，像是要给爷爷下跪了。看来妈妈的忍耐力已经到了极限。

这时爸爸干脆站起来，在不大的“饭厅”里镀起了大步，让全家人感到更闹心了。

王山屏住呼吸，来回紧张地注视着大人们的表情，手里的筷子已经攥出了汗。

从旁边的屋子里，又传来了妹妹痛苦的呻吟声。妈妈抹了几把眼泪，急忙起身跑了过去。

爸爸和爷爷都一言不发。只有妹妹断断续续的哼哼声，和墙上电子表的嘀嗒声，在饭厅里回荡。俄而，爷爷终于从漏风的牙缝中，小声地挤出了三个字：“我懂了。”

爷爷的话音一落，旁边屋子里的妈妈就大喊一声“我的泉泉啊！”，哇哇地大哭起来……

“我总、总想着，让妞妞再、再下头好犊子，去参加清源那边的赛牛大会，好给屯里人开开眼，好争口气……小泉，我的小泉，爷爷对不住你啊！”

爷爷补充完这两句话后，就眨着呆泄的眼神，也起身去了旁边的屋子……

## 十、惜 别

第二天一早，后半夜下起的浓霜，也像下了一场薄雪似的，让山啊，路啊、树啊，都银装素裹起来。空气清爽爽的，像山里的泉水一样。

“车倒是快点来啊。”

妈妈是一个人把小泉背下山的。她们也要赶八点半的火车，去县上的大医院看病。小泉从头到脚都被妈妈裹得严严实实，生怕再受到风寒。

黑妞妞的事，昨天晚上很快就定了下来。由爷爷跑到彭玲家——坞里目前只有她家安了电话，借玲玲家的电话给老朋友杨老顺打了过去，请他帮忙。听爷爷说，老顺头一口就答应下来。不过让王山纳闷的是，爷爷说，估摸着卖了牛，还了债，兴许还能赚上两千块呢——怎么？把伤得瘦骨嶙峋的黑妞妞卖掉，还能“赚两千块”？这个账是怎么算的？这让王山也搞不懂了。

于是围绕着妹妹、黑妞妞，黑妞妞、两千块……王山的脑子里乱糟糟的，折腾了他半宿才睡着。

直到第二天上了学，他人到了学校，神经还恍恍惚惚的，还在家里走着神儿。

“要是今天，老顺头就来拉黑妞妞了，那该咋办？兴许回家就见不到了呀。”

何老师讲的课，他居然一点儿都没听进去。

下课了，王山一个箭步冲出了教室。那股麻利劲儿，简直与从前慢条斯理儿的他判若两人。

“干么那么急啊？”

周芸芸奇怪地问他。

可是他连个头都没回，就一溜烟儿似地跑走了。

早晨上学时，林间小路上还盖着一层霜雪。回去时，虽然大部分的霜都化了，可是他低头看到的，仿佛还是那一路的白茫茫。

王山穿着爸爸给他新买的运动鞋，“咚咚咚”地一口气跑过鸡冠岭，跑过砍死过“黑虎”的那片野树林。那里的杉树枝上，还挂着一串串的霜花。有时跑急了与树枝擦肩而过，霜花还会弹落下来，凉嗖嗖地掉进他后脖颈里，刺激着他更要快跑了。

他满头冒着热气，拐出坡口，又渡过了彭玲家前面的小桥，刚一抬头向自家的方向一望，就不由得吃惊地站住了。啊！——他家院墙的大门敞开着，他好像看到里面有条黑牛，还有个人影在晃动着。不用问，那条牛一定是黑妞妞喽！

“看看，黑妞妞就是今天要走吧，总算是将巴巴地赶上了，要是晚一步，就见不到了呀！”

王山冲刺般地快跑起来。等到渐行渐近，眼前的景物也渐清渐明，他才感到有些异样。

“这牛，怎么看起来比黑妞妞小多了？”

院落里面的那头牛，还不及山茶花的腰高，很明显，是头小牛。王山疑惑着，猜测着，爬上了自家门前最后的一面小土坡。

“呦，我当是谁哪，原来是山山回来了。今天怎么回来的这么早啊？”

这时穿着一件灰色长褂、背对着他的那个人影转过了身。噢，原来是妈妈。妈妈喂牛，可是件新鲜事！

“这是怎么回事？这是谁家的黑牛？可比黑妞妞小多了呀，难道黑妞妞已经送走了吗？”

王山眨么着眼睛诧异地问。

“哦，对了，你不是说县里‘老秦妈’家的‘肉夹馍’好吃吗？妈妈给你买回来了，快去吃吧，在饭桌上放着呢。”

妈妈并没有直接面对他的诧异。

“哦，妈妈真伟大！”

王山是跑着回来的，自然饿了。再加之听到有自己爱吃的“肉夹馍”，两眼直放光。他急火火地冲进屋里，从饭桌上的餐盒中，抓起一个“肉夹馍”就咬到嘴上，然后又跑回院子中。

已经觉察到他回来了的喜羊羊，“咩——”一声，跟他打起了招呼。最近的喜羊羊，不管吃的多么多，多么好，产奶量也渐少了，将够有病的妹妹一人喝。

“妈，妹妹好点了吗？烧退了吗？”

“嗯，这还有点当哥哥的样儿！妈背着她去了县上的大医院，好好地检查了一遍，还照了片子、验了血、验了尿，还求老中医给捉了几副汤药呢。”

妈妈这才正经着和王山说起了话。

王山放了心，又转身跑进了牛棚。

“哎？白……”

那里只有喜羊羊一个了。只见它焦虑地呼扇着鼻子，靠到王山跟前，像是要跟他诉说什么似的。而黑妞妞呢，则还在旁边的牛棚中，悠然地耷拉着口水、倒了嚼。

“妈，白象呢？”

王山好像意识到了什么，急忙转身大声地问妈妈。

这回，他才注意到了，妈妈满手灰不拉儿的，不知正在鼓捣着什么。他急忙凑上前去一看，啊——！在晚霞的映辉下，别说妈妈的指甲了，就连皮肤的纹道里和汗毛孔里，都呈显着怪怪的深灰色！

王山手里掐着的“肉夹馍”，“啪”的一声掉到了地上。

“妈，你、你干么要这样啊！”

他压抑着怒火问道。他瞬间就明白是怎么回事了。他已经知道了，大人们从来都不想那么单纯地解决问题，他们总是喜欢另打一副算盘。妈妈居然什么都不告知他，就打起了白象的算盘。

“要还是纯白的，不就露馅了吗？好好染它一下就看不出来了。大伙儿都以为它是头漂亮的黑牛犊呢，它妈妈也不会招人白眼了……”

妈妈竟然得意地笑了。

王山狠狠地瞪了妈妈一眼，跑到已经染成了黑色的白象面前，眼里浸满泪水。白象依然用它那双温顺的大眼睛，亲善地看着他，之后扭过头去，还继续友好地看着王山妈妈。它肯定不解他们之间在干么，在为谁争斗着。

“你、你这个小可怜……”

这回，王山的泪水实在控制不住了，他一把搂住白象的脖子，呜呜地哭出声来。

妈妈带着小泉去县里医院看病时，顺手便买回了一袋黑染料。回到家后，刚巧爷爷不在，去老顺头那儿了，妈妈便急茬茬地动手给白象化起了妆。其实爸爸、妈妈还有爷爷，他们早就商量过了，要先把白象染黑，然后再和黑妞妞一起卖掉。只不过这些事嘛，从来都没跟孩子们商量罢了。

“呦，怎么男子汉大豆腐还哭啦？山山不至于吧。你看，白象自己不是很得意、很高兴的样子吗？再说了，现在社会上流行美容。”

“可是……”

王山真是哭也不是，笑也不是了。

“可是什么啊，傻孩子。妈妈费了那么大的心思，好歹把它打扮得像个样了，你还不站在妈妈一头？”

尽管王山已经不想哭了，可是那诚挚的泪水，还是汩汩不绝地往外涌。

“可是，可是就是嘛、就是嘛，呜呜……为什么不染就不行呢？”

王山用手背抹着眼泪，好不容易才憋出这么句话来。

“为什么嘛——有时候，这可没什么好解释的。”

妈妈也稍感困惑了。但是，她马上就接着说：“明儿个黑妞妞就要走了，我想，白象也该打扮打扮送送妈妈才好，所以就染黑了。别让它妈妈担心挂念嘛。”

“怎么？谈妥了，明儿个就走啦？”

“谈妥了。爷爷就是到老顺头那儿办手续去了。这回，咱家不仅没赔，还赚了哪！”

“……”

终于到了要跟黑妞妞说再见的时候了。王山站在白象的立场上，一想到这些，眼泪又像泉水般地漓漓而出。

难道妈妈对黑妞妞的走，就一点都不难过吗？王山望着挓挲着黑乎乎的双手，好像还在得意着自己杰作的妈妈，生起气来。

“你妹妹的病啊，医生说，不像是那些邪乎拉拉的病毒感染，就是个普通的风湿性发烧。要不是去这大医院，不搞个明白啊，恐怕吓都被人吓死喽。”

“啊！这么说妹妹的发烧，不是由黑妞妞引起的，那不卖黑妞妞不是也行吗？对吧，你说妈妈！”

王山两眼忽闪了一下，似乎幡然醒悟地大喊起来，仿佛抓到了希望之光。

“那可不行！”妈妈连想都没想地接着说，“黑妞妞可不能再留在家里了，还是听老话儿没亏吃。再说了，好不容易说通了老顺头要卖，咱这边再变了卦，那咱家以后咋做人啊！跟你说实话吧，马上就到年底了，又要还贷款了，现在有了钱，本金利息的一起还，还能省下上百块哪，这不是偏得吗？你不当家，哪知柴米贵啊！”

王山本想跟妈妈再拧巴两句，可是一抬眼看着妈妈那头蓬乱的、无暇自顾的长发，想说的又都憋了回去。是啊，仅靠爸爸的那点收入来养活全家五口人，妈妈是如何一分钱掰成两半花的辛酸，王山是心知肚明的。

“明天……明天几点走啊？”

王山忡忡然之间，冒出了这么句话。

“那就不知道了。要爷爷回来了问他。如果明天之内，要送到瓦家堡那边的话，说不定一大早就得走。”

一听妈妈说去瓦家堡，王山的全身不寒而栗。那边正是大型屠宰场的所在地啊！

明天是星期五，即便能早一点放学，恐怕赶回来了，也来不及送黑妞妞了。

“白……小白……你的妈妈可要走了……”

王山把脸贴在黑白象的大眼睛上，心底像坠上了一块铅砣。

第二天一早大家才发现，不知是夜里何时下的，又是一场霜雪，给鸡冠岭披上了一层薄纱。到了这个季节，山坞里总是下这种精盐似的霜雪，总是这样昨天下的刚化完，今天下的又接上来，最后突然一下子，一天真正的大雪就会陡然而至，将鸡冠岭装饰成你看像大白兔，就像大白兔；像大公鸡，就像大公鸡；像小白象，就像小白象了……

妹妹的气色已大为好转。这天的早饭——两个鸡蛋、一碗羊奶、一块蒸懒龙，都狼吞虎咽地吃了进去，乐得妈妈在旁边挓挲个手，不知道再给她点什么吃好了。不过，不能一下子让她吃撑喽，这一点妈妈还是懂的。

王山呢，这些天来，也不得不尽心尽职地担当起妹妹的角色。每天早上都要先去坞里领上惠芝，然后二人来到彭玲家前的小桥前，“铃铛铛，走喽——”地叫上彭玲，三人就会急匆匆地踏上翻岭之路。

这天也是如此。他们脚步刷刷地刚一走过岭西的野树林，就听盘山道那边传来了汽车的动静。三个孩子竖起耳朵，刚想进一步去分辨一下，一辆货车就从对面开了过来。他们急忙闪到了道旁。

“哦，是王老爹家的山山吧。”

这时，货车副驾驶座上的玻璃摇开了，有个人挥动着手臂，居然和他打起了招呼。

呀，是老顺头，没错！王山猛然想了起来，两年前，就是这辆车，也是由老顺头跟车，把黑妞妞给送来的。

他们一定是来拉黑妞妞的！王山禁不住一惊，立马想转身去追货车，随车回家。可是由于大脑一时茫然，想不出如何向彭玲和惠芝解释才好，犹豫、徘徊之中，也就失去了机会。他回过头来，不得不还是迈着沉重的脚步，怏怏不快地爬上了鸡冠岭。

岭道的前方，已经深深地吃进了货车轮胎的印迹，像一串长长的绳梯。

等到他们走到出岭的下坡路，快到石门桥时，这时的王山再也憋不住了，他猛地停在脚，煞有介事地大声喊道："哎呀，我落东西了，作业没带，得回家去取一趟。"

"啊，都走到这儿啦你才想起来！真是没办法。你那马大哈的毛病，怎么就不知道改呢？"

彭玲听了，不由得嗔怪起他来。

"下回改，下回改。玲玲，你跟何老师说一声。真不好意思，麻烦你了。"

王山说完，转身就"咚咚咚"地顺着来路跑了回去。

"真没法……"

彭玲望着王山远去的背影，不解恨似地嘟囔着，只好一扭头拉起惠芝的手，上了石门桥……

王山上气不接下气地跑到家门口时，黑妞妞已经被拉上了货车。

"啊！我的白象——黑煤球似的白象，呀，也在车上哪！"

他累得两腿瘫软不说了，此时他的心头，就像"咔嚓"一下被剪刀给剪了个大洞似的，疼得他龇牙咧嘴地直叫。

"哞——哞——（我在这儿哪。）"

一看到王山，车上的黑妞妞急忙叫了起来。

"哞——（我也在这儿哪。）"

接着倚在黑妞妞身旁的黑白象，也呼应着妈妈，用畏惧的声音叫了起来。

这时畜牧站的老顺头，也从屋里走了出来，后面还跟着爷爷和爸爸。爷爷又是没顾得上戴假牙，嘴里还在含糊不清地说着什么。最后，妈妈也跟着走了出来，还递给了老顺头一张纸条。

"怎么？你们真狠心，连白象也一起卖？"

王山真想冲上前去，抓住老顺头不放手，大闹他一场。但是他现在很无奈，他感到浑身无力，特别是腿上，有种失重了力气都被太空给吸走了一样的感觉，根本动弹不得。

“哞——”

“哞——”

车上的黑妞妞和黑白象，又凄凉地叫了起来。它们显然是在SOS地向王山求救！

“好，瞧我的——我变形金刚来啦！”

王山咬紧牙根，他先是半步、半步地，然后一步、两步、三步，他终于从瘫软的状态中找回了定力，他艰难地逼近了货车。

由于老顺头一个劲地跟爷爷、爸爸和妈妈打着招呼，根本没注意到王山会回来。等他一屁股上了车，坐好，刚要叫司机起车时才发现，已经长得比他高了的王山，居然出现在车头前，正两眼喷火似地怒视着他。

“嘿，哪有你这么玩的？山山，快躲开！”

老顺头急忙摇下车窗，冲着王山喊道。

这时的王山，陡然间就觉得自己变了，长大了，变成变形金刚那般大的大金刚了，长成鸡冠岭那般大的大山了，立在了小小的、玩具车样的货车前。

“喂，马上就开车了，山山啊，你怎么还不躲开！”

听到老顺头的喊声，原本被遮挡在车后身的爸爸，急忙跑到车头前一看，也着了急：“山山，你这是干什么？不要命啦！”赶紧拍打着车身不让车启动。

接着爷爷、妈妈、爸爸，都不顾一切地扑到了车前。

爸爸的眼眉，已经簇成了个V字型，比他这个变形金刚还金刚；爷爷张大的没戴牙套的嘴，也咧到了耳根上，比他这个变形金刚还威猛；妈妈更是疯狂，跨上一步，就将高出自己一头的王山，一把按进自己的怀中……

然而王山就是定在那里，像根木橛子，死也不肯挪开。

最后爸爸盛怒了，推开妈妈，和爷爷一起将他拖到路旁，按倒在已经枯谢了的山茶花丛中……山茶花枯枝上挂着的那些霜雪，还没有融尽，随着王山的挣吧，和枯枝叶一起灌进了王山的脖领里，随后立刻化开，又向下淌去……

“嘀嘀——”

载着黑妞妞和黑白象的货车，一溜烟似地开走了，不一会儿就拐过前面的坡口，没了踪影。

“哞——”

“哞——”

黑妞妞和黑白象的呼救声，也随之弱去。

王山依然躺在花丛的枯枝中，两眼充溢着愤恨的血丝，直瞪瞪地怒视着货车远去的方向——他的心，都快炸了。

## 十一、翻越鸡冠岭

用爷爷的话说，老顺头够哥们，重义气，他们原来都在一个部队当过兵嘛。总之，用四千三百元买下了黑妞妞，用三千六百元买下了白象。这样一来，王山家除了还去贷款的余额六千元，居然还净赚了一千九百元！

“山山，别老是往坏处想。告诉你吧，把白象染成黑色的，还是老顺头给出的主意呢。他说外边的养殖基地，跟欧洲的种牛杂交，才会生出白牛来，而生出的白牛呢，都是面向欧洲出口的肉牛，是要进屠宰场的。所以这么一染啊，兴许小白象呢，还有可能当做种牛被养起来呢……”

吃晚饭的时候，爸爸看到王山仍是沉默不语，就变着招儿地劝起他来。

“山山又长高了，长胖了。呵呵，刚才妈妈啊，搂都搂不过来哩。好啦，好啦，这回有了钱，我说你们都别拦着——谁也别拦着——也不许拦着啊，我可要给咱小帅哥好好打扮打扮哩，添几件衣服哩——随我们山山挑，他想要什么牌的，妈妈就给他买什么牌的！谁不知道他跟着爷爷忙前忙后的，功劳大大的啊……”

妈妈也笑呵呵地哄着王山说。

“山山还在生爷爷的气哪？男子汉可要以大局为重噢！别总是小感情婆婆妈妈的，要大爱才能无疆嘛。好了，好了，忘了白象吧，等开了春，爷爷和你一起养羊，咱家也像彭玲家上规模、上档次地养，养成专业户，修他个大羊圈，怎么样？”

爷爷也捡王山爱听的安慰着他说。

他们说完，爸爸和爷爷干脆，还美滋滋地开了瓶酒，干起杯来。

然而不管谁说什么，王山还是耷拉着脑袋，憋着一肚子的火，一声不吭。

“哥哥，别想不开了，家里人可都是为了生活啊，妈妈不是说了吗，你喜欢什么，不就给你买什么吗？”

最后，连小脸苍白的妹妹也开了口。对于病了的王泉来说，卖不卖牛原本就是大人们的事，能早日康复，早一天上学去，那才是最重要的。

王山原以为妹妹会理解自己的心情，但是现在，他有些失望了——我的心啊，他们谁都理解不了，要说知我心者，唯有喜羊羊啦！

第二天、第三天，王山依然不想主动和家里人说话，只把那些压抑在他胸中的苦闷，说给了喜羊羊听。

到了第四天头上，连本来还很同情他的爷爷，也不耐烦了，扬着嗓子吆喝道：

“山山，怎么老是气吭吭的！不大离的就行了，打起精神来。你妹妹的病能好喽，不是全亏送走了黑妞妞吗？有啥事大，也大不过你妹妹的病啊！”

打那以后，妈妈也几乎变了个样，对爷爷格外照顾起来。尽管她明明知道妹妹的退烧，完全凭的是医生给开的那些汤药。

这时的王山才真正认识到，大人们的话，也是不可偏信的。他们的立场总是“云山雾罩”的！如此一来，他就更不想和家里的大人们多说话了。

轻盈盈的雪花飞来了，真正的雪花，不是霜花。不过也像霜花似的，下了化，化了下的，直到进了正月，才一努劲地堆积起来，堆成了雪国般的世界。冻得哆哆嗦嗦的山茶花的枝叶，也完全凋零了，现在，只剩下南天竹的小红果儿，像颗颗美人痣似地，点缀在白皑皑的雪世界里。

寒假过后，新学期一开始，王泉就精精神神地上学去了。但是这回，王山却旷起了课，并且不管爸爸怎么发脾气，妈妈怎么哄劝，也拿他没辙。

“你这个孩子，哪像个快上中学的人啦？”

爸爸从喜羊羊的圈里拽出王山，劲头不大不小地揍了他一个耳光。王山更是不服气了，露出了一副愈愈“反抗”的神色。

“真是没办法。等到雪化了，爸爸用摩托车送你去上学吧。”

爸爸打完了人，反而骤然变得和气起来。

爸爸用卖牛的钱，买了辆二手货的摩托。这样，他每天回家就不那么拉晚了，也让妈妈少了份担心。家里的总体气氛也比过去温馨多了，唯有王山，还处在失去了白象的阴影中。

爷爷也格外上心地照料起喜羊羊来。

“山山，喜羊羊也是条出气儿的生命啊，你别老像你妹妹搂布娃娃似的，搂得它喘不上气儿来！”

爷爷说着，就过来掰开王山的胳臂，放出喜羊羊，栓到院子里的篱笆下。随后还会找条毛巾，在热水里投投，细心地给喜羊羊擦起身子来。失去了黑妞妞的爷爷，也把这项工作视为精神安慰，视为自己的“希望工程”了。

其实，王山并不太喜欢爷爷的这番举动。这不是明摆着吗？要将喜羊羊据为己有……他担心一上学，爷爷就会慢慢地取代自己，把喜羊羊拉拢过去。

王山不上学，自然成了妈妈的一桩心事。她曾寻思过，既然没像妹妹小泉似地得了什么病，那他心里头那点事，过些日子就会淡忘吧。所以，让她挂虑更多的，还是眼瞅着孩子们就要进入青春期了，兴许把他打扮得漂漂亮亮的、精精神神的，恐怕就会喜欢上学了吧。于是妈妈就把关爱的心思，都转移到给孩子们添置新衣服上了。

就像谁都没想到王山会旷课一样，一天，又一件谁都没想到，也从来不敢想的事情发生了。说妹妹小泉“小题大做”也好，说她“先斩后奏”也罢，总之，就在这个节骨眼上，妹妹居然把何老师请了来。

“哥哥，妈妈，咱何老师来啦！”

妹妹把何老师领进家门，妈妈大吃一惊，急忙恭恭敬敬地迎上前去。

“呀，何老师来了，你看真是的……那赶紧屋里坐、坐，我这就给您沏壶茶……”

妈妈一定是因为王山的事而感到理亏，在何老师面前显得很不自在，一个劲儿地在围裙上擦着手，不知所措。

“您不用忙，我不是外人，我就是有点放心不下。王山这孩子心太重了，上回就是为了看白象，宁可耽误了领奖。我想这回啊，一定是有更难言的理由才没来上学，所以想，还是亲自来看看为好。”

“看这犟孩子，让何老师多操心。泉泉，去到羊圈里把你哥叫来。”

妈妈还是用又脏又旧的围裙擦着手地说。

“咳，不用叫，我去羊圈找他吧。正好我们俩啊，还有些悄悄话要说呢。”

何老师说完，就让王泉领着他，直接去了院子后身的羊圈。

“喂，王山啊，你还忙着哪？老师有个好消息要告诉你呢，关于小白象的……”

何老师边走边大声地叫着，生怕王山会躲避他似的。

听到何老师的声音，正蹲着身子切干草的王山，也倍感诧异。他急忙丢下手中的活儿，准备起身迎上去。喜羊羊也应声抬起那对金黄色的大眼睛，冲着来人矜矜起鼻头，好像要郑重其事地审视一下这位稀客。

从个头上看，王山几乎与何老师都不相上下了。王山一见到何老师，眼圈立刻红了起来。王泉看到哥哥如此激动，急忙对何老师说：“那您就先跟我哥唠吧，我去前边帮妈妈做饭……”说完，转身就蹦跳着走了，将两个男子汉留在了羊圈前。

何老师走上前来，先是抬起双手，结结实实地按在王山的肩膀上，并且还特意用力向下压了两下，才开了口：

“老师通过你那篇作文，知道了你和爷爷养牛的故事，老师也被感动了！因此也一直在想着，我怎样才能帮上忙呢？”

“何老师，我知道我做的不对，让您操心了。”

几天的旷课，等于几天的躲避了何老师，王山一时显得很内疚地说。

“我说山山啊，什么事对与不对的，老师可不想轻易地下结论，不能只看它阶段性的结果。告诉你吧，今儿个老师来，可不是来批评你的，也不是来催你上学的，而是来给你通风报信的——你没想到吧，老师我消息灵通着哪，我可打探到你家牛的去向啦……”

“我家牛？我家的牛怎么啦？”

“山山别急，听老师说。我先告诉你小白象吧。我听说它被卖到本溪那边一个叫‘双星养殖基地’的农场去了。刚巧我有个同学，在那儿的研究室工作，前几天新春同学会的时候，我们见了面，无意中就聊到了它……”

“啊，小白象怎么到那儿去了？”

王山屏住呼吸，全神贯注地盯着何老师的嘴，生怕漏掉任何一个字。

“嘿嘿，你没有想到吧。我的同学非常得意地告诉我说，他们最近弄到一件‘稀世之宝’哩——是什么东西呢？我仔细一问，她才告诉我说，是头全白的牤牛犊，说是从鸡冠岭后面的山坞里搞到的。”

“……”

“她说他们的基地啊，是养殖肉牛的，以向国外出口牛肉罐头为主。但是最近出口的需求量却骤然减少了，引起市场调研的注意。后来一打听才知道，现在啊，欧洲人喜欢吃白牛的牛肉，他们的出口份额，都被俄罗斯出口的白牛给挤掉了。这一下，可把他们老板愁坏了，因为他们从来没养过白色的肉牛，更不可能马上生产出白牛的牛肉罐头啊。并且听说，要是从法国进口一头纯白的种牛来，至少要花几十万，还是欧元呢！”

“难道说我的白象，要、要卖给他们做牛肉罐头吗？”

王山顿觉胸口撕裂般疼痛，仿佛天也旋、地也转起来。

“咳，你想哪儿去了，听我说完嘛。原来老顺头，也听说了这些商务信息，就尝试着给几家大型养殖场打了电话，小白象就被当做白牛的种牛，卖给了双星养殖基地做研究……”

接着，何老师就给王山画了一张如何去双星养殖基地的地图，还把他同学的名字“姜平”，清晰地写在了上面。

何老师是不会说谎的！看来这一切都不是梦！王山忍不住一遍又一遍地看着何老师画的地图，一次又一次地扯着自己的耳垂……

第二天一早，王山背上书包，佯装上学的样子，然后跟谁都没打招呼，就一个人下了山，按照地图上的指引朝本溪方向而去。

真没想到，去本溪那边的“双星养殖基地”，也要坐长途巴士，也要走山路，还要爬过一座比鸡冠岭还要高大的峻岭大坡才能到。原来很多的人家啊，也像他们家一样，住在这一角，那一旮旯的山坞里……王山目不暇接地望着车窗外，望着那些似曾熟悉的山道、树林、小河和一幢幢的小房子，浮想着他自己的家、彭玲家、孙惠芝家，还有他们上学途中的石门桥，以及在霞光中熠熠生辉的学校，这一切的一切，都让他心绪起伏，感慨万千……

长途车大约跑了三个小时后，山路逐渐消失。映入眼帘的，全是大片大片的稻田了。这里的雪，截然少多了，稻田里还黑乎乎地露出了去年的稻茬。

双星基地站到了，王山不免怯生生地下了车。借助着何老师画的地图，他知道，顺着水坝边上的小路向上方走去，过了前面的一片林场，就到目的地了。

不一会儿，他就站在了养殖基地的大门前。门楼上方镶着几个非常醒目的大字——双星养殖基地。

王山不由得冲着那几个字读出了声。立时，他原本就紧张得不得了的心，跳着跳着的，就像一生二，二生四地生出许多来，拥着挤着要从嘴里跳出来。

“我的白象、白象，我的小白象它——它真的就在这里吗？它过的好吗？”

他踯躅着脚步，在大门前徘徊起来。

他的出现，他的举动，自然引起了门房保安的注意。有人从窗户那里探出头来先问了：“你找谁啊？”

“我、我找白象。”

“白——象？白象是谁啊？哪个部门的？”

“是头小牛。”

“小牛？”

“嗯，在研究室，被、被染黑了的……”

“被染黑了的？在研究室？我说小同学，你没——发烧吧”

“哦，对了，找技术员姜平也行。”

王山急忙走上前，向门房的保安解释道。他由于过分紧张，绕了好大的圈子，才算把来意说明白了。

“哈哈，让你说得有鼻子有眼的，还像码事儿似的。不就是想看条牛嘛，咱场里有上万头牛呢，你怎么找啊？谁有工夫带你去找啊？姜技师忙着哪！我看算了吧，别瞎耽误工夫了，不值得……”

门房的保安，显然无法认同王山的心情，也无法答应王山的请求。随后扔出这几句话后，就把门房的窗口关上了，再也不理睬王山了。

晌午前的太阳爬得老高。王山的面颊上急出了热汗。他为了镇静自己，索性一屁股坐在路边的沿子上，把书包抱在胸前，抵着下巴沉思起来。

他渴了。他想起以往书包的外口袋里，总会备有一瓶果茶。那通常都是妹妹给他装进去的，一见他喝完了，还会再给他放上一瓶。因此他平时的书包里，总有一瓶新果茶。

可是这次，他翻遍了背包里所有的口袋，也什么都没找到。唉，已经连着一星期没上学了嘛，妹妹当然也就忘了呗。不过，也许是他从来的不死心，也许是他对自己的书包还寄予什么希望，他抖落开书包，似乎有所期待地翻腾起来。

六年级学生的书包里，通常，有用的书本占一半，没用的“东东”也会占一半。呀，去年作文大赛获奖的那本证书，还装在里面哪！他翻到里面的小兜兜时，居然翻出了何老师后来替他领回来的证书，还有学校发的“小记者证”！由于当时“保密”工作的需要，他也就一直藏在书包的小兜兜里，一直没敢拿出来。

“王山同学的作文《我的小白象》，在庆祝建国五十周年作文竞赛中，获得小学组第二名，特发此证，以兹鼓励……”

他重新看了看自己的“获奖证书”，脑子里忽然闪出一个念头——对了，既然大人们为了达到目的，都能做出“活埋”、“水葬”的事情，都能将白的染成黑的，用黑的来掩饰白的，我为什么不能借用这些条件，达到自己的目的呢？何老师不是多次说过吗，有关养牛、养羊的经历，你还要从生活中寻找元素，还要继续写下去啊！

他立刻兴奋起来。他把书包搂在怀里，腾出一只手摇着获奖证书，再一次跑到保安的门房前。

“叔叔、叔叔，我只要再看一眼小白象，看一眼它的眼睛、犄角，再启发出一点灵感，就能写出新的作文来……如果今年的大赛我还能得奖，不等于也给你们‘双星养殖基地’做宣传了吗？”

连王山自己都没有想到，他居然能用大人样的口吻与保安叔叔对话了。门房里的保安重新打开窗口，拿过王山的证书看了看，看来是受到了感动。在反复打量了王山几次后，拿起电话，给场办拨了过去……

没过几分钟，从里面的办公楼里，走出来一个穿着蓝大褂、短头发的人。该人脚步极快，还没等到王山看清对方的长相，对方已经大声冲着他喊了起来。

“是景家屿小学的王山吗？”

“是——是我。”

“我是姜平。”

呀，来人还是个阿姨哩！既然是个女的，那就有可能还是何老师的女朋友喽！王山自然多了一层亲近感，急忙迎上前去。

梳着一头短发的姜阿姨，也透出了女老师样的和蔼风范。

接着，当他们相互靠近了，随着一种看不见的电波的传递，王山几近可以认定，姜阿姨一定是何老师的女朋友，一定知道了他王山的全部故事，一定会同情他、理解他、满足他所有的愿望的！一想到这里，他憋在肚子里的全部委屈，就决绝地涌了上来——他毕竟还是个孩子嘛，他居然抱住姜阿姨的肩头，呜呜呜地哭出了声……

“好啦，好啦，山山，你可比何老师还会煽情哩。阿姨都让你抱得不好意思了。走，别哭啦，阿姨带你去看白象。”

王山这才止住了抽泣，随着姜阿姨直接去了办公楼的后身。从那里望去，后面盖有很多栋牛棚。牛嘛，自然也扎着堆儿地满棚都是。有花花搭搭的奶牛，有本地的大黄牛，还有跟黑妞妞一样的大黑牛，还能看到一些高原牦牛哪……总之，王山是头一次见到这么多品种的牛。

“何老师跟你说了吧，我们养殖基地的当务之急，就是要培育出白色肉牛。为此，我们也曾考虑过从法国进口种牛。但是你知道，那样做的成本很高，而且欧洲正流行着一种变异了的口蹄病，让我们望而生怯。因此你家白象的出现，对于我们的培育和研究工作来说，就是一件大好事了……来，快看看吧，它现在的价值可是水涨船高喽，我们屈不着它，我们每天都好吃好喝地伺候着它呢……喂，白象，快过来，看看谁来啦？”

姜阿姨带着他，来到角落里的一栋牛棚前，亲昵地对圈里呼唤道。只见里面干爽的草堆中，正卧着一头浑身纯白的大牛，并且随着姜阿姨的喊声，略感蹊跷地转过了头。

“白……白象！”

没错，正是已然恢复了纯白的毛色，因而显得大气了很多的白象！它也闪出了惊异的目光，紧紧地注视着王山不放。

“哞——”

它点着头，高兴地叫了一声，然后毫不犹豫地翻身跃起，急不可待地靠拢过来。

“白……你、你……”

王山的喉咙里哽咽着，连气儿都倒不过来了。他一个大步冲上去，隔着牛棚的栅栏就搂住了白象的脖子。顿时，王山的热泪夺眶而出，顺着他的面颊滚落到白象的脑门上——呀，那儿已经长出足有十公分高的犄角了，硌得他脸庞还挺疼哩！

砉然间，王山又想起了白象可怜的妈妈黑妞妞。白象大概还不知道吧，唉，永远也不能让它知道……何老师是那天临走时，最后最后才告诉他的。白象的妈妈被好吃好喝的供养了十几天后，就被送进了屠宰场……立时，又是一股酸倒鼻子般的心痛接踵而来，王山的眼泪根本就止不住了。

“别看它们不会说话，可是心里朴实着哪，对疼爱过自己的人，总是心存感激，那才是大自然最纯真的秉性哩……”

尽管姜阿姨还不大清楚王山内心世界的感受，不过看到这番情景，看到白象那般迷恋自己的“主人”，还把头贴在王山身上，她也被白象的真情感动了。

过了好大一会儿，王山才从姜阿姨口中，知道了事情的来龙去脉。姜阿姨说，他们通过生化检测，知道了白象的“白化”现象，既不是“血液病”引起的，也不是色素代谢障碍引起的，而是基因突变的结果。这样一来，他们就可以通过遗传学方面的研究，去激活白象身上的隐性遗传，用白象来繁殖白色肉牛了。听到这里，王山才若有所悟地停止了抽泣，才舒出了一口长长的憋气。

与白象分手还不到一个月，王山亦有了阔别多年之感。姜阿姨看到王山那副依依不舍的架势，只好进一步劝慰道：“你放心好了，只要阿姨在，一定亏不着你家白象的。我要是说话不算数，首先你们何老师就饶不了我……”

是啊，话都说到这个份上了，事情也发展到这个份上了，王山还能再说什么呢？他再三再四地跟姜阿姨约好，他过些日子还会再来看白象的，才一步一回头地离开了养殖基地，搭上了返程的长途大巴。

第二天，王山还是起了个大早，背上书包就朝学校奔去。把一向积极的妹妹都甩到了后面。这学期是一星期前开的学，可是对于王山来说，今天才是他开学的第一天。他下决心要把功课赶上来，夏天时争取考上县里的中学。

他嗖嗖嗖地踏着结有冰碴儿的残雪，一个人急步登上了鸡冠岭。几只莺头小鹟鹟吱吱叽叽地叫着，从岭道上腾飞而过，划破了清爽的晨空和寂静的山谷……

王山想赶在学校升旗前，把昨天拜访养殖基地的事情，详细地讲给何老师听。

四月中旬的一天，喜羊羊又添喜了，生下三只小羊羔。嘿嘿，这下可把爷爷乐坏了，因为三只羔羔全是小母羊！

“山山啊你看，爷爷一直服从命令听指挥，一直帮着你打下手，这羊圈四周的栅栏嘛，也都是爷爷一手扎的，爷爷不图别的，就想听你一句话——你能不能给爷爷一只小母羊啊？爷爷可是你的‘炒三丝’啊。”

自从王山独闯了“养殖基地”，爷爷也从电视上学了个新词，说自己是大孙子的“三（山）丝”了，逗得妈妈都笑出了眼泪。

“嗯。给彭玲一只，何老师一只，剩下的一只嘛，那就给‘炒三丝’吧。”

“看看，还是山山跟爷爷近便吧。”

爷爷乐得合不上嘴，抱起一只小羊羔，就嘿嘿嘿地亲起来。

自从卖了黑妞妞，爷爷虽说在“救泉泉”的问题上，获得了一些精神安慰，但是另一方面，又好像没了魂儿似地恍惚起来。直到王山的学习比过去紧张了，他也有机会帮王山饲养喜羊羊了，才正儿八经地对他的“希望工程”热情起来。不过有时，还会呆呆地站在牛棚前发愣，偷偷地去抹几下湿润的眼睛。

近来情绪最好的，要数妈妈了。除了每天至少三个菜地给爸爸带饭盒外，还尽可能地为牙口不好的爷爷做些松软的吃，并且还处处顺着爷爷的脾气说话，成了家里和谐牌的“空调机”。

妹妹更是神奇般地康复了。谁都不会想到三个月前，她还挣扎在“死亡”线上。这还是后来听县医院说的，说他们当时接诊的患者中，有四例跟妹妹是同一种病毒感染引起的，很不好治。他们当时是抱着“死马当活马医”的态度开的汤药，根本没抱太大的希望……现在听起来真叫人后怕。

由于王山与何老师“拉钩”盟誓，表示一定要考上重点中学，于是他们俩也就约好了，每天都要提前一小时到校，由何老师给他补课“吃小灶”。这么一来，王泉每天还得与彭玲和惠芝一起上学。她们唱唱跳跳地翻越那十几里长的岭道时，嘴上不说什么，但是心里都有点空荡荡的感觉……

每天清晨，山谷里爽人心肺的空气，还会突然间受到“嘟嘟嘟”马达声的惊扰，那是爸爸骑着摩托上班的标志。爸爸骑上摩托车，自然爽歪歪了，爸爸还会想念我们的黑妞妞和白象吗？王山不知道。但是王山就不同了，每当听到爸爸摩托的嘟嘟声，心里就会酸楚楚的不是个滋味，眼泪也会辣汩汩地冒出来——黑妞妞的那双总想诉说什么的大眼睛，还有一个劲儿地想贴上来撒娇的小白象，曾经给过他多少倾心的安慰啊！这时的王山，经不住它们“哞儿哞儿”叫的呼唤，就会发狠地捂住耳朵，一路疾跑着冲向学校……

“长大后，我一定要到姜阿姨的养殖场去工作！”

王山在心中雷鸣般地发着誓，迈着坚韧的步伐，踏上了泛出一片新绿的鸡冠岭……